ISABEL ALLENDE

Plus loin que l'hiver

ROMAN TRADUIT DE L'ESPAGNOL (CHILI)
PAR JEAN-CLAUDE MASSON

GRASSET

Titre original :
MÁS ALLÁ DEL INVIERNO
Publié en 2017
par Penguin Random House Grupo Editorial, Barcelone.

ISBN 978-2-253-10683-8 – 1re publication LGF

À Roger Cukras,
pour l'amour inattendu

Au milieu de l'hiver, j'apprenais enfin qu'il y avait en moi un été invincible.

Albert CAMUS,
« Retour à Tipasa », 1952
(*L'Été*, Gallimard, 1954).

Lucía

Brooklyn

Fin décembre 2015, l'hiver se faisait encore attendre. Lorsque Noël est arrivé, avec ses clochettes assommantes, les gens portaient toujours sandales et manches courtes – les uns en célébrant l'étrange amalgame des saisons, les autres dans la crainte du réchauffement planétaire –, tandis qu'aux fenêtres se montraient des arbres artificiels, saupoudrés de givre argenté, qui semaient la confusion parmi les écureuils et les oiseaux. Trois semaines après le Nouvel An, alors que plus personne ne pensait à ce retard météorologique dans le calendrier, la nature s'est réveillée subitement, a secoué son engourdissement automnal et déclenché la pire tempête de neige dans les annales de la mémoire collective.

Dans un sous-sol de Prospect Heights – un caveau de ciment et de briques, avec un tas de neige à l'entrée –, Lucía Maraz maudissait le froid. Elle avait le caractère stoïque des habitants de son pays : habituée aux tremblements de terre, aux inondations, aux tsunamis et cataclysmes politiques, elle se faisait du souci quand aucun malheur ne se profilait dans un délai raisonnable. Et pourtant, rien ne l'avait préparée à cet hiver sibérien qui s'installait à Brooklyn par mégarde. Les tempêtes chiliennes se limitaient à la cordillère des Andes et à la Terre de Feu, dans le Sud profond, où le continent s'égrenait en îles tailladées par les lames du vent austral, où la glace faisait éclater les os et où la vie était rude. Lucía venait de Santiago, avec sa réputation usurpée de douceur climatique, mais où l'hiver est humide et froid, comme les étés sont brûlants et desséchés. La ville est encaissée dans des montagnes violettes, qui se réveillent parfois couvertes de neige. Alors la plus pure lumière au monde se reflète sur les sommets de blancheur aveuglante. En de rares occasions, il tombe sur la cité une fine poussière, triste et pâle comme la cendre, qui n'arrive pas à blanchir le paysage et se transforme en boue. Au loin, toujours, la neige demeure comme aux origines.

Dans son sous-sol de Brooklyn, à un mètre sous la chaussée, pourvu d'un mauvais chauffage, la neige était un cauchemar. Les vitres givrées opacifiaient les petites ouvertures, il régnait une pénombre faiblement compensée par les ampoules nues pendues au plafond. Le logement se bornait strictement à l'essentiel, avec un bric-à-brac de meubles disloqués, de deuxième ou de troisième main, et quelques ustensiles rescapés de diverses cuisines. Le propriétaire, Richard Bowmaster, manifestement, ne s'intéressait ni au décor ni au confort.

La tempête s'est annoncée le vendredi, par une chute de neige épaisse et une bourrasque qui balayait à coups de fouet les rues quasi désertes. Les arbres se courbaient violemment, et la tourmente tua tous les oiseaux qui avaient oublié d'émigrer ou de s'abriter, désorientés par la douceur inhabituelle du mois antérieur. Quand les travaux de réparation de la voirie ont commencé, les camions ont emporté des sacs entiers de moineaux congelés. En revanche, les mystérieux perroquets du cimetière de Brooklyn ont survécu à l'ouragan ; trois jours plus tard, on les voyait picorer parmi les tombes. Dès le jeudi, les reporters de télévision, avec la mine de circonstance et la voix émue de rigueur pour les nouvelles liées au terrorisme dans des contrées lointaines, avaient pronostiqué des désastres pour la fin de semaine. New York était déclarée en état d'urgence ; le doyen de la faculté où travaillait Lucía, soucieux de respecter les consignes, avait ordonné de suspendre les cours. De toute façon, c'eût été pour elle une aventure d'arriver jusqu'à Manhattan.

Tirant parti de cette liberté inattendue, Lucía prépara une recette à réveiller les morts, une spécialité chilienne qui soulage les maladies du corps et apaise les tribulations de l'âme. Depuis son arrivée aux États-Unis, quatre mois plus tôt, Lucía se nourrissait à la cafétéria de l'université. Elle n'avait pas le courage de cuisiner, sauf en de rares occasions où elle était poussée par la nostalgie ou par le désir de fêter une amitié. Mais pour ce ragoût authentique, elle s'était fendue d'un bouillon substantiel, bien assaisonné, elle avait fait frire les oignons et la viande, cuisiné séparément les légumes, les patates et la purée de potiron, pour ajouter finalement le riz. Elle avait utilisé toutes les casseroles : la cuisine primitive du sous-sol avait l'air de sortir d'un bombardement, mais le résultat en valait la peine, et toute la sensation de solitude liée à la tourmente s'était dissipée. Arrivée sans prévenir, comme un visiteur importun, la solitude avait été reléguée dans un coin perdu de sa conscience.

Ce soir-là, tandis que le vent rugissait, entraînant des tourbillons de neige et se glissant par les fentes avec insolence, elle éprouva la peur viscérale de l'enfance. Elle se savait en sûreté dans cette cave ; sa crainte des éléments était absurde, il n'y avait aucune raison de déranger Richard, sinon qu'il était la seule personne à laquelle elle pouvait s'adresser, puisqu'il vivait à l'étage au-dessus. À neuf heures, elle céda au besoin d'entendre une voix humaine et l'appela.

« Qu'est-ce que tu fais ? demanda-t-elle en essayant de cacher son appréhension.

— Je joue du piano. Pourquoi, le bruit te dérange ?

— Je n'entends pas de piano. Tout ce qui parvient jusqu'ici, c'est un fracas de fin du monde. C'est normal, à Brooklyn ?

— Il fait parfois mauvais en hiver, Lucía.

— J'ai peur.

— De quoi ?

— Peur tout court. Rien de spécial. Je suppose qu'il serait stupide de te demander de me tenir compagnie un instant ? J'ai préparé une spécialité, un ragoût chilien.

— C'est végétarien ?

— Non. Enfin, peu importe, Richard. Bonne nuit.

— Bonne nuit à toi. »

Elle avala une gorgée de pisco et enfouit la tête sous l'oreiller. Elle dormait mal, s'éveillait toutes les demi-heures dans un rêve fragmenté : elle avait fait naufrage dans une substance dense et aigre comme du yaourt.

Le samedi, la tempête avait suivi sa trajectoire surexcitée en direction de l'Atlantique, mais le sale temps sévissait encore à Brooklyn, et Lucía ne voulait pas sortir. Beaucoup de voies restaient bloquées, même si le travail de déblaiement était en cours. Elle avait bien des heures devant elle pour lire et préparer les cours de la semaine suivante. Elle vit au journal télévisé que la tourmente continuait à semer la destruction sur son passage. L'idée de cette tranquillité lui plaisait, avec un bon roman et du repos à la clé. Elle finirait bien par trouver quelqu'un pour dégager la neige qui bloquait sa porte. Ce n'était pas un problème : les gamins du voisinage se portaient volontaires pour quelques dollars. Elle se sentait reconnaissante. Elle avait conscience de vivre à son aise dans ce trou inhospitalier de Prospect Heights, qui, après tout, n'était pas si mal.

Le soir venu, un peu lasse d'être cloîtrée, elle partagea son repas avec Marcelo, le chihuahua, et ils se couchèrent ensemble sur un sommier au matelas grumeleux, sous une montagne de couvertures, pour déguster divers feuilletons d'une série centrée sur des assassinats. Le logement était maintenant glacé, et Lucía dut chercher son bonnet de laine et retrouver ses gants.

Au cours des premières semaines, quand elle sentait peser la décision d'avoir quitté le Chili – où elle pouvait au moins rire en espagnol –, elle se consolait à l'idée que tout change nécessairement. L'infortune d'un jour est de l'histoire ancienne le lendemain.

En vérité, les doutes ne l'avaient pas assaillie longtemps : son travail lui plaisait, elle avait Marcelo, elle s'était fait des amis à l'université comme dans son quartier, les gens étaient aimables partout, il suffisait d'aller trois fois dans le même café pour être reçu comme un membre de la famille. L'idée chilienne qui veut que les Yankees soient d'un naturel froid était un mythe. Le seul plus ou moins froid sur lequel elle était tombée était Richard Bowmaster, son propriétaire. Soit, au diable celui-là !

Richard avait payé trois fois rien cette baraque en brique couleur marron de Brooklyn, pareille à des centaines d'autres à la ronde : il l'avait achetée à son meilleur ami, un Argentin qui avait soudain hérité d'une fortune et qui était rentré au pays pour l'administrer. Quelques années plus tard, la même baraque, juste un peu plus délabrée, valait plus de trois millions de dollars. Richard l'avait acquise peu avant l'arrivée en masse des jeunes professionnels de Manhattan, qui achetaient et retapaient ces habitations « pittoresques » en faisant flamber les prix de façon scandaleuse. Naguère encore, le quartier était un territoire voué au trafic de drogue et à la criminalité ; nul ne s'y risquait la nuit, mais, lorsque Richard s'y était installé, il était l'un des plus convoités du pays, malgré les poubelles débordantes, les arbres squelettiques et la ferraille dans les arrière-cours. Lucía l'avait taquiné, lui conseillant de vendre au plus vite cette relique aux escaliers branlants, aux portes déglinguées, et de se trouver une île des Caraïbes pour y vieillir tranquillement comme la royauté, mais Richard était un homme à l'âme sombre : son pessimisme congénital se nourrissait des rigueurs et des inconvénients divers d'une maison qui comptait cinq grandes chambres vides, trois toilettes hors d'usage, un grenier condamné et un premier étage aux plafonds si élevés qu'il fallait une échelle à rallonge pour changer les ampoules.

Richard Bowmaster était le supérieur de Lucía à l'université de New York où elle enseignait comme professeur invité pour une durée de six mois. Quant à ce qui adviendrait à la fin du semestre, rien n'était décidé. Elle aurait besoin d'un autre travail, d'un autre lieu où camper avant de prendre une décision à plus long terme. Tôt ou tard, elle rentrerait au Chili pour y finir ses jours. Mais elle avait le temps d'y songer et, depuis que sa fille Daniela s'était installée à Miami, où elle étudiait la biologie marine et avait peut-être noué une liaison amoureuse, rien ne la réclamait au pays. Elle voulait profiter pleinement de ses dernières années de santé, avant le naufrage de la décrépitude. Elle voulait vivre à l'étranger, où les défis quotidiens maintenaient l'esprit alerte et occupé, le cœur dans un calme relatif, car au Chili elle craignait la pesanteur des habitudes, de la routine et de tant de barrières. Elle se voyait condamnée à une vieillesse solitaire, harcelée par de tristes souvenirs inutiles, alors que le monde extérieur, peut-être, était riche de surprises et de possibilités.

Elle avait accepté ce travail au Centre d'études d'Amérique latine et des Caraïbes pour prendre du champ en même temps qu'elle se rapprochait de sa fille. Et aussi, elle devait bien l'admettre, parce que Richard l'intriguait. Elle sortait d'une déception sentimentale et pensait que Richard pourrait lui servir de cure, lui permettre d'oublier définitivement Julián, son dernier amour, le seul qui avait vraiment compté depuis son divorce en 2010. Inutile de mentionner les quelques aventures jusqu'à l'entrée en scène de Richard. En fait, elle le connaissait depuis plus de dix ans, alors qu'elle était encore mariée. Il l'avait attirée depuis le début, elle n'aurait su préciser pourquoi. Il avait un caractère à l'opposé du sien et, en dehors des matières académiques, ils avaient peu de chose en commun. Ils s'étaient rencontrés à l'occasion d'une conférence ou d'une autre, avaient passé des heures à discuter de leurs travaux respectifs et maintenu une correspondance régulière. Il ne lui avait jamais manifesté d'intérêt particulier, ce que Lucía avait insinué à l'occasion, chose rare chez elle qui n'avait pas l'audace des femmes coquettes. L'air pensif et la timidité de Richard avaient servi de puissants appeaux pour l'attirer à New York. Elle imaginait qu'un tel homme devait être profond et sérieux, noble d'esprit, une haute récompense pour qui parviendrait à vaincre les obstacles qu'il semait sur le chemin de toute forme d'intimité.

Rien à faire : à soixante-deux ans, Lucía nourrissait encore des rêveries de jeune fille. Son cou était ridé, sa peau sèche, ses bras flasques ; elle avait les jambes lourdes et s'était résignée à voir combien sa taille s'effaçait, car elle manquait de discipline pour combattre le déclin dans un gymnase. Les seins restaient jeunes, mais ce n'étaient pas les siens. Elle évitait de se voir nue, habillée elle se sentait beaucoup mieux, elle savait quelles couleurs, quels styles lui convenaient, et elle s'y cantonnait rigoureusement. Elle pouvait acheter une garde-robe complète en vingt minutes, sans tergiverser une seconde. Le miroir, comme les photographies, était son ennemi implacable, car il la montrait immobile, sans atténuer ses défauts. Si elle pouvait être attirante, pensait-elle, c'était dans le mouvement. Elle était souple et ne manquait pas d'une certaine grâce, imméritée car elle ne l'avait nullement cultivée : elle était gourmande et paresseuse comme une odalisque. Si la justice avait régné en ce monde, elle aurait été obèse. Mais ses ancêtres – de pauvres paysans croates, qui connaissaient l'endurance et la faim – lui avaient légué un solide métabolisme. Sur sa photo de passeport, son visage sérieux, fixant l'objectif en face, avait l'air de sortir d'une prison soviétique, comme disait sa fille en guise de plaisanterie. Mais nul ne la voyait ainsi : elle avait la mine expressive et savait se maquiller.

Bref, elle était satisfaite de son apparence physique et se résignait aux affronts du temps. Son corps vieillissait, mais elle gardait en elle, vivace, l'adolescente qu'elle avait été. Cela dit, elle ne pouvait s'imaginer dans le grand âge. Son désir d'extraire le suc de la vie grandissait à mesure que son avenir se contractait, et son enthousiasme, malgré le manque d'occasions que lui opposait la réalité, nourrissait la vague illusion d'inspirer un nouveau soupirant… Elle regrettait le sexe comme l'aventure sentimentale et l'amour. Le premier se présentait de temps à autre, la deuxième était une question de chance, et l'amour, un don du ciel qui, sans doute, n'était plus pour elle, comme le lui avait dit et répété sa fille Daniela.

Lucía se désolait d'avoir rompu avec Julián, mais elle ne s'en était jamais repentie. Elle cherchait la stabilité, alors que son compagnon, à plus de soixante-dix ans, en était encore à sauter d'une branche à l'autre, comme le colibri. Malgré tous les conseils de sa fille, qui proclamait les avantages de l'amour libre, l'intimité, pour elle, était impossible avec un homme distrait par d'autres femmes. « Mais qu'est-ce que tu veux, maman ? Te marier ? » s'était exclamée Daniela en riant, quand elle lui avait appris sa rupture avec Julián. Non, certes, mais elle voulait faire l'amour en aimant, pour le plaisir du corps et la tranquillité de l'esprit. Elle voulait faire l'amour avec quelqu'un qui ressentait les choses comme elle. Elle voulait être acceptée sans rien cacher ni feindre, connaître l'autre en profondeur et l'accepter d'une égale façon. Elle voulait quelqu'un pour faire la grasse matinée, le dimanche, en lisant les journaux, quelqu'un pour lui prendre la main au cinéma, pour rire en racontant des bêtises et pour échanger des idées. Mais elle avait perdu le goût des aventures fugaces.

Elle s'était accoutumée à son espace, à son silence et à sa solitude. Elle en avait conclu qu'il lui en coûterait beaucoup de partager sa chambre, sa salle de bains et sa penderie, et que nul homme ne pouvait satisfaire tous ses besoins. Dans sa jeunesse elle croyait que, sans la vie de couple, elle se trouverait incomplète, qu'il lui manquerait une chose essentielle. Parvenue à l'âge mûr, elle appréciait tout ce que sa vie lui avait offert en abondance. Et pourtant, la curiosité l'avait vaguement poussée vers les sites de rencontre. Pour se reprendre aussitôt, craignant d'être piratée par sa fille, depuis Miami. De plus, elle ne savait comment se présenter pour paraître plus ou moins attrayante, sans tricher. Elle supposait que c'était pareil pour les autres : tout le monde mentait.

Les hommes de son âge désiraient des femmes vingt ou trente ans plus jeunes. C'était compréhensible : elle non plus ne souhaitait pas former un couple avec un vieillard souffreteux, elle préférait un beau garçon plus jeune. Selon Daniela, c'était dommage qu'elle fût hétérosexuelle, quel gâchis, car il y avait pléthore de femmes seules formidables, avec une riche vie intérieure, en pleine forme physique et affective, bien plus intéressantes que la majorité des hommes, veufs ou divorcés, de soixante ou soixante-dix ans, et qui étaient libres. Lucía reconnaissait ses limites à cet égard, mais il était un peu tard pour changer. Depuis son divorce, elle avait eu de brefs moments d'intimité avec l'un ou l'autre ami, après quelques verres dans une discothèque, des rencontres festives ou à l'occasion d'un voyage, qui n'avaient rien de mémorable mais qui l'avaient aidée à surmonter sa pudeur de se déshabiller devant un homme. Les cicatrices de sa poitrine étaient visibles, et ses seins d'une vierge de Namibie semblaient déconnectés du reste du corps. Comme s'ils se moquaient de son anatomie.

L'envie de séduire Richard, si excitante quand on lui avait offert le poste à l'université, avait disparu après une semaine d'occupation du sous-sol. Au lieu de les rapprocher, cette forme de cohabitation relative, qui les faisait se croiser à chaque instant, au travail et dans la rue, dans le métro comme à la porte de la maison, les avait éloignés. Soumise à l'épreuve de la proximité permanente, la camaraderie des forums internationaux et des échanges électroniques, naguère si effervescente, s'était soudain congelée. Non, rien à faire : il n'y aurait pas de romance avec Richard Bowmaster. Quel dommage, car c'était le genre d'homme tranquille et fiable, avec lequel elle aurait accepté de s'ennuyer. Elle ne comptait qu'un an et huit mois de plus que lui : une différence négligeable, disait-elle quand l'occasion s'en présentait, mais secrètement elle admettait que ce n'était pas à son avantage. Elle se sentait lourde et humiliée par une contraction de la colonne, car elle ne pouvait porter de hauts talons sans s'étaler de tout son long ; et le monde entier, autour d'elle, grandissait et grandissait encore. Ses étudiants semblaient toujours plus élancés, montés en épi et indifférents, telles des girafes. Elle en avait marre de contempler d'en bas les poils de nez du reste de l'humanité. Richard, en revanche, portait son âge avec le charme dégingandé, nonchalant, du professeur absorbé dans les méandres de l'étude.

Tout comme Lucía l'avait décrit à Daniela, Richard Bowmaster était de taille moyenne ; il avait encore assez de cheveux et de bonnes dents, les yeux hésitant entre le gris et le vert, suivant le reflet de la lumière dans ses lunettes et l'état de son ulcère. Il souriait rarement sans une raison digne de ce nom, mais ses fossettes mobiles et sa chevelure négligée lui donnaient un air juvénile, tout en marchant les yeux rivés au sol, chargé de livres, courbé sous le poids de ses préoccupations. Lucía ne pouvait imaginer en quoi elles consistaient, car il semblait en bonne santé, il était au sommet de sa carrière académique et, à l'heure de la retraite, il pourrait envisager une vieillesse confortable. La seule personne à sa charge était son père, Joseph Bowmaster, qui vivait dans une maison de repos, à un quart d'heure de route. Richard lui téléphonait tous les jours et lui rendait visite deux fois par semaine. L'homme avait quatre-vingt-seize ans accomplis et circulait en fauteuil roulant, mais il avait plus de feu au cœur et de lucidité que personne. Il passait son temps à écrire au président Obama pour lui prodiguer des conseils.

Lucía subodorait, sous l'apparence taciturne de Richard, une réserve de gentillesse et un désir caché d'apporter discrètement son aide, en servant dans un restaurant pour SDF, ou en s'occupant des petits perroquets qui squattaient le cimetière. Richard avait sans doute hérité de son père ce trait de caractère volontariste ; Joseph n'aurait pas permis à son fils de se la couler douce, sans embrasser une juste cause. Au début, Lucía analysait les comportements de Richard, cherchant des voies d'accès à son amitié, mais comme elle n'avait pas le courage de fréquenter les cantines de charité ni de prendre soin des volatiles, il ne lui restait qu'à partager son travail universitaire. Pas moyen de se faufiler dans l'existence de cet homme. L'indifférence de Richard ne la froissait nullement, car il ne prêtait guère attention à ses autres collègues féminines, ni aux hordes d'étudiantes. Sa vie d'ermite était une énigme : qui savait quels secrets cela pouvait recouvrir, comment il avait vécu soixante années sans défis majeurs, protégé par sa carapace de tatou.

Lucía, en revanche, était fière des nombreux drames de son passé et voulait se forger un avenir intéressant.

En principe, elle se méfiait du «bonheur», qu'elle trouvait un peu kitsch. Elle se contentait d'être plus ou moins satisfaite. Richard avait longuement séjourné au Brésil, où il avait épousé une jeune femme très sensuelle, à en juger par une photo que Lucía avait aperçue. Et pourtant, apparemment, rien de l'exubérance de ce pays et de cette femme n'avait déteint sur lui. Toutefois, en dépit de ses bizarreries, Richard plaisait toujours à son entourage. Dans la description qu'elle en avait faite à sa fille, Lucía disait qu'il avait le «sang léger», comme disent les Chiliens de quelqu'un qui se fait aimer sans le vouloir et sans raison apparente. «C'est un curieux type, Daniela, figure-toi qu'il vit seul avec quatre chats. Il ne le sait pas encore, mais, quand je partirai, c'est lui qui se chargera de Marcelo», concluait-elle. Elle avait bien deviné. La séparation serait déchirante, mais elle ne pouvait traîner de par le monde un vieux chihuahua cacochyme.

Richard

Brooklyn

En rentrant chez lui le soir, à bicyclette si le temps le permettait, sinon en métro, Richard Bowmaster s'occupait d'abord de ses quatre chats, ces animaux peu affectueux qu'il avait adoptés à la SPA pour en finir avec les souris. Il avait pris cette décision comme une mesure d'ordre logique, sans un soupçon de sentimentalisme, mais les félins avaient fini par devenir d'inévitables compagnons. On les avait livrés stérilisés, vaccinés, avec une puce électronique sous la peau pour les identifier s'ils venaient à s'égarer, et avec leurs noms d'origine, mais, pour simplifier, Richard les avait numérotés en portugais : Um, Dois, Três et Quatro. Il les nourrissait et nettoyait leur bac à sable, puis il écoutait les nouvelles en se préparant à dîner dans la vaste salle d'auberge polyvalente de la cuisine. Après le repas, il faisait un peu de piano, parfois par plaisir, ou par discipline.

En principe, il y avait chez lui une place pour chaque chose, et chaque chose était à sa place ; mais en pratique, les papiers, livres et revues se reproduisaient comme les musaraignes dans un cauchemar champêtre. Le matin, il y en avait toujours plus que la nuit précédente et, parfois, il découvrait des publications ou des pages détachées qu'il n'avait jamais vues et dont il se demandait comment diable elles avaient pu atterrir chez lui. Après dîner, il lisait, préparait les cours, corrigeait des épreuves ou écrivait des essais sur la politique. Sa carrière académique était plus redevable à sa constance dans la recherche et à ses publications qu'à sa vocation d'enseignant. C'est pourquoi le dévouement manifesté par ses étudiants, quelquefois bien après avoir décroché leur diplôme, lui paraissait inexplicable. Son ordinateur était dans la cuisine, et l'imprimante au troisième étage, dans une pièce qui n'avait pas d'autre usage, où le seul meuble était une table pour l'appareil. Par bonheur, il vivait seul et n'avait jamais dû expliquer la curieuse distribution de son équipement de bureau. Sinon, peu de gens auraient compris son obstination à faire de l'exercice en montant et descendant un escalier d'une raideur rébarbative. Il faut dire que cela vous obligeait à y penser deux fois avant d'imprimer n'importe quelle sottise, ne fût-ce que par respect pour les arbres sacrifiés.

Dans ses nuits d'insomnie, quand il ne parvenait pas à séduire le piano et que les touches jouaient à leur guise, il lui arrivait de succomber à un vice caché : composer et mémoriser des poèmes. Mais il gaspillait peu de papier : il écrivait à la main sur des cahiers quadrillés d'écolier. Il en avait une collection, remplis de poèmes inachevés, et deux livrets plus luxueux, reliés en cuir, où il copiait ses meilleurs vers dans l'intention de les polir un jour, mais ce jour n'arrivait jamais : l'idée de relire ses textes lui donnait des crampes d'estomac. Il avait étudié le japonais pour apprécier les haïkus dans leur forme originelle, il pouvait le lire et le comprenait, mais il aurait trouvé prétentieux de se risquer à le parler. Il avait à cœur d'être polyglotte. Enfant, il avait appris le portugais dans sa famille maternelle, et l'avait perfectionné avec sa compagne brésilienne, Anita. Il avait acquis des rudiments de français, pour des raisons sentimentales, et des éléments d'espagnol, par nécessité professionnelle. Sa première passion amoureuse, à dix-neuf ans, était une Française, de huit ans son aînée, qu'il avait connue dans un bar de New York et suivie à Paris. La passion s'était promptement refroidie mais, par commodité, ils avaient partagé une mansarde dans le Quartier latin, où il avait acquis les bases de la connaissance charnelle et de la langue du cru, qu'il parlait avec un accent barbare. Quant à son espagnol, c'était à la fois celui des livres et celui de la rue : il y avait partout des Latinos à New York, mais les immigrés ne comprenaient pas sa diction de l'Institut Berlitz, où il avait étudié. Et lui-même ne les comprenait guère au-delà du strict nécessaire pour se faire comprendre au restaurant. On avait parfois l'impression que tous les aubergistes du pays parlaient la langue de Sancho Panza.

Samedi matin, la tempête était passée, laissant Brooklyn à demi enfoncé dans la neige. Richard s'éveilla avec le sentiment pénible d'avoir froissé Lucía la veille, en écartant sèchement ses appréhensions. Il aurait apprécié sa compagnie tandis qu'au-dehors le vent et les flocons fouettaient la maison. Pourquoi l'avoir traitée de façon si abrupte ? En fait, il craignait de tomber amoureux : un piège qu'il avait évité pendant vingt-cinq ans. Il ne se demandait pas pourquoi il refusait de s'éprendre, car la réponse lui semblait évidente : c'était une pénitence inéluctable. Avec le temps, il s'était fait à ses habitudes monastiques et au silence intérieur de ceux qui dorment seuls. Après avoir raccroché le téléphone, il avait eu envie de frapper à la porte du sous-sol avec une Thermos de thé, pour accompagner sa voisine. Cette crainte enfantine chez une femme qui avait connu bien des drames dans sa vie et qui paraissait invulnérable l'intriguait. Il aurait aimé ouvrir cette brèche dans la forteresse, mais un pressentiment de danger l'avait arrêté, comme s'il s'aventurait sur des sables mouvants. Cette sensation de risque était toujours présente. Rien de neuf sous le soleil. De temps à autre, il était pris d'une angoisse inexpliquée ; alors il comptait sur ses petites pastilles vertes. Il se sentait tomber sans espoir dans l'obscurité glacée du fond des mers, et il n'y avait personne, à la ronde, pour lui tendre la main et le ramener à la surface. Ces obscures prémonitions fatalistes avaient commencé au Brésil, au contact d'Anita, qui vivait comme suspendue aux signes de l'au-delà. Autrefois elles étaient fréquentes, mais il avait appris à les neutraliser, car elles s'accomplissaient rarement.

Radio et télévision conseillaient de rester calfeutré tant que les rues ne seraient pas dégagées. Manhattan demeurait paralysé, les commerces fermés, mais le métro et les bus recommençaient à circuler. D'autres régions du pays vivaient dans des conditions pires que celles de New York, avec des habitations détruites,

des arbres déracinés, des quartiers complètement isolés, certains sans gaz ni électricité. Leurs habitants avaient reculé de deux siècles en quelques heures. Par comparaison, ceux de Brooklyn avaient eu de la chance.

Richard sortit pour nettoyer la voiture, stationnée en face de la maison, avant que la neige ne se transforme en glace, qu'il faudrait racler. Puis il donna la pâtée aux chats et petit-déjeuna comme à son habitude, de flocons d'avoine au lait d'amande et aux fruits, avant de s'installer pour travailler à son article sur la crise économique et politique du Brésil, que les prochains jeux Olympiques mettaient en relief sur la scène internationale. Il devait aussi réviser la thèse d'un étudiant, mais il avait toute la journée devant lui.

Vers les trois heures de l'après-midi, Richard nota l'absence de l'un des félins. Quand il était à la maison, les animaux demeuraient à proximité. Sa relation avec eux était d'une indifférence réciproque, sauf avec Dois, l'unique femelle de la bande, qui profitait de la moindre occasion pour sauter sur ses genoux et se faire caresser. Les trois mâles étaient indépendants : ils avaient compris dès le début qu'ils n'étaient pas des mascottes, leur devoir était de chasser les souris. Mais il observa que les chats Um et Quatro arpentaient la cuisine, inquiets de ne pas trouver Três. Quant à Dois, elle était couchée sur la table, à côté de l'ordinateur, une de ses places préférées.

Richard se mit à la recherche du chat manquant, en l'appelant avec le sifflement habituel. Il finit par le trouver au deuxième étage, couché par terre, avec de l'écume rose au bout du museau. « Que se passe-t-il, mon petit ? » Il parvint à le mettre sur pied, et l'animal fit quelques pas en titubant, avant de retomber. Il y avait des traces de vomissure partout, comme lorsque les chats ne digéraient pas bien les petits os des rongeurs. Richard le porta dans la cuisine et tenta de lui faire boire de l'eau. En vain. C'est alors que Três fut pris de convulsions, les quatre pattes rigides. Richard comprit les symptômes de l'empoisonnement. Il fit rapidement le compte des substances toxiques qu'il gardait chez lui, soigneusement rangées. Il lui fallut de longues minutes pour trouver la cause du problème, sous le lave-vaisselle. Le liquide antigel s'était répandu et sans doute Três l'avait-il léché car on voyait des traces de pattes. Pourtant, Richard était sûr d'avoir bien fermé le récipient, ainsi que la porte du cabinet. Il ne comprendrait que plus tard. Dans l'immédiat, il fallait s'occuper du chat, car l'antigel est un poison mortel.

Le trafic était restreint, limité aux urgences, et c'était précisément le cas. Il chercha sur Internet l'adresse de la clinique vétérinaire la plus proche, en trouva une qu'il connaissait d'ouverte, enveloppa l'animal dans une couverture et l'installa dans la voiture. Il se félicita d'avoir enlevé la neige le matin, faute de quoi il aurait été coincé. Et si le désastre s'était produit pendant la tempête, il n'aurait pu bouger de chez lui. Brooklyn s'était transformé en ville nordique, blanc sur blanc, les angles arrondis par la neige, les rues vides et une étrange paix, comme si la nature bâillait. « Ne te mets pas en tête de mourir, Três, je t'en prie. Tu es un chat prolétarien, tu as des tripes d'acier, un peu d'antigel ce n'est rien, courage », murmurait Richard tout en conduisant dans la neige avec une terrible lenteur, en pensant que chaque minute perdue était une minute de moins pour l'animal. «Du calme, mon ami, tiens bon. Je ne peux pas me grouiller, si nous patinons nous sommes foutus, mais nous y sommes presque. Je ne peux pas aller plus vite, pardon… »

Le trajet de vingt minutes, dans des circonstances normales, lui prit le double de temps et quand, enfin, il aperçut la clinique, la neige était de retour et le chat, agité par de nouvelles convulsions, bavait toujours plus d'écume rose. Ils furent reçus par une vétérinaire efficace, économe de ses gestes comme de ses paroles. Elle ne montra guère d'optimisme concernant le chat, ni de sympathie pour son maître, dont la négligence avait causé l'accident, glissa-t-elle à son assistante à voix basse, pas assez basse, toutefois, pour que Richard ne pût l'entendre. En d'autres circonstances, il aurait réagi à ce commentaire malveillant, mais il était comme retourné par un puissant remous de mauvais souvenirs. Il demeurait bouche cousue, dans un sentiment d'humiliation. Ce n'était pas la première fois que sa négligence était fatale. Et il était devenu si précautionneux, tellement prudent qu'il avait souvent l'impression de marcher sur des œufs. La vétérinaire expliquait qu'elle ne pouvait pas faire grand-chose. Les analyses du sang et de l'urine établiraient si les reins étaient atteints, ou non, de façon irréversible, auquel cas il vaudrait mieux réserver une fin paisible à l'animal. Il fallait le garder en observation ; dans deux ou trois jours, on saurait exactement à quoi s'en tenir. Mais il valait mieux se préparer au pire, et Richard acquiesça, au bord des larmes. C'est le cœur serré qu'il se sépara de l'animal ; il sentait peser sur sa nuque le regard lourd de la praticienne, comme s'il était accusé et condamné d'avance.

À la réception, une jeune employée aux cheveux couleur carotte et portant un anneau dans le nez eut pitié de lui en le voyant trembler pour sortir sa carte de crédit et verser la caution. Il pouvait leur faire confiance, dit-elle : l'animal serait bien soigné. Et elle lui montra la machine à café. Devant ce geste d'amabilité tout simple, Richard fut secoué par un sentiment de gratitude disproportionné : venu de très loin, un sanglot lui échappa. À la question de savoir ce qu'il éprouvait pour ses quatre mascottes, il aurait répondu qu'il se sentait tenu de les nourrir et de nettoyer leur litière ; sa relation avec les chats était de pure courtoisie, sauf avec Dois, qui avait besoin d'être cajolée. Un point c'est tout. Il n'avait jamais imaginé qu'il en viendrait à estimer ces félins parfois déplaisants comme les membres d'une famille qu'il n'avait pas. Il prit place dans la salle d'attente, sous le regard compréhensif de la réceptionniste, et vida son café amer et délayé, avec deux pastilles vertes pour les nerfs, et une rose pour l'acidité. Il reprit lentement ses esprits. Il devait rentrer à la maison.

Les phares de la voiture éclairaient un paysage désolé de rues sans vie. Richard roulait lentement, l'œil rivé au demi-cercle de vitre dégivrée. Ces rues étaient celles d'une ville inconnue et, pendant une longue minute, alors qu'il avait déjà fait ce trajet, il se sentit perdu, entre le temps immobile, le bourdonnement du chauffage et le tic-tac accéléré des essuie-glaces.

Il avait l'impression que l'auto flottait dans une atmosphère cotonneuse et que lui-même, confus, était la dernière âme d'un monde abandonné. Il parlait tout seul, la tête remplie de bruit et de considérations néfastes sur les horreurs inévitables de l'univers en général et de son existence en particulier. Combien de temps pourrait-il encore vivre dans ces conditions ? Si la vie dure ce qu'il faut, c'est le cancer de la prostate ; si l'on survit davantage, c'est le cerveau qui se déglingue. L'âge de la peur était arrivé : les voyages ne le tentaient plus, il était amarré aux commodités de sa maison, ne voulait plus d'imprévus, avait peur de se perdre ou de tomber malade et de mourir sans personne pour découvrir son cadavre avant une semaine ou deux, quand les animaux auraient dévoré une partie de ses restes. Il s'effrayait tellement à l'idée d'être retrouvé au milieu d'une mare de viscères en putréfaction qu'il s'était mis d'accord avec sa voisine, une veuve d'âge mûr, au tempérament de fer et au cœur de velours : il devait lui envoyer un petit message, par texto, chaque soir. Si elle ne recevait rien deux fois de suite, elle viendrait jeter un coup d'œil – il lui avait donné une clé de la maison. Le message ne portait que trois mots : « Je vis toujours. » Elle n'était pas obligée de répondre, mais, comme elle partageait la même crainte que lui, elle répliquait toujours par trois mots : « Merde ! Moi aussi. » Le plus terrible, dans la mort, c'était l'idée de l'éternité. Mort pour toujours : quelle horreur.

Richard craignait la crise d'anxiété qui pouvait l'encercler. Alors, il ne sentait plus battre son pouls, ou bien celui-ci prenait le galop. Naguère, il avait subi quelques attaques de ce genre, qui ressemblaient tellement à une crise cardiaque qu'il s'était retrouvé à l'hôpital. Ces dernières années, il avait évité cette extrémité, d'une part grâce aux pastilles vertes, de l'autre en apprenant à endiguer la poussée hostile. Il concentrait son attention sur le noir cumulus qui le guettait, et le voyait transpercé par de puissants rayons de lumière, comme dans les estampes religieuses. En fixant cette image accompagnée d'exercices de respiration, il parvenait à dissiper la nuée menaçante. Mais pour l'heure il n'eut pas besoin de recourir à cette parade : il se voyait lui-même de loin, comme dans un film dont il n'était pas le protagoniste, mais le spectateur.

Cela faisait des années qu'il vivait dans un environnement parfaitement sous contrôle, sans surprises ni sursauts. Toutefois, il n'avait pas complètement oublié la fascination exercée par les quelques aventures de sa jeunesse, à commencer par l'amour fou pour Anita. Puis ses craintes le firent sourire. Conduire quelques kilomètres à Brooklyn par mauvais temps n'était pas spécialement une aventure. Alors seulement il eut clairement conscience de la petitesse de sa vie, de son existence rétrécie, et il sentit la peur l'envahir pour de bon : peur d'avoir perdu tant d'années enfermé en lui-même, peur de la vitesse à laquelle passait le temps tandis que nous tombaient sur le dos la vieillesse et la mort. Ses lunettes s'étaient embuées de sueur, ou de larmes. Il les ôta d'un revers de la main et tenta de les frotter sur une manche. La nuit tombait et la visibilité plus encore. Agrippé au volant de la main gauche, il essaya de remettre ses lunettes avec la droite, mais les gants le gênaient et la monture tomba entre les pédales. Un gros mot lui remonta du fond des tripes.

À cet instant précis, alors qu'il était brièvement distrait de la conduite et qu'il tâtonnait le plancher à la recherche des lunettes, une voiture blanche qui le précédait, qui se confondait avec la neige, freina soudain au carrefour. Et Richard la percuta. Le choc était tellement inattendu, si renversant que, l'espace d'une seconde, il perdit connaissance. Mais il reprit aussitôt ses esprits avec la même sensation d'être extérieur à son corps, baigné de sueur, le cœur emballé, la peau brûlante et la chemise collée au dos. Il ressentait un malaise physique, mais son esprit était situé sur un autre plan, dissocié de la réalité. L'homme au volant qu'il voyait comme dans un film continuait à crachoter des jurons, mais lui, le spectateur, dans sa propre dimension, évaluait froidement la situation, comme indifférent. C'était une petite collision, il en était sûr. Les deux voitures avançaient lentement. Il fallait récupérer les lunettes, descendre du véhicule et faire face à l'autre conducteur. De manière civilisée. Les assurances n'étaient pas là pour rien.

En sortant de la voiture, il glissa sur le sol gelé et serait tombé à la renverse s'il ne s'était cramponné in extremis à la portière. Il réalisa que, même s'il avait freiné, il aurait patiné deux ou trois mètres avant de s'arrêter. L'autre véhicule, une Lexus SC, avait été propulsé par la violence du choc. Traînant les pieds, le vent en pleine figure, Richard franchit la courte distance qui le séparait de l'autre automobiliste, debout près de sa portière. Sa première impression fut qu'il avait l'air trop jeune pour avoir son permis de conduire ; en s'approchant davantage, il comprit que c'était une jeune fille de petite taille. Elle portait un pantalon, des bottes noires en caoutchouc et un anorak beaucoup trop grand pour elle. Le capuchon lui couvrait la tête.

« Pardonnez-moi, c'est ma faute. Je ne vous avais pas vue. Mon assurance paiera les dommages », lui dit-il.

La fille jeta un bref regard sur le feu arrière brisé et le coffre embouti, entrouvert. Elle tenta en vain de le refermer, tandis que Richard lui répétait le refrain de l'assurance.

« Si vous voulez, nous pouvons appeler la police, mais ce ne sera pas nécessaire. Voici ma carte, on peut me trouver facilement dans le coin. »

Mais elle ne paraissait pas l'entendre. Visiblement choquée, elle continuait à s'escrimer sur la fermeture du coffre. Puis elle comprit que c'était inutile et lutta contre le vent pour se rasseoir au volant, suivie de Richard qui insistait pour lui laisser ses coordonnées. Elle démarra sans lui accorder un regard, mais il jeta la carte de visite sur ses genoux, tandis qu'elle accélérait sans arriver à fermer la portière, qui heurta les jambes de Richard, le laissant assis au beau milieu de la chaussée. La Lexus disparut au coin de la rue. Richard se releva péniblement, en frottant son bras endolori. Il tira la conclusion de cette journée calamiteuse en se disant qu'il ne manquait plus qu'une seule chose : que le chat ne revienne pas à la maison.

Lucía, Richard, Evelyn

Brooklyn

À cette heure avancée de la soirée, Richard Bowmaster, qui se levait à cinq heures du matin pour aller au gymnase, aurait dû être dans son lit, à compter les moutons, bercé par le ronronnement de Dois à ses côtés. Mais voilà : toutes ces malheureuses péripéties l'avaient laissé de si mauvaise humeur qu'il voulut affronter la tourmente de l'insomnie en regardant une ânerie à la télévision. Il espérait se divertir l'esprit. Au moment immanquable de la scène d'intimité sexuelle, en voyant le réalisateur lutter désespérément avec le scénario, tout comme les acteurs luttaient dans les draps pour exciter le public avec un érotisme de sucre d'orge, qui ne cassait rien sauf le rythme de l'action, furieux, il lança vers l'écran « Et si vous enchaîniez l'histoire, bordel ! », en songeant avec nostalgie au temps où le cinéma suggérait la fornication par une porte qui se fermait discrètement, une lampe qui s'éteignait ou une cigarette oubliée dans le cendrier. Alors une sonnette le fit sursauter. Richard regarda son réveil : il était dix heures moins vingt. Même les Témoins de Jéhovah, qui sillonnaient le quartier depuis une quinzaine de jours pour convertir de nouveaux adeptes, ne se risquaient pas à une prédication aussi tardive. Intrigué, il se dirigea vers la porte vitrée, sans éclairer l'entrée. Il fouillait des yeux l'obscurité, mais ne put distinguer qu'une silhouette. Il allait faire demi-tour quand une deuxième sonnerie le fit tressaillir. D'un même élan, il alluma et ouvrit la porte.

Encadrée par le faible éclairage de l'entrée, la jeune fille à l'anorak était là, la nuit noire dans son dos. Richard la reconnut aussitôt. Timide, la tête enfoncée dans les épaules, le visage caché par le capuchon, elle semblait encore plus petite que dans la rue. Richard murmura un « Oui ? » interrogatif et, en guise de réponse, elle lui glissa la carte de visite qu'il avait jetée dans la voiture et où figuraient son nom, son poste à l'université, et ses différentes adresses. Il resta interdit, la carte à la main, ne sachant que faire pendant une minute qui parut une éternité. Enfin, sentant passer le vent et le froid de la neige à travers la porte, il se ressaisit, fit un pas de côté, puis, d'un geste, invita la fille à entrer. Il referma derrière elle et resta de nouveau, les bras ballants, à l'observer.

« Il ne fallait pas venir ici, mademoiselle. Il faut appeler directement les assurances... », balbutiait-il.

Mais la jeune fille ne répondait pas. Plantée à l'entrée, les yeux masqués, elle avait l'air d'une visiteuse obstinée d'outre-tombe. Et Richard s'échinait à parler d'assurances, sans obtenir de réaction.

« Vous comprenez l'anglais ? » finit-il par demander.

Autre silence, pendant d'autres secondes. Il répéta la question en espagnol, car la taille de la visiteuse lui suggérait qu'elle venait sans doute d'Amérique centrale, mais ce pouvait être aussi bien le Sud-Est asiatique. Elle répondit par un murmure incompréhensible, qui résonnait comme une gouttière monotone. Comme la situation s'éternisait, Richard l'invita à passer dans la cuisine, mieux éclairée, où ils pourraient peut-être s'expliquer. Elle le suivit, mais elle continuait à fixer le sol, en se balançant légèrement, comme suspendue à une corde molle. Richard débarrassa une partie de la table de ses papiers et désigna un des tabourets à la jeune fille.

« Je regrette beaucoup d'avoir embouti votre voiture. J'espère ne vous avoir causé aucun mal », dit-il.

Devant l'absence de réaction, il traduisit ses propos dans un espagnol approximatif. Elle fit non de la tête. Richard s'évertuait à essayer de comprendre ce qu'elle faisait chez lui à cette heure. Comme cet accident mineur ne justifiait nullement l'état de la jeune fille, il pensa qu'elle fuyait – quelque chose ou quelqu'un.

« Comment vous appelez-vous ? » demanda-t-il.

Avec beaucoup de difficultés, en butant sur chaque syllabe, elle parvint à lui donner son nom : Evelyn Ortega. Richard se sentait dépassé par la situation. Il avait besoin d'une aide urgente afin de se défaire de cette visite importune. Beaucoup plus tard, analysant le déroulement des événements, il serait surpris par le fait de n'avoir pensé qu'à une chose : appeler la Chilienne qui occupait le sous-sol. Certes, depuis qu'ils se côtoyaient, il avait vu en elle une femme dynamique et décidée, mais il n'y avait pas de raison de la supposer préparée à une situation aussi peu banale.

À dix heures du soir, le téléphone fit sursauter Lucía Maraz. La seule personne susceptible de lui téléphoner à cette heure était sa fille Daniela, mais non : c'était Richard, qui la priait de monter chez lui tout de suite. Or, après avoir grelotté toute la journée, Lucía s'était enfin réchauffée dans son lit et n'avait guère envie de quitter ce nid douillet pour répondre à l'appel péremptoire de l'homme qui l'avait condamnée à vivre dans un igloo et qui, de surcroît, le soir précédent, avait ignoré son besoin de compagnie. Il n'y avait pas de communication directe entre le sous-sol et le reste de la maison, il faudrait donc s'habiller, se frayer un chemin dans la neige et gravir douze marches glissantes pour arriver au but : Richard ne méritait pas un tel effort.

Une semaine plus tôt, elle s'était un peu accrochée avec lui car l'eau dans la gamelle du chien était gelée le matin, mais cette preuve, pourtant confondante, n'avait pas convaincu son logeur de monter le chauffage. Richard s'était borné à lui prêter une couverture électrique. Comme elle n'avait plus servi depuis des décennies, à peine branchée, elle avait dégagé une épaisse fumée et provoqué un court-circuit. Le froid n'était pourtant que la dernière récrimination de Lucía ; elle en avait eu d'autres. La nuit, on entendait monter un chœur de souris derrière les cloisons, chose impossible aux yeux du propriétaire puisque les chats étaient comptables de la présence des rongeurs. Les bruits ne pouvaient donc provenir que des canalisations rouillées ou des boiseries desséchées.

« Désolé de te déranger si tard, Lucía, mais j'ai besoin de ton aide, pour un problème sérieux, annonça Richard au téléphone.

— Quel genre de problème ? Sauf si tu perds ton sang, ça pourra bien attendre jusqu'à demain, répliqua-t-elle.

— Une Latino-Américaine, hystérique, a envahi mon domicile et je ne sais qu'en faire. Peut-être pourrais-tu l'aider. Je ne comprends presque rien de ce qu'elle dit.

— Alors, trouve une pelle et viens me déterrer de cette foutue neige », concéda-t-elle, piquée par la curiosité.

Peu après, Richard, harnaché comme un Esquimau, délivra sa voisine et la conduisit, avec le chien Marcelo, dans son logement quasi aussi froid que le sous-sol. En marmottant des allusions à son avarice au sujet du chauffage, Lucía le suivit à la cuisine, où elle était passée quelquefois. À peine débarquée à Brooklyn, elle avait rendu visite à Richard, au prétexte de lui préparer un dîner végétarien selon ses goûts. Elle pensait ainsi approfondir leur relation, mais son logeur était un os dur à ronger... Alors qu'elle tenait la cuisine végétarienne pour une lubie de gens qui n'avaient jamais eu faim, elle s'était appliquée à cuisiner pour lui. Richard vida deux assiettes sans commentaire, la remercia sans insister et ne paya jamais son attention de retour. Lucía put vérifier à cette occasion combien le style de vie de son propriétaire était austère. Parmi quelques meubles ordinaires et dans un état douteux, on était frappé par la présence d'un piano à queue soigneusement lustré. Tous les mercredis et samedis après-midi, le bunker de Lucía résonnait de loin aux accords des concerts que donnaient Richard et trois autres musiciens, qui se réunissaient pour le plaisir de jouer ensemble. Très bien, lui semblait-il, mais elle avait une oreille exécrable et sa culture musicale était insignifiante. Depuis de longs mois, elle espérait une invitation de Richard à écouter son quatuor. Sans résultat.

Richard occupait la plus petite chambre de la maison, quatre murs avec une lucarne de prisonnier, et le salon du premier étage était converti en dépôt de papier imprimé en tout genre. La cuisine, également envahie de piles de livres, se reconnaissait à l'évier et à une antique cuisinière à gaz, capricieuse, qui avait pris l'habitude de s'allumer toute seule, et impossible à régler, car il n'existait plus de pièces de rechange.

La personne annoncée par Richard était une naine. Elle était assise devant la grande table de bois rustique qui servait à la fois de bureau et de salle à manger. Ses pieds pendaient du tabouret, elle portait un anorak d'un jaune criard, le capuchon enfoncé sur la tête, et des bottes de pompier. Elle ne donnait aucun signe d'hystérie, au contraire, elle était comme hébétée. Elle ne prêta nulle attention à la présence de Lucía, qui s'avança vers elle et lui tendit la main, sans lâcher Marcelo ni perdre de vue les chats qui l'observaient de près, l'échine hérissée.

« Lucía Maraz, chilienne ; je suis la locataire du sous-sol », dit-elle pour se présenter.

L'anorak jaune laissa passer une petite main tremblante de bébé, qui saisit mollement celle de Lucía.

« Elle s'appelle Evelyn Ortega, précisa Richard devant le mutisme de l'intéressée.

— Enchantée », répondit Lucía.

Mais un nouveau silence menaçait de s'installer, et Richard intervint à nouveau, en se raclant nerveusement la gorge.

«J'ai heurté l'arrière de sa voiture en revenant de la clinique vétérinaire. Un de mes chats s'est empoisonné à l'antigel… Et cette jeune fille m'a l'air très effrayée. Peux-tu lui parler ? Je suis sûr que vous pourriez vous comprendre.

— Et pourquoi cela ?

— Tu es une femme, non ? Et tu parles sa langue bien mieux que moi.»

Lucía s'adressa en espagnol à la visiteuse. Elle voulait savoir d'où elle venait et ce qui s'était passé. L'autre s'éveilla de l'état catatonique où elle semblait plongée. Sa tête émergea du capuchon, mais elle gardait les yeux rivés au sol. Ce n'était pas une naine, mais une fille très petite et très mince, au visage aussi délicat que les mains, à la peau couleur de bois clair et aux cheveux noirs attachés sur la nuque. Lucía la supposait indienne, peut-être de la région maya, même si elle n'en partageait pas tellement les traits caractéristiques : le nez aquilin, les pommettes anguleuses et les yeux en amande. En forçant la voix, Richard déclara à la jeune fille qu'elle pouvait faire confiance à Lucía, en partant du principe que les étrangers comprennent l'anglais si on leur parle en criant. Et dans ce cas ce fut efficace, car la fille leur fit entendre une voix de canari pour préciser qu'elle venait du Guatemala. Elle bégayait si confusément qu'il était difficile de la suivre et, quand elle arrivait au bout de la phrase, on avait oublié le début.

Lucía parvint à déduire que la jeune Evelyn avait emprunté la voiture de sa patronne, une certaine

Cheryl Leroy, sans la prévenir car l'autre faisait la sieste. Elle ajoutait par bribes et morceaux que, à la suite de la collision avec Richard, elle avait dû renoncer à rentrer chez elle, pour ne pas faire état de l'accident. Elle ne craignait pas les réactions de sa patronne, mais de M. Frank Leroy, le patron, qui était dangereux et avait mauvais caractère. Elle avait donc tournicoté longtemps, à gauche et à droite, en essayant de trouver une solution, l'esprit entraîné dans un tourbillon. Le coffre bosselé ne fermait plus correctement et elle avait dû s'arrêter pour improviser une attache avec le ceinturon de son anorak. Elle avait passé une partie de la soirée à stationner dans différents quartiers : elle ne s'attardait guère, par crainte d'attirer l'attention ou que la neige ne recouvre la voiture. C'est au cours d'un arrêt qu'elle avait trouvé la carte de visite de Richard et que, en désespoir de cause, elle avait décidé de se rendre chez lui.

Tandis qu'Evelyn restait juchée sur le tabouret de la cuisine, Richard pria Lucía de le suivre à l'écart et lui murmura que la visiteuse avait des problèmes mentaux, ou qu'elle était droguée.

« Et qu'est-ce qui te le fait croire ? demanda-t-elle à voix basse.

— Elle n'arrive même pas à parler.

— Tu n'as pas compris qu'elle était bègue ?

— Tu en es sûre ?

— Bien sûr, mon vieux. En plus, elle est terrorisée, la pauvre petite.

— Que pouvons-nous faire pour l'aider ?

— Rien pour l'instant, il est trop tard. Qu'en penserais-tu si on lui proposait de rester ici ? Demain, on pourrait l'accompagner chez ses patrons, expliquer l'histoire de l'accrochage. Ton assurance paiera les dommages. Ils n'auront pas de raison de se plaindre.

— Sauf qu'elle a pris la voiture sans permis ni permission. Sûr qu'ils vont la chasser.

— On verra ça demain. Pour l'instant, il faut la tranquilliser», décida Lucía.

Il soumit la jeune fille à un interrogatoire qui éclaira divers aspects de sa vie quotidienne chez ses employeurs, les Leroy. En fait, Evelyn n'avait pas d'horaire fixe: en principe, elle travaillait de neuf à dix-sept heures, mais elle passait toute la journée avec l'enfant, et dormait avec lui pour s'en occuper s'il le fallait. Autrement dit, elle faisait l'équivalent des trois-huit à elle seule. Et on la payait, en espèces, pour beaucoup moins d'heures de travail, comme le calculèrent Lucía et Richard. Cela ressemblait à du travail forcé ou à une forme illégale de domesticité, mais cet aspect lui semblait secondaire. L'essentiel était qu'elle disposait d'un lieu où vivre en sécurité. Mme Leroy la traitait fort bien et, si le mari lui donnait des ordres de temps à autre, il ignorait généralement sa présence. M. Leroy manifestait le même dédain pour son épouse et son enfant. C'était un homme violent: tout le monde tremblait en sa présence, à commencer par sa femme. Si jamais il apprenait l'histoire de la voiture «empruntée»...

«Calme-toi, ma fille, il ne va rien t'arriver, lui dit Lucía.

— Tu peux dormir ici. Ce n'est pas aussi grave que tu le crois. Nous allons t'aider, ajouta Richard.

— Pour l'instant, nous avons besoin d'un verre. Tu as quelque chose à boire, Richard ? De la bière, par exemple ? demanda Lucía.

— Tu sais très bien que je ne bois pas.

— Un peu de hasch, peut-être ? Cela nous aiderait. Evelyn est morte de fatigue, et moi je tremble de froid. »

Richard comprit qu'il valait mieux ne pas jouer les tartufes et sortit du frigo une boîte en fer-blanc qui contenait des gâteaux au chocolat. Pour soigner son ulcère et les maux de tête, on lui délivrait, depuis deux ans, une ordonnance qui permettait d'acheter de la marijuana à usage médical. Ils découpèrent un gâteau en trois parts, dont une pour remonter le moral d'Evelyn Ortega. Lucía estimait préférable de lui expliquer les propriétés de ce mélange, mais la jeune fille le mangea en toute confiance, sans poser de questions.

« Tu dois avoir faim, Evelyn. Avec tout ce remue-ménage tu n'as sûrement pas dîné. Il nous faut quelque chose de chaud, déclara Lucía en ouvrant le frigo. Mais il n'y a rien, ici, Richard !

— Je fais les courses le samedi pour toute la semaine, mais avec la neige et le chat malade… »

Lucía songeait aux restes de son ragoût, mais elle n'avait pas le courage de sortir à nouveau, de descendre dans les catacombes et de revenir en portant une marmite en équilibre sur un escalier glissant. En glanant le peu qui traînait dans la cuisine, elle fit griller des tartines (sans gluten), qu'elle servit avec un bon café au lait (sans lactose), tandis que Richard faisait les cent pas dans la cuisine en marmonnant et que la visiteuse caressait le dos de Marcelo avec une dévotion compulsive.

Trois quarts d'heure plus tard, ils flottaient tous les trois dans une aimable brume près de la cheminée allumée. Richard s'était installé par terre, adossé au mur, et Lucía s'était couchée sur une couverture, la tête reposant sur les jambes du propriétaire. Pareille familiarité ne se serait jamais vue en temps normal : Richard ne favorisait guère les contacts physiques, moins encore avec ses cuisses. Pour Lucía, c'était la première occasion, depuis de longs mois, de sentir l'odeur et la chaleur d'un homme, l'âpre texture du blue-jean contre sa joue et la douceur d'un vieux gilet de cachemire à portée de la main. Elle aurait préféré partager un lit, mais elle fit barrage à cette image dans un soupir, en laissant courir une lointaine possibilité de progresser avec lui sur les chemins tortueux de la sensualité... «J'ai un peu le mal de mer, ça doit être le gâteau», pensa-t-elle. Quant à Evelyn, assise sur le seul coussin de la maison, elle avait l'air d'un minuscule cavalier de course hippique, avec Marcelo dans son giron. Le petit morceau de hasch avait sur elle un effet opposé. Tandis que Richard et Lucía reposaient les yeux mi-clos, en luttant pour se maintenir éveillés, Evelyn, euphorique, racontait en bégayant, mais à gros bouillons, la tragique trajectoire de sa vie. En réalité, elle connaissait beaucoup mieux l'anglais qu'il n'y paraissait au début, mais elle ne trouvait plus ses mots quand elle était trop nerveuse. Sinon, elle pouvait se faire comprendre avec une éloquence inattendue en *spanglish*, ce mélange d'espagnol et d'anglais devenu la langue vernaculaire de nombreux Latinos aux États-Unis.

Dehors, la neige recouvrait doucement la Lexus blanche. Et au cours des trois jours suivants, pendant que la tempête allait se lasser de châtier la terre pour se dissoudre dans l'océan, les vies de Lucía Maraz, de Richard Bowmaster et d'Evelyn Ortega étaient vouées à s'entrelacer pour toujours.

Evelyn

Guatemala

Vert : un monde vert, bourdonnement de moustiques, cris de cacatoès, murmure de roseaux dans la brise, odeur insistante de fruits mûrs, de fumée de bois et de café torréfié, chaleur humide sur la peau et dans les rêves, c'est d'abord ainsi que se souvenait Evelyn de son petit village, Monja Blanca del Valle. Couleurs brûlantes sur les murs peints, les vêtements tissés, la flore et les oiseaux : des couleurs à foison, toute la gamme de l'arc-en-ciel – et davantage. Et en tout lieu, à tout moment, son aïeule omniprésente, sa petite mère, Concepción Montoya, la plus décente, travailleuse et catholique des femmes, aux dires du père Benito, qui savait tout puisqu'il était jésuite et basque, et fier de l'être, ajoutait-il avec jactance. Le père Benito avait couru le monde, et tout le Guatemala : il connaissait la vie des paysans car il vivait au milieu d'eux. Il n'aurait changé de vie pour aucun trésor. Il aimait sa grande tribu, comme il appelait sa communauté. Le Guatemala était le plus beau pays de l'univers, disait-il, le jardin d'Éden cajolé par Dieu et maltraité par l'humanité. Il ajoutait que son village favori était Monja Blanca del Valle, qui devait son nom à la fleur nationale, la plus blanche et pure des orchidées.

Le prêtre avait été le témoin des massacres d'indigènes perpétrés dans les années 1980, avec la torture systématique, les fosses communes, les hameaux réduits en cendre, où même les animaux domestiques avaient disparu. Il avait vu comment les soldats, le visage enduit de suie pour n'être pas reconnus, étouffaient tout soupçon de rébellion, toute semence d'espérance chez ces êtres aussi pauvres qu'eux-mêmes, afin de préserver le statu quo. Toutes choses qui, loin de l'endurcir, avaient encore attendri le cœur du père Benito. Sur ces images atroces du passé, il préférait superposer le spectacle fantastique du pays qu'il vénérait : l'infinie variété des oiseaux et des fleurs, les paysages de lacs, de forêts et de montagnes, les ciels immaculés. Les habitants l'acceptaient comme l'un d'entre eux : ce qu'il était en vérité. Il avait eu la vie sauve, disait-on, grâce à un miracle de la Vierge de l'Assomption, la sainte patronne nationale. Car où trouver une autre explication ? On murmurait qu'il avait caché des guérilleros et mentionné la réforme agraire en chaire de vérité. D'autres, pour beaucoup moins que ça, auraient eu la langue coupée et les yeux arrachés. Les esprits forts, qui ne manquent jamais, grommelaient que la Vierge n'y était pour rien, que le curé, bien sûr, devait être de la CIA, qu'il était protégé par les narco-trafiquants, ou qu'il avait l'oreille des militaires, mais ils ne se risquaient jamais à parler en sa présence, car le Basque, avec son squelette de fakir, aurait pu leur casser le nez d'un revers de main. Nul n'avait plus d'autorité morale que ce prêtre à l'accent rude. Et s'il respectait Concepción Montoya comme une sainte, il devait avoir ses raisons, pensait Evelyn, même si, à force de partager la vie de l'aïeule, celle-ci lui semblait plus humaine que divine.

Quand Miriam, la mère d'Evelyn, était partie vers le nord, l'invincible grand-mère s'était chargée de la petite et de ses deux frères aînés. Evelyn venait seulement de naître quand son père avait émigré, en quête de travail. La famille n'avait rien su de concret pendant des années. Puis le bruit avait couru que le père s'était installé en Californie, où il avait une autre famille, mais rien n'avait jamais été confirmé. Evelyn avait six ans lorsque sa mère, à son tour, avait disparu sans rien dire. Miriam avait fui à l'aube, à la cloche de bois, parce qu'elle n'avait pas le cœur d'embrasser ses enfants une dernière fois. Elle craignait d'y perdre la force de partir. C'était l'explication donnée quand les petits demandaient après elle. L'aïeule ajoutait que, grâce au sacrifice de leur mère, ils pouvaient manger tous les jours, aller à l'école et recevoir des colis remplis de jouets, de chaussures Nike et de friandises envoyées de Chicago.

Le jour du départ de Miriam était resté fixé dans le calendrier Coca-Cola de 1998, déteint par les années, cloué au mur de la chaumière de Concepción. Les fils aînés, Gregorio et Andrés, âgés respectivement de dix et huit ans, s'étaient lassés d'attendre le retour de Miriam. Ils s'étaient résignés à recevoir des cartes postales et à entendre sa voix, par intermittence, au téléphone du bureau de poste, à l'occasion de Noël ou de leur anniversaire, leur demandant pardon, une fois de plus, de ne pouvoir tenir sa promesse d'aller les voir. Evelyn avait toujours cru que sa mère reviendrait avec assez d'argent pour offrir une maison décente à la grand-mère. Les trois enfants idéalisaient leur mère, mais Evelyn plus que les autres, qui ne se rappelait bien ni son aspect ni sa voix, et devait les imaginer. Miriam leur envoyait des photos : elle avait beaucoup changé avec les années. Elle avait forci, se teignait les cheveux avec des raies jaunes ; elle avait rasé ses sourcils et en peignait d'autres au milieu du front, qui lui donnaient un air effrayé ou de perpétuelle surprise.

Les enfants Ortega n'étaient pas les seuls sans mère ni père : deux tiers des enfants scolarisés connaissaient la même situation. Naguère encore, seuls les hommes émigraient pour trouver du travail, mais ces dernières années, les femmes s'en allaient également. Selon le père Benito, les émigrés envoyaient chaque année des millions de dollars au pays pour entretenir leur famille, contribuant ainsi à la stabilité des gouvernements et à l'indifférence des nantis. Peu d'enfants terminaient leurs classes : les gamins cherchaient des petits boulots ou finissaient dans les bandes et le trafic de drogue, tandis que les filles tombaient enceintes, tentaient leur chance en ville ou étaient recrutées pour la prostitution. L'école avait peu de moyens et, sans les missionnaires évangéliques protestants – qui faisaient de la concurrence déloyale au père Benito car ils recevaient des fonds de l'étranger –, elle aurait manqué de cahiers et de crayons.

Le père Benito avait coutume de s'installer dans l'unique bar du village, devant une bière qu'il faisait durer toute la nuit, pour discuter avec les paroissiens de l'impitoyable répression contre les indigènes, qui avait duré trente ans. « Il fallait soudoyer tout le monde, depuis les politiciens les plus cotés jusqu'au dernier garde civil ; alors, pourquoi venir nous parler de délinquance et de criminalité ? » se plaignait-il sans crainte d'exagérer. Et si quelqu'un ne manquait jamais de lui demander pourquoi il ne rentrait pas au pays, s'il n'aimait pas le Guatemala, il répondait : « Mais que dis-tu là, malheureux ? N'ai-je pas répété mille fois que c'est ici, mon pays ? »

À quatorze ans, Gregorio Ortega, le frère aîné d'Evelyn, avait définitivement quitté l'école. Tombé dans l'oisiveté, il traînait dans les rues avec d'autres garçons, l'œil vitreux et le cerveau embrumé à force d'inhaler de la colle, de l'essence, du solvant de peinture et tout ce qu'il pouvait attraper. Il volait, se bagarrait, molestait les filles. Quand l'ennui l'assaillait, il se plantait au milieu de la route pour arrêter un camionneur qui le déposait dans des villages où il n'était connu de personne. Il en rapportait de l'argent louche. Quand elle parvenait à le coincer, Concepción Montoya lui administrait une solide correction, que son petit-fils devait essuyer toute honte bue car il dépendait encore d'elle pour manger. Il arrivait que la police le cueille dans un coup de filet de jeunes drogués : il prenait une autre raclée mémorable et se retrouvait en cellule, au pain sec et à l'eau, jusqu'au passage suivant du père Benito qui, dans son magistère itinérant, obtenait sa libération. Le curé était un optimiste impénitent : contre toute évidence, il gardait sa foi dans l'aptitude des hommes à se ressaisir. Les policiers se débarrassaient du gamin dans un dernier coup de pied au derrière.

Il était plus farouche encore, couvert de contusions et de poux. Sous une pluie d'insultes, le Basque le poussait dans sa camionnette et l'emmenait oublier sa fringale dans la seule cantine à *tacos* du village. Avec sa truculence de jésuite, il lui prédisait une vie épouvantable et lui prophétisait une mort prochaine s'il persistait dans ses manières de petit con et d'enfoiré.

Rien cependant, ni les volées de bois vert de la grand-mère, ni les séjours en taule, ni les admonestations du curé, rien ne servit de leçon à Gregorio. Il allait à la dérive. Les voisins qui le connaissaient depuis l'enfance l'évitaient comme le taureau dans l'arène. S'il n'avait plus un centime en poche, il retournait, tête basse, chez la grand-mère, en feignant l'humilité, pour retrouver les tortillas de maïs, la purée de haricots et les piments de toujours. Concepción avait plus de sens commun que le père Benito : elle abandonna bientôt le projet d'inculquer à son petit-fils des vertus hors de sa portée. Ce garçon n'avait pas la tête pour les études, ni la moindre envie d'apprendre un métier. Il n'existait pas de travail honorable pour les gens de sa condition. Elle devait prévenir Miriam que son fils avait abandonné l'école. Mais elle ne voulait pas la blesser en lui disant toute la vérité, et à quoi bon du reste, puisque la mère, de loin, ne pouvait pas grand-chose. L'aïeule priait à genoux, chaque soir, avec ses autres petits-enfants, Andrés et Evelyn, pour que Gregorio tienne le coup jusqu'à ses dix-huit ans, l'âge du service militaire obligatoire. La grand-mère méprisait les Forces armées de toute son âme, mais elle se disait que peut-être la conscription pourrait remettre cet enfant dans le droit chemin.

Gregorio Ortega n'eut pas le loisir de profiter des prières de sa grand-mère ni des cierges allumés à l'église en son nom. Quelques mois avant d'entrer sous les drapeaux, il parvint à se faire accepter dans les rangs des MS-13, le plus féroce des cartels mafieux, mieux connu sous le nom de Mara Salvatrucha. Il dut jurer sur le sang la loyauté envers ses camarades avant tout: avant la famille, les femmes, la cocaïne ou l'argent. Il subit la redoutable épreuve initiatique des aspirants: un monumental passage à tabac par des membres de la bande, pour prouver sa force de caractère. Un rite qui le laissa plus mort que vif, avec des dents en moins et du sang dans les urines pendant deux semaines, mais une fois remis de ses mésaventures il eut droit au premier tatouage caractéristique des MS-13. Le temps aidant, à force d'accumuler les délits et de gagner le respect des autres, il espérait finir – comme les voyous les plus fanatiques – le corps entier et le visage peints. Il avait entendu dire que derrière les verrous de Pelican Bay, en Californie, il y avait un Salvadorien aveugle parce qu'il s'était fait tatouer le blanc des yeux.

La sinistre organisation existait depuis une trentaine d'années; originaire de Los Angeles, elle avait étendu ses tentacules non seulement aux États-Unis, mais au Mexique et à l'Amérique centrale. Elle comptait plus de soixante-dix mille membres, coupables d'assassinats, d'extorsions, d'enlèvements, de trafics d'armes, de drogue et d'êtres humains, avec une telle réputation de cruauté que les autres bandes recouraient à leurs services pour les plus sales besognes. En Amérique centrale, où ils jouissaient d'une plus grande impunité qu'au Mexique ou aux États-Unis, les criminels marquaient leur territoire en laissant sur leur passage des cadavres méconnaissables. Nul ne se risquait à les braver, ni policiers ni militaires. Les voisins du quartier savaient que l'aîné des petits-fils de Concepción Montoya avait rejoint les rangs des MS-13, mais on le commentait à voix basse, à huis clos, pour ne pas attirer de vengeances. À cet effet, on avait commencé par faire le vide autour de la grand-mère infortunée et des autres enfants ; on ne voulait pas d'histoires. Depuis l'époque de la répression, les habitants s'étaient accoutumés à la peur, ils avaient peine à imaginer la vie dans d'autres conditions. Les MS-13 étaient une autre plaie, un autre châtiment du péché d'exister, une autre raison d'avancer avec une extrême prudence. Concepción affronta fièrement l'ostracisme, en ignorant le silence autour d'elle dans la rue comme au marché, où elle se rendait chaque samedi pour vendre les pâtés qu'elle préparait ou les vêtements usagés que Miriam lui envoyait de Chicago. Soudain Gregorio disparut de la région, on cessa de le voir quelque temps et la crainte qu'il inspirait à la population se relâcha. Il y avait d'autres problèmes plus urgents. Concepción interdisait aux enfants de mentionner leur frère aîné : « Ne parlons pas de malheur », prévenait-elle.

Un an plus tard, quand Gregorio revint dans les parages, il avait deux dents en or, le crâne rasé, des tatouages de fil de fer barbelé sur le cou, et d'autres avec des chiffres, des lettres et des têtes de mort sur les articulations. Il semblait avoir grandi de quelques centimètres. La peau et les os du petit morveux avaient fait place aux muscles et aux cicatrices du gangster qu'il était désormais. Il avait trouvé une famille et une identité dans son cartel, il n'avait plus besoin de quémander, il pouvait prendre tout ce qu'il voulait : argent, armes, drogue, alcool, femmes, et le reste. C'est tout juste s'il gardait un souvenir du temps de l'humiliation. Il entra chez sa grand-mère en martelant le sol et s'annonça à tue-tête. Elle égrenait du maïs avec Evelyn. De son côté, Andrés, qui avait très peu grandi et ne faisait pas son âge, terminait ses devoirs scolaires à l'autre bout de l'unique table de la maison.

Andrés se redressa d'un bond, bouche bée de surprise et d'admiration devant son grand frère. Gregorio le salua d'une bourrade affectueuse et le taquina avec des feintes de boxeur : les tatouages luisaient sur ses doigts. Puis il s'approcha d'Evelyn pour l'embrasser, mais s'arrêta un instant dans sa lancée. Il avait contracté la méfiance et le mépris de la bande pour les femmes en général, tout en considérant sa sœur comme une exception. Ce n'était pas une « femelle » comme les autres : elle était pure, c'était une bonne fille qui n'avait pas encore grandi. Il pensa aux dangers qui la guettaient du simple fait d'être née femme et se félicita de la protection qu'il pourrait lui apporter. Nul n'oserait la toucher, sous peine d'avoir affaire à lui et à toute la bande.

La grand-mère parvint à retrouver sa voix pour lui demander ce qu'il voulait. Gregorio la dévisagea avec dédain et, au bout d'une pause beaucoup trop longue, répondit qu'il venait lui demander sa bénédiction. « Que Dieu veuille me le bénir », balbutia la vieille femme, comme elle le faisait tous les soirs avec ses petits-enfants avant de se coucher, et elle ajouta dans un murmure : « Et que Dieu me le pardonne. »

Le garçon sortit une liasse de billets des larges poches de son jean, à peine retenu à la hauteur du pubis, et les tendit ostensiblement à sa grand-mère : c'était sa première contribution au budget familial. Mais elle refusa de les prendre et lui demanda de ne plus revenir, car c'était un mauvais exemple pour les deux autres. « Vieille ingrate de merde ! » cria Gregorio en jetant l'argent par terre. Et il sortit en crachant des menaces. De longs mois devaient passer avant qu'il ne revoie sa famille. Les rares fois où il passait par le village, il guettait ses frère et sœur à l'écart pour éviter d'être reconnu, prisonnier de cette même insécurité qu'il avait portée comme une croix dans son enfance. Il avait appris à la dissimuler : pour la bande, tout était dans la montre et dans le machisme. Il abordait son frère et sa sœur en profitant du tumulte de la sortie des classes, les tirait par la manche et les entraînait dans un coin pour leur donner de l'argent ou savoir s'ils avaient des nouvelles de leur mère. La consigne, au sein du cartel, était d'éviter les attachements, de rompre d'un seul coup avec tout sentimentalisme. La famille était une entrave, une charge, trêve de souvenirs et de nostalgie, il fallait devenir un homme, un vrai : les hommes ne pleurent pas, ne se lamentent pas, ils n'aiment pas et règlent tout entre eux. La seule chose qui vaille est le courage, l'honneur se défend avec son sang, c'est avec lui que se gagne le respect. Néanmoins, à son corps défendant, Gregorio demeurait uni aux siens par le souvenir des années partagées. Il promit à Evelyn une fête pour ses quinze ans

– l'anniversaire par excellence des jeunes filles, le *cumpleaños* –, sans regarder à la dépense, et offrit une bicyclette à Andrés. Le petit essaya de cacher ce cadeau pendant des semaines, mais la grand-mère finit par apprendre les ragots, et il dut avouer la vérité. Concepción le gifla copieusement pour avoir accepté les cadeaux d'un vaurien, même si c'était son frère, et revendit le lendemain même la bicyclette au marché.

Le mélange de peur et de vénération que Gregorio inspirait à son frère et à sa sœur se transformait en timidité paralysante dès qu'il apparaissait. Les chaînes avec des croix pendues à son cou, les épaisses lunettes d'aviateur, les bottes américaines, les tatouages qui proliféraient comme une lèpre sur sa peau, sa réputation de voyou, sa vie marginale, son indifférence à la douleur et à la mort, ses mauvais coups et ses secrets, tout les émerveillait. Ils ne parlaient de ce frère effroyable que par chuchotements, en catimini, loin des oreilles de la grand-mère.

Concepción craignait de voir Andrés suivre les pas de son aîné, mais le cadet ne partageait pas son caractère : prudent et avisé, il n'aimait guère la castagne – son rêve était de partir dans le Nord et de vivre mieux. Il voulait gagner de l'argent aux États-Unis et vivre comme un miséreux, s'il le fallait, pour épargner la somme nécessaire au départ d'Evelyn et de sa grand-mère. Il leur offrirait une belle vie, là-bas. Elles voyageraient avec un passeur (ou « coyote ») de confiance, qui leur obtiendrait des passeports en règle, avec certificats de vaccins contre l'hépatite et le typhus, et tout ce que demandaient les gringos.

Et ils vivraient avec leur mère dans une maison en dur, en ciment, avec l'eau et l'électricité. La première étape serait la sortie du pays. Le voyage à travers le Mexique, à pied ou sur le toit des trains de marchandises, était comme l'épreuve du feu : il fallait affronter des assaillants armés de machettes, et les policiers avec leurs chiens. Tomber du convoi, c'était se briser les jambes ou perdre la vie, et celui qui parvenait à franchir la frontière pouvait mourir de soif dans les déserts d'Arizona ou être abattu par les *rancheros*, qui chassaient le migrant comme le lièvre. Voilà ce que racontaient les garçons qui avaient fait le voyage et que l'on refoulait de l'autre côté, dans le « Bus des Lamentations », faméliques, les fringues en lambeaux, épuisés mais non vaincus. Ils reprenaient des forces quelques jours, et repartaient de plus belle. Andrés en connaissait un qui avait essayé par huit fois et s'apprêtait encore à recommencer, mais lui n'en avait pas le courage. Il préférait attendre. Sa mère, en effet, avait promis de lui trouver un passeur dès qu'il aurait fini l'école, avant d'être appelé au service militaire.

La grand-mère en avait assez d'entendre ressasser le projet d'Andrés, mais Evelyn en savourait les moindres détails, même si elle n'aspirait pas à vivre ailleurs. Elle ne connaissait que son village et la maison. Elle choyait le souvenir de sa mère, mais elle ne guettait plus l'arrivée de cartes postales ni les coups de téléphone sporadiques. Elle n'avait guère le temps de rêver. Elle était levée dès l'aube pour seconder la grand-mère, et il lui fallait d'abord puiser l'eau, asperger le sol de terre battue pour éviter la poussière, chauffer le bois à la cuisine, réchauffer les restes de haricots noirs, préparer les tortillas de maïs, faire frire les bananes dans le patio et filtrer le café sucré pour la grand-mère et pour Andrés. Puis venait l'heure de nourrir les poules et le cochon, et de pendre le linge trempé par la rosée. Andrés ne prenait aucune part à ces travaux, réservés aux femmes. Il courait à l'école avant sa sœur, pour jouer au foot avec ses copains.

Evelyn et la grand-mère s'entendaient tacitement, dans un ballet de gestes répétés et de tâches méthodiques. Le vendredi, elles commençaient dès trois heures du matin, pour préparer la farce des pâtés, qu'elles enveloppaient le samedi dans des feuilles de bananier, avant de les cuisiner et de les vendre au marché. Comme toute commerçante, si pauvre qu'elle fût, l'aïeule devait payer sa quote-part de « protection » aux mafieux et délinquants qui opéraient impunément dans la région, et parfois aux gardes civils. C'était une somme modique, qui correspondait à ses misérables revenus, mais il fallait s'en acquitter sous la menace, sinon la marchandise volait dans le caniveau, et l'on essuyait des coups. En décomptant tous ses frais, il lui restait à peine de quoi nourrir ses petits-enfants. Sans les colis de Miriam, ils auraient versé dans l'indigence. Les dimanches et jours fériés, s'ils pouvaient compter sur la venue du père Benito, Evelyn et sa grand-mère allaient balayer l'église et mettre en place les bouquets de fleurs pour la messe. Les dévotes du village offraient des friandises à Evelyn : « Qu'elle devient jolie, disaient-elles, cache-la bien, doña Concepción, pour que ces types sans cœur ne lui fassent pas de mal. »

Le deuxième vendredi de février, le corps de Gregorio Ortega fut retrouvé cloué sur le pont, couvert de sang séché et d'excréments. Autour du cou, il portait un bout de carton avec les redoutables initiales MS, connues de tous. Les mouches bleues avaient commencé leur banquet nauséeux bien avant l'arrivée des premiers curieux et des trois recrues de la Garde nationale civile. Dans les heures suivantes, le corps se mit à empester et tout le monde se retira, fuyant la chaleur, la décomposition et la peur. Ne restèrent aux abords du pont que les policiers, qui attendaient les ordres, un photographe fatigué, dépêché par un autre village pour « couvrir le crime de sang », comme on disait, et Concepción Montoya accompagnée de ses petits-enfants, Andrés et Evelyn, silencieux et immobiles.

« Emmenez les mioches, grand-mère, ce n'est pas un spectacle pour eux », ordonna celui qui semblait commander les autres policiers.

Mais Concepción demeurait plantée comme un vieil arbre dans sa motte de terre. Elle avait déjà vu bien des cruautés, la guerre lui avait pris son père et deux frères, brûlés vifs, elle croyait que la férocité des hommes ne pouvait plus la surprendre, mais quand une voisine vint en courant la prévenir de ce qui se passait sur le pont, la poêle brûlante lui tomba des mains, et toute la farine se répandit par terre. Il y avait longtemps qu'elle craignait de voir son petit-fils finir en prison ou laissé pour mort à l'issue d'une bagarre, mais pas de cette façon.

« Allez, la vieille, tire-toi de là, avant que je ne me fâche », répéta le chef de patrouille en la poussant.

Finalement, Andrés et Evelyn secouèrent leur torpeur et, prenant leur grand-mère par les bras, ils parvinrent à l'extirper et à la faire marcher par à-coups. Concepción traînait les pieds, recroquevillée comme les vieillards. Elle fixait le sol, dodelinant de la tête et répétant : « Que Dieu le bénisse et lui pardonne, que Dieu le bénisse et me pardonne. »

C'est au père Benito que revint la triste tâche d'appeler la mère de Gregorio pour l'informer du malheur qui avait frappé son fils et tenter de la consoler. Miriam sanglotait sans rien comprendre. En respectant les instructions de la grand-mère, le curé ne lui donna pas de détails : il expliqua qu'il s'agissait d'un accident lié au crime organisé, comme tant de morts malheureuses chaque jour. Gregorio était une nouvelle victime de la violence aveugle. Il était inutile de revenir pour les obsèques, disait-il, car elle n'arriverait pas à temps, mais on avait besoin d'une certaine somme pour le cercueil, la tombe au cimetière et les autres frais des obsèques. Cela dit, lui, le curé, se chargerait de donner au garçon une sépulture chrétienne et de consacrer des messes au salut de son âme. Il ne révéla pas davantage à Miriam que le cadavre, en fait, se trouvait à la morgue, à soixante kilomètres de là, et qu'il fallait attendre le rapport de police avant de le restituer à la famille. La procédure pouvait demander des mois, sauf à payer des dessous-de-table, auquel cas plus personne ne penserait à l'autopsie. C'est à quoi, en réalité, devait servir une partie de l'argent, et cette démarche ingrate lui incomberait encore.

Le carton pendu au cou de Gregorio, avec les initiales de la Mara Salvatrucha, cartel du crime organisé, portait une inscription au revers, disant que tel était le sort réservé aux traîtres et à leurs familles. Nul ne sut jamais quelle pouvait avoir été la trahison de Gregorio Ortega. Sa mort était à la fois un avertissement à tous les membres de la bande, si jamais leur loyauté venait à faiblir, un défi à la police nationale civile et à ses gesticulations impuissantes, et une menace adressée à toute la population. Le père Benito prit connaissance du message par l'intermédiaire d'un policier et estima qu'il était de son devoir d'informer Concepción Montoya du danger qui planait sur sa famille. « Et que voulez-vous que nous fassions, mon père ? » répondit la vieille dame. Désormais, décida-t-elle, Andrés devrait accompagner Evelyn à l'école, à l'aller comme au retour, et, au lieu de couper court par le sentier vert des plantations de bananiers, ils devraient suivre la route, allongeant chaque trajet de vingt minutes. Finalement, Andrés n'eut guère besoin de lui obéir, car sa sœur refusa de retourner à l'école.

La vue de son frère assassiné sur le pont avait profondément marqué Evelyn, dans sa pensée comme dans ses facultés d'élocution. L'adolescente allait avoir quinze ans, son corps ébauchait des courbes de femme et elle commençait à surmonter sa timidité. Avant la mort de son frère, elle se risquait à prendre la parole en classe, elle fredonnait les chansons à la mode et accompagnait les filles qui, sur la place, jetaient des regards détournés aux garçons tout en feignant l'indifférence. Mais, à partir de ce vendredi effroyable, elle perdit l'appétit et sa facilité à enchaîner les refrains ; elle bégayait tellement que toute la tendresse de sa grand-mère ne suffisait plus à la comprendre.

Lucía

Chili

Lena, sa mère, et son frère Enrique étaient les deux piliers de l'enfance et de la jeunesse de Lucía Maraz, avant que ce frère ne lui fût arraché par le coup d'État militaire. Son père était mort dans un accident de circulation quand elle était toute petite, et c'était comme s'il n'avait jamais existé, sauf que l'idée d'un père continuait à flotter comme une brume entre les enfants. Parmi les rares souvenirs de Lucía, si diffus et ténus que c'étaient peut-être moins des choses vécues que des scènes évoquées par son frère, elle se trouvait au Jardin zoologique, sur les épaules de son père, agrippée des deux mains à ses boucles noires et drues en passant entre les cages des singes. Dans une autre vision également vague, elle était sur un carrousel, montée sur une licorne, et lui, debout à ses côtés, la tenait par la taille. Dans ces souvenirs, jamais n'apparaissaient ni son frère ni sa mère.

Lena Maraz, qui avait aimé cet homme depuis ses dix-sept ans avec un dévouement de chaque jour, apprit la nouvelle de sa mort quelques heures à peine avant de découvrir que la personne qu'elle avait identifiée dans un hôpital public, le corps couvert d'un drap sur une table métallique, était en vérité un inconnu, et que leur mariage était une fraude monumentale. L'officier chargé de la prévenir revint plus tard accompagné d'un détective dont les questions lui paraissaient cruelles, en pareilles circonstances, et sans rapport avec l'accident. Elle dut l'écouter par deux fois avant de commencer à comprendre les faits. Son mari était bigame. À cent soixante kilomètres de là, dans une ville de province, une autre femme, abusée comme elle, croyait être l'épouse légitime et la mère de l'unique enfant de cet homme. Il avait mené une double vie pendant de longues années, profitant de son travail de commis voyageur, une excellente couverture pour des absences prolongées. Comme il avait d'abord épousé Lena, la seconde union n'était pas valide aux yeux de la loi, mais le fils avait été reconnu et portait le nom du père…

Le deuil de Lena devint un ouragan de ressentiment et de jalousie rétrospective : elle passa des mois à revisiter le passé, à débusquer le mensonge et l'omission, à trouver des mobiles pour tout geste suspect, toute parole bizarre, toute promesse trahie, à mettre en doute jusqu'à leur manière de faire l'amour. Dans son obsession de tout vérifier, elle se rendit en province pour épier l'autre femme. Elle comprit alors que c'était une jeune personne d'aspect anodin, mal fagotée, portant des lunettes, aux antipodes de la courtisane qu'elle avait imaginée. Elle l'observait de loin et la suivait dans la rue, sans jamais l'approcher. Des semaines plus tard, quand la jeune femme lui téléphona et lui proposa une rencontre pour trouver une solution, puisqu'elles souffraient toutes deux et que leurs enfants partageaient le même père, Lena lui coupa brusquement la parole. Elles n'avaient rien en commun, déclara-t-elle ; quant aux péchés de cet homme, ils n'appartenaient qu'à lui et il devait sûrement les payer cher au purgatoire.

La rancœur était en train de la ronger vivante, jusqu'au jour où elle comprit que son mari la meurtrissait encore depuis la tombe et que sa propre rage était plus létale que la trahison. Elle prit une décision draconienne : elle coupa les amarres, chassa d'un coup l'infidèle de sa vie, jeta les photographies, se débarrassa des objets, cessa de voir leurs amis communs et, finalement, évita tout contact avec la famille Maraz.

Elle ne garda que le nom, car c'était celui de ses enfants.

Enrique et Lucía reçurent une explication sommaire : leur père était mort dans un accident, mais la vie continuait et il était malsain de trop penser aux absents. Ils devaient tourner la page, prier pour lui afin que son âme repose en paix. Lucía ne put jamais savoir à quoi il ressemblait, hormis sur deux photos en noir et blanc que son frère put sauver avant que Lena ne les découvre. Le père y apparaissait comme un homme de grande taille, élancé, au regard intense et aux cheveux gominés. Sur une photo, il semblait très jeune et portait l'uniforme de la marine, où il avait fait ses études et travaillé un temps comme ingénieur du son ; sur l'autre instantané, il était au côté de Lena, qui portait le petit Enrique, âgé de quelques mois. Il était né en Dalmatie et avait émigré au Chili dès son enfance avec ses parents, tout comme Lena et des centaines d'autres Croates qui avaient quitté l'ancienne Yougoslavie et s'étaient établis dans le nord du pays. Il avait connu Lena dans un festival folklorique, et la découverte passionnée de leur histoire commune leur avait donné l'illusion de l'amour, mais ils étaient foncièrement différents. Lena était d'un caractère sérieux, religieux et conservateur ; lui était d'un naturel joyeux, plutôt bohème et frondeur. Elle se pliait aux règles sans les discuter, elle était travailleuse et avait le sens de l'épargne ; lui était plutôt fainéant, et avait les poches trouées.

Lucía avait donc grandi sans rien savoir de son père, puisque le sujet était tabou chez elle ; Lena n'avait jamais interdit d'en parler, mais elle éludait les questions, lèvres serrées, en fronçant le sourcil. Les enfants apprirent à ravaler leur curiosité. Lena ne fit allusion à ce mari lointain qu'en de rares occasions, mais dans les dernières semaines de sa vie, elle pouvait enfin en parler et répondre aux questions de Lucía. « C'est de moi que tu tiens le sens de la responsabilité et la force intérieure ; tu peux remercier ton père de t'avoir légué le don de sympathie et la vivacité d'esprit, sans aucun de ses défauts, qui étaient nombreux et divers », lui confia-t-elle.

Dans l'enfance de Lucía, l'absence du père fut comme une pièce condamnée de la maison, une porte hermétique qui gardait on ne sait quels secrets. Comment faire pour l'ouvrir ? Et qui trouverait-on dans la pièce ? Elle avait beau regarder attentivement l'homme des photographies, elle n'arrivait pas à établir de relation avec lui : c'était un étranger.

Quand on l'interrogeait sur sa famille, elle prenait aussitôt un air contrit et, pour couper court, déclarait que son père était mort. La pitié qu'elle suscitait – «pauvre petite, à moitié orpheline» – mettait fin à l'interrogatoire. Elle enviait en secret sa meilleure amie, Adela, fille unique de parents séparés, choyée comme une princesse par son père, un médecin spécialisé dans les greffes d'organes vitaux, qui voyageait constamment aux États-Unis et lui rapportait des poupées qui parlaient l'anglais, ou les souliers en vernis rouge de Dorothy dans *Le Magicien d'Oz*. Ce docteur était tout sourires et tendresse, il emmenait Adela et Lucía au salon de thé de l'hôtel Crillon pour manger des glaces dans des coupes couronnées de crème, ou au Jardin zoologique pour voir jouer les phoques, ou faire du cheval au Parc forestier, mais ces jeux et promenades étaient secondaires. Pour Lucía, les meilleurs moments étaient ceux où le père d'Adela, en public, la prenait par la main comme si elles partageaient ce papa de conte de fées. Avec une ferveur de novice, elle aurait voulu que cet homme parfait épouse sa mère, et l'avoir ainsi pour beau-père, mais les cieux laissèrent ce désir de côté – comme tant d'autres.

Lena Maraz était alors une femme jeune et belle, aux épaules carrées, au long col et aux yeux vert épinard, brillants de défi, que le père d'Adela n'osa jamais courtiser. Lena portait des ensembles sévères, à la veste masculine, et des blouses innocentes qui ne dissimulaient pas ses formes avantageuses, mais son attitude imposait distance et respect. Elle n'aurait pas compté les prétendants si elle l'avait permis, mais elle promenait son veuvage avec une superbe d'impératrice. Les mensonges de son mari avaient instillé en elle une méfiance définitive envers la gent masculine.

Enrique Maraz, de trois ans l'aîné de Lucía, nourrissait quelques souvenirs idéalisés ou fantasmés de son père, qu'il partageait en longs conciliabules avec sa sœur, mais le temps dissipa peu à peu cette nostalgie. Le père d'Adela ne l'intéressait pas : ni les cadeaux de style gringo ni les coupes glacées de l'hôtel Crillon. Il en voulait un à sa mesure, auquel il ressemblerait quand il serait plus grand, quelqu'un pour se reconnaître dans le miroir quand viendrait l'âge de se raser, et pour lui enseigner les rudiments de la virilité. Sa mère lui répétait qu'il était l'homme de la maison, qu'il était responsable de sa mère comme de sa sœur, car le rôle des hommes était de les protéger et d'en prendre soin. Il se risqua un jour à lui demander comment on apprenait ce rôle sans un père, à quoi elle répondit sèchement qu'il suffisait d'improviser et que, même vivant, son géniteur ne lui aurait pas servi d'exemple. Rien de bon ne pouvait s'apprendre avec lui.

Les deux enfants étaient aussi différents que leurs père et mère autrefois. Alors que Lucía se plongeait dans les labyrinthes d'une imagination fébrile et d'une curiosité inépuisable, le cœur sur la main en toute occasion, devant la souffrance humaine ou les animaux maltraités, Enrique était le parfait cérébral. Dès son jeune âge, il avait montré une ardeur prosélyte qui avait d'abord fait rire, avant de fatiguer tout le monde. Personne ne supportait ce gamin trop véhément, avec ses airs de supériorité et ses manies de prédicateur.

Il avait été boy-scout pendant des années et, du fond de ses culottes courtes, il s'efforçait de convaincre toute personne qui avait la chance de le croiser des nombreux bienfaits de la discipline et de la vie à l'air libre. Il avait ensuite transféré sa ténacité pathologique sur la philosophie de Gurdjieff, puis sur la théologie de la libération et les révélations du LSD, avant de trouver sa vocation définitive dans Karl Marx.

Les diatribes incendiaires d'Enrique tapaient sur les nerfs de sa mère, pour qui la gauche n'était qu'un bruit de casseroles, et ne convainquaient nullement sa sœur, une collégienne frivole beaucoup plus portée sur les fiancés d'un jour et les chanteurs de rock. Enrique portait les cheveux longs, le collier mal taillé et le béret noir, façon Che Guevara, le guérillero tué en Bolivie deux ans plus tôt, en 1967. Il avait lu ses écrits et les citait à tout propos, provoquant l'irritation explosive de sa mère et l'admiration béate de sa sœur.

Lucía terminait ses études secondaires, à la fin des années 1960, quand Enrique se joignit au mouvement qui soutenait le candidat socialiste à la présidence du Chili, Salvador Allende. Pour beaucoup, c'était Satan incarné. Pour Enrique, le salut de l'humanité passait par le renversement du capitalisme, au moyen d'une révolution qui ne laisserait plus pierre sur pierre. Dans cette optique, les élections étaient une bouffonnerie, mais, comme une occasion unique se présentait de voter en faveur d'un marxiste, il fallait en tirer parti. Les autres candidats promettaient des réformes dans un cadre conventionnel, seul le programme de la gauche était radical.

La droite déclencha une campagne de terreur : le Chili allait finir comme Cuba, les Soviétiques enlèveraient les enfants pour leur laver le cerveau, et on détruirait les églises, on violerait les religieuses et on exécuterait les curés, on arracherait les biens à leurs maîtres légitimes pour abolir la propriété privée, et pour terminer, le plus humble paysan y laisserait les plumes de sa dernière poule et serait emmené en esclavage dans un goulag de Sibérie.

Malgré les manœuvres d'intimidation, le pays penchait pour les partis de gauche, qui formèrent bientôt une coalition, l'Unité populaire, dirigée par Allende. Et malgré la frayeur de ceux qui avaient toujours exercé le pouvoir, malgré l'ingérence des États-Unis, qui observaient les élections à travers le prisme de Fidel Castro et de sa révolution, l'Unité populaire remporta la victoire en 1970. Le premier surpris dans l'affaire fut sans doute Allende lui-même, qui s'était déjà présenté trois fois dans la course à la présidence et avait coutume de plaisanter sur le contenu de sa future épitaphe : « Ci-gît le futur président du Chili. » Puis venait, parmi les plus étonnés, Enrique Maraz, qui se retrouvait du jour au lendemain sans rien à quoi s'opposer. Mais les choses évoluèrent rapidement, une fois passée l'euphorie des premiers instants.

Le triomphe de Salvador Allende, premier dirigeant marxiste élu par un suffrage démocratique, suscita l'intérêt du monde entier – et particulièrement celui de la CIA. Gouverner avec des partis de tendances aussi différentes et dans une lutte sans merci conduite par l'opposition devait apparaître bientôt comme une mission impossible. L'ouragan allait durer trois ans et secouer les fondements de la société. Il n'y avait pas de place pour les indifférents.

Aux yeux d'Enrique, la véritable révolution se mesurait à l'aune de Cuba, et les réformes d'Allende ne servaient qu'à différer ce bouleversement indispensable. Le parti d'extrême gauche sabota donc le gouvernement avec la même ferveur que la droite. Au lendemain des élections, Enrique abandonna ses études et quitta la maison maternelle sans laisser d'adresse. Il ne donnerait plus que çà et là de ses nouvelles, à la faveur d'une visite ou d'un appel téléphonique, toujours pressé, mais ses activités resteraient secrètes.

En fait, Enrique portait toujours la barbe et les cheveux longs, mais il avait quitté le béret et les bottes, et paraissait plus réfléchi. Il ne se lançait plus à l'attaque hérissé de formules contre la bourgeoisie, la religion et l'impérialisme américain ; il avait appris à écouter avec un semblant de courtoisie les opinions cavernicoles de sa mère et les âneries de sa sœur, pour utiliser son langage.

Lucía avait décoré sa chambre avec une affiche du Che Guevara offerte par son frère, d'abord parce qu'elle trouvait le guérillero sexy, ensuite pour embêter sa mère, qui le tenait pour un délinquant. Elle avait aussi plusieurs disques du chanteur et compositeur Víctor Jara. Elle connaissait par cœur les couplets de contestation et quelques slogans sur « l'avant-garde marxiste-léniniste de la classe ouvrière et des couches opprimées », comme s'autoproclamait le parti d'Enrique. Elle se joignait aux manifestations de masse pour soutenir le gouvernement, en chantant à s'égosiller que « le peuple uni ne sera jamais vaincu », et, huit jours plus tard, avec un enthousiasme aussi échevelé, elle sortait avec ses amies pour protester violemment contre le même pouvoir en place. La cause politique l'intéressait bien moins que de rigoler en braillant dans la rue. Sa cohérence idéologique laissait beaucoup à désirer, pour reprendre les termes d'une critique que lui adressa Enrique à l'occasion d'une marche de l'opposition. La mode, que Lucía avait adoptée, était à la minijupe, aux bottes compensées et aux yeux soulignés de noir, et c'était le temps des hippies, avec des fleurs partout, que des poignées de jeunes Chiliens imitaient, dansant dans les vapeurs de marijuana avec leurs tambourins, ou faisant l'amour dans les parcs publics, comme à Londres et en Californie. Mais Lucía n'allait pas jusque-là : sa mère ne lui aurait pas permis de se mêler à ces dégénérés façon bucolique, ainsi qu'elle se plaisait à les nommer.

Comme le seul sujet de discussion dans le pays était la politique, avec à la clé de violentes ruptures entre amis et familles, Lena imposa bientôt la loi du silence à la maison, comme elle l'avait fait sur le chapitre conjugal. Pour Lucía, en pleine phase de rébellion adolescente, la manière idéale de faire grimper sa mère au rideau était de mentionner Salvador Allende. Lena rentrait le soir épuisée par sa journée de travail, les transports publics calamiteux, le trafic interrompu par des grèves et manifestations diverses, et les sempiternelles queues devant les magasins pour acheter du poulet en barquette, ou les cigarettes sans lesquelles elle ne pouvait survivre. Elle trouvait toutefois la force de participer aux concerts de casseroles avec les voisines du quartier, comme une forme anonyme de réclamation contre le socialisme en général et la pénurie en particulier. Ces concerts spontanés commençaient par quelques coups solitaires dans un patio, pour se transformer soudain en chœur assourdissant et gagner toute la zone des classes moyennes et supérieures de la ville, comme une annonce de l'Apocalypse. Puis Lena retrouvait sa fille vautrée devant la télévision ou dans un tournoi de commérages au téléphone, avec ses chansons favorites à tue-tête. Cette gamine inconsciente, avec son corps de femme et une cervelle d'oiseau, lui donnait du souci, mais beaucoup moins que son frère Enrique. Elle craignait carrément que son fils ne fît partie des têtes brûlées favorables à la prise de pouvoir par le coup de force.

La crise profonde qui divisait le pays ne tarda pas à devenir insoutenable. Les paysans occupaient les terres pour établir des communautés agricoles, les banques et les industries étaient expropriées, on nationalisait les mines de cuivre dans le Nord – qui avaient toujours été aux mains de compagnies nord-américaines –, la pénurie se faisait endémique, les hôpitaux manquaient de pansements et d'aiguilles, les machines de pièces de rechange, on ne trouvait plus de lait pour les enfants, on vivait dans un climat de paranoïa. Certains patrons sabotaient l'économie, en retirant du marché des articles de première nécessité, et les travailleurs s'y opposaient en organisant des comités, en déboulonnant les chefs et en prenant le contrôle des usines. Les rues du centre étaient ponctuées de piquets de grève, les bureaux et les boutiques des deux camps se surveillaient étroitement, à la campagne on veillait jour et nuit pour se prémunir contre les anciens propriétaires. Il y avait des milices armées des deux côtés. Toutefois, ce climat de guerre civile n'empêcha pas la gauche d'augmenter son pourcentage de voix aux élections parlementaires suivantes. Alors l'opposition, qui conspirait déjà depuis trois ans, comprit que le sabotage ne suffisait pas à faire tomber le gouvernement. Il fallait appeler aux armes.

Le mardi 11 septembre 1973, les militaires se soulevèrent contre le gouvernement. De bon matin, Lena et Lucía entendirent passer des hélicoptères et des avions en formation à basse altitude, en même temps qu'elles apercevaient, par les fenêtres, camions et blindés dans les rues quasi désertes. La télévision ne diffusait aucun programme, rien qu'une seule image géométrique. C'est par la radio qu'elles prirent connaissance du *pronunciamiento*, le coup d'État militaire, mais sans bien comprendre ce que cela signifiait. Des heures plus tard, un canal officiel diffusait sur les écrans l'image de quatre généraux en uniforme de combat, alignés devant le drapeau du Chili, annonçant la fin du communisme et promulguant des arrêtés auxquels la population devait se soumettre.

L'état de siège était déclaré, le Congrès était suspendu sine die, tout comme les droits civils tandis que les honorables Forces armées rétablissaient la loi, l'ordre et les valeurs de la civilisation chrétienne occidentale. Elles expliquaient que Salvador Allende avait commencé la mise à exécution d'un plan visant à supprimer des milliers et des milliers de personnes de l'opposition, dans un génocide sans précédent, mais que l'état-major avait pris les devants en évitant le pire. « Et que va-t-il se passer ? » demandait Lucía à sa mère, car la joie exubérante de Lena, qui avait déjà débouché le champagne pour fêter l'événement, lui apparaissait de mauvais augure. Le coup de force signifiait que son frère Enrique, quelque part, pouvait se trouver dans une situation désespérée. « Mais pas du tout, ma fille, ici les soldats respectent la Constitution, on va bientôt convoquer les élections », répondit Lena, sans pouvoir imaginer une seconde qu'il faudrait attendre seize années avant d'y assister.

Mère et fille restèrent cloîtrées dans l'appartement jusqu'à la levée du couvre-feu, deux jours plus tard. Elles purent enfin sortir brièvement pour acheter des provisions. On ne faisait plus la queue devant les magasins, et elles virent des monceaux de poulets à vendre, que Lena n'acheta pas car ils lui semblaient trop chers. Elle se contenta d'une réserve de cartouches de cigarettes.

« Mais où se trouvaient donc ces poulets hier encore ? » demandait Lucía. « Allende les cachait dans sa cave privée », répliquait sa mère.

Elles apprirent que le président était mort dans le bombardement du palais du gouvernement, par des images qui passaient en boucle, jusqu'à la nausée, à la télévision. Il y avait une rumeur de cadavres flottant sur le Mapocho à travers la ville, de grands bûchers où l'on brûlait les livres interdits, et de milliers de gens entassés dans des camions militaires et transférés dans des lieux de détention improvisés, comme le Stade national, où l'on disputait encore des matchs de football quelques jours plus tôt. Dans le quartier, beaucoup de voisins partageaient l'euphorie de Lena, mais Lucía, désormais, avait peur. Un commentaire entendu au passage avait résonné en elle comme une grave menace pesant sur son frère : on va enfermer tous ces maudits communistes dans des camps de concentration, et le premier qui protestera sera fusillé, comme ces misérables avaient l'intention de le faire avec nous.

Quand le bruit courut que le corps de Víctor Jara, les mains mutilées, avait été retrouvé dans un quartier déshérité en guise de leçon, Lucía fut inconsolable des heures durant. « Ce sont des ragots, ma fille, ils exagèrent. On ne sait plus quoi inventer pour discréditer les Forces armées, qui ont sauvé le pays du chaos et des griffes du communisme. Comment peux-tu imaginer des choses pareilles au Chili ? » lui disait Lena. La télévision montrait des dessins animés et des orchestres militaires : le pays était tranquille. Mais un premier doute la blessa comme une écharde quand elle vit le nom de son fils sur une des listes noires qui enjoignaient à toute personne mentionnée de se présenter au commissariat de police.

Trois semaines plus tard, des hommes en civil et armés, qui n'avaient pas besoin de s'identifier, violèrent le domicile de Lena : ils venaient chercher ses deux enfants, Enrique, accusé de faire partie des guérilleros, et Lucía, soupçonnée d'agir comme sympathisante. Lena était sans nouvelles de son fils depuis des mois et, de toute façon, n'aurait jamais rien communiqué à ces hommes. Quant à Lucía, elle était restée chez une amie pendant le couvre-feu. Sa mère eut la présence d'esprit de garder son calme tout au long de la perquisition. Avec une sérénité stupéfiante, elle informa les agents que son fils s'était éloigné de la famille, que l'on ne savait rien de lui, et que sa fille faisait un voyage touristique à Buenos Aires. Les hommes s'en allèrent en la prévenant qu'ils reviendraient la chercher si les enfants ne se présentaient pas spontanément.

Lena supposait que le téléphone était sur écoute; jusqu'à cinq heures du matin, elle attendit la fin du couvre-feu pour prévenir Lucía chez son amie. Elle-même décida d'aller voir le cardinal, qui avait été un ami proche de la famille avant de gravir les échelons célestes du Vatican. Elle n'avait jamais demandé de faveur à personne, mais elle ne songea pas même à son orgueil. Le cardinal, accablé par la situation et par les files de solliciteurs, eut la bonté de l'écouter et de trouver un refuge pour Lucía à l'ambassade du Venezuela. Il conseilla encore à Lena de s'éloigner avant que la police politique ne mette ses menaces à exécution. «Je vais rester ici, Éminence. Je ne partirai pas avant d'avoir des nouvelles de mon fils Enrique», répondit-elle. «Si vous le trouvez, venez me voir, Lena, car ce garçon aura besoin d'aide.»

Richard

Brooklyn

Richard Bowmaster passa la nuit de ce samedi de janvier assis sur son séant, contre le mur, les jambes endormies par le poids de la tête de Lucía, éveillé par moments, rêvant à d'autres, étourdi par le gâteau magique. Il ne se souvenait pas d'avoir été aussi content depuis de longues années. La qualité des formes comestibles de marijuana était très variable, et malaisée l'estimation de ce que l'on pouvait consommer pour parvenir à l'effet désiré sans sortir en volant comme une fusée… Le pétard était préférable, mais la fumée lui donnait de l'asthme. La dernière portion du gâteau était trop forte, il faudrait à l'avenir couper de plus petits morceaux. L'herbe lui servait à se relaxer après une journée de travail pénible ou pour fuir ses fantômes, quand d'aventure les mauvais se présentaient. Non pas qu'il crût aux fantômes ; c'était un homme rationnel. Mais ils lui apparaissaient. Dans le monde d'Anita, qu'il avait partagé plusieurs années au Brésil, vie et mort étaient indissolublement imbriquées, les esprits bienveillants et maléfiques se promenaient partout.

Richard se savait alcoolique, et il évitait les liqueurs depuis des années, mais il ne se croyait pas dépendant d'autres substances, pas plus qu'il ne souffrait de vices majeurs, à moins de tenir la bicyclette pour une addiction ou un vilain défaut. Le peu de marijuana qu'il consommait n'entrait pas dans cette catégorie. Si le gâteau de hasch, la nuit précédente, ne lui était pas monté si fort à la tête, il aurait pu se lever, une fois éteinte la cheminée, et regagner son lit, au lieu de dormir assis par terre et de s'éveiller avec de la raideur dans les quilles et le cerveau un peu ramolli.

Cette nuit-là, donc, alors que tombaient toutes ses défenses, ses démons en avaient profité pour envoyer des coups de patte dans ses rêves ou son demi-sommeil. Des années plus tôt, il avait essayé de les maintenir captifs dans un compartiment blindé de sa mémoire, mais il avait bientôt renoncé : les anges s'en allaient avec les démons. Puis il apprit à prendre soin de ses souvenirs, y compris les plus pénibles, car sans eux c'était comme s'il n'avait jamais été jeune, n'avait jamais aimé, jamais eu de père. S'il fallait en souffrir davantage, il acceptait de payer le prix. Parfois les démons l'emportaient sur les anges, et il en résultait une migraine paralysante, mais c'était dans l'ordre des choses. Il mettait le tout sur le compte des erreurs commises, une lourde dette qu'il n'avait partagée avec personne jusqu'à cet hiver 2016, quand les circonstances avaient forcé l'entrée de son cœur. L'entrée par effraction avait commencé la veille au soir, alors qu'il était assis par terre, entre deux femmes et un chien plutôt ridicule, et qu'il exorcisait peu à peu son passé, tandis que là, au-dehors, Brooklyn s'endormait.

Sur son ordinateur, quand il allumait l'écran, apparaissait une photo d'Anita et de Bibi, qui l'accusaient ou lui souriaient suivant l'humeur du jour. Ce n'était pas un pense-bête, il n'en avait aucun besoin. Si la mémoire lui faisait défaut, il savait qu'Anita et Bibi l'attendraient dans la dimension intemporelle des rêves. L'un d'entre eux, parfois, très prégnant, lui restait collé à la peau et le faisait marcher toute la journée avec un pied dans ce monde et l'autre dans les sables mouvants d'un cauchemar catastrophique. En éteignant la lumière avant de dormir, il évoquait Anita et Bibi avec l'espoir de les revoir. Il savait que les visions nocturnes sont une création personnelle : si son esprit pouvait le châtier avec de mauvais rêves, il pouvait aussi le récompenser, mais il n'avait pas encore trouvé la recette des rêves de consolation.

Son deuil avait changé de ton et de texture avec le temps. Au début, il était rouge et lancinant, puis il était devenu gris, épais et rugueux comme de la toile de sac. Il s'était habitué à cette douleur en sourdine, il l'avait intégrée, assimilée aux désagréments de chaque jour, comme l'acidité gastrique. La faute, cependant, restait égale à elle-même, dure et froide comme le verre, implacable. Son ami Horacio, toujours prêt à porter un toast pour le bien et à minimiser le mal, l'avait un jour accusé d'être amoureux du malheur : « Envoie donc ton surmoi se faire foutre, mon vieux. Cette manie d'examiner à la loupe chaque action passée ou présente, et de se flageller sans cesse, est une perversion, un péché d'orgueil.

Pourquoi te donner une telle importance ? Tu dois te pardonner une fois pour toutes, comme l'ont fait Anita et Bibi. »

Lucía Maraz lui avait glissé, sur un ton badin, qu'il allait devenir un petit vieux hypocondriaque et froussard. « Je le suis déjà », avait-il répondu en imitant son air plaisantin, mais il s'était senti blessé, car c'était une vérité difficile à réfuter. Ils étaient debout, dans une de ces interminables, effroyables réunions sociales du département de littérature pour fêter une collègue enseignante qui prenait sa retraite. Richard s'était approché de Lucía avec deux verres : l'un contenant du vin, pour elle, et l'autre avec de l'eau minérale. Elle était la seule personne avec laquelle il souhaitait bavarder. Décidément, la Chilienne avait raison, il se faisait du souci. Il ingérait des suppléments vitaminés par poignées : si la santé lui faisait faux bond, pensait-il, tout s'en irait à vau-l'eau, tout s'écroulerait. Il avait installé une alarme chez lui car il avait entendu dire qu'il y avait, à Brooklyn, des vols en plein jour – à vrai dire comme partout ailleurs. Il sauvegardait les données de son ordinateur et de son téléphone portable avec des mots de passe tellement sophistiqués qu'il ne les retrouvait plus. À quoi s'ajoutaient les assurances : sur la voiture, la santé, la vie… enfin, il ne lui manquait qu'une assurance contre les pires souvenirs qui lui faisaient la guerre quand il sortait de sa routine et qu'il était perturbé par le désordre. Il démontrait à ses étudiants, par A plus B, que l'ordre est l'art des êtres rationnels, un combat sans relâche contre les forces centrifuges, car la dynamique naturelle de tout ce qui existe est l'expansion, la multiplication et le chaos. Il suffisait pour s'en convaincre d'observer le comportement humain, la voracité de la nature, l'infinie complexité de l'univers. Pour maintenir au moins une apparence d'ordre, lui ne désarmait pas : il gardait son existence sous contrôle, avec une précision militaire. C'est à quoi servaient ses nombreuses listes de tâches et son calendrier inflexible, qui avaient tellement fait rire Lucía quand elle les avait découverts. Le problème, quand on travaillait avec elle, est que rien ne lui échappait.

« Comment crois-tu que sera ta vieillesse ? lui avait-elle demandé.

— J'y suis déjà installé.

— Non, mon cher, il te manque encore dix ans.

— J'espère ne pas vivre trop longtemps, ce serait une disgrâce. L'idéal est de mourir en parfaite santé, disons dans les soixante-quinze ans, quand le corps et l'esprit servent encore comme il convient.

— C'est un bon plan, je crois », dit-elle en riant.

Mais Richard le disait sérieusement. Autour de soixante-quinze ans, il devrait trouver une manière efficace de s'éclipser. Quand l'heure viendrait, il partirait à La Nouvelle-Orléans, il irait plier bagage en musique parmi les personnages extravagants du Vieux carré français. Il espérait tirer sa révérence en jouant du piano avec des Noirs balaises qui l'accepteraient dans leur orchestre par miséricorde, se perdant au son de la trompette et du saxo, étourdi par la frénésie africaine de la batterie. Et si c'était là trop demander, bon, soit, alors il voulait s'en aller discrètement, assis sous le ventilateur décrépit d'un vieux bar, consolé par la cadence d'un jazz mélancolique, en buvant des mélanges exotiques sans penser aux conséquences, car il aurait son comprimé létal au fond de la poche. Ce serait le dernier soir : il pourrait bien se payer quelques verres.

« Tu n'aurais pas besoin de compagnie, Richard ? De quelqu'un dans ton lit, par exemple ? lui demanda Lucía dans un clin d'œil espiègle.

— Jamais de la vie. »

Quel besoin avait-il de raconter l'affaire avec Susan ? Leur relation n'était importante ni pour elle ni pour lui. Il n'était qu'un des nombreux amants qui l'aidaient à supporter un mariage malheureux, et qui, de son point de vue, n'avait plus lieu d'être depuis des années. Mais c'était une question qu'ils évitaient : Susan n'en parlait pas, et lui ne demandait rien. Ils étaient collègues, de bons camarades en somme, unis par une amitié sensuelle et des intérêts d'ordre intellectuel. Leurs rendez-vous manquaient de fantaisie, c'était toujours le deuxième jeudi du mois, toujours dans le même hôtel car elle était aussi méthodique que lui. Un après-midi par mois : basta, chacun avait sa vie.

Pour Richard, la seule idée de se trouver en face d'une femme dans une réception de ce genre, en cherchant un sujet de conversation et en tâtant le terrain pour risquer le pas suivant, aurait suffi, trois mois plus tôt, à réveiller son ulcère. Et pourtant, depuis que Lucía occupait le sous-sol, il s'imaginait dialoguant avec elle. Pourquoi justement avec elle, se demandait-il, il y avait d'autres femmes mieux disposées, à commencer par sa voisine, qui lui avait suggéré de partager son lit, puisqu'ils vivaient déjà si près, et qui, de temps à autre, s'occupait de ses chats. La seule explication plausible qu'il trouvait à ces conversations illusoires avec la Chilienne était qu'il commençait à souffrir de la solitude : autre signe de vieillesse, pensait-il. Rien de plus pathétique que le bruit de la fourchette contre l'assiette dans une maison vide. Manger seul, dormir seul, mourir tout seul. Ou bien compter sur une compagne, comme l'avait suggéré Lucía. Oui, mais en pratique ? Cuisiner pour elle, l'attendre tous les soirs, marcher avec elle main dans la main, dormir enlacés, lui faire partager ses pensées, lui écrire des poèmes… Avec quelqu'un comme Lucía ? C'était une femme mûre, solide, intelligente, qui riait facilement, sage parce qu'elle avait souffert sans se cramponner à la souffrance, tout comme lui, et jolie par-dessus le marché. Mais elle était audacieuse et autoritaire. Une femme ainsi prenait beaucoup de place : c'était comme batailler avec un harem, trop de soucis, une très mauvaise idée. Il sourit tout de même devant sa prétention de supposer qu'elle accepterait l'aventure. Elle ne lui avait jamais donné le moindre signe d'un quelconque intérêt pour sa personne, excepté l'épisode du repas cuisiné, mais elle venait à peine de débarquer et lui était sur la défensive – ou dans la lune. « J'ai vraiment fait l'idiot, j'aimerais réessayer avec elle », conclut-il.

Le fait est que la Chilienne était admirable sur le plan professionnel. Elle venait à peine d'arriver à New York qu'il lui avait demandé de diriger un séminaire. Ils avaient dû occuper le grand auditoire car il y avait beaucoup plus d'inscriptions que prévu. Et c'était à lui qu'il incombait de la présenter.

Le premier sujet abordé était l'intervention de la CIA en Amérique latine, qui avait contribué à déstabiliser les démocraties et à les remplacer par un type de gouvernement totalitaire que les Nord-Américains ne pourraient tolérer chez eux. Richard s'était assis au milieu du public, tandis que Lucía parlait sans consulter ses notes, dans un anglais dont l'accent lui était sympathique. À la fin de l'exposé, la première question venait d'un collègue et avait pour objet le « miracle économique de la dictature au Chili ». Le ton même du commentaire montrait qu'il justifiait la répression. Richard avait senti ses cheveux se dresser sur la nuque : il avait fait un gros effort pour se contenir, mais Lucía n'avait pas besoin d'être défendue. Elle avait répliqué que le prétendu miracle n'avait pas tardé à se dégonfler et que les statistiques économiques ne tenaient compte ni des inégalités abyssales ni de la pauvreté.

Une chargée de cours invitée de l'université de Californie avait mentionné le climat de violence qui régnait au Guatemala, au Honduras et au Salvador, avec des dizaines de milliers d'enfants seuls, qui passaient la frontière pour s'enfuir ou partir à la recherche de leurs parents. Et elle proposait de réorganiser le *Sanctuary Movement* des années 1980. Richard avait pris le micro et s'était permis de rappeler, si c'était nécessaire, qu'il s'agissait d'une initiative lancée par plus de cinq cents ecclésiastiques, avocats, étudiants et militants des États-Unis pour venir en aide aux réfugiés, traités comme des délinquants et déportés par le gouvernement de Ronald Reagan. Lucía avait demandé si l'une ou l'autre personne, dans la salle, avait participé à ce mouvement, et quatre mains s'étaient levées. À cette époque Richard était au Brésil, mais son père s'était engagé si activement qu'il avait été incarcéré par deux fois. Cela faisait partie des épisodes mémorables dans l'existence du vieux Joseph.

Ce premier séminaire avait duré deux heures, si intenses que Lucía avait été ovationnée. Richard avait été stupéfait par son éloquence en même temps que charmé par son ensemble noir, le collier d'argent et les mèches de couleur. Elle avait à la fois les pommettes saillantes et une énergie de Tartare. Il la revoyait avec sa toison rousse et ses pantalons ajustés, il y avait de cela des années. Certes, elle avait changé, mais elle était toujours jolie et, s'il n'avait pas craint d'être mal interprété, il le lui aurait dit. En tout cas, il se félicitait de l'avoir invitée dans son département. Il savait qu'elle avait connu des années difficiles, la maladie, un divorce, et allez savoir quoi encore. Il lui avait proposé de donner un cours sur la politique chilienne pendant tout un semestre. Il se disait que cela pourrait lui servir de dérivatif et que, surtout, le projet serait utile aux étudiants. Certains montraient une ignorance monumentale : ils arrivaient à l'université sans pouvoir situer le Chili sur une carte, pas plus que leur propre pays dans le monde ; pour eux, les États-Unis se confondaient avec l'univers.

Il aurait aimé que Lucía prolongeât son séjour, mais il n'était pas facile de trouver les fonds : la parcimonie de l'administration universitaire était digne de celle du Vatican. Malgré tout, avec le contrat pour assurer les cours, il avait mis à sa disposition l'appartement au sous-sol de sa maison. Il s'attendait à voir Lucía enchantée de disposer d'un pied-à-terre aussi convoité, en plein cœur de Brooklyn, avec un loyer très raisonnable et des transports publics à proximité. Mais elle avait à peine caché sa déception en visitant les lieux. « La voilà bien difficile », avait pensé Richard. Ils étaient donc partis du mauvais pied, puis les choses s'étaient améliorées.

Vraiment, pensait-il, il s'était comporté de façon généreuse et compréhensive, y compris en supportant la présence du chien, provisoire aux dires de Lucía, mais qui durait déjà depuis plus de deux mois. Le contrat de location stipulait que les animaux de compagnie étaient interdits, mais il s'était laissé avoir par ce chihuahua qui aboyait comme un berger allemand et terrifiait le facteur comme les voisins. Il ne connaissait rien aux chiens, mais il avait noté que Marcelo était très spécial, avec ses yeux protubérants de crapaud, qui ne tenaient pas bien dans les orbites, et la langue toujours pendante car il lui manquait une flopée de dents. La cape de laine dite écossaise qu'il portait ne contribuait pas à rehausser son aspect. D'après Lucía, il était apparu un soir de pluie, blotti sous sa porte, moribond et sans pièces d'identité. « Qui donc aurait eu le cœur de le chasser ? » murmurait-elle à Richard avec un regard suppliant. C'était la première fois qu'il regardait de près les yeux de sa locataire : foncés comme des olives, les paupières épaisses et sillonnées de fines rides par le rire. Des yeux d'Orientale ; mais c'était un détail secondaire. L'aspect de cette femme ne comptait guère, pensait-il, depuis qu'il avait acheté les lieux, il s'était fixé pour règle d'éviter toute familiarité avec les locataires, afin de protéger sa vie privée. Et il n'envisageait pas de faire une exception pour elle.

Bref, ce matin de dimanche hivernal, Richard s'éveilla le premier. Il était six heures, il faisait encore nuit. Après avoir passé des heures avec l'impression de naviguer entre la veille et le sommeil, il avait fini par s'endormir, comme anesthésié. Il restait à peine quelques braises dans la cheminée, la maison était comme un mausolée gelé. Il avait mal au dos et le cou affreusement raide. Naguère, quand il partait camper avec son ami Horacio, il dormait dans un sac de couchage à même le sol, mais il n'avait plus l'âge pour ce genre de raid. Lucía, en revanche, pelotonnée à ses côtés, avait l'expression tranquille, comme si elle reposait sur des plumes. Evelyn, enfoncée dans l'oreiller, couverte par son anorak, avait gardé ses gants et ses bottes ; elle ronflait légèrement, avec Marcelo par-dessus. Richard mit quelques secondes à la reconnaître, puis à se rappeler ce que faisait cette gamine chez lui : la voiture, la collision, la neige. D'avoir écouté une partie de l'histoire d'Evelyn avait réveillé en lui l'outrage d'ordre moral qui l'avait conduit à défendre les migrants et qui échauffait encore la bile de son père. Mais Richard s'était éloigné de l'action : il avait fini par s'enfermer dans son monde académique, loin de la rude réalité des populations démunies d'Amérique latine. Il était persuadé qu'Evelyn était exploitée, voire maltraitée par ses patrons, ce qui expliquait son état de terreur.

Il repoussa Lucía sans grande considération, pour l'ôter de ses jambes comme de son esprit, puis il se secoua comme un chien mouillé et se redressa non sans mal. Il avait la bouche sèche et une soif de Bédouin. Il pensa que le gâteau de hasch était une mauvaise idée, sans doute à l'origine des confidences de la nuit, de l'histoire d'Evelyn, celle de Lucía et allez donc savoir ce qu'il avait raconté lui-même. Il ne se rappelait pas avoir donné de détails sur son passé, il ne le faisait jamais, mais sans doute avait-il mentionné Anita puisque Lucía lui avait fait remarquer que, tant d'années après avoir perdu sa femme, il continuait à la regretter. « Moi, on ne m'a jamais aimée ainsi, Richard, l'amour m'a été donné au compte-gouttes, à moitié », avait-elle ajouté.

Richard calcula qu'il était trop tôt pour téléphoner à son père, même si le vieil homme se réveillait dès l'aube et attendait, impatient, son appel. Le dimanche, ils déjeunaient ensemble dans un lieu choisi par Joseph ; s'il n'avait dépendu que de Richard, le restaurant eût toujours été le même. « Cette fois, au moins, j'aurai autre chose à te raconter, papa », se dit Richard à part lui. L'histoire d'Evelyn Ortega avait tout pour intéresser Joseph : migrants et réfugiés étaient son thème de prédilection.

Très âgé et pleinement lucide, Joseph Bowmaster avait été acteur. Il était né en Allemagne, d'une famille juive avec une longue lignée d'antiquaires et de collectionneurs d'art, qui remontait à la Renaissance. Un milieu cultivé et raffiné, mais dont la fortune avait été ruinée par la Première Guerre mondiale. À la fin des années 1930, quand l'ascension d'Adolf Hitler était déjà inévitable, ses parents avaient envoyé Joseph en France, sous prétexte d'approfondir l'étude de la peinture impressionniste. En fait, ils voulaient l'éloigner du péril nazi, tandis qu'ils se préparaient à émigrer, illégalement, en Palestine, alors sous le contrôle de la Grande-Bretagne. Pour pacifier les Arabes, les Anglais limitaient l'immigration juive à ce territoire, mais rien ne pouvait arrêter des gens désespérés.

Joseph était resté en France, mais au lieu d'étudier l'histoire de l'art, il s'était consacré au théâtre. Il était doué pour les planches comme pour les langues : outre l'allemand, il maîtrisait le français et avait commencé d'apprendre l'anglais avec un tel succès qu'il pouvait imiter différents accents, depuis le cockney jusqu'à la diction châtiée de la BBC. En 1940, quand les nazis avaient envahi la France et occupé Paris, il s'était débrouillé pour fuir en Espagne et, de là, gagner la capitale portugaise. Toute sa vie, il devait se souvenir de la bonté de celles et ceux qui, en prenant de gros risques, l'avaient aidé dans son odyssée. Richard avait grandi dans le souvenir de l'histoire de son père, avec l'idée gravée dans son cerveau que l'aide au persécuté est une obligation morale indiscutable. Dès qu'il avait été en âge de voyager, son père l'avait emmené en France, pour rendre visite à deux familles qui l'avaient caché aux Allemands, et en Espagne, pour remercier ceux qui l'avaient aidé à survivre et à se rendre au Portugal.

En 1940, Lisbonne était le dernier refuge pour des centaines de milliers de juifs européens qui s'efforçaient d'obtenir des documents afin de gagner les États-Unis, l'Amérique du Sud ou la Palestine. En attendant l'occasion propice, Joseph s'était logé dans le quartier d'Alfama, un labyrinthe de venelles et de maisons mystérieuses, où il avait trouvé une pension qui sentait le jasmin et l'oranger. C'est là qu'il était tombé amoureux de Cloé, la fille de la propriétaire. Elle avait trois ans de plus que lui, travaillait à la poste pendant la journée et chantait le soir dans les cabarets de fado. C'était une belle brune à l'expression tragique, qui semblait née pour les airs nostalgiques de son répertoire. Joseph n'osait pas révéler à ses parents qu'il en était amoureux, car Cloé n'était pas juive. Puis ils avaient pu émigrer ensemble, d'abord à Londres, pendant deux ans, puis à New York. La guerre faisait fureur en Europe et les parents de Joseph, installés de façon précaire en Palestine, n'avaient aucune objection à l'égard de leur future belle-fille. Leur seule préoccupation était que leur fils fût à l'abri du génocide perpétré par les Allemands.

À New York, Joseph avait changé son nom pour Bowmaster, qui sonnait dans un anglais des plus séants. Et, avec son accent parfaitement imité d'aristocrate, il avait pu interpréter des œuvres de Shakespeare pendant quarante ans. Cloé, en revanche, ne s'était jamais convertie complètement à l'anglais et n'avait guère de succès avec les fados lancinants de son pays. Mais au lieu de sombrer dans le désespoir de l'artiste frustré, elle avait étudié la mode, devenant bientôt la pourvoyeuse de la famille, car les cachets de Joseph au théâtre ne permettaient guère de finir le mois. La femme aux airs de diva, que Joseph avait connue à Lisbonne, faisait preuve d'un grand sens pratique et d'une belle force de travail. De surcroît, elle était extrêmement fidèle dans ses affections et vouait son existence à l'amour porté à son mari et à Richard, leur fils unique, qui grandissait choyé comme un prince dans un modeste appartement du Bronx, protégé du monde par la tendresse de ses parents. À telle enseigne qu'il devrait se demander plus tard, bien souvent, pourquoi diable il n'avait pas suivi leur exemple, pourquoi il n'était pas à la hauteur de ce qu'ils lui avaient inculqué, et pourquoi il avait échoué comme mari et comme père.

Richard était aussi beau garçon que Joseph, mais plus petit de taille et sans le tempérament bouillonnant de l'acteur. Il penchait plutôt pour la mélancolie, comme sa mère. Fort occupés par leurs travaux respectifs, ses parents l'aimaient sans l'étouffer et le traitaient avec la négligence habituelle de l'époque, quand les enfants n'étaient pas encore devenus des *projets*. Ce qui convenait fort bien à Richard : on le laissait en paix avec ses livres, et nul ne lui en demandait trop. Il suffisait d'obtenir des notes honorables, d'avoir de bonnes manières et de montrer de bonnes dispositions. Il passait plus de temps avec son père qu'avec sa mère, car Joseph avait des horaires plus flexibles, tandis que Cloé était associée dans un magasin de mode et restait souvent à coudre jusqu'aux petites heures de la nuit. Joseph emmenait son fils dans ses promenades de secours populaire, comme les appelait Cloé. Ils allaient déposer des vivres et des vêtements que les paroisses et la synagogue distribuaient aux familles les plus démunies du Bronx, aussi bien juives que chrétiennes. « À celui qui est dans le besoin, on ne demande ni qui il est ni d'où il vient, Richard. Nous sommes tous égaux dans le malheur », disait Joseph à son fils. Et, vingt ans plus tard, il devait lui en donner la preuve en défendant, dans les rues, les migrants sans papiers, victimes des rafles de la police de New York.

Maintenant, Richard observait Lucía avec une soudaine tendresse. Elle était encore endormie, couchée par terre, et l'abandon de la nuit lui donnait un aspect à la fois jeune et vulnérable. Cette femme en âge d'être grand-mère lui rappelait Anita dans son sommeil, son Anita de vingt ans et quelques. Il fut tenté un instant de s'accroupir, de lui prendre la tête entre les mains et de l'embrasser, mais il se contint aussitôt, surpris par la traîtrise de cet élan.

« Allez, on se réveille ! » clama-t-il en frappant dans ses paumes.

Lucía ouvrit les yeux et tarda un peu, elle aussi, à se situer dans l'espace et dans le temps.

« Quelle heure est-il ? fit-elle.

— L'heure où l'on commence à fonctionner.

— Mais il fait encore nuit ! Café d'abord. Je suis incapable de penser sans caféine. Et il fait un froid polaire, Richard. Pour l'amour de Dieu, monte un peu le chauffage, ne sois pas aussi radin. Où est la salle de bains ?

— Tu peux utiliser celle du second étage. »

Lucía se leva par paliers successifs : d'abord à quatre pattes, puis à genoux, ensuite les mains en appui sur le sol et le derrière en l'air – comme elle l'avait appris dans son cours de yoga –, enfin sur ses deux jambes.

« Avant, je pouvais faire des flexions. À présent, m'étirer me donne des crampes. La vieillesse est dégueulasse », bredouilla-t-elle en marchant vers l'escalier.

« Je vois que je ne suis pas le seul à prendre le chemin des anciens », pensa Richard non sans une pointe de satisfaction. Il fit passer le café et remplit la gamelle des chats, pendant qu'Evelyn et Marcelo s'étiraient comme s'ils avaient toute la journée devant eux pour tuer le temps. Il réprima son envie de houspiller la jeune fille, qui devait être épuisée.

La salle de bains du second, propre et qui semblait inutilisée, était grande et vieillotte, avec une baignoire à pattes de lion et des robinets dorés. Lucía vit une inconnue dans le miroir, les yeux gonflés, le visage rougi, avec quelques cheveux blancs et roses qui avaient l'air d'une perruque de clown. Au début, les mèches étaient couleur betterave, mais elles avaient déteint peu à peu. Elle se doucha en vitesse, s'essuya avec sa chemisette car il n'y avait pas de serviettes, et se peigna avec les doigts. Elle avait besoin de sa brosse à dents et de sa trousse de maquillage. « Tu ne peux plus aller de par le monde sans fond de teint ni rouge à lèvres », dit-elle au miroir. Elle avait toujours cultivé la vanité comme une vertu, sauf pendant ses mois de chimiothérapie, quand elle s'était laissée aller jusqu'à ce que Daniela décide de la ramener de force à la vie. Tous les matins, elle prenait le temps de se pomponner, même pour rester à la maison sans voir personne. Elle préparait sa journée en se maquillant, en choisissant sa tenue comme on revêt une armure ; c'était sa manière de se sentir en sûreté devant le monde. Elle adorait les pinceaux, les teintures, les lotions, les couleurs, les poudres, les toiles, les textures. C'était son heure de méditation agréable. Elle ne pouvait se passer du maquillage, de l'ordinateur, du portable et d'un chien. L'ordinateur était son outil de travail, le portable la reliait au monde, tout spécialement à Daniela, et le besoin de cohabiter avec un animal avait commencé alors qu'elle vivait seule à Vancouver, puis durant ses années de mariage avec Carlos. Leur chienne, Olivia, était morte de vieillesse justement quand le cancer l'avait prise au piège. Le destin, à cette époque, lui avait fait pleurer la mort de sa mère, et souffrir le divorce, la maladie et la perte d'Olivia, sa fidèle compagne. Marcelo était un envoyé du ciel, le parfait confident : lorsqu'ils bavardaient longuement, il la faisait rire avec sa laideur et le regard inquisiteur de ses yeux de batracien. Ce chihuahua qui aboyait après les souris et chassait les fantômes lui offrait un exutoire à l'insupportable tendresse qu'elle portait tout au fond d'elle et qu'elle ne pouvait offrir à sa fille, car elle l'aurait asphyxiée.

Lucía et Richard

Brooklyn

Dix minutes plus tard, Lucía retrouvait Richard dans la cuisine, utilisant le grille-pain. La cafetière était pleine et trois bols posés sur la table. Evelyn revenait de la cour avec le chien grelottant dans les bras ; elle se jeta sur les tartines que Richard lui avait servies avec le café. Elle avait l'air si jeune et affamée, en équilibre sur son tabouret, la bouche pleine, que Richard en était bouleversé. Quel âge pouvait-elle avoir ? Elle était sûrement plus âgée qu'il n'y paraissait. Peut-être l'âge de son enfant Bibi.

« Nous allons te reconduire chez toi, Evelyn, lui dit Lucía quand ils eurent fini le café.

— Non, non ! s'exclama la fille en se redressant si brusquement qu'elle renversa le tabouret et que Marcelo roula par terre.

— C'était un accrochage de rien du tout, Evelyn. Tu ne dois pas t'en faire. Je vais moi-même expliquer les choses à ton patron. Comment s'appelle-t-il déjà ?

— Frank Leroy. Mais il n'y a pas que la collision, dit-elle en bégayant, le visage altéré.

— Qu'y a-t-il d'autre ? demanda Richard.

— Allons, Evelyn, de quoi as-tu si peur ? » ajouta Lucía.

C'est alors que, tremblante, et trébuchant sur les syllabes, la jeune fille leur révéla qu'il y avait un mort dans le coffre de la voiture. Elle dut le répéter deux fois avant que Lucía ne comprenne vraiment. Et ce fut encore plus difficile pour Richard. Il parlait l'espagnol, certes, mais surtout le portugais, doux et chantonnant, du Brésil. Il ne pouvait en croire ses oreilles, l'énormité de cette révélation le laissait pétrifié. S'il avait bien entendu, deux possibilités se présentaient : ou bien cette petite était une folle en plein délire, ou bien il y avait un mort dans la Lexus…

« Un cadavre, tu veux dire ? »

Evelyn acquiesça, les yeux cloués au sol.

« Ce n'est pas possible. Quel genre de cadavre ?

— Richard ! Ne sois pas ridicule : un corps humain, bien sûr, s'exclama Lucía, tellement choquée qu'elle s'étouffait pour contenir un rire nerveux.

— Et comment est-il arrivé là ? poursuivit Richard, toujours incrédule.

— Je n'en sais rien.

— C'est toi qui l'as renversé ?

— Non. »

Face à l'hypothèse de se retrouver avec un défunt anonyme sur les bras, Richard se mit à se gratter compulsivement les bras et la poitrine, en signe de l'allergie qui le prenait dans les moments de tension. C'était un homme de routines et d'habitudes bien ancrées, fort mal préparé à ce type d'imprévus. Sa petite vie stable et prudente avait pris fin, mais il ne le savait pas encore.

« Il faut appeler la police », conclut-il en empoignant son portable.

La fille du Guatemala poussa un cri de terreur. Puis elle éclata en sanglots déchirants, pour des raisons qui semblaient évidentes à Lucía, mais beaucoup moins à Richard, qui n'ignorait pourtant pas le climat d'incertitude permanente où vivent la plupart des migrants d'Amérique latine.

« Je suppose que tu es sans papiers, dit Lucía. Nous ne pouvons pas contacter la police, Richard, Evelyn se retrouverait dans une impasse. Elle a pris la voiture sans permis. On peut l'accuser de vol et d'homicide. Tu sais bien que la police enrage avec les illégaux. C'est trop facile de crier haro sur le baudet.

— Quel baudet ?

— C'est une métaphore, Richard.

— Comment est morte cette personne ? Et d'abord, qui est-ce ? » insista de nouveau Richard.

Evelyn répondit qu'elle n'avait pas touché au corps. Devant la pharmacie où elle avait acheté des couches-culottes, elle avait soulevé le hayon d'une main, en tenant son sac de l'autre, et en poussant le paquet à l'intérieur, elle avait senti que le coffre était plein. Une silhouette se dessinait sous un tapis. En l'écartant, elle avait vu un corps recroquevillé. Effarée, elle s'était assise sur le trottoir, étouffant de justesse le hurlement qui lui montait dans la gorge. Puis s'était levée par à-coups. Avait claqué le coffre et jeté le sac sur le siège arrière. S'était enfermée dans l'auto pendant une éternité, jusqu'à retrouver suffisamment son calme et conduire vers la maison. Avec un peu de chance, elle espérait que son absence serait passée inaperçue. Que personne ne saurait qu'elle avait emprunté la Lexus. Jusqu'à l'accrochage avec Richard. Maintenant, avec le coffre cabossé, entrouvert, c'était impossible.

« Nous ne savons même pas si cette personne est morte. Elle pourrait avoir perdu connaissance, fit remarquer Richard, livide, en s'épongeant le front avec une serviette de cuisine.

— C'est peu probable, elle serait morte d'hypothermie. Mais il y a une bonne manière de le savoir, répondit Lucía.

— Sacrebleu ! Tu ne penses tout de même pas vérifier ça dans la rue…

— Tu vois une autre solution ? Il n'y a pas un chat dehors. Il est encore tôt, il fait sombre et c'est dimanche. Qui donc viendrait nous voir ?

— C'est hors de question. Ne compte pas sur moi.

— D'accord, prête-moi une lampe de poche. Evelyn et moi allons jeter un coup d'œil. »

Mais les sanglots de la jeune fille avaient augmenté de quelques décibels. Lucía la prit dans ses bras, émue par cette enfant qui avait subi tant de tribulations ces dernières heures.

« Je n'ai rien à voir avec tout ça ! Mon assurance va payer les dégâts causés à la voiture, un point c'est tout. Pardonne-moi, Evelyn, mais il faut que tu t'en ailles, déclara Richard dans son espagnol de contrebande.

— Tu veux la chasser ? Tu es fou ? Sais-tu ce que cela veut dire d'être sans papiers dans ce pays ! s'exclama Lucía.

— Je le sais très bien, Lucía. Si je ne l'avais pas appris par mon travail au Centre, je le saurais par mon père, qui passe sa vie à me le seriner, soupira Richard en rendant les armes. Voyons, que savons-nous de cette jeune fille ?

— Qu'elle a besoin d'aide. Tu as de la famille ici, Evelyn ? »

Silence de tombe. Evelyn n'allait pas mentionner sa mère à Chicago et lui faire courir des risques à son tour. Richard se grattait derechef, en se disant qu'il était fichu : police, enquête, journaux, tout le saint-tremblement, au diable sa réputation ! Et la voix de son père, au fond de sa poitrine, lui rappelant son devoir envers les persécutés… « Je ne serais pas de ce monde et tu ne serais pas né si des âmes vaillantes ne m'avaient pas caché des nazis », lui avait-il soufflé un million de fois.

« Nous devons vérifier si cette personne est encore en vie, il n'y a plus de temps à perdre », répéta Lucía.

Elle prit les clés de la voiture que la jeune fille avait laissées sur la table de la cuisine, lui confia le chihuahua par précaution eu égard aux chats, coiffa son bonnet, enfila les gants et redemanda la lampe de poche.

« Tu ne peux pas y aller seule, Lucía. Merde à la fin ! Il faudra que je sorte avec toi, bredouilla Richard, résigné. Mais nous devrons d'abord décongeler le coffre… »

Ils remplirent une grande casserole d'eau chaude et de vinaigre. Puis Richard et Lucía la transportèrent ensemble, à grand-peine, en glissant sur le miroir glacé de l'escalier extérieur, se tenant de l'autre main à la rampe. Les verres de contact de Lucía étaient

gelés, eux aussi, et elle sentait comme des éclats dans les yeux. Richard allait souvent pêcher dans les lacs du Nord : il était rodé à la lutte contre les froids extrêmes, mais non dans les rues de Brooklyn. La lumière des réverbères peignait des cercles jaunes, phosphorescents, sur la neige, le vent soufflait en rafales, puis tombait subitement, comme épuisé par l'effort, avant de reprendre de plus belle en soulevant des tourbillons de poudreuse. Pendant les pauses, il régnait un silence absolu, une paix menaçante. Toute la rue était ponctuée de véhicules enneigés, certains plus que d'autres, et la blanche voiture d'Evelyn avait quasi disparu. Elle n'était pas en face de la maison, comme le craignait Richard, mais à une quinzaine de mètres. Et rien ne circulait à cette heure. Les chasse-neige, la veille, avaient commencé à dégager la chaussée, et les trottoirs étaient couverts de congères.

Comme l'avait précisé la jeune fille, le coffre était maintenu fermé par une ceinture jaune. Ce n'était pas une mince affaire de détacher le nœud avec des gants. Et Richard avait une peur paranoïaque de laisser des empreintes digitales. Ils découvrirent finalement une forme humaine, mal couverte par un tapis taché de sang séché : c'était une femme portant une tenue de sport, le visage enfoui dans les bras. Elle était figée dans une étrange posture, comme une poupée désarticulée. On voyait très peu sa peau, de couleur mauve. Mais elle était morte, sans aucun doute. Ils restèrent là, immobiles, à l'observer plusieurs minutes, sans pouvoir deviner ce qui s'était passé. On ne voyait pas de sang. Il faudrait retourner le corps pour l'étudier plus attentivement. La malheureuse était comme un bloc de ciment. Lucía avait beau pousser et tirer, tandis que Richard, sur le point de pleurer d'énervement, l'éclairait avec la torche électrique : le cadavre ne bougeait pas.

« Je crois qu'elle est morte hier, souffla Lucía.

— Pourquoi ?

— *Rigor mortis*. Huit heures environ après le décès, le corps devient rigide, et le reste pendant un jour et demi.

— Ce qui nous conduirait donc à avant-hier soir.

— Exact. Et peut-être encore plus tôt, car la température est très basse. Ceux qui l'ont laissée ici y comptaient bien. La tempête de vendredi ne permettait pas de se débarrasser du corps. On n'a pas agi dans la précipitation.

— Il se peut aussi que la rigidité cadavérique ait pris fin, mais que le corps soit congelé, expliqua Richard.

— Un être humain n'est pas comme un poulet, Richard. Il faut bien deux jours pour le congeler au frigo. Ce qui nous ramène soit à hier, soit à avant-hier.

— Comment peux-tu savoir tout ça ?

— Ne me pose pas de questions, dit-elle d'un ton cassant.

— En tout cas, cela concerne la police et le médecin légiste, mais ne nous regarde pas », conclut Richard.

Comme apparus par magie, ils virent les phares d'un véhicule qui arrivait lentement au coin. Ils eurent juste le temps de refermer à demi le coffre, à l'instant où la voiture de patrouille s'arrêtait à côté d'eux. Un des hommes se pencha par la vitre baissée.

« Tout va bien ? demanda-t-il.

— Très bien, monsieur l'agent, répondit Lucía.

— Que faites-vous dehors à cette heure ? insista l'homme.

— Je cherche du linge pour ma mère, qui est resté dans la voiture, dit-elle en retirant le grand paquet du siège.

— Bonjour, monsieur l'agent », ajouta Richard d'une voix soudain fluette.

Quand la patrouille se fut éloignée, ils refermèrent le coffre avec la ceinture et rentrèrent en patinant sur la glace de l'escalier, en portant les couches et la casserole vide, priant le ciel que la police ne revienne pas en douce pour inspecter la Lexus.

Ils retrouvèrent Evelyn, Marcelo et les chats exactement à la même place et demandèrent à la jeune fille à quoi servaient ces couches. Elle expliqua que Frankie, l'enfant dont elle s'occupait, souffrait de paralysie cérébrale.

« Et quel âge a-t-il ? demanda Lucía.

— Treize ans.

— Il lui faut des couches pour adulte ? »

Evelyn piqua un fard, confuse, et déclara que le garçon était très développé pour son âge : les couches ne devaient pas trop le serrer, car le petit oiseau s'éveillait. Lucía traduisait à Richard : elle parle d'érection.

« Je l'ai laissé tout seul depuis hier, il est sûrement réveillé. Qui va s'occuper de l'insuline ? murmura la fille.

— Il a besoin d'insuline ?

— Si nous pouvions appeler Mme Leroy… Frankie ne peut rester sans personne.

— C'est risqué, avec le téléphone, fit remarquer Richard.

— Je vais appeler de mon portable, c'est un numéro caché », dit Lucía.

Le numéro appelé sonna deux fois, et une voix altérée répondit en criant. Lucía raccrocha aussitôt et Evelyn poussa un soupir de soulagement. La seule personne qui pouvait répondre à ce numéro était la mère de Frankie. Dans ce cas, elle pouvait se détendre, car l'enfant serait bien soigné.

« Allons, Evelyn, tu dois bien avoir une idée de la manière dont ce corps est arrivé dans le coffre, dit Richard.

— Non. La Lexus est la voiture de mon patron, M. Leroy.

— Il doit être en train de la chercher.

— Il est encore en Floride, je crois qu'il rentre demain.

— Tu crois qu'il est mêlé à cela ?

— Oui.

— Veux-tu dire qu'il pourrait avoir tué cette femme ? poursuivit Richard.

— Quand M. Leroy se fâche, il devient comme un démon…, répondit la fille, qui se mit à pleurer.

— Laisse-lui le temps de se calmer, Richard, glissa Lucía.

— Comprends-tu que nous ne pouvons déjà plus recourir à la police, Lucía ? Comment expliquer que nous aurions menti aux hommes de la patrouille ? fit valoir Richard.

— Oublie donc la police pour l'instant.

— Mon erreur a été de t'appeler. Si j'avais su que la petite se promenait avec un cadavre dans le placard, j'en aurais avisé aussitôt le commissariat, commenta Richard, plutôt sur le ton de la réflexion que de la colère, et en servant un autre café à Lucía. Du lait ?

— Noir et sans sucre.

— Dans quel pétrin nous nous sommes fourrés !

— La vie réserve parfois des imprévus, Richard.

— Pas la mienne.

— En effet, j'ai pu m'en rendre compte. Mais tu vois bien comme la vie ne nous laisse pas tranquilles : tôt ou tard, elle nous rattrape.

— Il faudra pourtant bien que cette jeune fille transporte son cadavre ailleurs.

— Tu vas le lui dire ? demanda Lucía en désignant Evelyn, qui pleurait en silence.

— Que comptes-tu faire, ma petite ? » demanda Richard.

Elle haussa les épaules, affligée, et murmura un mot d'excuse, pour les avoir dérangés.

« Il faudra bien que tu fasses quelque chose... », insista Richard sans grande conviction.

Lucía le tira par la manche et l'emmena près du piano, loin d'Evelyn.

« La première chose à faire est de nous débarrasser de la preuve, lui dit-elle à voix basse. Avant toute autre démarche.

— Je ne te comprends pas.

— La voiture et le corps doivent disparaître.

— Tu es complètement cinglée ! s'exclama-t-il.

— Le problème te concerne aussi, Richard.

— Moi ?

— Oui, dès lors que tu as ouvert la porte à Evelyn hier soir et que tu m'as appelée. Il nous faut décider où nous allons laisser le corps.

— Tu plaisantes, je suppose ? Comment peux-tu avoir une idée aussi délirante ?

— Écoute, Richard : Evelyn ne peut pas rentrer chez ses patrons, pas plus qu'elle ne peut s'adresser à la police. Tu la vois trimbaler un cadavre dans une voiture qui n'est pas la sienne ?

— Je suis sûr que tout cela peut s'éclaircir.

— Auprès de la police ? Jamais de la vie.

— Alors, abandonnons la voiture dans un autre quartier.

— On aurait tôt fait de la retrouver, Richard. Evelyn a besoin de temps pour se mettre à l'abri. Tu as vu à quel point elle panique. Elle en sait beaucoup plus qu'elle ne peut en dire. Je crois qu'elle a vraiment peur pour sa vie, avec ce Leroy. Supposons qu'il ait tué cette femme et qu'il soit à la recherche d'Evelyn. Il sait qu'elle a pris la Lexus, il ne la laissera pas s'échapper.

— Alors nous courons un grand danger nous aussi.

— Nul ne peut savoir que la petite est avec nous. Il faut conduire la voiture loin d'ici.

— Et nous transformer en complices !

— Nous le sommes déjà. Mais le tout est de bien faire les choses, et personne n'en saura rien. On ne pourra nous trouver aucun rapport avec ça, pas même avec Evelyn. Crois-moi, la neige est une bénédiction. Nous devons en profiter aussi longtemps qu'elle tient, et partir aujourd'hui même.

— Mais pour aller où ?

— Qu'est-ce que j'en sais, moi, Richard ?! Pense à quelque chose. Nous devons toujours aller dans le sens du froid, pour que le corps ne se mette pas à empester. »

Ils retournèrent s'asseoir à la table de la cuisine et refirent du café tandis qu'ils envisageaient diverses possibilités. À l'écart, Evelyn Ortega les observait timidement. Elle avait séché ses larmes et s'était de nouveau réfugiée dans le mutisme, avec la résignation de ceux qui n'ont jamais eu de prise sur leur existence. Lucía était d'avis que, plus ils seraient loin, plus ils auraient de chances de mettre un heureux point final à cette aventure.

« Un jour, je suis allée voir les chutes du Niagara et j'ai passé la frontière canadienne sans m'arrêter : on ne m'a demandé ni passeport ni documents du véhicule.

— Cela devait se passer voilà une quinzaine d'années, Lucía. À présent, ils réclament les papiers.

— Nous pourrions aller au Canada en un clin d'œil et laisser la voiture dans un bois : ce n'est pas ce qui manque de ce côté.

— On peut très bien identifier la voiture au Canada, Lucía. Ce n'est pas le Bangladesh.

— À ce propos, il nous faut identifier la victime. Nous ne pouvons l'abandonner quelque part sans même savoir qui c'est.

— Et pourquoi ? demanda Richard, perplexe.

— Question de respect. Nous devons jeter un œil dans ce maudit coffre et il vaudrait mieux le faire maintenant, avant que les gens ne sortent dans la rue », dit Lucía d'un air décidé.

Ils durent quasiment forcer Evelyn à sortir, et la pousser pour qu'elle s'approche de la voiture.

« Est-ce que tu la connais ? » lui demanda Richard, après avoir détaché la ceinture et en éclairant l'intérieur du coffre, alors que le jour commençait à se lever.

Il répéta trois fois la question, avant que la jeune fille ne desserre les lèvres et n'ouvre les yeux. Elle tremblait de la tête aux pieds, aux prises avec une même terreur atavique : le souvenir du pont de son village. Une terreur qui la guettait dans l'ombre depuis huit ans, mais si brûlante que c'était comme si son frère Gregorio était là, devant elle, dans la rue, à cette heure blanchissante, livide et ensanglanté.

« Fais un effort, Evelyn. Il est essentiel de savoir qui est cette femme, insistait Lucía.

— Mlle Kathryn. Kathryn Brown… », murmura finalement la fille.

Evelyn

Guatemala

Le 22 mars de cette même année 2008, jour du Samedi saint, cinq semaines après le supplice de Gregorio Ortega, ce fut le tour de son frère et de sa sœur. Les bandits profitèrent de l'absence de Concepción – qui préparait les bouquets de fleurs à l'église pour le dimanche de Pâques – pour faire irruption dans la chaumière en plein midi. Ils étaient quatre, reconnaissables à leurs tatouages comme à leur impudence : ils arrivèrent à Monja Blanca del Valle sur des motos pétaradantes, particulièrement voyantes chez des villageois qui vont à pied ou à bicyclette. Ils ne restèrent que dix-huit minutes, pas une de plus, dans l'habitation ; c'était amplement suffisant. Si les voisins les aperçurent, il n'y eut personne pour intervenir ni, plus tard, pour témoigner. Le fait qu'ils commirent leur crime justement pendant la Semaine sainte, temps sacré de jeûne et de pénitence, devait être commenté pendant des années comme la plus impardonnable des fautes.

Concepción Montoya rentra chez elle sur le coup de treize heures, quand le soleil frappait, furibond, et que même les perroquets se taisaient dans les branches. Elle ne fut pas surprise par le silence et le calme régnant dans les rues : c'était bientôt l'heure de la sieste, et ceux qui ne se reposaient pas étaient occupés aux préparatifs de la procession du Christ ressuscité et de la grand-messe que devait célébrer le père Benito le lendemain, revêtu de la chasuble violette et de la cordelière blanche, au lieu des jeans défraîchis en toile brodée de Chichicastenango qu'il portait le reste de l'année. Éblouie par la lumière de la rue, la vieille femme mit quelques secondes pour s'orienter dans la pénombre intérieure et découvrir Andrés près de la porte, craintif, immobile comme un chien en arrêt. « Qu'y a-t-il, eh bien, mon *petiiit* ? » parvint-elle à demander avant de distinguer les traînées qui noircissaient le sol et l'entaille au cou de l'enfant. Un hurlement rauque lui monta des pieds à la gorge, déchirant tout sur son passage. Elle s'agenouilla en répétant, « Andrés, mon petit », et dans un éclair brûlant, elle pensa à Evelyn. Elle gisait à l'autre bout de la pièce, avec son corps si fin, du sang sur le visage, du sang sur les jambes, sur la robe de coton déchirée. La grand-mère, gémissante, se traîna vers elle, implorant Dieu, le suppliant de ne pas la reprendre, par pitié. Elle saisit sa petite-fille par les épaules et la secoua doucement. En voyant un bras qui pendait dans une posture impossible, elle chercha, fébrile, un signe de vie. Comme elle n'y parvenait pas, elle se retourna vers la porte en invoquant la Vierge dans des cris terrifiants.

C'est une voisine qui accourut la première, bientôt suivie d'autres femmes. Deux d'entre elles soutenaient

Concepción, affolée, tandis que les autres constataient que l'on ne pouvait plus rien pour Andrés, mais que la petite Evelyn respirait encore. Elles envoyèrent un garçon prévenir la police, tout en essayant de réanimer Evelyn sans la relever, du fait de son bras tordu et parce qu'elle perdait du sang.

Le père Benito arriva en camionnette avant les policiers. Il trouva la maison pleine de gens qui commentaient le drame et donnaient un coup de main. On avait étendu Andrés sur la table, la tête sur un oreiller et le cou enveloppé dans un châle. On nettoyait son visage avec des chiffons humides et on cherchait une chemise pour le couvrir, pendant que les voisines appliquaient des compresses d'eau froide sur le front d'Evelyn et s'efforçaient de consoler la grand-mère. Le curé comprit qu'il était déjà trop tard pour conserver des preuves : tout avait été foulé ou touché par des villageois pressés de bien faire et, de toute façon, l'état de la scène du crime n'avait guère d'importance étant donné l'indolence de la police. Aucune autorité, sans doute, ne se dérangerait pour une pauvre famille. Au passage du prêtre, les habitants s'écartaient avec espoir et respect, comme si les pouvoirs divins qu'il représentait étaient susceptibles de révoquer la tragédie. Le père comprit rapidement l'état d'Evelyn. Il demanda aux femmes de l'étendre sur un matelas dans sa fourgonnette, emmaillota le bras de la jeune fille et pria Concepción de l'accompagner, pendant que le reste de l'assistance attendait – à tout hasard – l'arrivée de la police.

La grand-mère et deux autres femmes se rendirent donc avec le curé à la clinique des missionnaires évangéliques, distante d'une dizaine de kilomètres, car on y trouvait toujours un ou deux médecins de garde, qui soignaient aussi dans les villages des environs. Pour une fois dans sa vie, le père Benito, terreur du volant, conduisait doucement car chaque ornière, chaque virage faisait gémir Evelyn. À la clinique, on la transporta sur la couverture, comme dans un hamac, avant de la déposer sur une civière. Ils furent reçus par une doctoresse, Nuria Castell, catalane et agnostique, comme l'apprit par la suite le père Benito, et qui n'avait rien d'évangélique. Le bras droit d'Evelyn avait perdu son pansement improvisé ; à en juger par les meurtrissures, elle devait avoir plusieurs côtes fracturées ; les radios le confirmeraient, jugea le médecin. La fille souffrait également de coups portés au visage et d'une possible contusion cérébrale. Elle était consciente et avait ouvert les yeux, mais elle murmurait des propos incohérents, ne reconnaissait pas sa grand-mère et ne comprenait pas où elle se trouvait.

« Que lui est-il arrivé ? demanda la Catalane.

— On a attaqué sa maison. Je crois qu'elle a vu ceux qui tuaient son frère, dit le père Benito.

— Sans doute ont-ils forcé son frère à voir ce qu'ils lui faisaient subir avant de le tuer.

— Doux Jésus ! s'exclama le curé en donnant un grand coup de poing dans le mur.

— Tout doux avec ma clinique, voulez-vous. Elle est fragile et on vient de la repeindre. Je vais examiner la petite pour en savoir davantage », déclara Nuria Castell dans un soupir d'expérience qui se résigne.

Pendant ce temps, le père Benito téléphonait à Miriam. Cette fois, il dut lui dire crûment la vérité, lui demander de l'argent pour les obsèques et pour payer un passeur qui conduirait Evelyn dans le Nord. La petite courait un danger immédiat, les malfrats tenteraient de l'éliminer pour qu'elle ne puisse identifier ses agresseurs. Pantelante au bout du fil, anéantie, ne pouvant même pas se représenter la tragédie, Miriam expliquait que, pour financer l'enterrement de Gregorio, elle avait dû puiser dans l'argent qu'elle épargnait pour payer le voyage d'Andrés, quand il aurait fini l'école. Il ne lui restait pas grand-chose, mais elle emprunterait autant que possible pour sa fille.

Evelyn passa quelques jours à la clinique, retrouvant assez de forces pour avaler des jus de fruits et de la bouillie de maïs, et pour se déplacer petit à petit. Sa grand-mère retourna au village pour se charger de l'enterrement d'Andrés. De son côté, le père Benito se présenta à la caserne de la police : avec sa voix de stentor doublée de son plus rude accent espagnol, il exigea une copie du rapport concernant la famille Ortega, dûment signé et avec tous les cachets officiels. Personne ne prit la peine d'interroger Evelyn et, de toute façon, la jeune fille était comme hébétée. À toutes fins utiles, le curé demanda également à Nuria Castell un double du rapport médical. Durant tout cet épisode, la Catalane et le jésuite basque eurent l'occasion de nourrir de longues discussions. Et s'ils ne tombèrent pas d'accord sur le chapitre divin, ils découvrirent que les mêmes principes les unissaient sur le terrain de l'homme. « Dommage que tu sois curé, Benito. Si bel homme et célibataire, quel gâchis », grommelait la docteure entre deux tasses de café.

Les mafieux avaient accompli leur promesse de vengeance. La prétendue trahison de Gregorio devait avoir été fort grave, pour mériter pareil châtiment, pensait le curé, même s'il ne s'agissait en vérité que d'une «faiblesse» ou d'un juron lâché au mauvais moment. Impossible à savoir: les codes de ce monde-là lui étaient complètement opaques.

«Maudits soient-ils, les malheureux, murmura-t-il à l'occasion d'une entrevue.

— Ils ne sont pas nés pervers, Benito, ils furent un jour d'innocents petits morveux. Mais ils ont grandi dans la misère, sans loi ni héros à imiter. Tu as vu ces enfants qui mendient? Qui vendent des aiguilles ou des bouteilles d'eau sur les routes? Qui fouillent les ordures et dorment dehors avec les rats?

— Oui, Nuria. Il n'y a rien que je n'aie vu dans ce pays.

— Dans la bande, au moins, ils ne meurent pas de faim.

— Cette violence est le fruit d'une guerre perpétuelle contre les pauvres. Deux cent mille indigènes exterminés, cinquante mille disparus, un million et demi de gens «déplacés». Nous sommes un petit pays, alors calcule le pourcentage de la population visée. Mais tu es très jeune, Nuria, comment saurais-tu de quoi il retourne?

— Ne me sous-estime pas, l'abbé. Je sais de quoi tu parles.

— La troupe a commis ces atrocités contre la population dont elle est issue: la même race, la même classe, la même insondable misère. Bien sûr, les soldats exécutaient les ordres, mais sous l'emprise de la drogue la plus addictive : la combinaison du pouvoir et de l'impunité.

— Toi et moi nous avons de la chance, Benito : nous n'avons pas eu l'occasion d'essayer cette drogue. Si tu disposais du pouvoir et de l'impunité, ferais-tu subir aux coupables les mêmes souffrances que celles de leurs victimes ? demanda-t-elle.

— Je suppose que oui.

— Alors que tu es prêtre et que ton Dieu te commande de pardonner.

— L'histoire de tendre l'autre joue m'a toujours semblé une sottise, tout juste bonne à ramasser une seconde gifle, répondit-il.

— Si toi-même tu es tenté par la vengeance, imagine la situation du commun des mortels. Moi, les violeurs d'Evelyn, je leur couperais les roupettes sans anesthésie.

— Et moi, mon christianisme a souvent des ratés. Peut-être parce que je suis basque et un peu brut, comme mon père, qu'il repose en paix. Je veux dire que, si j'étais né au Luxembourg, par exemple, je serais peut-être moins indigné.

— Ce monde aurait bien besoin de gens fâchés comme toi, Benito. »

Sa rage était très ancienne. Le curé l'avait combattue en lui pendant des années ; il croyait qu'à son âge, après tout ce qu'il avait vécu, l'heure était venue de faire la paix avec le « réel ». Mais l'âge ne l'avait rendu ni plus sage ni plus tranquille, seulement plus rebelle. Depuis sa jeunesse, il avait éprouvé cette révolte contre le gouvernement, les militaires, les Nord-Américains, les riches de toujours, et maintenant il la ressentait contre la police et les politiciens corrompus, les narco-trafiquants, les gangsters et tous ceux qui prospéraient sur les cendres du désastre. Il avait passé trente-six ans en Amérique centrale, avec seulement deux parenthèses : la première fut, en guise de châtiment, un séjour d'un an au Congo, et la seconde, une retraite de plusieurs mois en Estrémadure, pour expier le péché d'orgueil et refroidir sa passion justicière, après son incarcération en 1982. Il avait servi l'Église au Honduras, au Salvador et au Guatemala, ce que l'on appelait désormais le Triangle du Nord, un des lieux les plus violents du monde qui prétend ne pas être en guerre. Et, au bout de cette longue expérience, il n'avait pas encore appris à cohabiter avec l'injustice et l'inégalité.

« Dis donc, être curé avec un caractère comme le tien..., souria-t-elle.

— Le vœu d'obéissance pèse une tonne, Nuria, mais je n'ai jamais remis en question ni ma foi ni ma vocation.

— Et le vœu de célibat ? Tu es parfois tombé amoureux ?

— Chaque jour, mais Dieu me soutient et cela passe vite, donc pas la peine de vouloir me séduire. »

Après avoir inhumé Andrés aux côtés de son frère, la grand-mère retrouva sa petite-fille à la clinique. Le père Benito les conduisit chez des amis à Sololá, où ils seraient en sûreté pendant la convalescence d'Evelyn, tandis que, de son côté, il chercherait un passeur de confiance pour le voyage aux États-Unis. La jeune fille avait un bras en écharpe et, les premiers temps, chaque respiration était un supplice pour les côtes. Elle avait beaucoup maigri depuis la mort de Gregorio. Les courbes de l'adolescence allaient s'effaçant, elle était maigre et fragile, et donnait l'impression que la première tempête l'emporterait au ciel. Elle n'avait rien dit de ce qui s'était passé en cette journée fatidique du Samedi saint. Plus exactement, elle n'avait plus articulé un mot depuis qu'elle s'était réveillée sur le matelas de la camionnette. Certains gardaient l'espoir qu'elle n'avait pas vu comment on égorgeait son frère, qu'elle était inconsciente à ce moment. Nuria Castell avait recommandé d'éviter de lui poser toute question délicate ; la jeune fille était traumatisée, elle avait besoin de temps et de repos.

En prenant congé, Concepción Montoya demanda au médecin si, par impossible, la petite n'était pas enceinte. Elle-même avait été prise de force par des soldats dans sa jeunesse, et Miriam, la mère d'Evelyn, était le fruit de ce viol. La Catalane emmena la grand-mère à l'écart et lui confia, sous le sceau du secret, qu'elle avait donné à Evelyn une pilule abortive élaborée par les Américains. Le médicament était illégal au Guatemala, mais personne ne se douterait de rien. « Je vous le dis, madame, pour que vous ne songiez pas à quelque remède maison pour cette fille, qui a suffisamment souffert. »

Avant le drame, Evelyn bégayait ; après le viol, elle cessa tout simplement de parler. Elle passait tout son temps chez les amis du père sans s'intéresser à rien, pas même aux nouveautés de la maison comme l'eau courante, l'électricité, le téléphone et jusqu'à la télévision dans sa chambre…

Concepción pressentit que ce malaise profond de la parole échappait à la sagesse des docteurs et décida d'agir avant qu'il ne prenne racine chez sa petite-fille. Dès que celle-ci put tenir sur ses jambes et respirer sans ressentir des coups de poignard, elle l'emmena en voyage dans le Petén, un des plus hauts lieux de la civilisation précolombienne, au terme d'un long trajet en minibus, pour rendre visite à Felicitas, une chamane, guérisseuse et gardienne de la tradition maya. Cette femme était renommée : on accourait depuis la capitale, voire du Honduras et du Belize voisins, pour la consulter sur des questions de santé ou d'ordre spirituel. Une chaîne de télévision avait diffusé un entretien avec elle, où l'on estimait qu'elle avait cent douze ans accomplis et qu'elle était peut-être la personne la plus âgée au monde. Felicitas n'avait pas démenti ce reportage, mais elle avait presque toutes ses dents et deux solides tresses dans le dos – un peu trop de molaires et de chevelure, sans doute, pour une doyenne de l'humanité.

Rien de plus facile que de trouver la guérisseuse : tout le monde la connaissait. D'ailleurs, Felicitas ne fut pas étonnée de leur visite, elle avait l'habitude de recevoir des âmes, comme elle appelait celles et ceux qu'elle accueillait aimablement chez elle. Elle affirmait que le bois dans les cloisons, la terre foulée aux pieds et la paille des toits de chaume respirent et pensent, comme tout être vivant. C'est ainsi qu'elle leur demandait conseil, dans les cas les plus difficiles, et les éléments lui répondaient en songe. Sa maison était comme une ruche ronde, d'une seule pièce, où s'écoulait sa vie, où elle pratiquait les cérémonies comme les guérisons. Un rideau de ponchos séparait de la pièce commune le petit espace où Felicitas dormait sur un grabat de planches non équarries.

La magicienne salua les nouvelles venues d'un signe de croix, les invita à s'asseoir sur le sol et servit des boissons chaudes : un café amer à Concepción et une infusion de menthe à Evelyn. Elle accepta le juste paiement de ses services et déposa les billets, sans compter, dans une boîte en fer-blanc.

La grand-mère et sa petite-fille buvaient dans un silence respectueux, attendant patiemment que Felicitas ait fini de vaquer à ses occupations : arroser les plantes médicinales dans des jardinières alignées dans l'ombre, jeter du maïs aux poules qui couraient librement partout, mettre à cuire les haricots noirs sur le feu dans la cour. Une fois terminées les tâches élémentaires, la vieille femme étendit sur le sol un drap de métier à tisser aux couleurs criardes, sur lequel elle disposait, dans un ordre immuable, les objets composant son autel : cierges, bouquets d'herbes aromatiques, pierres, coquillages, instruments de culte mayas et chrétiens. Elle fit brûler des branches de sauge pour purifier les lieux, en évoluant par cercles successifs et en récitant des incantations dans une langue ancienne pour chasser les esprits néfastes. Puis elle s'assit en face des visiteuses et leur demanda les raisons de leur voyage. Concepción décrivit le problème d'aphasie dont souffrait la jeune fille.

Pendant deux longues minutes, les pupilles de la guérisseuse, entre les paupières ridées, examinèrent le visage d'Evelyn. « Ferme les yeux et dis-moi ce que tu vois », lui ordonna-t-elle. La jeune fille baissa les paupières, mais elle était sans voix pour décrire la scène du pont, et sa terreur devant les hommes tatoués qui avaient attrapé Andrés, qui le frappaient et le traînaient. Elle s'efforçait de parler, mais les consonnes obstruaient sa gorge, c'est à peine si, dans un sursaut de naufragé, elle pouvait faire sortir quelques voyelles étouffées. Concepción voulut intervenir pour expliquer ce que la famille avait subi, mais la guérisseuse l'interrompit. Elle expliqua qu'elle avait reçu, à la naissance, le don de canaliser le pouvoir de guérison diffus dans l'univers et qu'elle l'avait cultivé, toute sa vie, avec d'autres chamanes. Elle avait rencontré, loin de là, les Séminoles de Floride ou les Inuits du Canada, mais ses meilleures connaissances provenaient de la plante sacrée des Amazones, porte d'accès à l'univers des esprits. Après quoi elle alluma des herbes saintes dans un récipient de terre cuite où étaient peints des symboles précolombiens, et elle souffla la fumée dans le visage de la patiente, à laquelle elle fit boire une infusion nauséabonde. Evelyn eut beaucoup de mal à l'avaler.

Bientôt la potion commença à produire son effet. La jeune fille ne pouvait rester assise : elle tomba sur le côté, la tête dans le giron de sa grand-mère. Ses os semblèrent se relâcher, son corps se dissolvait dans une mer opalescente où elle se voyait enveloppée de fantastiques tourbillons de couleurs violentes : le jaune des tournesols, le noir de l'obsidienne, le vert des émeraudes. Le goût écœurant de l'infusion lui emplissait la bouche : de fortes nausées la firent vomir dans un récipient de plastique posé devant elle par Felicitas.

Puis son état s'apaisa ; elle se recoucha, en tremblant, sur les genoux de sa grand-mère. Des visions se succédaient à un rythme accéléré ; dans certaines apparaissait sa mère telle qu'elle l'avait vue la dernière fois, d'autres étaient des scènes de son enfance : elle se baignait dans la rivière avec d'autres petits, elle se revoyait à cinq ans sur les épaules de son frère aîné, puis un jaguar apparaissait avec deux jeunes, puis sa mère avec un inconnu, peut-être son père. Et tout à coup elle se retrouva devant le pont où était supplicié son frère. Elle cria de terreur. Elle était seule avec Gregorio. La terre exsudait une brume chaude, on entendait la rumeur des bananeraies, des oiseaux noirs étaient pétrifiés en plein vol, et des fleurs carnivores, virulentes, flottaient dans l'eau couleur de rouille du fleuve. Et son frère crucifié. Evelyn n'arrêtait plus de crier, essayant en vain de fuir et de se cacher, mais pas un muscle ne bougeait, elle devenait pierre à son tour. Au loin, elle entendait une voix récitant une litanie en maya. Elle avait l'impression d'être bercée, lentement balancée. Au bout d'une séquence qui ressemblait à l'éternité, elle s'apaisa peu à peu et vit que Gregorio n'était plus suspendu comme une bête à l'abattoir. Il était debout sur le pont, sain et sauf, sans tatouages, tel qu'il était avant la perte de l'innocence. Et à ses côtés se tenait Andrés, indemne lui aussi, et il l'appelait, elle, et lui disait au revoir d'un vague geste de la main. Alors, elle leur envoya un baiser et ses frères lui sourirent, avant de s'effacer lentement sur un ciel couleur de pourpre et de disparaître. Le temps s'emmêlait, s'entortillait, elle ne savait plus ce qui venait avant ou après, ni comment passaient les minutes ou les heures. Elle s'abandonna entièrement au formidable pouvoir de la drogue et, ce faisant, elle se débarrassa de la peur. La mère jaguar revint avec ses petits, et la jeune fille se risqua à lui caresser le dos de la main : elle avait le poil dur et une odeur de marais. Cette énorme chatte jaune l'accompagnait par moments, entrait et sortait par d'autres visions, l'observant de ses yeux d'ambre, lui montrant le chemin quand elle s'égarait dans des labyrinthes d'abstractions, la protégeant quand des êtres maléfiques se tenaient à l'affût.

Quelques heures plus tard, Evelyn quittait l'univers magique et se retrouvait sur un lit de fortune, recouverte de couvertures, étourdie, le corps endolori, ne sachant plus où elle était. Quand elle put centrer sa vue sur les objets, elle distingua sa grand-mère, assise à son chevet et récitant le rosaire, et une autre femme, qu'elle ne parvint à reconnaître qu'en l'entendant décliner son nom : Felicitas. « Dis-moi ce que tu as vu, petite », lui enjoignait-elle. Evelyn fit un nouvel effort suprême pour articuler et moduler les syllabes, mais elle était exténuée et ne parvint à balbutier que les mots « frère » et « jaguar ». « Était-ce une femelle ? » demanda la guérisseuse. La fille acquiesça. « Mon pouvoir est féminin, dit la guérisseuse. C'est le pouvoir de la vie, que détenaient les Anciens, aussi bien les femmes que les hommes. À présent, il s'est assoupi chez les hommes, et c'est pourquoi sévit la guerre. Mais il va s'éveiller : alors le bien pourra se répandre sur la Terre, le Grand Esprit régnera avec la paix, les actes de malveillance disparaîtront. Je ne suis pas seule à le dire. Je le répète avec les sages, hommes et femmes, de tous les peuples autochtones que j'ai visités. Et toi aussi, tu as ce pouvoir féminin. C'est pourquoi tu as rencontré la mère jaguar. Souviens-t-en. Et dis-toi bien que tes frères sont en compagnie des esprits et ne souffrent plus. »

Épuisée, Evelyn s'enfonça dans un assoupissement mortifère, sans aucun rêve. Des heures plus tard, elle s'éveilla sur le grabat de Felicitas, comme rafraîchie, consciente de ce qu'elle avait ressenti, et affamée. Elle se jeta avec voracité sur les tortillas et les haricots que lui apportait la magicienne et, quand enfin elle put la remercier, la voix lui était revenue : précipitée, certes, mais claire et sonore. « Ce que tu as, ma fille, n'est pas une maladie du corps, mais de l'âme. Il se peut qu'elle guérisse toute seule. Il se peut qu'elle se soigne pour un temps et revienne ensuite, car c'est un mal fort têtu, et il se peut qu'il ne guérisse jamais. Nous verrons », diagnostiqua Felicitas. Avant de se séparer des visiteuses, elle offrit à Evelyn une image de la Vierge bénie par le pape Jean-Paul II lors de son passage au Guatemala, et une petite amulette de pierre gravée à l'image d'Ixchel, la féroce déesse-jaguar. « Il t'arrivera de souffrir, petite, mais deux vertus te protégeront. L'une est la mère jaguar, sacrée pour les Mayas, l'autre est la Sainte Mère des chrétiens. Invoque-les, et elles viendront te secourir. »

Dans la région du Guatemala proche de la frontière mexicaine, centre de commerces illicites et de trafics divers, il y avait des milliers d'hommes, de femmes et d'enfants qui gagnaient leur vie en marge de la loi, mais il était malaisé de trouver un passeur ou un « contrebandier de migrants » digne de confiance.

Certains empochaient la moitié de la somme avant d'abandonner leurs «protégés» au milieu du Mexique, ou bien les transportaient dans des conditions innommables. Parfois, l'odeur trahissait dans un container la présence de dizaines de cadavres d'étrangers asphyxiés ou étouffés par la chaleur. Les jeunes filles couraient un grand danger : elles pouvaient être violées, ou vendues à des souteneurs, à des tenanciers de bordels. À nouveau, ce fut Nuria Castell qui tendit la main au père Benito et lui fit connaître une agence discrète qui avait bonne réputation parmi les évangéliques.

La patronne d'une boulangerie se consacrait au passage clandestin de personnes désireuses de prendre le large : c'était son petit «à-côté»... Elle pouvait se targuer du fait que pas un seul de ses clients n'avait été l'objet d'un trafic humain, pas un n'avait été assassiné ou séquestré, pas un n'était tombé du train. Elle pouvait garantir une certaine sécurité dans ce négoce fondamentalement risqué, elle prenait toutes les mesures de prudence à sa portée et, pour le reste, elle se fiait au Seigneur, pour qu'il veille sur ses humbles serviteurs. Elle touchait la somme habituelle versée au guide, tous frais compris avec la prime de risques et sa propre commission. Elle contactait les passeurs et les suivait assidûment par GSM : elle savait toujours où se trouvaient exactement ses clients. D'après Nuria, de mémoire de contrebandier, la boulangère n'avait jamais perdu personne.

Le père Benito alla lui rendre visite : une femme dans la bonne cinquantaine, très fardée, avec de l'or partout, aux oreilles, au cou, aux poignets et aux dents. Le curé lui demanda une ristourne au nom du Seigneur, faisant appel à son bon cœur de chrétienne, mais rien n'y fit : la femme évitait de mélanger la foi et son commerce, il fallait payer l'avance du passeur et sa commission à elle. Le reste serait réclamé à la famille aux États-Unis, ou devrait être remboursé par le client, avec les intérêts comme de bien entendu. « Mais enfin, d'où voulez-vous que je sorte cet argent, madame ? » allégua le jésuite. « Des collectes de votre église, petit père », répliqua-t-elle non sans ironie. Mais ce fut inutile, car l'enveloppe envoyée par Miriam couvrit tous les frais : les obsèques d'Andrés, la commission de l'intermédiaire et trente pour cent du salaire du guide, outre un billet à ordre quand Evelyn serait rendue à bon port. Cette dette était sacrée, disait la boulangère, nul n'en était exempté.

Le passeur dévolu à Evelyn Ortega était un certain Berto Cabrera : un Mexicain moustachu avec une bedaine de bon buveur de bière. Il avait trente-deux ans, dont une dizaine d'expérience dans la branche. Il avait fait le voyage avec des centaines et des centaines de migrants. À l'égard des clients, il était d'une honnêteté scrupuleuse ; avec les autres contrebandiers, en revanche, sa morale était négociable. « Mon travail est mal considéré, pourtant je fais dans le social : je veille sur les personnes, je ne les embarque pas dans des camions de transport animal, ni sur le toit des trains… », expliquait-il au curé.

Evelyn Ortega se joignit à un groupe de quatre hommes qui partaient chercher du travail au nord, accompagnés d'une femme avec un nourrisson de deux mois, qui allait rejoindre son fiancé à

Los Angeles. L'enfant représentait un inconvénient majeur, mais la mère avait tellement supplié que la gérante de l'agence avait fini par céder. Les clients se réunirent dans l'arrière-boutique de la boulangerie : chacun reçut de faux papiers et fut longuement prévenu des risques de l'aventure entreprise. Désormais, ils n'useraient plus que de leur nouveau nom, et il valait mieux qu'ils ignorent la véritable identité de leurs compagnons. Evelyn, tête basse, n'osait regarder personne, mais la jeune mère s'approcha pour se présenter : « Maintenant, je m'appelle María Inés Portillo. Et toi ? » Evelyn lui montra sa carte d'identité : son nouveau nom était Pilar Saravia.

Une fois sortis du Guatemala, ils se feraient passer pour mexicains. Ils ne pouvaient faire marche arrière et devaient obéir sans broncher aux instructions du coyote, le passeur. Officiellement, Evelyn étudiait dans une prétendue école de religieuses pour enfants sourds-muets. Les autres aspirants au grand départ apprirent l'hymne national mexicain et diverses tournures du langage courant qui différaient d'un pays à l'autre. Le passeur interdit formellement les usages linguistiques inconnus au Mexique : il fallait se limiter au vouvoiement et au tutoiement traditionnels. En tant que sourde-muette, Evelyn ne devait jamais répondre aux questions des autorités ; Berto leur montrerait un certificat de l'école fictive. Ils reçurent encore des instructions sur la façon de porter leurs meilleurs vêtements et des chaussures ou des sandales qui passent inaperçues. Les femmes seraient plus à l'aise en pantalon, mais surtout pas de jeans troués à la mode. Ils devraient emporter le minimum de choses, usuelles et passe-partout, qui tiendrait dans la besace et dans la poche. « Dans le désert, il ne faut aucune charge superflue. Nous changerons votre monnaie nationale, le quetzal, en pesos mexicains. Les frais de transport sont couverts, mais vous aurez besoin d'argent pour la nourriture. »

Le père Benito remit à Evelyn une enveloppe de plastique étanche qui contenait son extrait de naissance, des copies de rapports médicaux et administratifs, et une lettre de recommandation, qui se portait garante de sa bonne conduite. Quelqu'un lui avait dit que cela pouvait être utile pour demander l'asile comme réfugiée aux États-Unis, et il ne fallait négliger aucune possibilité. Il fit également mémoriser, par Evelyn, le numéro de sa mère, à Chicago, et celui de son propre téléphone portable. En l'embrassant, il lui glissa dans la main quelques billets : tout ce qu'il avait.

Concepción Montoya voulait paraître sereine, mais les sanglots d'Evelyn ne firent aucun cas de ses bonnes intentions, et elle finit par pleurer à chaudes larmes.

« Je me sens tellement triste que tu partes, sanglotait la vieille femme. Tu es l'ange de ma vie et je ne te reverrai pas. C'est la dernière douleur qu'il me fallait subir. Et si Dieu m'a donné ce destin, c'est qu'il y a sûrement une raison. »

Alors Evelyn prononça la première phrase d'une chanson populaire qu'elle répétait depuis quelques semaines et qui serait la dernière pour les deux mois à venir :

« Du pas où je m'en vais, petite mère, du même pas je reviendrai. »

Lucía

Canada

Lucía Maraz venait d'avoir dix-neuf ans et s'était inscrite à l'université pour étudier le journalisme quand débuta son existence de réfugiée. De son frère Enrique, on n'avait plus jamais reçu de nouvelles ; avec le temps, et au terme de nombreuses recherches, il rejoindrait la liste de tous ceux qui avaient disparu sans laisser de trace. La jeune fille avait passé deux mois à l'ambassade du Venezuela de Santiago du Chili, dans l'espoir d'un sauf-conduit qui lui permettrait de quitter le pays. Les centaines d'*hôtes* – comme l'ambassadeur se faisait un devoir de les appeler, pour leur éviter l'humiliation du terme « asile » – qui s'entassaient dans la légation dormaient où ils pouvaient et attendaient leur tour devant les salles de bains. Plusieurs fois par semaine, de nouvelles personnes trouvaient l'astuce pour franchir l'enceinte de l'établissement, étroitement surveillée par les militaires dans la rue. C'est ainsi que Lucía s'était retrouvée avec un nouveau-né sur les bras, que l'on avait fait passer par la voiture diplomatique, dissimulé dans une corbeille à légumes, avec la prière d'en prendre soin jusqu'à ce que les parents aient trouvé refuge.

La promiscuité, jointe à l'angoisse collective, se prêtait aux conflits, mais les nouveaux arrivants acceptaient bientôt les règles de cohabitation et apprenaient à cultiver la patience. Le sauf-conduit de Lucía fut délivré plus lentement que d'habitude pour une personne sans antécédents politiques ou judiciaires, mais dès sa réception par l'ambassadeur, elle put quitter le territoire. Avant de s'en aller accompagnée par deux diplomates depuis l'ambassade jusqu'à la porte de l'avion pour Caracas, elle parvint à restituer le bébé à ses parents, qui étaient enfin en sûreté. Lucía put également prendre congé de sa mère au téléphone, en lui promettant un prompt retour. « Ne reviens pas avant la démocratie », lui répondit Lena d'une voix ferme.

Au Venezuela, alors riche et généreux, commençaient d'affluer des centaines de Chiliens, puis des dizaines de milliers, auxquels devaient s'ajouter les fugitifs de la « sale guerre » en Argentine et en Uruguay. La colonie sans cesse croissante de réfugiés du Cône Sud se concentrait dans certains quartiers, où l'on reconnaissait dans les rues aussi bien la cuisine que l'accent particulier de ceux-ci. Un comité de soutien aux exilés trouva pour Lucía une chambre exempte de loyer pour six mois et un emploi comme réceptionniste dans une clinique élégante de chirurgie plastique. Mais elle n'occupa guère son poste et sa chambre plus de quatre mois, car elle fit connaissance d'un autre exilé chilien, un sociologue fort tourmenté d'extrême gauche, dont les tirades et péroraisons lui rappelaient, avec une douloureuse ferveur, son frère.

Il était beau et svelte comme un torero, avec les cheveux longs et luisants, des mains délicates et des lèvres sensuelles à l'expression hautaine. Il ne faisait rien pour cacher son mauvais esprit ni son dédain. Des années plus tard, Lucía s'en souviendrait avec perplexité, en se demandant comment elle avait pu s'éprendre d'un type aussi désagréable. L'unique explication plausible était qu'il était très jeune et qu'elle était très seule. Il était choqué par la joie naturelle des Vénézuéliens, un signe incontestable, à ses yeux, de décadence morale, et il parvint à convaincre Lucía d'émigrer ensemble au Canada, où l'on ne déjeunait pas au champagne et ne profitait pas du moindre prétexte pour se mettre à danser.

À Montréal, Lucía et son guérillero théoricien bohème furent reçus à bras ouverts par un autre comité de bonnes âmes qui les installèrent dans un appartement garni de meubles, d'instruments de cuisine et même de vêtements à leur taille dans la garde-robe. C'était en plein janvier : Lucía crut que le froid s'était installé dans son squelette pour toujours. Elle vivait recroquevillée, grelottante, disparaissant sous des couches de laine, soupçonnant bientôt que l'enfer n'était pas une invention dantesque, mais rimait avec l'hiver à Montréal. Elle survécut, les premiers mois, en se réfugiant dans les boutiques, les bus bien chauffés, les passages et galeries commerçantes qui reliaient les édifices, sur son lieu de travail – partout sauf dans l'appartement qu'elle partageait avec son compagnon, où la température était correcte mais l'atmosphère à couteaux tirés.

Puis mai s'accompagna d'un printemps exubérant. Pour lors, l'histoire personnelle du guérillero avait évolué jusqu'à se convertir en aventure hyperbolique. Finalement, il en résultait qu'il n'avait pas quitté l'ambassade du Honduras en avion, avec un sauf-conduit, comme l'avait compris Lucía, mais qu'il était passé par la Villa Grimaldi, l'infâme centre de torture, d'où il était sorti meurtri dans son corps et dans son âme, avant de franchir les périlleux sommets de la Cordillère depuis le sud du Chili jusqu'à l'Argentine, d'où il n'avait échappé que d'un cheveu à une autre sale guerre... Sous le poids d'un passé aussi douloureux, il était naturel que le pauvre homme fût traumatisé, fragile et inapte au travail. Par chance, il put compter sur la compréhension totale du comité de soutien aux exilés, qui lui procura les moyens de suivre une thérapie dans sa propre langue et de disposer de son temps pour rédiger les mémoires de ses tribulations. Entre-temps, Lucía avait accepté deux emplois sans barguigner, car elle ne pensait pas mériter la charité du comité : d'autres réfugiés vivaient dans des situations plus urgentes. Elle travaillait douze heures par jour et arrivait à cuisiner, et faire le ménage, tout en remontant le moral de son compagnon.

Lucía patienta stoïquement plusieurs mois, jusqu'au soir où, à demi morte de fatigue, elle rentra dans l'appartement et trouva le guérillero prostré dans la pénombre. Il régnait une odeur de vomi et de renfermé. L'homme avait passé la journée au lit, à déprimer et à boire du gin jusqu'à tomber d'inanition, alors qu'il s'enlisait dans le premier chapitre de ses souvenirs. « As-tu rapporté quelque chose à manger ? Il n'y a rien ici et je meurs de faim », bredouilla l'aspirant écrivain quand elle éclaira la pièce. Lucía comprit enfin le caractère grotesque de cette vie commune. Elle commanda une pizza par téléphone et mit de l'ordre dans le champ de bataille où languissait son compagnon. La même nuit, tandis qu'il dormait d'un sommeil profond, elle emballa ses affaires et s'en alla en silence. Elle avait mis de côté un peu d'argent et entendu dire qu'à Vancouver une colonie chilienne commençait à fleurir. Le lendemain, elle prenait le train qui devait la conduire à l'autre bout du continent, sur la côte Ouest.

Lena Maraz rendait visite à Lucía au Canada chaque année. Elle restait auprès d'elle trois ou quatre semaines, jamais davantage car elle continuait à chercher Enrique. Avec le temps, cette quête désespérée était devenue sa raison de vivre, une série de routines qu'elle accomplissait religieusement et qui donnaient du sens à son existence. Peu après le coup d'État militaire, le cardinal de ses connaissances avait ouvert un bureau : le Vicariat de la Solidarité. Il venait en aide aux personnes pourchassées et à leurs familles. Lena accourait aux nouvelles chaque semaine, toujours en vain. Elle fit ainsi la connaissance d'autres personnes qui partageaient sa situation, se lia d'amitié avec les religieux et les volontaires de l'organisation, et apprit à s'orienter dans la bureaucratie de la douleur. Elle resta en contact avec le cardinal aussi longtemps que possible, car c'était la personne la plus sollicitée du pays. Le gouvernement supportait de très mauvaise grâce les mères et marraines qui défilaient en portant les portraits de leurs enfants et petits-enfants, et s'installaient en silence devant les casernes et centres de détention avec des pancartes qui réclamaient justice. Toutes ces vieilles entêtées qui refusaient d'admettre que les personnes réclamées n'avaient pas été arrêtées… Pour les autorités, elles étaient parties ailleurs ou n'avaient jamais existé.

Un matin d'hiver, c'était un mardi, une patrouille débarqua dans l'appartement de Lena Maraz pour lui notifier que son fils avait été victime d'un accident fatal et qu'elle pouvait recueillir sa dépouille le lendemain. Elle devait se présenter, à sept heures précises, à l'adresse indiquée, avec un véhicule approprié pour le transport d'un cercueil. Lena sentit ses genoux se dérober et tomba inconsciente. Elle guettait depuis des années la moindre nouvelle de son fils, et de le retrouver soudain mort lui avait coupé le souffle.

Elle n'osait pas alerter le Vicariat, de crainte que cette démarche ne ruine l'occasion unique de récupérer le corps de son fils, mais elle présumait que l'Église, peut-être, ou le cardinal en personne avait accompli ce miracle. Elle fit appel à sa sœur pour la soutenir et, vêtues en deuil, elles se rendirent ensemble au lieu mentionné. Dans une cour carrée dont les murs dégoulinaient d'une patine de très ancienne humidité, elles furent reçues par des hommes qui leur montrèrent une caisse en bois de pin, avec pour consigne de l'enterrer avant six heures de l'après-midi. Elle était scellée. On leur signifia qu'il était strictement interdit de tenter de l'ouvrir et on leur délivra un certificat de décès pour les formalités au cimetière. Lena dut encore signer une décharge qui stipulait que la procédure était conforme à la loi. Puis les hommes les aidèrent à charger le cercueil dans le camion du marché loué par les deux femmes.

Lena ne se rendit pas directement au cimetière, suivant les ordres reçus, mais dans la maison de sa sœur, qui possédait une petite parcelle près de Santiago. Secondées par le camionneur, elles descendirent le cercueil et l'installèrent sur la table de la salle à manger. Une fois seules, elles découpèrent la bande métallique du sceau. Le corps était méconnaissable : ce n'était pas Enrique, même si le certificat portait son nom. Lena éprouva un mélange d'horreur devant ce cadavre de jeune homme, et de soulagement car ce n'était pas son fils. Il restait donc un espoir. Sur l'insistance de sa sœur, elle décida de braver le risque des représailles et appela un de ses amis au Vicariat. C'était un prêtre belge : une heure plus tard, il arrivait avec sa moto et un appareil photographique.

« Avez-vous une idée de qui pourrait être ce pauvre garçon, Lena ?

— Il n'est pas mon fils. C'est tout ce que je puis vous en dire.

— Nous allons comparer sa photo avec celles de nos archives. Nous verrons si nous pouvons l'identifier et prévenir sa famille, répondit le prêtre.

— En attendant, je vais l'enterrer comme il le faut. On me l'a ordonné, et je ne veux pas qu'ils le reprennent, déclara Lena.

— Puis-je vous aider ?

— Merci, mais pour l'instant je peux me débrouiller seule. Dans l'immédiat, ce garçon pourra reposer aux côtés de mon mari, au Cimetière catholique. Quand vous aurez trouvé sa famille, elle pourra le transférer comme elle le voudra. »

Les clichés pris ce jour-là ne correspondaient à aucune donnée des archives du Vicariat. On expliqua à Lena qu'il n'était même pas sûr que ce jeune homme fût chilien : il pouvait arriver d'un autre pays, comme l'Argentine ou l'Uruguay. Dans le cadre de l'Opération Condor, menée conjointement par les services de renseignement et de répression des dictatures au Chili, en Argentine, en Uruguay, au Paraguay et en Bolivie, ainsi qu'au Brésil, opération qui avait causé soixante mille morts, il y avait parfois des confusions dans l'enregistrement des prisonniers, des corps et des pièces d'identité. Le portrait du jeune inconnu resta fixé au mur du bureau.

Il devait se passer plusieurs semaines avant que Lena ne s'avise tout à coup que le jeune homme qu'elle avait inhumé pouvait être le demi-frère d'Enrique et de Lucía : le fils que son mari avait eu avec son autre épouse. Cette hypothèse devint un tourment qui ne lui laissait aucun répit. Elle se mit à l'œuvre pour localiser la femme qu'elle avait repoussée des années plus tôt, morfondue à l'idée de l'avoir traitée aussi durement, alors que ni elle ni son enfant n'étaient coupables : ils étaient tous les victimes d'une même mystification. Entraînée par la logique du désespoir, elle se persuadait qu'une autre mère, quelque part, allait ouvrir une caisse scellée contenant les restes d'Enrique. Et elle imagina que, si elle retrouvait la mère du garçon qu'elle avait enterré, quelqu'un, dans l'avenir, la chercherait peut-être elle-même pour la renseigner au sujet de son fils. N'obtenant pas de résultats, elle se tourna vers un détective privé, spécialisé dans les personnes disparues, comme l'indiquait sa carte de visite, mais celui-ci n'arriva pas davantage à remonter la piste : « Ils doivent être partis à l'étranger, madame. À l'évidence, beaucoup de gens sont appelés à voyager par les temps qui courent... », conclut le fin limier.

C'est alors que Lena vieillit d'un seul coup. Elle prit sa retraite, quittant la banque où elle avait travaillé de longues années, et s'enferma chez elle. Elle ne sortait que pour continuer ses recherches. Parfois, elle allait au cimetière : elle restait debout devant la sépulture du jeune inconnu, lui racontant ses peines et ses tribulations. Si jamais il rencontrait son fils de ce côté, elle le priait de lui dire qu'elle avait besoin d'un message, ou d'un signal pour terminer son enquête. Avec le temps, elle intégra l'inconnu à sa famille, comme un esprit discret. Le cimetière, dans le silence de ses sombres allées, avec ses colombes indifférentes, lui apportait la consolation et la paix. C'était là que reposait son mari, mais, pendant toutes ces années, elle ne lui avait jamais rendu visite. À présent, sous prétexte de prier pour le garçon, elle priait aussi pour lui.

Lucía Maraz vécut les années de son exil canadien à Vancouver, une aimable cité, au climat plus avenant que Montréal, où des centaines d'exilés du Cône Sud s'étaient installés dans des communautés très fermées. Certains y vivaient comme s'ils n'étaient jamais sortis de leur pays, en limitant au strict nécessaire leurs contacts avec la population locale. Lucía n'était pas de ceux-là. Avec la ténacité héritée de sa mère, elle apprit aussitôt l'anglais, qu'elle parlait avec l'accent latino, étudia le journalisme, se lança dans le reportage d'investigation pour des revues politiques et pour la télévision.

Elle s'adaptait au pays et se fit des amis. Elle adopta une chienne nommée Olivia, qui devait l'accompagner quatorze ans, et s'acheta un minuscule appartement, plus avantageux que la location. Quand elle était amoureuse, ce qui lui arriva plus d'une fois, elle caressait l'idée de se marier et de s'enraciner au Canada, mais dès que la passion prenait un coup de froid, la nostalgie du Chili l'envahissait tout à coup. Sa place était de ce côté, au sud du Sud, dans ce pays, si long et si étroit, qui la réclamait. Elle était sûre d'y retourner un jour. De nombreux exilés chiliens étaient rentrés chez eux et menaient une existence paisible, sans être dérangés. Son premier amour lui-même, le guérillero mélodramatique, avait regagné discrètement le Chili, où il travaillait dans une compagnie d'assurances, et nul ne se souvenait – ou n'était au courant – de son passé. Mais Lucía n'aurait peut-être pas cette chance : elle avait participé sans relâche à la campagne internationale contre le gouvernement militaire, tout en ayant juré à sa mère de ne pas s'en mêler, car, pour Lena Maraz, la seule idée de perdre également sa fille eût été intolérable.

Les voyages de Lena au Canada s'espacèrent, mais la correspondance s'intensifia : elle écrivait à sa fille tous les jours, et Lucía lui postait des lettres plusieurs fois par semaine. Les mots se croisaient dans les nuages comme une conversation de sourds, car aucune des deux n'attendait de réponse pour prendre la plume. Cet échange abondant était le journal de deux vies, le registre de l'existence quotidienne. Lucía ne pouvait plus se passer de ces lettres : c'était comme si ce qu'elle n'écrivait pas à sa mère n'existait pas – de la vie vidée de sa substance. Cet interminable dialogue épistolaire, de l'une à Vancouver avec l'autre à Santiago, leur permit de développer une amitié si profonde qu'elles se connaissaient mieux, après le retour de Lucía, que si elles avaient toujours vécu sous le même toit.

Au cours d'un voyage à Vancouver, comme elle parlait à sa fille du garçon qu'on lui avait remis à la place d'Enrique, Lena se décida à lui raconter la vérité sur son père, tout ce qu'elle lui avait caché durant tant d'années.

« Si ce jeune homme que l'on m'a livré dans le cercueil n'est pas ton demi-frère, il doit y avoir quelque part un homme, plus ou moins de ton âge, qui porte ton nom et qui a le même sang, lui confia-t-elle.

— Comment s'appelle-t-il ? demanda Lucía, tellement surprise à la nouvelle que son père était bigame qu'elle ne trouvait presque plus ses mots.

— Enrique Maraz, comme ton père et ton frère. J'ai essayé de le localiser, mais lui et sa mère se sont volatilisés. J'aurais besoin de savoir si ce garçon, au cimetière, est le fils de ton père avec cette autre femme.

— Peu importe, maman. La probabilité qu'il soit mon demi-frère est nulle, on ne voit ça que dans les feuilletons télévisés. Il faut plutôt se fier à ce que l'on t'a dit au Vicariat : les méprises et les confusions dans l'identification des victimes. Ne te mets pas cette responsabilité sur le dos. Depuis des années, tu es obsédée par le sort d'Enrique ; accepte la vérité, si effrayante soit-elle, avant de te rendre folle.

— Je suis sensée, Lucía. J'accepterai la mort de ton frère quand j'en aurai la preuve, pas avant. »

Lucía lui avoua que, dans leur enfance, ni elle ni son frère Enrique n'avaient cru vraiment à la version de l'accident paternel, tellement auréolée de mystère qu'elle avait l'air d'une fiction. Et comment donc allaient-ils s'en satisfaire, sans avoir vu le deuil autour d'eux, ni visité aucune tombe ? Ils avaient dû se conformer à une explication sommaire, entourée d'un silence cauteleux. Ils s'inventaient donc des versions alternatives : que leur père était toujours en vie, qu'il avait commis un crime et qu'il était fugitif, ou bien qu'il chassait le crocodile en Australie. Toute autre explication semblait plus raisonnable que le communiqué officiel : il est mort, un point c'est tout, ne posez plus de questions.

« Vous étiez très petits, Lucía : vous ne pouviez comprendre le sens de la mort, et mon devoir était de vous épargner cette douleur. Il m'a semblé plus sain pour vous de l'oublier. Péché d'orgueil, je sais. Je voulais le remplacer, être père et mère à la fois.

— Et tu t'en es fort bien tirée, maman. Mais, aurais-tu agi de la même façon s'il n'avait pas été bigame ?

— Certes non, Lucía. En ce cas peut-être l'aurais-je idéalisé. C'est la rancœur qui m'a guidée plus que tout, et la honte. Je ne voulais pas vous contaminer avec toute cette laideur. C'est pourquoi je n'ai rien dit à son sujet, quand vous étiez en âge de comprendre. Je sais très bien que vous avez manqué d'un père.

— Moins que tu ne l'imagines, maman. C'est évident que nous aurions préféré avoir un père. Mais tu t'es vraiment bien débrouillée.

— L'absence d'un père creuse un vide dans le cœur d'une femme, Lucía. Une fille a besoin de se sentir protégée, elle a besoin de l'énergie masculine pour développer sa confiance dans les hommes et, plus tard, pour se donner à l'amour. Quelle est la version féminine du complexe d'Œdipe ? Électre ? Tu ne l'as pas eu. C'est pourquoi tu es si indépendante, et pourquoi tu sautes d'un amour à l'autre... Tu cherches toujours la sécurité d'un père.

— Allons, ma petite vieille, trêve de jargon freudien ! Je ne cherche pas mon père chez mes soupirants. Et je ne vole pas non plus de plumard en plumard. Je suis une monogame en série. Et les amours me durent longtemps, sauf si le type a une tignasse impossible », s'exclama Lucía, et elles éclatèrent de rire en songeant au redoutable guérillero resté en carafe à Montréal.

Lucía et Richard

Brooklyn

Quand Evelyn Ortega eut identifié Kathryn Brown, ils bouclèrent de nouveau le coffre avec la ceinture et se réfugièrent dans la maison. Avant de rentrer, Richard dégagea la neige devant l'accès au sous-sol pour que Lucía récupère les restes de son plat cuisiné, la nourriture de Marcelo, ainsi que les articles de toilette qui pouvaient lui manquer. Dans la cuisine de Richard, ils partagèrent la soupe et préparèrent une autre réserve de café. Distrait par tous ces imprévus, Richard, sans le savoir, fit une entorse à son régime : il reprit de la soupe, alors même qu'il y flottait des morceaux de viande bovine, parmi les patates, les haricots verts et le potiron... Il faut dire qu'il était arrivé à parer les sales coups que lui jouait son système digestif par une vie très disciplinée. Il évitait le gluten, il était allergique au lactose et ne buvait pas d'alcool pour des raisons beaucoup plus sérieuses que son ulcère. Désormais, son idéal était de se nourrir de plantes. Comme il avait besoin de protéines, il avait intégré à son quotidien certains produits de la mer garantis sans mercure, ainsi que six œufs biologiques et cent grammes de fromage à pâte dure par semaine. Il avait adopté un régime qui comprenait deux menus fixes par mois : aussi achetait-il exactement le nécessaire, qu'il cuisinait dans l'ordre établi pour que rien ne se perde. Le dimanche, il improvisait avec les offres de produits frais du marché, un des rares moments où il permettait à son imagination de s'envoler.

Il ne touchait pas à la viande de mammifères par décision morale de ne pas consommer d'animaux qu'il n'était pas disposé à tuer, ni aux volailles par dégoût devant l'horreur des élevages industriels et parce que, là encore, il était incapable de tordre le cou à un poulet. Mais il aimait cuisiner et, d'aventure, si quelque recette lui avait semblé particulièrement savoureuse, il rêvait de la partager avec quelqu'un, Lucía Maraz par exemple, qui lui avait paru plus intéressante que les locataires antérieurs. Il pensait à elle toujours plus souvent, satisfait de l'avoir sous son toit, fût-ce sous l'incroyable prétexte que leur offrait Evelyn Ortega. À dire vrai, il était beaucoup plus content que les circonstances ne pouvaient l'expliquer. Il lui arrivait quelque chose de bizarre... il devait faire bougrement attention.

« Qui est cette Kathryn ? demanda Richard à Evelyn.

— La physiothérapeute de Frankie. Elle le soignait le lundi et le jeudi. Elle m'a appris comment lui faire pratiquer des exercices.

— Donc c'est une personne connue dans la maison. Comment disais-tu que se nomment tes patrons ?

— Cheryl et Frank Leroy.

— Et il semble que Frank Leroy soit responsable de...

— De quel droit le supposes-tu, Richard ? On ne peut rien tenir pour acquis sans preuve, coupa Lucía.

— Si cette femme était décédée de mort naturelle, elle ne serait pas dans le coffre du dénommé Frank Leroy.

— On ne peut écarter l'hypothèse d'un accident.

— Oui, par exemple, elle se glisse tête la première dans le coffre, elle se couvre d'un tapis, on rabat le hayon, elle meurt d'inanition, et personne n'a rien vu. Peu probable. Quelqu'un l'a tuée, comment en douter, Lucía ? Quelqu'un qui projetait de se défaire du corps lorsque la neige serait déblayée. Et maintenant ce quidam doit se demander ce que diable sont devenus sa voiture et son cadavre.

— Voyons, Evelyn, tâchons de raisonner : à ton avis, comment cette jeune femme s'est-elle retrouvée dans le coffre ? demanda Lucía.

— Je ne sais pas, je n'en sais rien…

— Quand l'as-tu vue pour la dernière fois ?

— Elle venait le lundi et le jeudi, répéta la fille.

— Encore jeudi dernier ?

— Oui, elle est arrivée à huit heures du matin, mais elle est partie peu après, parce que le glucose de Frankie s'était altéré. Mme Leroy ne décolérait pas. Elle a crié à Kathryn de partir et de ne plus revenir.

— Elles ont d'abord discuté ?

— Oui.

— Qu'avait donc Mme Leroy contre cette femme ?

— Elle la trouvait trop hardie et vulgaire.

— Lui a-t-elle dit en face ?

— Elle me l'a dit, à moi. Et à son mari. »

Evelyn leur raconta que Kathryn Brown avait soigné Frankie pendant un an. Depuis le début, elle s'entendait mal avec Cheryl Leroy, qui la trouvait indécente de venir travailler en maillot de corps décolleté, avec la moitié des seins à l'air, une effronterie ordinaire et des manières de caserne, disait-elle. Par-dessus le marché, elle ne pouvait constater aucun progrès chez Frankie. Evelyn devait être présente quand Kathryn soignait l'enfant et avertir immédiatement sa patronne si elle soupçonnait le moindre abus. Car elle ne lui faisait pas confiance, et la trouvait trop brusque dans les exercices. Elle avait voulu la renvoyer plusieurs fois, mais son mari s'y était opposé, comme il s'opposait à toutes ses initiatives. Pour lui, Frankie était un morveux, trop gâté, et Cheryl était jalouse de la physiothérapeute parce qu'elle était jeune et jolie. De son côté, Kathryn Brown cassait du sucre sur le dos de la patronne. Elle trouvait que Mme Leroy traitait le garçon comme un bébé, que les enfants avaient besoin d'autorité, et que Frankie aurait dû manger tout seul – s'il pouvait se servir de l'ordinateur, il pouvait tenir une cuiller et se brosser les dents, non ? –, mais comment aurait-il appris quelque chose, avec une mère alcoolique et camée, qui passait ses journées en salle de gymnastique, comme si on pouvait enrayer la vieillesse, etc. D'ailleurs, son mari allait la plaquer. Sûr et certain.

« Parfois M. Leroy menace madame, leur confia Evelyn. Je l'ai vu lui mettre un revolver dans la bouche. Je n'espionnais pas, je vous assure. La porte était entrouverte. Il a dit qu'il allait les tuer, elle et Frankie.

— Il frappe sa femme ? Et Frankie ? demanda Lucía.

— Il ne touche pas au petit, mais Frankie sait que son père ne l'aime pas.

— Mais tu n'as pas dit si Leroy frappait sa femme.

— Il arrive que la dame ait des bleus sur le corps, jamais au visage. Elle dit qu'elle est tombée.

— Et tu la crois ?

— Elle tombe à cause des comprimés, ou du whisky. Alors, je dois la relever, et la conduire dans sa chambre. Mais les traces de coups viennent bien des bagarres avec monsieur. Cette dame fait peine à voir.

— Comment ne serait-elle pas malheureuse, avec ce mari et ce fils…

— Elle adore Frankie. Elle dit qu'avec beaucoup de tendresse et la rééducation, il pourra se rétablir.

— C'est impossible, souffla Richard dans un murmure.

— Frankie est la seule joie de madame, que je sache. Ils s'aiment tant ! Si vous pouviez voir combien Frankie est heureux quand sa mère est auprès de lui. Ils passent des heures à jouer. La nuit, souvent, elle dort avec lui.

— Elle doit vivre constamment angoissée, commenta Lucía.

— Oui, Frankie est vraiment très fragile. Pourrions-nous retéléphoner chez eux ? demanda Evelyn.

— Non, c'est trop risqué. Nous savons déjà que sa mère était avec lui hier soir. Si tu n'es pas là, on peut supposer qu'elle s'en occupera. Revenons donc à la question la plus urgente : comment faire disparaître la preuve ? » rappela Lucía.

Alors, Richard céda si vite qu'il devait se demander longtemps après comment il avait pu changer de la sorte. À bien y réfléchir, peut-être redoutait-il depuis de longues années la moindre chose qui ébranlerait sa sécurité. Enfin, s'il s'agissait bien de crainte, et non d'anticipation… Peut-être couvait-il le désir caché d'une intervention divine qui viendrait briser sa parfaite existence monotone. Evelyn Ortega, avec son cadavre sur le dos, était la réponse radicale à ce désir latent. Mais, pour l'heure, il devait appeler son père ; ils ne pourraient, en effet, déjeuner ensemble, comme ils le faisaient tous les dimanches. Il hésita une seconde à lui raconter ce qu'ils allaient entreprendre, persuadé que le vieux Joseph applaudirait à tout rompre depuis son fauteuil roulant. Puis se promit de tout lui relater plus tard, rien que pour lire l'enthousiasme dans ses yeux. En attendant, il acceptait les arguments de Lucía avec une molle résistance de principe, et s'en fut chercher une carte routière et une loupe. Cette idée de disposer du cadavre, qu'il rejetait en bloc peu avant, lui paraissait tout à coup inévitable : c'était l'unique solution logique à un problème qui était devenu le sien.

En étudiant la carte, Richard se souvint d'un lac où il se rendait avec Horacio Amado-Castro et où il n'était plus retourné depuis deux ans. Son ami y possédait une cabane rustique, qu'il occupait avec sa famille en été avant de partir pour l'Argentine ; en hiver, c'était leur refuge à eux deux, quand ils allaient pêcher en trouant la glace. Ils évitaient les lieux plus fréquentés, où convergeaient des centaines de remorques en de bruyants festivals populaires, car c'était pour eux un sport méditatif, une occasion privilégiée de silence et de solitude, un moment de choix pour affermir encore une amitié de près de quarante ans. La cabane se trouvait sur une rive d'un accès difficile, qui n'attirait pas les hordes hivernales. Ils s'aventuraient dans un véhicule tout-terrain sur la surface congelée, et emportaient tout le nécessaire : les scies et autres outils pour perforer l'énorme couche de glace, les cannes et hameçons, lampes et batteries, poêle au kérosène, combustible et provisions. Après quoi ils perçaient leurs trous et, avec une patience infinie, pêchaient quelques truites plutôt insignifiantes et qui, une fois cuites, n'avaient que la peau et les arêtes sur le dos.

Horacio était parti en Argentine à la mort de son père, dans l'idée de revenir après quelques semaines. Mais beaucoup de temps avait passé et il continuait à s'occuper des affaires familiales, ne séjournant aux États-Unis que deux fois par an.

Richard s'ennuyait de lui et, en son absence, il prenait soin de ses affaires : il avait les clés de la cabane sur le lac, désormais inoccupée, et utilisait sa voiture, une Subaru Legacy équipée d'une galerie pour les skis et d'une bicyclette, toutes choses dont Horacio ne voulait pas se défaire. C'est sur l'insistance d'Horacio que Richard était entré à l'université de New York. D'abord assistant pendant trois ans, il était devenu professeur associé avant d'occuper la chaire, avec la sécurité qu'offrait cette nomination. Et, quand Horacio avait quitté son poste de directeur, il l'avait remplacé. Il lui avait aussi acheté la maison de

Brooklyn à un prix d'ami. Pour tout cela, aimait-il à dire en souriant, il ne pourrait lui offrir en échange que ses poumons à greffer… car Horacio fumait le cigare, comme son père et ses frères, et son toussotement était devenu une habitude.

« C'est une zone avec des forêts impénétrables, nul ne s'y risque en hiver et je doute fort que quelqu'un y voyage même en été, expliquait Richard à Lucía.

— Mais comment s'organiser ? Il nous faudrait louer une voiture pour revenir.

— Autrement dit laisser une trace. Non. Nous ne pouvons pas attirer l'attention. On pourrait revenir avec la Subaru. L'aller-retour peut se faire sur une journée, disons deux jours par le temps qu'il fait.

— Et les chats ?

— Je leur laisse de la nourriture et de l'eau. Ils ont l'habitude de rester seuls quelques jours.

— Il faut aussi compter sur les imprévus.

— Ah bon, par exemple si nous sommes faits prisonniers, ou abattus par Frank Leroy, glissa Richard dans un sourire dissimulé. En ce cas, ma voisine s'en chargerait.

— Il faut emmener Marcelo, s'exclama Lucía.

— Hors de question !

— Que veux-tu que j'en fasse ?

— Nous le laisserons à ma voisine.

— Les chiens ne sont pas des chats, mon ami. Les séparations leur donnent de l'anxiété. Il doit venir avec nous. »

Richard répondit d'un geste théâtral. Il avait peine à comprendre la dépendance humaine à l'égard des animaux en général et, plus encore, avec un vieux chihuahua difforme. Ses chats étaient indépendants : il pouvait s'absenter des semaines durant, bien assuré qu'ils ne le regretteraient pas. La seule à lui témoigner de l'affection à son retour était Dois, les autres ne remarquaient même pas son absence.

Lucía suivit Richard dans une des pièces inoccupées du premier étage, où il rangeait ses outils avec une table de menuiserie. C'était bien la dernière chose qu'elle attendait de lui, elle qui le croyait incapable d'enfoncer un clou, comme tous les hommes de sa vie. Mais, manifestement, Richard se plaisait aux travaux manuels. Les outils avaient leur place assignée dans des paniers de liège accrochés au mur. Il avait même tracé à la craie le profil de chaque instrument à la place prévue pour noter aussitôt s'il manquait quelque chose… L'ordre était aussi rigoureux que dans le garde-manger, avait remarqué Lucía non sans plaisir. Le seul chaos régnant dans la demeure était celui des livres et des papiers qui envahissaient le salon et la cuisine. Encore n'était-ce peut-être qu'un apparent désordre, où tout était classé selon un code secret, que Richard seul maîtrisait. « Cet homme doit être du signe de la Vierge », conclut-elle.

Ragaillardis par le ragoût chilien, ils retournèrent dans la rue, où Richard étudia longuement la configuration de la serrure cassée du coffre, tandis que Lucía le protégeait de la neige, qui tombait lentement, avec un parapluie noir. « Je ne parviens pas à arranger ça, je vais fixer le hayon avec du fil de fer », décida-t-il. Sous les gants de plastique jetables qu'il avait enfilés, pour ne pas laisser de traces, ses mains étaient bleues et ses doigts engourdis, mais il travaillait avec une précision chirurgicale. Vingt-cinq minutes plus tard, il avait peint en rouge le feu de position, dont la garniture s'était brisée dans la collision. Il avait fermé le coffre avec tant d'habileté que le fil de fer était invisible.

Ils revinrent en grelottant dans la maison où les attendait le café encore chaud.

« Le fil de fer supportera le voyage et ne te causera pas de problème, déclara Richard.

— À moi, mais comment ça ? Non, Richard, c'est toi qui conduiras la Lexus. Je suis un peu gauche, plus encore si je me sens nerveuse. La police peut m'arrêter.

— Alors, laissons conduire Evelyn. J'irai devant avec la Subaru.

— Evelyn est sans papiers.

— Elle n'a pas son permis ?

— Je lui ai posé la question. Elle possède un permis, mais au nom d'une autre personne. Et faux, bien entendu. Nous n'allons pas courir de risques supplémentaires. Tu prendras la Lexus, Richard.

— Mais pourquoi moi ?

— Parce que tu es un homme blanc. Aucun policier ne te demanderait tes papiers, même si une jambe dépassait du coffre. Alors que deux femmes latinos conduisant dans la neige… c'est aussitôt suspect.

— Si les Leroy ont signalé la disparition de la bagnole, on va au-devant de beaux ennuis.

— Et pourquoi l'auraient-ils fait ?

— Pour toucher l'assurance.

— Où vas-tu chercher ça, Richard ? L'un des deux est un assassin, où donc irait-il dénoncer quelque chose ?

— Et l'autre Leroy ?

— Tu envisages toujours le pire !

— C'est que, vois-tu, l'idée de traverser tout l'État de New York dans une voiture volée ne me dit rien qui vaille.

— À moi non plus, mais nous n'avons pas le choix.

— Dis-moi, Lucía, entre nous : n'as-tu pas pensé que c'était peut-être Evelyn qui avait tué cette femme ?

— Non, Richard, car c'est une supposition idiote. Tu crois cette malheureuse capable de tuer une mouche ? Et pourquoi déboulerait-elle chez toi avec la victime dans le coffre ? »

Richard, alors, lui montra sur la carte les deux chemins qui conduisaient au lac. Le premier itinéraire était plus court, mais comprenait des péages, où l'on pouvait avoir établi des contrôles. L'autre était fort sinueux, mais beaucoup moins fréquenté. Ils optèrent pour le second, en espérant que les chasse-neige auraient fini leur travail.

Evelyn

Mexique

Berto Cabrera, le coyote mexicain engagé pour conduire Evelyn Ortega dans le Nord, avait donné rendez-vous à ses clients à huit heures du matin dans l'arrière-boutique de la boulangerie. Quand le groupe fut au complet, ses membres formèrent un cercle compact en se tenant les mains et le passeur récita une prière. « Nous sommes les pèlerins d'une Église sans frontières. Dieu, nous te prions de nous protéger de la police comme des assaillants... Nous te le demandons au nom de ton fils, Jésus de Nazareth. » Tous les aspirants au départ répondirent « Amen », sauf Evelyn, qui continuait à pleurer en silence. « Garde tes larmes, Pilar Sarabia, tu en auras besoin plus loin », lui conseilla Cabrera. Il remit à chacun son billet d'autobus : il était interdit aux passagers de bavarder ou d'échanger des regards, de nouer des liens avec d'autres voyageurs ou de s'asseoir côté fenêtre : les débutants le faisaient toujours, et les policiers les repéraient aussitôt. « Et toi, petit canard, tu viens avec moi, à partir de maintenant je suis ton oncle. Tu restes bien tranquille ; avec la tête

que tu fais, tu ne risques rien. Nous y sommes ? »
Evelyn acquiesça en silence.

Dans la première partie du voyage, une fourgonnette de livraison de la boulangerie les conduisit jusqu'à Tecún Umán, ville frontière séparée du Mexique par la rivière Suchiate. Sur le pont comme sur les rives, il y avait un passage permanent et du commerce en tout genre. C'était une frontière poreuse. La police fédérale mexicaine tentait d'intercepter, sans trop de zèle, les stupéfiants, les armes et autres produits de contrebande, mais fermait les yeux sur les migrants, dès lors qu'ils n'attiraient pas l'attention. Effrayée par la multitude qui se pressait partout, le chaos des bicyclettes et des tricycles au milieu du fracas des moteurs, Evelyn se cramponnait au bras du guide, qui avait donné aux autres la consigne de se rendre séparément à l'hôtel Cervantes. Ils prirent place tous deux dans un cyclo-pousse version locale : un vélo tractant un habitacle bâché pour deux personnes – le moyen de transport le plus répandu dans ces parages –, et rejoignirent le reste du groupe dans un modeste hôtel de passe où ils purent se reposer.

Le lendemain, Berto Cabrera les conduisit jusqu'au fleuve, où s'alignaient les canots et radeaux de fortune, faits de pneus de camion et de planches. Ainsi transbordait-on marchandises en tout genre, animaux et personnes. Il loua deux radeaux tirés chacun par des garçons avec une corde enroulée à la ceinture, d'un côté, et de l'autre manœuvrés avec une longue perche. En moins de dix minutes, ils étaient passés au Mexique et un bus les emmena au centre de Tapachula.

Cabrera expliquait à ses clients qu'ils étaient dans le Chiapas, le coin le plus dangereux pour les voyageurs privés de la protection d'un coyote, à la merci des bandits, assaillants et prédateurs en uniforme qui pouvaient leur dérober tous leurs biens, depuis leur argent jusqu'à leurs sandales. Impossible de tromper leur attention : ils connaissaient toutes les cachettes possibles, jusqu'aux orifices les plus intimes, qu'ils ne se privaient pas d'inspecter. Face aux extorsions pratiquées par la police, ceux qui ne pouvaient pas payer se retrouvaient au cachot, avant d'être tabassés, puis expulsés. Mais le plus gros risque venait encore des « marraines », expliquait le guide, des civils qui se portaient volontaires et qui, sous prétexte d'aider les autorités, violaient et torturaient : des sauvages. Les gens disparaissaient dans l'État de Chiapas. On ne devait faire confiance à personne, avec ou sans uniforme.

Ils passèrent devant un cimetière, où régnaient la solitude et le silence, mais sitôt après, soudain, on entendit le souffle puissant d'un train sur le point de s'élancer. Et le lieu, en un clin d'œil, fut peuplé de dizaines de migrants, qui attendaient en cachette. Entre les tombes et les arbustes surgissaient des adultes et des enfants, et ils se mirent à courir, traversant un canal de collecte des égouts, sautant sur des rochers qui dépassaient des eaux immondes, se précipitant vers les wagons. Cabrera expliquait que les gens appelaient ce train la Bête, le Ver de Fer ou le Convoi de la Mort, et qu'ils devraient se hisser sur une vingtaine ou une trentaine de ces convois pour traverser tout le Mexique.

« Et je ne vous parle pas de tous ceux qui tombent et qui se font écraser, les prévenait Cabrera. Ma cousine, Olga Sánchez, a transformé une usine abandonnée en refuge pour celles et ceux qui ont eu des membres amputés par les trains. Elle a sauvé bien des vies dans son asile de Jésus le Bon Pasteur. C'est une sainte. Si nous en avions le temps, nous irions la voir ensemble. Mais vous êtes des voyageurs de luxe, vous n'allez pas vous accrocher aux wagons comme des grappes. Cependant, ici nous n'aurons pas d'autobus. Vous voyez ces hommes avec des chiens ? Ce sont les fédéraux. Ils vérifient les documents et inspectent les bagages. Et leurs chiens reniflent la drogue comme la peur sur les gens. »

Le coyote les conduisit vers un ami camionneur qui, pour la somme convenue, les installa entre des caisses géantes d'appareils électroménagers. Tout au fond du véhicule, il y avait un espace où les passagers pouvaient se serrer, sans possibilité ni d'allonger les jambes ni de se redresser. Ils n'y voyaient goutte, dans un air raréfié et une chaleur infernale, avec de terribles cahots qui menaçaient de les écraser sous le chargement. Commodément assis dans la cabine, le guide avait omis de leur préciser qu'ils seraient prisonniers des heures durant. En revanche, il les avait prévenus qu'il fallait rationner l'eau et contenir les urines, car il n'y aurait pas de halte pour se soulager. Avec un morceau de carton, Evelyn et les hommes se relayaient pour éventer María Inés ; ils lui cédèrent une partie de leur ration d'eau, puisqu'elle devait allaiter son enfant.

Le camion les conduisit sans incident jusqu'à Fortín de las Flores, dans l'État d'Oaxaca. Berto les installa dans une maison abandonnée aux abords de la ville, avec quelques bidons d'eau, du pain, de la charcuterie, du fromage et des biscuits. « Attendez-moi ici, je reviendrai bientôt », dit-il avant de disparaître. Deux jours plus tard, comme ils avaient épuisé la nourriture et qu'ils restaient sans nouvelles, les hommes étaient convaincus d'avoir été abandonnés. María Inés, de son côté, pensait qu'il fallait encore laisser du temps à Cabrera, d'autant plus qu'il était aussi recommandé par les évangéliques. Evelyn s'abstenait de donner son avis – et personne ne le lui demandait. Pendant ces quelques jours de voyage, les quatre hommes s'étaient convertis en protecteurs de la mère, de l'enfant et de cette étrange et frêle gamine qui vivait dans la lune. Ils savaient qu'elle n'était pas vraiment sourde-muette, ils l'avaient entendue articuler quelques mots isolés, mais ils respectaient son silence comme une promesse ou un vœu religieux, peut-être, ou comme son ultime refuge. Les femmes mangeaient les premières, on leur avait donné la meilleure place pour dormir, dans la seule pièce qui avait encore un toit. La nuit, les hommes se relayaient pour monter la garde.

Le lendemain, à la tombée du jour, trois hommes sortirent pour acheter des vivres, reconnaître les environs et s'enquérir des moyens de poursuivre le voyage sans Cabrera, tandis que le quatrième homme demeurait auprès des femmes. Le nourrisson de María Inés refusait le lait maternel depuis la veille. La mère assistait, angoissée et impuissante à le calmer, à sa toux et ses pleurs incessants qui lui coupaient la respiration. Evelyn se souvint alors des remèdes de sa grand-mère :

elle humecta d'eau froide deux T-shirts dont elle enveloppa l'enfant, jusqu'à faire tomber la fièvre. María Inés parlait de rentrer au Guatemala. Evelyn promenait le petit ; elle le berçait en fredonnant un air improvisé, sans paroles identifiables, mais avec des bruits d'oiseaux et de brise qui eurent le pouvoir de l'endormir.

Les autres furent bientôt de retour, avec des boissons, des tortillas, des saucisses, du riz et des haricots. Ce petit banquet les rasséréna. Ils commençaient à ébaucher des plans pour continuer la route vers le nord. Ils avaient découvert l'existence de « foyers du migrant » au long de la route. Et diverses églises offraient leur concours. Par ailleurs, ils pouvaient compter sur des employés de l'Institut national de migration, qui avaient pour mission d'apporter aux voyageurs une information humanitaire, et les premiers secours en cas d'accident. Plus étrange encore : ils intervenaient gratuitement, et il ne fallait pas les soudoyer… Bref, nos clandestins n'étaient pas totalement désespérés. Ils comptèrent le montant de leur cagnotte, et se promirent de rester ensemble.

Le matin suivant, l'enfant se réveilla avec appétit, même s'il respirait encore avec difficulté. Le groupe décida de plier bagage dès que la chaleur serait plus supportable. Inutile de songer à l'autobus, les billets étaient trop chers, mais ils pouvaient tenter l'auto-stop avec les routiers et, en dernier recours, grimper sur les trains de marchandises.

Ils étaient fin prêts pour le départ quand arriva Berto Cabrera, tout heureux, chargé d'emplettes, dans une camionnette de location. Il fut d'abord reçu par une litanie de reproches et de récriminations, qu'il balaya aimablement : il avait dû modifier le plan initial en fonction de la surveillance renforcée des autobus et de certains contacts qui lui faisaient parfois faux bond. En d'autres termes, il fallait distribuer d'autres pots-de-vin. Il connaissait tous les points de contrôle qui jalonnaient le chemin, où l'on versait une somme pour chaque passager. Le chef du poste prélevait la moitié, le reste était distribué entre ses hommes. Tout le monde sortait gagnant de ce petit négoce de fourmis, mais la plus grande prudence était de mise : il suffisait d'une patrouille pointilleuse pour se retrouver à la case départ. Et les risques redoublaient avec des gardes inconnus.

Ils avaient parcouru la route jusqu'à la frontière en deux jours, mais l'enfant de María Inés avait de nouveau la fièvre et ils durent le conduire dans un hôpital de San Luis Potosí. Ils firent la queue à l'entrée, tirèrent un numéro et attendirent des heures dans une salle bondée, saturée de patients. Quand vint leur tour, le nourrisson était très affaibli. Ils furent reçus par un médecin aux yeux profondément cernés, à la blouse chiffonnée, qui diagnostiqua une coqueluche et le plaça en observation, sous antibiotiques. Le coyote en fit une jaunisse, car cela bousculait ses plans, mais le docteur ne céda pas d'un pouce : le bébé souffrait d'une infection très sérieuse des voies respiratoires. Cabrera n'avait pas le choix. Il rassura la mère inconsolable en promettant de venir les chercher une semaine plus tard. María Inés allait accepter, mais le reste du groupe refusa de continuer sans elle.

Ils passèrent une première nuit dans un hôtel minable. Le coyote protesta contre ces frais supplémentaires et ils se replièrent sur la cour attenante à une église, avec bien d'autres réfugiés comme eux. On leur servait à manger, ils pouvaient se doucher et laver leur linge, mais ils devaient s'en aller à huit heures du matin pour ne revenir qu'à la nuit tombante.

Les jours se faisaient très longs à errer dans la ville, toujours sur le qui-vive, toujours prêts à fuir en courant. Les hommes tâchaient de gagner quelques *pesos* en lavant des voitures ou en chargeant des matériaux de construction, sans éveiller l'attention de la police qui patrouillait sans cesse. Cabrera soutenait que les gringos refilaient des millions de dollars au gouvernement mexicain pour intercepter les migrants avant qu'ils n'atteignent la frontière. Chaque année, plus de cent mille personnes quittaient le Mexique en empruntant la ligne, bien nommée, de l'Autobus des Larmes.

Comme Evelyn ne parlait pas assez, fût-ce pour demander l'aumône, et qu'elle pouvait croiser la route d'un souteneur – ils étaient légion – qui repérait les filles seules, Cabrera l'emmenait tous les jours avec lui. Muette, invisible ou presque, elle patientait dans la fourgonnette pendant qu'il négociait des affaires douteuses sur son portable ou faisait la noce dans des tripots insalubres avec des femmes qui monnayaient leurs charmes. Au petit matin, il revenait en chancelant, l'œil vitreux, découvrant la gamine pelotonnée sur un siège : elle avait passé le jour et la nuit sans manger ni boire un verre d'eau. « Putain d'enfoiré que je suis ! » marmonnait-il, en cherchant une dernière gargote ouverte, où elle pourrait se rafraîchir aux toilettes et manger à satiété.

« C'est pas ta faute, petite sotte. Si tu ne parles pas, tu vas crever de faim dans ce foutu bordel de monde. Comment vas-tu te démerder toute seule dans le Nord ? » lui reprochait-il avec une pointe involontaire de tendresse.

Après quatre jours, l'hôpital délivra l'exeat de l'enfant de María Inés, mais le coyote jugeait trop dangereux de l'emmener plus loin : il risquait de mourir en chemin. Or, le plus dur était encore à venir, la traversée du Río Grande, puis celle du désert. Il proposa une alternative à María Inés : soit elle restait au Mexique pour un temps, en travaillant comme elle pourrait car, avec un enfant sur les bras, elle aurait du mal à trouver un employeur ; soit elle rentrait au Guatemala. La jeune femme opta pour le retour et prit congé de ses compagnons de voyage, qui étaient devenus sa famille.

Ainsi donc, après avoir laissé María Inés et son enfant dans l'autobus, Berto Cabrera conduisit ses clients à Tamaulipas, au nord du Mexique. Au cours d'un voyage antérieur, leur disait-il, il s'était fait agresser, à la porte d'un hôtel, par deux types en costume-cravate, avec un air de fonctionnaires, qui lui avaient arraché son portefeuille et son téléphone. Depuis lors, il se méfiait des hôtels de passe où descendaient souvent les coyotes et leurs passagers, car la Migra (la police des frontières), les fédéraux et les détectives du Bureau central de recherches les avaient dans leur ligne de mire.

Ils passèrent ainsi la nuit chez une connaissance de Cabrera, couchés à même le sol, sur des couvertures qu'ils transportaient dans la fourgonnette. Le matin, ils firent la jonction jusqu'à Nuevo Laredo, dernière étape au Mexique. Ils étaient bientôt sur la place Hidalgo, en plein centre-ville, avec des centaines d'émigrants mexicains et centro-américains, mêlés à des trafiquants de tout poil qui proposaient leurs services. Neuf groupes organisés de contrebandiers opéraient dans la région ; chacun comptait plus de cinquante guides. Ils avaient une réputation détestable, ils volaient, violaient et certains étaient liés à des bandes de criminels ou de maquereaux.

« Ce ne sont pas des gens honnêtes comme je le suis. Dites-vous bien que, depuis que je fais ce métier, personne n'a pu dire du mal de moi. Je tiens à mon honneur et je suis responsable », leur déclara Cabrera.

Ils achetèrent des cartes pour téléphoner et purent discuter avec leurs familles, les prévenir qu'ils étaient à la frontière. Evelyn appela le père Benito, mais elle bégayait tellement que Cabrera lui prit le téléphone des mains.

« La gamine se porte bien, n'ayez crainte. Elle vous prie d'embrasser la grand-mère. Nous allons bientôt sauter de l'autre côté. S'il vous plaît, appelez sa mère et dites-lui qu'elle se prépare », demanda le coyote.

Il les emmena manger des tacos chez un marchand ambulant, puis à la paroisse San José, pour honorer sa promesse au père Leo. Il leur expliqua que c'était un saint, comme Olga Sánchez, qu'il passait ses nuits à veiller dans les files interminables de migrants et d'autres nécessiteux, distribuant de la nourriture et de l'eau, prodiguant les premiers soins ou la consolation spirituelle sous forme de blagues et d'histoires édifiantes qu'il improvisait au fil des heures. À chaque passage, Berto laissait à la paroisse cinq pour cent de ses gains, en échange de la bénédiction du père Leo et de quelques prières pour ses passagers. C'était le montant de son assurance professionnelle, en quelque sorte, sa cotisation pour la protection du ciel, ajoutait-il en riant aux éclats. Bien entendu, il versait beaucoup plus aux pires des scélérats, les *Zetas*, pour éviter de voir ses clients victimes de séquestration… Le cas échéant, il fallait s'acquitter d'une rançon, payable par la famille : question de vie ou de mort. Tant que Cabrera pouvait compter sur les prières du saint et payer les dessous-de-table au cartel des Zetas, il était plus ou moins tranquille. Les choses avaient toujours marché ainsi.

Ils trouvèrent le prêtre déchaussé, le pantalon retroussé et la chemise maculée, s'efforçant de récupérer des caisses de fruits et de légumes trop mûrs qu'on lui offrait sur le marché. Une mare de jus de fruits attirait les mouches avec sa pourriture douceâtre. Le père Leo reçut Cabrera avec gratitude pour sa contribution économique, et parce qu'il se chargeait de convaincre d'autres guides d'acheter cette formidable assurance-vie estampillée par le ciel.

Evelyn et ses compagnons ôtèrent leurs chaussures et se mirent à barboter dans les rigoles de suc et de crudités décomposées, sauvant tout ce qui pouvait servir à la cantine de l'église. Le curé pouvait souffler un instant à l'ombre ; il exposait à son ami Cabrera les nouvelles ruses inventées par les Yankees : outre les jumelles de vision nocturne, et les appareils de détection thermique, ils avaient semé dans le désert une variété de sismographes qui enregistraient les pas sur le sol. Puis les deux amis commentèrent les derniers événements, un euphémisme pour désigner les hold-up et autres attaques à main armée. Ils évitaient aussi les mots « gang » ou « narcotrafiquants ». Il fallait soigner son langage.

Depuis la paroisse San José, Cabrera conduisit ses clients vers l'un des campements qui ponctuent les rives du Río Grande : misérables agglomérations de cartons usagés, de bâches, de matelas, de chiens errants, de rats et de déchets, abris de fortune pour les mendiants, les délinquants, les drogués, les migrants en quête d'une occasion favorable. « Nous resterons ici jusqu'au moment propice pour nous aventurer de l'autre côté », leur annonça-t-il. Des passagers osèrent insinuer que ce n'était pas le marché conclu. La patronne de la boulangerie, au Guatemala, leur avait promis qu'ils dormiraient à l'hôtel.

« Avait-on oublié les hôtels, là où nous sommes passés ? Ici, c'est la frontière, il faut s'y faire. Celui qui n'aime pas ça peut retourner d'où il vient », répliqua le coyote.

Depuis le campement, ils apercevaient le rivage yankee, surveillé jour et nuit par des caméras, des projecteurs, des agents à bord de véhicules militaires, de chaloupes et d'hélicoptères. Des haut-parleurs prévenaient tous ceux qui s'aventuraient dans le fleuve qu'ils entraient sur le territoire des États-Unis et devaient faire demi-tour. Ces dernières années, on avait renforcé la frontière avec des milliers de gardes pourvus de tous les moyens technologiques, mais les désespérés trouvaient toujours la parade. En constatant, une fois de plus, l'effroi de ses clients devant le débit torrentiel du fleuve puissant et de ses eaux verdâtres, Cabrera expliqua qu'il fallait être stupide pour se noyer en essayant de passer à la nage ou accroché à une corde. Des centaines d'imprudents mouraient ainsi chaque année, et leurs corps demeuraient coincés entre les rocs, ou échoués dans les roseaux de la rive, quand ils n'étaient pas emportés jusqu'au golfe du Mexique. La différence entre la vie et la mort tenait seulement à l'information : savoir où, quand et comment traverser. Et pourtant, poursuivait-il, le plus grand péril n'était pas la noyade, mais le désert, la dernière étape, avec ses températures torrides, qui faisaient fondre les pierres, sans un point d'eau, à la merci des scorpions, des chats sauvages et des coyotes – les vrais – toujours affamés. S'égarer dans le désert équivalait à un arrêt de mort : c'était une affaire de deux ou trois jours. Le crotale aux redoutables sonnettes, le serpent corail, l'imperceptible mocassin d'eau ainsi que le serpent indigo sortaient pour chasser la nuit, à l'heure où les migrants se mettaient en marche, car le jour la chaleur était suffocante. Impossible d'utiliser des lampes, qui auraient trahi leur présence ; restaient les prières, et à chacun sa bonne étoile. Cela dit, Cabrera répétait à ses passagers qu'ils étaient des voyageurs de luxe. On n'allait pas les lâcher en pleine fournaise, au milieu des reptiles. Sa mission prendrait fin quand ils auraient passé le Río Grande, et de l'autre côté veillait son associé, prêt à les conduire en lieu sûr.

Les voyageurs s'installèrent à contrecœur sous un abri de fortune : un toit de carton qui leur offrait un coin d'ombre dans la chaleur impitoyable du jour et un semblant de sécurité au milieu de la nuit. À la différence d'autres migrants, qui dormaient enveloppés dans de grandes poches de plastique, mangeaient une fois par jour dans l'une ou l'autre paroisse ou gagnaient quelques *pesos* en louant leur force de travail, ceux-ci disposaient d'un pécule que leur remettait le guide chaque jour, pour acheter le nécessaire.

Avant de partir à la recherche d'une de ses connaissances, il donna des instructions à ses protégés, afin qu'ils restent groupés et ne laissent jamais la jeune fille sans surveillance. Ils étaient entourés de personnes sans scrupules, à commencer par les toxicomanes, capables de tuer pour piquer des godasses ou un sac à dos. La nourriture n'abondait pas dans le campement, mais on y trouvait quantité d'alcool, du shit, du crack, de l'héroïne et un assortiment de pilules sans appellation contrôlée qui, mélangées aux liqueurs, pouvaient être mortelles.

Richard

New York

Quand Richard Bowmaster et Horacio Amado-Castro organisaient leurs nombreuses excursions annuelles, ils choisissaient des endroits retirés où ils s'acheminaient d'abord avec la Subaru, puis à bicyclette, le havresac et la tente de campagne sur le dos. Pour Richard, l'absence de son ami était comme une petite mort, qui avait creusé un vide dans l'espace-temps de son existence ; il y avait tant de choses qu'il désirait partager avec lui. Ainsi, Horacio aurait certainement trouvé une solution juste et raisonnable au casse-tête du cadavre dans la Lexus. Il aurait résolu le problème sans hésiter, ni perdre son sourire. Tandis que lui, Richard, sentait les picotements menaçants de son ulcère, comme un oiseau craintif dans son estomac. « Sapristi, mon vieux ! Qu'est-ce que tu y gagnes à te biler pour l'avenir ? Les choses suivent leur cours et tu ne contrôles rien. *Relax*, mon frère », voilà le conseil que l'autre lui donnait, l'accusant de vivre en conversation permanente avec lui-même, toujours en train de marmonner, de se souvenir, de se repentir ou de planifier. Seuls les humains, disait-il, marchent centrés sur eux-mêmes, esclaves de leur ego, s'observant sans cesse, sans arrêt sur la défensive, même en l'absence de toute menace.

Lucía défendait une position comparable, et prenait pour exemple le chihuahua, qui vivait au présent, dans une éternelle reconnaissance, acceptant tout ce qui se présentait sans anticiper sur d'éventuels malheurs, tels ceux qui l'avaient frappé dans sa vie de pauvre clébard abandonné. « Un peu trop de sagesse zen pour une si petite bête », répondait Richard quand elle énumérait ainsi ces vertus. Mais il reconnaissait son addiction à la pensée négative, comme le soutenait Horacio. Dès l'âge de sept ans, rappelait-il, il s'était soucié de l'extinction du Soleil, qui en finirait avec toute forme de vie sur la planète. Et on pouvait se féliciter que ce ne fût pas encore le cas. Horacio, en revanche, ne songeait même pas au réchauffement global : quand les pôles auraient fondu et que les continents seraient submergés, ma foi, ses arrière-petits-fils seraient morts de vieillesse, ou pourvus d'ouïes, comme les poissons. Richard pensa que Lucía et Horacio feraient bon ménage, avec leur optimisme insensé et leur inexplicable tendance au bonheur. Lui se trouvait plus à l'aise dans son pessimisme raisonné.

Lors des multiples randonnées avec Horacio, chaque gramme avait son importance, car il fallait tout porter, et chaque calorie était calculée pour les maintenir en vie jusqu'à leur retour. Horacio, improvisateur-né, se moquait de l'obsession de Richard pour les préparatifs, mais l'expérience leur avait démontré combien ceux-ci étaient nécessaires. Un jour, ils avaient oublié d'emporter des allumettes ; ils passèrent la nuit affamés, transis, et durent battre en retraite le lendemain. Ils avaient tout de même fait une découverte : allumer du feu en frottant deux bouts de bois était une fantaisie de boy-scout.

Richard organisa le petit voyage au lac avec le même soin qu'il apportait à planifier les randonnées avec son ami. Il établit une liste exhaustive des choses indispensables en cas d'urgence, depuis les vivres et les sacs de couchage jusqu'aux piles de rechange pour les lampes de poche.

« Tout ce qui te manque, c'est une toilette portative, Richard. Nous n'allons pas à la guerre, il y a des hôtels et des restaurants partout, fit remarquer Lucía.

— Nous ne pouvons nous montrer dans des lieux publics.

— Pourquoi ?

— Les gens comme les voitures ne disparaissent pas ainsi, Lucía. Une enquête policière est sans doute en cours. Si nous laissons des traces, nous serons aussitôt repérés.

— Personne ne prête plus attention à personne, Richard. Nous aurons l'air d'un couple fort mûr en vacances.

— Ah oui, dans la neige ? Avec deux voitures, une gamine éplorée et un chien déguisé en Sherlock Holmes et tes cheveux en technicolor ? Tu vas voir, ô femme de peu de foi, si nous n'attirons pas l'attention. »

Il chargea l'équipement complet dans le coffre de la Subaru et laissa de la nourriture suffisante pour les chats. Avant de donner le signal du départ, il appela la clinique pour prendre des nouvelles de Três, dont l'état était stabilisé mais qui devait rester en observation quelques jours de plus, et téléphona à sa voisine pour l'avertir de son déplacement et lui demander de jeter un œil sur les trois autres félins. Après quoi, il vérifia la solidité de la fermeture du coffre avec le fil de fer, gratta et nettoya les vitres des deux véhicules. Il supposait que les papiers des voitures étaient en ordre, mais voulut s'en assurer. Il les trouva dans la boîte à gants, avec une commande à distance et un porte-clés doré, garni d'une seule clé.

« Je suppose que la commande ouvre le garage des Leroy.

— Oui, répondit Evelyn.

— Et la clé est celle de leur maison.

— Non, ce n'est pas celle de la maison.

— Tu sais d'où elle vient ? Tu l'avais déjà vue ?

— Mme Leroy me l'a montrée.

— Quand l'a-t-elle fait ?

— Hier. Elle avait passé le vendredi couchée, elle était fort déprimée. Elle disait que tout son corps lui faisait mal ; ça lui arrive parfois, elle ne peut se lever. Et pour quoi faire d'ailleurs, avec cette tempête ? Mais hier, finalement, elle a décidé de sortir. C'est alors qu'elle m'a montré le porte-clés, que son mari gardait dans une poche de son costume. Elle semblait très nerveuse. Peut-être à cause de ce qui s'était passé jeudi, avec Frankie. Elle m'a demandé de contrôler sa glycémie toutes les deux heures.

— Et puis ?

— La tempête, vendredi, a effrayé le petit. Mais hier, il allait bien. Le taux de sucre était stable. Dans l'auto, il y a aussi un pistolet.

— Un vrai pistolet ? dit Richard en sursautant.

— Oui, pour se défendre, dit M. Leroy. Pour son travail.

— Et quel est son travail ?

— Je l'ignore. Mais madame m'a affirmé que son mari ne voudrait jamais divorcer, car elle en savait trop.

— Bref, un couple idéal. Je suppose que c'était une arme en sa possession légalement. Mais je ne vois aucun pistolet dans cette voiture, Evelyn. Tant mieux, c'est déjà un problème de moins, commenta Richard en fouillant la boîte à gants une seconde fois.

— Je crois que ce Leroy est un bandit fort dangereux, marmonna Lucía.

— Mieux vaut filer en vitesse. Essayons de rouler sans nous perdre de vue, mais attention aux distances, la chaussée est glissante. Laisse tes phares allumés pour que les autres te voient. Si nous sommes pris dans une file, utilise les feux de détresse pour alerter ceux qui suivent…

— Richard, je te signale que je conduis depuis un demi-siècle.

— Oui, mais tu conduis mal. Une chose, encore. La glace est pire sur les ponts, car la température y est plus froide», ajouta-t-il, et dans un geste de contrariété résignée, il se leva pour partir.

Lucía s'installa au volant de la Subaru, avec Evelyn et Marcelo pour copilotes et, sous les yeux, la carte sur laquelle la route était tracée au crayon rouge : elle ne se fiait pas trop au navigateur GPS et craignait de perdre Richard de vue. Ils avaient souligné différents points de rendez-vous s'ils étaient séparés, et comptaient sur leurs portables pour garder le contact. C'était l'impossible voyage le plus sûr qui soit, disait-elle à Evelyn pour la tranquilliser. Elle sortit de Brooklyn dans la roue de Richard ; il n'y avait pas de trafic, mais la neige pouvait devenir un obstacle. Sa musique favorite lui manquait, comme Judy Collins et Joni Mitchell, mais elle se rendit compte que la jeune fille priait à voix basse et, au début, elle trouvait peu respectueux de la distraire. Quant à Marcelo, qui n'avait pas l'habitude de rouler en voiture, il gémissait dans le giron d'Evelyn.

Devant eux, à moitié frigorifié, Richard était très anxieux, malgré la pilule verte qu'il avait avalée avant de partir. Si la police l'arrêtait et fouillait la voiture, il était foutu. Quelle explication plausible pourrait-il donner ? La voiture n'était pas à lui ; elle était peut-être volée, outre le fait qu'elle transportait, dans son coffre, la malheureuse Kathryn Brown, qu'il n'avait jamais connue de sa vie… Le corps était enfermé depuis de nombreuses heures, mais la température sous zéro devait maintenir la rigidité cadavérique (*rigor mortis*). Il avait d'abord voulu examiner son visage, pour s'en souvenir ensuite et tenter de savoir comment elle était morte, mais, finalement, ni lui ni Lucía, et moins encore Evelyn, n'avaient eu le courage d'ouvrir à nouveau le maudit coffre. Qui était vraiment cette femme qui l'accompagnait aujourd'hui en voiture ? En se fondant sur le récit d'Evelyn concernant le couple Leroy, on avait peut-être assassiné la victime pour la faire taire, à supposer qu'elle eût découvert quelque chose qui mettrait en cause le mari. Les mystérieuses activités de cet homme et sa conduite violente se prêtaient aux plus sinistres suppositions. Par quelle voie avait-il obtenu de faux documents pour Evelyn ? Il devait compter sur des filières parallèles. Lucía lui avait dit que la jeune fille possédait une carte d'identité d'une tribu autochtone nord-américaine…

Richard devait appeler son père. Il aurait aimé lui demander conseil, ou plutôt, se pavaner un brin, lui démontrer qu'il n'était pas un gringalet frileux, qu'il pouvait se lancer dans une folle aventure comme celle-ci. Mais il serait bien imprudent d'en parler au téléphone. Il imaginait déjà la surprise et le plaisir du vieux Joseph en écoutant ces péripéties. Il aurait sûrement envie de connaître Lucía ; ces deux-là feraient la paire… « À supposer que nous en sortions vivants ; voilà que je deviens parano, comme dit Lucía. Allons, aide-nous, Anita ; aide-nous, Bibi », demanda-t-il à voix haute, comme il en avait l'habitude, en parlant tout seul. C'était une autre façon de se sentir accompagné. « Mais là j'ai plutôt besoin de protection que de compagnie », ajouta-t-il.

Il sentit la présence de son ex-femme, Anita, avec une telle acuité qu'il tourna son visage comme si elle était assise à côté. Ce n'aurait pas été la première fois qu'elle lui apparaissait, mais cela se passait toujours si vite qu'il doutait de ses propres facultés. Il n'était pas homme à s'emballer facilement, il aimait la rigueur dans le raisonnement et se montrait exigeant dans la vérification des faits, mais Anita avait toujours échappé à ces paramètres. Et il se retrouvait, dans la soixantaine, embarqué dans une mission démente, à demi paralysé de froid car la voiture avançait sans chauffage pour conserver le cadavre, avec la vitre entrouverte pour ne pas embuer ni givrer le pare-brise. Richard disséquait à nouveau son passé et concluait qu'il avait partagé ses plus belles années avec Anita, jusqu'à ce que le malheur les rattrape.

Il se sentait alors réellement vivant. Il avait effacé de son esprit les problèmes quotidiens, les méprises causées par les différences de langue et de culture, les constantes interférences de ses beaux-parents et beaux-frères, la corvée des amis installés chez lui à n'importe quelle heure, et sans y être invités, les rituels d'Anita qu'il tenait pour de la pure superstition et, surtout, ses coups de colère quand elle buvait plus que de raison. Il ne la revoyait pas dans ces crises, quand ses yeux dorés prenaient soudain une couleur de goudron, ni dans ses jalousies frénétiques ou ses éclairs d'aveuglement, ni quand il devait la retenir à la porte et la maîtriser avec des ruses de geôlier pour l'empêcher de partir. Il se la rappelait seulement dans son état originel : passionnée, vulnérable et généreuse. Anita, la femme à l'amour féroce et à la tendresse facile. Ils étaient heureux. Les disputes ne duraient guère et les réconciliations se prolongeaient des jours et des nuits entières.

Richard avait été un enfant studieux et timide, toujours détraqué de l'estomac. Cela lui avait épargné les sports brutaux des écoles nord-américaines et l'avait conduit irrémédiablement à la carrière académique. Il avait étudié les sciences politiques, en se spécialisant dans l'étude du Brésil, car il parlait portugais : enfant, il allait souvent passer ses vacances chez ses grands-parents maternels à Lisbonne. Il avait consacré sa thèse de doctorat aux manœuvres de l'oligarchie brésilienne et de ses alliés, qui avaient fini par renverser, en 1964, João Goulart, le président charismatique de gauche, et avec lui son modèle politique et économique. Goulart avait été destitué par un coup d'État militaire, appuyé par les États-Unis dans le cadre de la Doctrine de Sécurité nationale pour combattre le communisme – au Brésil comme dans tant d'autres pays. Il avait été remplacé par des dictatures militaires successives qui avaient duré vingt et un ans, avec des périodes de répression redoublée : incarcération des opposants, censure de la presse et de la culture, pratique de la torture et des enlèvements.

Goulart était mort en 1976, après une dizaine d'années d'exil en Uruguay et en Argentine. La version officielle attribuait sa mort à une crise cardiaque, mais la rumeur populaire évoquait un empoisonnement par ses ennemis politiques, qui craignaient son retour d'exil et le soulèvement des dépossédés. À défaut d'autopsie, le soupçon restait sans fondement, mais, des années plus tard, il avait servi de prétexte à Richard pour s'entretenir avec Maria Thereza, la veuve de Goulart, qui était rentrée au pays et lui avait accordé une série d'entrevues. La veuve avait répondu à ses questions, mais n'avait pu lever les doutes sur les circonstances de la mort de son mari. Cette femme, incarnation d'un idéal politique et d'une époque qui faisaient déjà partie de l'Histoire, avait fait naître en Richard une fascination incurable pour le Brésil et pour ses habitants.

Richard Bowmaster y était arrivé en 1985 ; il allait alors sur ses vingt-neuf ans. Pour l'heure, la dictature s'était radoucie : les droits politiques étaient restaurés, un programme d'amnistie était en cours pour les personnes accusées de délits politiques, et la censure s'était relâchée. Mieux encore : le gouvernement avait permis la victoire de l'opposition aux élections parlementaires de 1982.

Richard vécut donc en direct les premières élections libres. Les citoyens exprimèrent leur rejet du gouvernement militaire en donnant leurs voix au candidat de l'opposition. Mais, par un mauvais tour de l'Histoire, il mourut avant de remplir sa charge. Son vice-président, José Sarney, un propriétaire foncier proche des militaires, inaugura la « Nouvelle République » et consolida la transition vers la démocratie. Le moment était passionnant pour un observateur de la vie politique comme Richard. Le pays, confronté à de sérieux problèmes de tous ordres, détenait le record du monde de la dette extérieure, il s'enlisait dans la récession, le pouvoir économique se concentrait dans quelques mains, la population souffrait de l'inflation, du chômage, de la pauvreté et de l'inégalité, qui plongeaient beaucoup de gens dans une misère sans fin. Il y avait là matière à revendre pour tout chercheur qui souhaitait publier des articles. Et Richard, outre ces défis intellectuels, comptait bien profiter au maximum de sa jeunesse dans l'atmosphère hédoniste du Brésil qui l'accueillait.

Il s'installa dans un studio de Rio de Janeiro, troqua son rude accent du Portugal pour celui, beaucoup plus doux, du Brésil, apprit à boire la *caïpirinha*, le cocktail national d'alcool de canne et de citron, qui lui tombait sur l'estomac comme un acide pour batterie de camion, et s'aventura non sans précautions dans la vie de plaisirs décomplexée de la cité. Et comme les filles les plus séduisantes évoluaient sur les plages et les pistes de danse, il décida de nager le jour et de danser la nuit, une activité dont il n'avait jamais éprouvé le besoin. Comme on lui avait recommandé l'académie d'Anita Farinha, il s'inscrivit pour apprendre la samba et d'autres rythmes dans le vent. Mais il avait à la fois le squelette inflexible de beaucoup d'hommes blancs, et un sens du ridicule beaucoup trop développé. Il fut le pire élève des annales de l'académie, mais l'effort en valait la peine car il y rencontra le seul amour de sa vie.

La lointaine ascendance africaine d'Anita Farinha se manifestait dans la forme exubérante de son corps : la taille peu marquée, les jambes robustes et un derrière tout rond qui ondulait à chaque pas sans aucune intention de coquetterie. Elle avait la musique et la grâce dans le sang. L'académie mettait en évidence la splendeur de sa nature, mais, en dehors de son travail, Anita était une jeune femme sérieuse, retirée, d'une conduite irréprochable, attachée à sa nombreuse et bruyante famille. Elle pratiquait sa propre religion, sans fanatisme : un mélange de croyances catholiques et animistes, assaisonné de mythologie féminine. De temps à autre, elle assistait, avec ses sœurs, à des cérémonies de candomblé, la religion des anciens esclaves africains, qui jadis ne rassemblaient que des Noirs, mais qui, à présent, comptait des adeptes parmi les

Blancs de la classe moyenne. Anita avait son *orixá* tutélaire, son messager divin dans la réalisation de son destin : Yemayá, déesse de la maternité, de la vie et des océans. Elle tenta de l'expliquer à Richard, la seule fois où il l'accompagna dans une cérémonie, mais il ne prenait pas l'affaire au sérieux. Cette forme de paganisme, comme tant d'autres coutumes d'Anita, était pour lui d'un exotisme enchanteur. Il en riait, et elle aussi – mais en y croyant à demi : il valait mieux croire en tout que de ne croire à rien, on courait moins le risque de fâcher les dieux, si jamais ils existaient.

Richard lui fit une cour implacable, d'une détermination sans faille, jusqu'à réussir à l'épouser, dès qu'il fut accepté par les trente-sept membres de la famille Farinha. À cet effet, il dut leur rendre d'innombrables visites de courtoisie, y compris en compagnie de son père, pour officialiser sa demande. Joseph Bowmaster fit donc expressément le voyage au Brésil : il portait le deuil de la tête aux pieds, à la suite de la mort récente de Cloé, la femme qu'il avait tant aimée, mais il avait garni d'une fleur rouge la boutonnière de sa jaquette pour célébrer les fiançailles de son fils. Richard aurait préféré une cérémonie privée, mais les parents et amis intimes d'Anita, à eux seuls, totalisaient plus de deux cents invités qui se pressèrent à la noce. Du côté de Richard, ils se limitaient à son père, son ami Horacio Amado-Castro, arrivé par surprise des États-Unis, et à Maria Thereza de Goulart, la veuve de l'ancien président qui s'était prise d'une certaine affection maternelle pour le bel étudiant américain.

Ladite veuve, encore jeune et belle, devint le point de mire de l'assistance et fut, pour Richard, un précieux soutien face au clan écrasant de la famille d'Anita. Maria Thereza lui fit voir en face l'évidence : en se mariant avec Anita, il convolait aussi avec sa famille. La noce ne fut pas prise en charge par les fiancés, mais par la mère, les sœurs et belles-sœurs d'Anita, femmes intarissables et affectueuses, qui vivaient en communication permanente, informées de chaque détail de leurs vies mutuelles. Ainsi eurent-elles la haute main sur toute chose, depuis le menu du banquet jusqu'à la mantille de dentelle couleur beurre que dut porter Anita parce qu'elle avait appartenu à sa défunte arrière-grand-mère. Les hommes de la famille jouaient un rôle plutôt décoratif, exerçant leur pouvoir, le cas échéant, hors de la maison. Tout le monde traitait Richard avec une telle cordialité qu'il mit assez longtemps à comprendre que les Farinha, au fond, se méfiaient de lui. Mais rien ne le touchait : seul importait à ses yeux l'amour partagé avec Anita. Il ne pouvait deviner l'influence qu'allait exercer la famille Farinha sur son mariage.

Le bonheur du couple fut porté à son comble par la naissance de Bibi. La petite fille leur fut donnée après deux ans de vie commune, comme l'avait prédit Yemayá dans les *búzios*, les coquillages de divination. Ce fut un cadeau si magnifique qu'Anita en vint à craindre le prix que ferait payer la déesse pour cette précieuse enfant. Richard se moquait gentiment des bracelets de cristal de quartz en guise de protection contre le mauvais œil et autres précautions prises par sa femme. Mais Anita lui interdisait de trop vanter son bonheur : il était dangereux de faire naître l'envie.

Les plus beaux moments de cette période qui, bien des années plus tard, pouvaient encore affecter les battements de son cœur résidaient dans les instants où Anita se blottissait contre lui avec une douceur féline ou s'asseyait sur ses genoux, le front contre son cou, ou lorsque Bibi faisait ses premiers pas, avec son rire de dents de lait et toute la grâce de sa mère. Anita, en tablier, grignotant un fruit dans la plénitude de l'été ; Anita dans son académie, ondulant comme une anguille au son d'une guitare ; Anita ronronnant endormie dans ses bras, après l'amour ; Anita au ventre lourd, d'une rondeur de pastèque, s'appuyant sur lui pour gravir les escaliers ; Anita dans le fauteuil à bascule, donnant le sein en chantant tout bas dans la lumière orangée du soir.

Jamais il ne s'était permis de douter que ces années étaient aussi les plus belles d'Anita.

Lucía et Richard

Nord de New York

Ils firent une première halte dans une station-service, une demi-heure après avoir quitté Brooklyn : les roues de la Lexus avaient besoin de chaînes. Richard Bowmaster avait des pneus neige sur la Subaru depuis l'époque des parties de pêche avec Horacio dans le lac congelé. Il avait prévenu Lucía des dangers du verglas, cause de la majorité des accidents graves en hiver. « Raison de plus pour garder son calme. *Relax*, mon ami », avait-elle répondu, répétant sans le savoir le conseil d'Horacio. Pour l'heure, la consigne était d'attendre Richard à cinq cents mètres de distance, tandis qu'il achetait les chaînes.

Richard fut servi par une vieille femme aux tempes grises, aux mains rouges de bûcheron, le seul être vivant de la station, mais bien plus forte et habile qu'il n'y paraissait à première vue. Elle installa les chaînes en moins de vingt minutes, sans prêter la moindre attention au froid, tout en criant à l'oreille de son client qu'elle était veuve et seule pour faire tourner son commerce, dix-huit heures par jour et sept jours par semaine, y compris un dimanche comme celui-là, où personne ne se risquait à sortir. Elle n'avait pas de pièce de rechange pour le feu arrière.

« Où allez-vous par un temps pareil ? lui demanda la vieille femme en encaissant.

— À des funérailles », répondit-il dans un frisson.

Bientôt les deux voitures quittèrent la grand-route et s'engagèrent quelques minutes sur une route de campagne. Mais ils durent rebrousser chemin : les chasse-neige n'étaient pas allés au-delà et la chaussée était impraticable. Sur l'axe principal, ils croisèrent peu de véhicules et pas un seul de ces énormes camions de marchandises, ni des autocars de passagers, qui relient New York et le Canada : tous respectaient l'interdiction de rouler jusqu'au lundi, en attendant la normalisation du trafic. Les forêts de sapins givrés se perdaient dans le blanc infini du ciel, et le chemin était juste un trait de crayon gris entre les sommets enneigés. Au bout de quelques kilomètres, il fallait s'arrêter pour gratter les pare-brise ; la température était toujours négative et continuait de descendre. Richard enviait les deux femmes et le chien, dans la Subaru, le chauffage à plein régime. Il avait coiffé sa cagoule de skieur et enfilé tant de lainages qu'il pouvait à peine plier les coudes.

Les heures passant, sous l'effet des pilules vertes, l'angoisse de Richard, qui l'étouffait avant de partir, se dissipait. Les points d'interrogation sur Kathryn Brown perdaient de leur urgence ; tout semblait faire partie d'un roman dont les pages avaient été écrites pour d'autres. Il éprouvait une certaine curiosité pour l'avenir immédiat, comme l'envie de connaître la fin de l'histoire, mais il n'était plus pressé de parvenir à destination. Il arriverait tôt ou tard, et accomplirait sa mission. Ou plutôt, il remplirait la mission assignée par Lucía. C'est elle qui décidait, lui devait seulement obéir. Il flottait.

Le paysage était immuable, le temps passait dans la ronde des aiguilles et des kilomètres qui s'additionnaient, mais sans avancer, figé dans le même lieu, submergé dans la blancheur, hypnotisé par la monotonie. Richard n'avait jamais conduit dans un panorama hivernal aussi dur. Il avait conscience des dangers de la route, et du péril plus imminent de s'endormir au volant, car il sentait s'alourdir ses paupières. Il alluma la radio, mais la statique et la mauvaise qualité du son lui portèrent sur les nerfs ; il préféra continuer en silence. Il devait faire un effort pour revenir à la réalité, à la voiture, à la route, au voyage. Il but quelques gorgées de café tiède au goulot de la Thermos, en pensant qu'il s'arrêterait à la prochaine localité, pour passer aux toilettes et boire un vrai café bien chaud, avec deux aspirines.

Dans le rétroviseur embué, il devinait au loin les phares de la Subaru, qui disparaissaient dans les tournants pour réapparaître peu après. Il craignait que Lucía ne fût aussi fatiguée que lui. Il avait du mal à se situer dans l'instant actuel, ses pensées s'embrouillaient, mêlées à des images du passé.

Dans la Subaru, Evelyn continuait à murmurer ses prières pour Kathryn Brown, comme on le faisait pour les morts de son village. L'âme de la jeune femme n'avait pu s'envoler au ciel, la mort l'avait prise au dépourvu, quand elle s'y attendait le moins. Elle était coincée à mi-chemin. Sans doute était-elle encore prisonnière du coffre. C'était un sacrilège, un péché, un impardonnable manque de respect. Qui prendrait congé de Kathryn avec le rituel approprié ? Une âme en peine est la plus triste au monde. Et c'était elle, Evelyn, qui était responsable ; sans son désir d'emprunter la voiture pour aller à la pharmacie, elle n'aurait jamais rien su du destin de Kathryn Brown ; à présent, elles étaient amarrées l'une à l'autre. Il fallait bien des prières pour libérer cette âme, et neuf jours de deuil. Malheureuse Kathryn : nul n'avait pleuré pour elle, ni pu lui dire adieu. Dans le village d'Evelyn, on sacrifiait un coq pour accompagner le défunt sur l'autre rive, et on buvait du rhum pour saluer son voyage vers le ciel.

Evelyn priait et priait encore, d'un rosaire à l'autre, tandis que Marcelo, lassé de gémir, s'était endormi la langue pendante et l'œil entrebâillé. Lucía accompagna Evelyn un moment dans la litanie des patenôtres et des Ave Maria, qu'elle avait appris dans son enfance et pouvait réciter d'une traite, sans hésitation, alors même qu'elle n'avait pas prié depuis quarante ans et des poussières. La répétition lancinante l'endormait un peu et, pour se distraire, elle se mit à conter à Evelyn une partie de sa vie, et à s'informer de la sienne. Elles étaient entrées en confiance et la jeune fille bégayait moins souvent.

Il commençait à faire sombre et la neige s'était remise à tomber, tout comme le craignait Richard, alors qu'ils n'avaient pas atteint le lieu où il était prévu de faire une pause et de manger quelque chose. À présent, il fallait ralentir. Richard tenta de contacter

Lucía avec son portable, mais comme il n'obtenait aucun signal, il s'arrêta en bord de route en allumant ses feux de détresse. Lucía s'arrêta derrière lui et ils purent nettoyer les vitres avec un vaporisateur antigel et partager une Thermos de chocolat chaud avec des beignets. Il fallut convaincre Evelyn que le moment était mal choisi pour jeûner, que les prières pour Kathryn suffisaient. Il faisait aussi froid dans la Lexus que sur le bas-côté ; malgré ses multiples couches de lainage, Richard tremblait de tous ses membres. Il profita de la pause pour étirer ses jambes engourdies et se réchauffer en sautillant et frappant dans ses paumes. Puis il vérifia que tout était en ordre dans les deux autos, montra la carte à Lucía, une fois de plus, et fit signe de repartir.

« Il nous reste beaucoup de chemin à faire ? demanda-t-elle.

— Encore pas mal. Nous n'aurons pas le temps de manger.

— Cela fait déjà six heures au volant, Richard.

— Je suis fatigué moi aussi, en plus je crève de froid, je vais me payer une pneumonie, je la sens dans mes os, mais nous devons arriver à la cabane avant qu'il ne fasse noir comme dans un four. La baraque est isolée et, si je ne vois pas l'entrée, nous pouvons rater l'embranchement.

— Et le GPS ?

— Il ne peut me signaler la déviation. J'ai toujours fait le trajet de mémoire, mais si je n'y vois rien… Que se passe-t-il avec le chihuahua ?

— Rien.

— On dirait qu'il est mort.

— Il se met ainsi quand il dort.

— Quel affreux animal !

— Pourvu qu'il ne t'entende pas, Richard. Et moi, je dois faire pipi.

— Il faudra se débrouiller ici. Attention à ne pas te geler le postérieur. »

Les deux femmes s'étaient accroupies près de leur véhicule, tandis que Richard soulageait sa vessie derrière le sien. Marcelo redressa les narines quand il se vit abandonné ; il jeta un regard à l'extérieur et, finalement, décida de se retenir. Personne n'aurait pu le convaincre de barboter dans la neige.

Ils reprirent la route et, vingt-sept kilomètres plus loin, ils entrèrent dans une petite agglomération, avec sa rue principale et ses boutiques habituelles, une pompe à essence, deux bars et des maisons d'un étage. Richard comprit alors qu'ils ne pourraient arriver à temps jusqu'au lac et décida de faire étape à cet endroit. Le vent et le froid avaient redoublé, il avait besoin de se réchauffer ; à force de serrer les dents, il en avait mal à la mâchoire. Passer la nuit à l'hôtel ne l'enchantait guère, il ne voulait pas attirer l'attention, mais la perspective de se perdre dans la nuit était pire encore. Grâce au signal sonore des portables, il put informer Lucía du changement de programme. Ils craignaient de ne pas trouver un logement décent, mais ils tombèrent finalement sur un motel dont les chambres avaient l'avantage de donner directement sur le parking. Ils pouvaient donc passer inaperçus. À la réception, imprégnée de l'odeur de créosote, on lui signala que l'hôtel était en réfection et qu'il ne restait qu'une seule chambre.

Richard paya les 49,90 dollars en espèces et s'en alla informer les deux femmes.

« C'est tout ce qu'ils ont. Nous allons devoir partager la chambre, annonça-t-il.

— Tout de même, tu vas finalement dormir avec moi, Richard ! s'exclama Lucía.

— Hum… Cela m'embête de laisser Kathryn dans la voiture, dit-il pour changer de sujet.

— Pourquoi ? Tu veux passer la nuit avec elle ? »

La chambre avait la même odeur que la réception. Elle présentait l'aspect provisoire d'un mauvais décor de théâtre. Le plafond était fort bas, les meubles chétifs et de guingois : partout s'étalait la patine lugubre de la platitude ordinaire. Il y avait deux lits, une vieille téloche, une salle de bains aux taches indélébiles et un goutte-à-goutte inextinguible dans le lavabo, mais également une bouilloire électrique en état de marche, une douche à bonne température et un excellent chauffage. En réalité, il faisait très chaud dans la pièce et, après quelques minutes, Richard put retirer ses couches successives de gros lainages. Le sol, au tapis couleur café, et les couvertures aux carreaux noirs et bleus ne cachaient pas un besoin urgent de nettoyage approfondi, mais les draps et serviettes, défraîchis par l'usage, étaient propres. Marcelo courut comme une flèche dans un coin de la salle de bains pour pisser longuement, sous le regard amusé de Lucía et l'œil effaré de Richard.

« Et maintenant que fait-on ? demanda celui-ci.

— Je suppose que, dans ton attirail de guerre, tu auras prévu des serviettes en papier. Je vais les chercher, tu as suffisamment pris froid. »

Peu après, Richard, promptement remis de sa hantise d'attraper une pneumonie, décida de partir en quête de nourriture. Avec ce froid polaire, il était inutile de commander une pizza par téléphone, et le motel n'avait pas de cuisine : juste un bar, avec des olives et des chips de l'an dernier. Toutefois, malgré la modestie des lieux, il devait y avoir un restaurant chinois ou mexicain. Il leur restait quelques provisions, mais il valait mieux les garder pour le lendemain. Quarante minutes plus tard, Richard était de retour avec de la cuisine chinoise et du café dans les deux Thermos. Il retrouva Lucía et Evelyn en train de regarder les nouvelles de la tempête à la télévision.

« Vendredi dernier, on a enregistré les plus basses températures dans l'État de New York depuis 1869. La tempête a duré près de trois heures, mais la neige tombera encore deux ou trois jours. Les dégâts sont estimés à des millions de dollars. Et la tourmente s'appelle Jonas, lui apprit Lucía.

— Sur le lac, ce sera pire. Plus c'est au nord, plus le froid mord », commenta Richard en se délestant de sa canadienne, des gilets, du cache-nez, du bonnet et de la cagoule de skieur, outre les moufles et les gants.

Il repéra une mouche rachitique sur sa chemisette, mais une chiquenaude la fit disparaître d'un bond.

« Une puce ! » cria-t-il en se donnant de grandes claques sur tout le corps, désespéré.

Evelyn et Lucía avaient à peine levé les yeux du téléviseur.

« Des puces ! Il y a des puces dans cette piaule ! répétait-il en se grattant.

— Tu t'attendais à quoi, pour 49,90 dollars, ô Richard ? Nous, les Chiliens, elles ne nous piquent pas, dit Lucía.

— Moi non plus, ajouta Evelyn.

— Toi, Richard, elles te piquent parce que tu as le sang sucré », diagnostiqua Lucía.

Les boîtes en carton du restaurant chinois avaient un air déprimant, mais le contenu était moins éprouvant qu'ils ne pouvaient s'y attendre. Le sel masquait la saveur des autres ingrédients, mais les voyageurs reprirent des forces. Le chien lui-même, fort contrarié de tant devoir mâcher, voulut goûter au *chow mein*. Richard continuait à se gratter, mais il finit par se résigner à la présence des bestioles. Il préférait ne pas songer aux cafards qui ne manqueraient pas de sortir des coins dès que la lumière s'éteindrait. Mais il se sentait à l'abri, en sûreté dans cette triste chambre d'hôtel de fortune, uni aux femmes par l'aventure, tâtant le terrain de l'amitié, un peu ému de se trouver si près de Lucía. Si peu familiarisé avec cette paisible sensation de bonheur qu'il ne la reconnaissait pas.

Il avait acheté une bouteille de tequila Méndez, la seule marque dont disposait le bar de l'hôtel, à la demande de Lucía, afin d'arroser son café et celui d'Evelyn. Pour la première fois depuis longtemps, il eut envie de boire un verre, par camaraderie plutôt que par besoin, mais il y renonça. L'expérience lui avait enseigné une grande prudence avec l'alcool : on commençait par y tremper les lèvres, et on finissait la tête dans l'addiction. Dormir lui serait impossible : il était encore trop tôt, même si la nuit régnait maintenant sans partage.

Comme ils ne parvenaient pas à se mettre d'accord sur un programme télévisé et que la seule chose oubliée dans leurs bagages était la lecture, ils finirent par se raconter leurs vies, comme la nuit précédente, sans l'apport magique du gâteau de haschich, mais avec la même aisance et autant de confiance. Richard voulait en savoir davantage sur le divorce de Lucía, car il avait connu son mari, Carlos Urzúa, à l'université. Il l'admirait, mais il n'en souffla mot, car il supposa que cet homme était peut-être moins admirable sur le plan personnel.

Lucía

Chili

Pendant ses vingt années de mariage, Lucía Maraz aurait parié sans hésiter sur la fidélité de son mari : il était trop occupé pour naviguer dans les stratagèmes des amours secrètes. Mais sur ce point comme sur tant d'autres, l'expérience lui avait montré son erreur. Elle se flattait de lui avoir donné un foyer stable et une fille exceptionnelle. Mais la participation du mari à ce projet s'était avérée, d'abord involontaire, négligente ensuite – non par malveillance, mais par faiblesse de caractère, comme l'affirma Daniela quand elle fut en âge de juger ses parents sans les condamner. Depuis le début, alors que le rôle de Lucía avait consisté à aimer son mari, le sien avait été de se laisser aimer.

Ils s'étaient connus en 1990. Lucía était rentrée au Chili après dix-sept ans d'exil, ou presque, et avait trouvé un emploi comme productrice de télévision, non sans mal, car des milliers de jeunes professionnels, plus qualifiés qu'elle, cherchaient alors du travail. On n'éprouvait guère de sympathie pour ceux qui revenaient : la gauche les accusait d'être partis par lâcheté, et la droite d'accointance avec les communistes.

La capitale avait tellement changé que Lucía ne reconnaissait plus les rues où s'était déroulée sa jeunesse; les noms de saints et de fleurs avaient cédé la place à ceux des militaires, des héros des guerres d'autrefois. La ville brillait de propreté et de l'ordre des casernes, les peintures murales du réalisme socialiste avaient disparu, remplacées par des murs blancs et des arbres bien taillés. Sur les rives du Mapocho, on avait aménagé des parcs pour les enfants, et nul ne se souvenait des cadavres, ni des ordures qu'avaient charriés les eaux. Dans les rues du centre, les constructions grises, le trafic des bus et des motocyclettes, la pauvreté mal dissimulée des employés de bureau, des habitants fatigués et des enfants qui jonglaient aux feux rouges pour mendier quelques sous tranchaient avec les centres commerciaux des hauts quartiers, éclairés comme des pistes de cirque, où l'on pouvait satisfaire les caprices les plus extravagants: caviars de la Baltique, chocolats viennois, thés de Chine, roses de l'Équateur, parfums de Paris… à la portée de quelques-uns. Deux nations se partageaient le même espace: la petite caste du marché international et des prétentions cosmopolites, et la grande nation de tous les autres citoyens. La classe moyenne respirait un air de modernité à crédit, et la haute bourgeoisie des bouffées de raffinement venu d'ailleurs. Les vitrines des beaux quartiers étaient comparables à celles de Park Avenue, et les demeures protégées par des dogues et des grilles électrifiées. Mais à deux pas de l'aéroport et tout au long de l'autoroute, il y avait des bidonvilles cachés au regard des touristes par des écrans divers et d'énormes pancartes publicitaires de jeunes beautés blondes en tenue de boudoir.

Il ne restait pas grand-chose, en apparence, du Chili modeste et rude à la tâche que Lucía connaissait ; désormais, l'ostentation était de mise. Mais il suffisait de quitter la capitale pour retrouver quelque chose du vieux pays : les villages de pêcheurs, les marchés populaires, les auberges qui servaient de la soupe de poisson et du pain sortant du four, une population simple et hospitalière qui parlait avec l'accent d'autrefois et riait en se couvrant la bouche de la main. Elle aurait souhaité vivre en province, loin de l'agitation, mais elle ne pouvait mener à bien ses travaux de recherche que dans la grande ville.

Elle se savait étrangère dans son pays, déconnectée des réseaux de relations sociales sans quoi presque rien n'était possible, perdue dans les vestiges d'un temps jadis qui ne s'ajustait guère à la précipitation du présent. Elle n'avait plus ni les clés ni les codes, l'humour lui-même avait changé, le langage courant était truffé d'euphémismes, hérissé de précautions, car il restait un arrière-goût de la censure des années de plomb. Nul ne l'interrogeait sur ses années d'absence, personne ne voulait savoir où elle était passée, ce qu'elle était devenue. Cette parenthèse dans son existence était tout simplement gommée.

Elle avait vendu son logement à Vancouver et, grâce à une épargne supplémentaire, avait pu s'installer dans un appartement de Santiago, petit, mais bien situé. Sa mère trouvait un peu vexant qu'elle ne veuille pas habiter avec elle, mais Lucía, alors âgée de trente-six ans, avait besoin d'indépendance. « C'est peut-être une coutume au Canada, mais ici les filles célibataires restent chez leurs parents », insistait Lena. La petite somme épargnée lui permettait de tenir, mais à grand-peine, tandis qu'elle préparait son premier livre. Elle s'était donné un an, mais elle comprit bientôt que les recherches seraient beaucoup plus méandreuses que prévu. Le pouvoir militaire était aboli depuis quelques mois, désavoué par un plébiscite, et une démocratie conditionnelle faisait prudemment ses premiers pas dans un pays meurtri. On respirait un air de profonde réserve et le type d'information qu'elle recherchait appartenait à l'histoire secrète.

Carlos Urzúa était un avocat connu et controversé, qui collaborait à la Commission panaméricaine des droits de l'Homme. Il était débordé et voyageait beaucoup. Comme, pendant des semaines, elle n'avait pu obtenir de rendez-vous pour son livre, Lucía lui avait rendu visite. Le bureau de l'homme de loi, dans une bâtisse anodine du centre, se composait de trois pièces bourrées de classeurs métalliques, de chemises qui débordaient des tiroirs, de bouquins de juristes, de portraits en noir et blanc – de personnes généralement jeunes –, fixés sur un tableau avec des punaises, qui mentionnait des lieux et des dates. Seuls signes de modernité : deux ordinateurs, un fax et une photocopieuse Xerox. Dans un coin, tapotant au rythme d'une pianiste sur une machine à écrire électrique, il y avait Lola, sa secrétaire, une grosse femme rougissante, avec l'air innocent d'une nonnette. Carlos reçut finalement Lucía derrière son bureau, dans la troisième pièce, qui se distinguait seulement des autres par un arbre planté dans une grande jardinière, vivant comme par miracle dans les ombres ténébreuses de ces officines. Il était impatient.

L'avocat avait cinquante et un ans accomplis et rayonnait de la vitalité d'un athlète. C'était l'homme le plus attirant que Lucía avait jamais vu. Il lui inspira aussitôt une passion dévorante, dévastatrice : une chaleur primitive et démesurée, qui devait se convertir en fascination pour sa personnalité comme pour son travail. Elle resta désorientée quelques minutes, s'efforçant de se concentrer sur ses questions, tandis qu'il attendait en martelant le bureau avec un crayon, exaspéré. Craignant de se faire expédier sous quelque prétexte, Lucía reprit ses esprits et lui fit part de sa longue absence du Chili, soulignant que sa recherche sur le thème des disparus était une obsession personnelle, qui concernait son propre frère. Devant le tour bouleversant que prenait la conversation, Carlos, déconcerté, poussa une boîte de Kleenex vers son interlocutrice et lui offrit un café. Elle se moucha franchement, honteuse de son manque de contrôle face à un homme qui, à n'en pas douter, avait déjà rencontré des milliers de cas comme le sien.

Lola leur apporta un café soluble pour elle, un thé en sachet pour lui. En tendant la tasse à Lucía, la secrétaire lui posa son autre main sur l'épaule et l'y laissa quelques secondes. Ce geste inattendu de bonté déchaîna une autre crise de larmes, qui fit fondre Carlos.

Dès lors, ils purent enfin parler. Lucía se débrouilla pour faire durer son café, encore et encore ; elle abusait, mais Carlos avait accès à des données impossibles à obtenir sans son aide. Pendant plus de trois heures, il répondit à ses questions, tâchant d'expliquer l'inexplicable et quand, épuisés tous les deux, ils virent que la nuit était tombée, il lui ouvrit carrément l'accès à ses archives. Lola était déjà partie, mais dès que Lucía reviendrait, la secrétaire lui communiquerait le matériel qu'elle recherchait.

La situation n'avait rien de romantique. L'avocat, pourtant, n'était pas sans noter l'impression qu'il avait faite sur cette femme qu'il trouvait attrayante. Il décida de la raccompagner chez elle, même si, par principe, il s'abstenait de toute relation avec des femmes compliquées, en particulier celles du style pleurnicheur ou éploré. De traumatismes émotionnels, il ne manquait pas : les malheurs et disgrâces remplissaient son travail quotidien. Dans l'appartement de Lucía, il accepta de goûter sa recette personnelle de pisco. À dater de ce jour, il devait soutenir, en guise de plaisanterie, qu'elle l'avait d'abord étourdi avec de l'alcool, avant de l'embobiner par des tours de sorcière. Cette première nuit se passa dans les vapeurs du pisco et la surprise réciproque de se retrouver ensemble dans un lit. Il disparut au petit matin, en prenant congé d'un chaste baiser, et elle resta sans nouvelles : Carlos ne l'appelait pas et ne répondait pas à ses messages.

Trois mois plus tard, Lucía Maraz se présenta sans prévenir à l'étude de Carlos Urzúa. Lola, la secrétaire, qui pianotait à la même place et avec une égale fureur, la reconnut aussitôt et lui demanda quand elle souhaitait consulter les archives. Lucía évita de lui mentionner ses appels restés sans réponse, elle supposait que l'autre était au courant. Lola la fit passer dans le bureau de son patron, lui donna la même tasse de café soluble (avec du lait condensé) et la pria de patienter : l'avocat était encore au tribunal. Une demi-heure plus tard, Carlos était de retour, le veston à la main et le col déboutonné. Lucía le reçut debout et, sans préambule, lui annonça qu'elle était enceinte.

Elle eut l'impression qu'il ne se souvenait pas d'elle le moins du monde. Il eut beau lui jurer que c'était faux, que bien sûr il savait qui elle était, qu'il gardait le meilleur souvenir, bien entendu, de cette soirée au pisco, et que sa réaction tardive était due à l'effet de surprise… Alors, elle expliqua que c'était sans doute, pour elle, la dernière chance d'être mère. À quoi il répondit sèchement qu'il convenait de pratiquer un test ADN. Lucía était sur le point de s'en aller, bien décidée à élever l'enfant toute seule. Mais elle s'arrêta au souvenir de sa propre enfance sans père et accepta de faire l'examen. Quand celui-ci eut prouvé la paternité de Carlos au-delà de n'importe quel doute raisonnable, la méfiance et l'irritation de l'avocat disparurent, cédant la place à un enthousiasme sans feinte. Et il proclama qu'ils se marieraient, car c'était sans doute sa dernière chance de surmonter ses terreurs nuptiales. Il voulait vraiment de cette paternité, même s'il avait plutôt l'âge d'être grand-père.

Lena fit le pari que le mariage de sa fille tiendrait à peine quelques mois, ne fût-ce qu'à cause des quinze ans de différence d'âge. Le mari s'enfuirait en courant dès la naissance de l'enfant : un célibataire maniaque endurci ne pourrait supporter les hurlements du nouveau-né. Lucía se prépara à cette éventualité en faisant appel à tout son sens philosophique de la réalité. Il n'y avait pas de loi sur le divorce au Chili – et il n'y en aurait pas avant 2004 –, mais il existait des manières tordues de faire établir la nullité du mariage, par le recours à de faux témoins et à des juges complaisants. La méthode était si commune et efficace que les couples qui restaient unis pour la vie se comptaient sur les doigts d'une main. Elle proposa donc au futur père de se séparer comme de bons amis après l'accouchement. Elle était amoureuse de lui, mais elle comprenait que, si Carlos avait le sentiment d'être pris au piège, il finirait par la haïr. Cependant, il rejeta aussitôt cette solution, qui lui paraissait immorale, et elle tâcha de se faire à l'idée qu'avec le temps, et l'habitude de l'intimité, il pourrait arriver à l'aimer lui aussi. Elle avait bien l'intention d'essayer à tout prix.

Ils s'installèrent dans la maison dont Carlos avait hérité à la mort de ses parents. Elle était en mauvais état, dans un quartier qui se délitait à mesure que Santiago se développait sur les hauteurs, qui avaient la préférence des classes aisées, loin du brouillard toxique qui asphyxiait souvent la ville. Sur le conseil de sa mère, Lucía différa les recherches pour son livre : le thème était trop morbide, il pouvait affecter la psyché de l'enfant en gestation… « Ce n'est bon pour personne de commencer sa vie dans le ventre d'une femme qui cherche partout des cadavres », déclara Lena. Elle faisait allusion aux disparus en ces termes pour la première fois : c'était comme mettre une pierre tombale sur la dépouille de son fils.

Carlos partageait les vues de sa belle-mère : il prit la ferme résolution de ne pas aider Lucía pour son livre avant la naissance de l'enfant. Ces mois d'attente devaient être le temps de la joie, de la douceur et du repos, disait-il, mais la grossesse, pour Lucía, se traduisait par une énergie rayonnante et, au lieu de tricoter des chaussons, elle se mit à repeindre la maison, à l'intérieur comme à l'extérieur. Elle prenait des cours pratiques dans ses moments libres et finit par décaper les meubles du salon et remplacer la plomberie de la cuisine. En rentrant du bureau, Carlos la trouvait un marteau à la main et la bouche pleine de clous, ou traînant son gros ventre sous l'évier en pointant son chalumeau. Avec un même enthousiasme, elle s'attaqua au patio, abandonné depuis des lustres : munie de la pelle et de la bêche, elle en fit un jardin de fantaisie, où les massifs de roses cohabitaient avec la laitue et les oignons.

Elle était plongée dans l'un de ses projets de maçonnerie quand elle commença à perdre les eaux. Elle crut un instant s'être oubliée, mais sa mère, de passage, appela un taxi et la conduisit dare-dare à la maternité.

Daniela naquit deux mois avant le terme et Carlos en rejeta la faute sur le comportement irresponsable de Lucía. Quelques jours plus tôt, en effet, tandis qu'elle peignait des nuages blancs sur le plafond céleste de la future chambre enfantine, elle était tombée de l'échelle. Daniela passa trois semaines dans un incubateur, et deux autres en observation à la clinique. Cette petite créature chétive, avec son allure de singe écorché, branchée sur des sondes et des moniteurs, provoquait chez son père un vide à l'estomac pareil aux nausées, mais lorsque, finalement, elle fut installée dans le berceau de leur nouvelle demeure et qu'elle lui attrapa le petit doigt avec détermination, il fut conquis pour toujours. Daniela était promise à devenir la seule personne devant laquelle Carlos Urzúa pourrait se soumettre : la seule, finalement, qu'il serait capable d'aimer.

La prophétie pessimiste de Lena Maraz ne se vérifia pas, et le mariage de sa fille dura deux décennies. Pendant une quinzaine d'années, Lucía sut maintenir leur union vivace, sans qu'il en coûtât un effort à son mari : une prouesse d'imagination et de ténacité. Avant son mariage, Lucía avait connu quatre liaisons importantes : la première avec ce présumé guérillero exilé qu'elle avait rencontré à Caracas, tout entier voué au combat théorique pour le rêve socialiste de l'égalité, mais qui, comme elle l'avait bientôt découvert, n'incluait pas les femmes, et la dernière avec un musicien africain, aux muscles sinueux et aux tresses rastas terminées par des attaches en plastique, qui finit par lui avouer l'existence conjointe de deux épouses légitimes et de quelques enfants au Sénégal. Lena qualifiait de « syndrome de l'arbre de Noël » cette tendance appuyée, chez sa fille, à décorer de vertus inventées l'objet de sa fantaisie. Lucía choisissait un sapin ordinaire et l'enrubannait de guirlandes, de machins et de bidules en tout genre, et au fil des semaines, le clinquant se laissait choir, pour ne plus laisser que le squelette d'un arbre sec. Lena attribuait cette manie au karma de sa fille : dépasser les niaiseries de l'arbre de Noël était une des leçons que Lucía devait apprendre au cours de cette réincarnation, si elle ne voulait pas répéter la même erreur dans la prochaine. Lena était une catholique fervente, mais elle avait adopté le principe du karma et de la métempsycose dans l'espoir que son fils Enrique pourrait revenir et vivre enfin une existence complète.

Longtemps, Lucía attribua cette indifférence de son mari aux terribles pressions de son activité professionnelle, sans soupçonner qu'il dépensait une bonne partie de son temps et de son énergie avec des maîtresses passagères. En fait, ils coexistaient aimablement, chacun dans son métier, dans son monde et dans sa chambre à part. Jusqu'à l'âge de huit ans, Daniela dormit dans le lit de sa mère. Lucía et Carlos faisaient l'amour quand elle se rendait chez lui sur la pointe des pieds pour ne pas réveiller la petite, humiliée car l'initiative était presque toujours la sienne.

Elle se résignait à ces miettes de tendresse, fière de ne rien demander. Elle se suffisait à elle-même – et il lui en savait gré.

Richard

Nord de New York

Les dernières heures du dimanche auraient pu durer une éternité pour Richard, Evelyn et Lucía, enfermés dans la chambre de ce motel, avec l'odeur de créosote et de frichti chinois, mais elles passèrent sans y penser, à se raconter leurs vies. Les premières victimes du sommeil furent Evelyn et le chihuahua. La jeune fille occupait un espace déjà réduit du lit qu'elle partageait avec la Chilienne, mais Marcelo s'empara bientôt du reste, en étirant ses pattes raides.

« Comment vont tes chats ? demanda Lucía à Richard, alors qu'ils commençaient à bâiller.

— Bien. J'ai appelé la voisine depuis le restaurant chinois. Je ne voulais pas que l'on puisse nous localiser avec le portable.

— Qui veux-tu donc que ces bavardages intéressent, Richard ? D'ailleurs, on ne peut pas contrôler tous les portables.

— Nous en avons déjà discuté, Lucía. Si jamais ils localisent la voiture…

— Il y a des milliards et des milliards d'appels qui se croisent dans l'espace, dit-elle en lui coupant la parole. Des dizaines de milliers de véhicules disparaissent chaque jour, abandonnés, volés, désossés pour revendre les pièces détachées. Ils finissent en tas de ferraille, ou en contrebande en Colombie…

— Ou encore pour jeter les cadavres au fond d'un lac.

— Tu ne te fais pas à cette décision ?

— Non, mais c'est trop tard pour les repentirs. Je vais me doucher », annonça Richard en se dirigeant vers la salle de bains.

« Lucía est vraiment bien avec cette coiffure de folle et ses bottes de neige », pensait Richard tandis que l'eau chaude lui brûlait le dos, un excellent remède contre la fatigue du jour et les piqûres de puce. En fait, ils se disputaient sur les détails, mais ils se convenaient bien, tous les deux. Il aimait son mélange de brusquerie et de tendresse, son expression à la fois moqueuse et amusée, son sourire un peu de travers. En comparaison, lui se faisait l'image d'un zombie trébuchant dans le troisième âge, mais avec elle il revivait. Ce ne serait pas mal de vieillir ensemble, main dans la main, pensa-t-il. Il sentait des coups de marteau dans son cœur en imaginant les cheveux peinturlurés de cette délurée de Lucía sur l'oreiller, ses bottes au pied du lit et son visage si près du sien qu'il pourrait se perdre dans ses yeux de princesse turque. « Pardonne-moi, Anita », murmura-t-il. Il était resté seul trop longtemps, il avait oublié cette âpre tendresse, cette détresse au creux de l'estomac, le sang qui se précipite et les rafales du désir. « Serait-ce de l'amour ce qui m'arrive ? Si oui, je ne saurais que faire. Je suis comme ligoté. » Il mit le tout sur le compte de la fatigue ; à la lumière du jour, l'esprit s'éclaircirait. Ils allaient se débarrasser de la voiture et de Kathryn Brown, ils allaient dire adieu à Evelyn Ortega, et alors Lucía redeviendrait tout simplement la Chilienne du sous-sol. Mais il ne voulait pas que vienne ce moment, il aurait voulu que les horloges s'arrêtent et qu'il ne faille jamais se séparer.

Sorti de la douche, il enfila un pantalon et un T-shirt, car il n'avait pas le courage de chercher le pyjama dans son sac. Si Lucía s'était déjà moquée de son bagage redondant pour une sortie de deux jours, il aurait paru ridicule d'en extraire un pyjama… Et, à tout prendre, c'était bien vrai. Il retourna, requinqué, dans la chambre, conscient du fait qu'il aurait beaucoup de mal à dormir : toute variation dans la somme de ses routines lui causait de l'insomnie, en particulier sans son oreiller hypoallergénique au design ergonomique… Il vaudrait mieux ne jamais faire état de cet oreiller à Lucía, décida-t-il. Il la trouva étendue sur les quelques centimètres que le chien laissait encore libres.

« Fais-le descendre du lit, Lucía, dit-il en s'approchant pour chasser l'animal.

— N'y pense même pas, Richard. Marcelo est très sentimental, il se vexerait.

— Dormir avec les bêtes est dangereux.

— Et pourquoi ça ?

— Pour la santé, d'abord. Qui sait quelles maladies il peut…

— Ce qui est mauvais pour la santé, c'est de se laver les mains à tout bout de champ, comme tu le fais. Bonne nuit, Richard.

— Comme tu voudras. Bonne nuit. »

Une heure et demie plus tard, Richard ressentait les premiers symptômes. Il avait l'estomac lourd, et un goût bizarre en bouche. Il s'enferma dans la salle de bains et ouvrit tous les robinets pour dissimuler les affreux gargouillis de ses tripes en ébullition. Il ouvrit la fenêtre pour évacuer les odeurs et resta bloqué là, grelottant sur la cuvette, maudissant la male heure où il avait goûté à la nourriture chinoise et se demandant pourquoi diable il était le seul malade. Les triturations de son ventre lui donnaient des suées froides. Peu après Lucía frappa à la porte.

« Tu vas bien ?

— La bouffe était empoisonnée, murmura-t-il.

— Je peux entrer ?

— Non !

— Ouvre, Richard, laisse-moi t'aider.

— Non ! Jamais ! » cria-t-il avec tout ce qui lui restait de force.

Elle poussait sur la porte, mais il l'avait verrouillée. Il haïssait cette femme ; tout ce qu'il voulait alors, c'était mourir seul, souillé d'excréments et dévoré par les puces, complètement seul, sans aucun témoin de sa mortification, que Lucía et Evelyn disparaissent d'un seul coup, que Kathryn et la Lexus s'envolent en fumée, et que s'apaisent les spasmes, ah ! expulser toute cette porcherie, et se mettre à crier d'impuissance et de rage. À travers la porte, Lucía lui assurait que la cuisine n'était pas en cause, Evelyn et elle n'avaient aucun malaise, tout cela allait passer, ils étaient fort tendus, c'est tout, elle proposait de lui faire un thé. Mais il ne répondait pas, il avait si froid que sa mâchoire était gelée. Dix minutes plus tard, comme si Lucía avait opéré un miracle, les intestins s'étaient calmés, Richard pouvait se redresser, examiner dans le miroir son visage tout vert et reprendre une longue douche bien chaude, qui mit fin à son tremblement convulsif. Il entrait par la fenêtre un froid qui fendait les os, mais il ne se risquait pas à la refermer ni à ouvrir la porte, tant il était dégoûté par l'odeur. Il comptait demeurer là jusqu'à n'en plus pouvoir, mais il comprit bientôt combien l'idée de passer la nuit dans cette pièce était absurde. Il grelottait encore, les genoux tremblants, quand il sortit finalement, tirant la porte derrière lui et se traînant vers le lit. Lucía, déchaussée, les cheveux défaits, couverte d'un tricot qui lui arrivait aux genoux, lui apporta une tasse fumante. Richard lui demanda pardon pour l'odeur fétide ; il était humilié jusqu'à la moelle.

« Mais de quoi parles-tu ? Je ne sens rien du tout, Evelyn et Marcelo non plus, regarde-les dormir. Maintenant, tu vas te reposer et demain tu seras comme neuf. Fais-moi une petite place, je vais dormir avec toi.

— Qu'est-ce que tu dis ?

— Dépêche-toi, je vais me coucher dans ton lit.

— Lucía, tu ne pourrais choisir un plus mauvais moment. Je suis malade !

— Comme tu te fais prier, mon vieux ! Nous commençons mal, je trouve. C'est à toi qu'il reviendrait de prendre l'initiative, et au lieu de ça tu m'offenses...

— Pardon, je voulais dire que...

— Arrête ces manières de chochotte. Je ne te dérangerai en rien, je dors sans remuer toute la nuit. »

Sur ce, elle se glissa entre les draps et s'installa en deux temps trois mouvements, cependant que Richard, assis au bord du lit, soufflait sur le thé qu'il buvait à petites gorgées, en traînant le plus possible, déconcerté, sans savoir comment interpréter ce qui lui arrivait. À la fin, il s'étendit calmement ; il se sentait faible et abattu, mais aussi émerveillé par toute la présence de cette femme, la forme de son corps, sa chaleur réconfortante, son étrange crinière blanche, l'inévitable contact excitant de son bras contre le sien, de sa hanche, de son pied. Lucía disait vrai : elle dormait sur le dos, les bras croisés sur la poitrine, solennelle et silencieuse comme un chevalier médiéval taillé dans la pierre de son sarcophage. Richard croyait ne jamais fermer l'œil, qu'il resterait des heures à respirer le doux parfum inconnu de Lucía, mais le temps d'y penser, il s'était déjà endormi. Comme un bienheureux.

Lundi, le jour se leva tranquillement. La tempête s'était finalement abîmée dans l'océan et la neige couvrait le paysage d'un manteau d'écume qui amortissait chaque son. Lucía dormait près de Richard, dans la position qu'elle avait prise la veille ; Evelyn dormait dans l'autre lit avec le chihuahua en boule sur l'oreiller. En ouvrant les yeux, Richard sentit quelques relents de cuisine chinoise, mais cela ne le dérangeait presque plus. Il avait commencé la nuit inquiet : il n'avait pas l'habitude de cohabiter, moins encore de dormir avec une femme depuis longtemps ; mais le sommeil l'avait bientôt surpris, et il avait flotté sans gravité dans l'espace sidéral, dans l'abîme vide et infini. Autrefois, quand il buvait beaucoup, il sombrait souvent dans un état similaire, mais c'était une lourde stupeur, loin de la paix bénie qu'il avait éprouvée ces dernières heures avec Lucía près de lui dans le motel. Il vit sur son portable qu'il était déjà huit heures et quart et s'étonna d'avoir dormi si longtemps, après l'épisode peu glorieux des toilettes. Il se leva sans bruit pour aller chercher du café frais et le servir aux deux femmes ; il avait besoin de prendre l'air, de repasser les événements des dernières vingt-quatre heures. Un trouble profond l'habitait, il était secoué par un cyclone d'émotions inédites. Il s'était réveillé avec le nez dans le cou de Lucía, un bras posé sur sa taille, et une érection d'adolescent. La chaleur intime de cette femme, sa respiration paisible, sa chevelure défaite, tout était mieux qu'il ne l'avait imaginé et suscitait en lui un mélange d'érotisme puissant et d'insupportable douceur de grand-père.

Il songeait vaguement à Susan, qu'il retrouvait régulièrement dans un hôtel de Manhattan, comme on prend une mesure prophylactique. Ils s'accordaient bien et, une fois le besoin des corps satisfait, ils parlaient de tout, sauf de sentiments. Ils n'avaient jamais dormi ensemble. S'ils en avaient le loisir, ils allaient ensuite manger dans un restaurant marocain, très discret, puis se séparaient bons amis. Si d'aventure ils se croisaient dans un bâtiment de l'université, ils se saluaient avec une aimable indifférence : ce n'était pas une façade pour couvrir une relation clandestine, mais ce qu'ils éprouvaient en vérité. Ils s'estimaient mutuellement. Jamais la tentation de tomber amoureux ne les avait effleurés.

Rien de comparable avec ce qu'il éprouvait pour Lucía. C'était plutôt tout le contraire. Avec elle, Richard avait l'impression que les décennies s'effaçaient du calendrier et qu'il retrouvait ses dix-huit ans. Il s'était cru immunisé, et il se retrouvait comme un jeune homme victime de ses hormones. Si elle parvenait à le deviner, elle se moquerait de lui sans détour. Aux heures bénies de la nuit, il s'était senti accompagné pour la première fois depuis vingt-cinq ans, à côté d'elle, tous deux mêlant leurs respirations. C'était si simple de dormir ainsi, et maintenant ce qui lui arrivait était si compliqué, ce mélange de bonheur et de terrible appréhension, d'anticipation et d'envie de fuir en courant, cette urgence du désir.

« C'est une folie », conclut-il. Il voulait lui parler, éclaircir les choses, vérifier ce qu'elle éprouvait, mais sans précipitation : il pouvait l'effrayer, ruiner toute l'histoire. Et puis il y avait Evelyn... Il devait attendre, donc, mais cette attente lui devenait insupportable : peut-être le jour suivant seraient-ils déjà séparés, il serait trop tard pour lui dire ce qu'il fallait. S'il avait osé, il aurait avoué ici même, sans préalables, qu'il l'aimait, que la nuit précédente il voulait l'embrasser et ne plus la laisser partir. Si au moins il avait un indice de ce qu'elle ressentait, il le lui dirait. Mais que pouvait-il lui offrir ? Il trimbalait un bagage de tous les diables. Certes, à leur âge, tout le monde avait le sien, mais le sien était du granit.

Pour la deuxième fois, il pouvait la regarder dormir. Elle avait l'air d'une enfant, elle ne se rendait pas compte qu'il s'était levé, comme dans un vieux couple qui partage le même lit depuis tant d'années. Il avait envie de l'éveiller avec des baisers, de lui dire qu'il fallait saisir l'occasion, qu'elle pouvait s'installer chez lui, qu'il l'invitait à l'envahir, qu'elle pouvait occuper jusqu'au dernier recoin de sa vie avec sa tendresse ironique et autoritaire. Il n'avait jamais été aussi sûr de rien. Et soudain il se dit que si Lucía parvenait à l'aimer, cela relèverait du miracle. Il se demanda comment il avait pu attendre si longtemps pour prendre conscience de cet amour qui l'inondait, remplissant chaque fibre de son être. Il avait perdu quatre mois comme le roi des crétins. Ce torrent d'amour ne pouvait être le fruit d'un seul instant, il avait dû croître dès le mois de septembre, quand Lucía était arrivée. La peur lui faisait mal au cœur, comme une délicieuse blessure. «Bénie sois-tu, Evelyn Ortega, pensa-t-il, c'est grâce à toi que ce miracle s'est produit. Miracle, oui, je ne vois pas d'autre définition pour ce que j'éprouve.»

Il avait ouvert la porte pour chercher un peu d'air frais, car il étouffait sous cette avalanche soudaine de sentiments qu'il ne pouvait contenir. Mais il ne put faire un pas au-dehors, car il se retrouva nez à nez avec un renne (ou était-ce un orignal ?). La peur le rejeta en arrière dans un cri qui réveilla Lucía et Evelyn. Sans partager sa surprise, l'animal se pencha pour introduire sa caboche dans la chambre, mais ses bois volumineux l'en empêchaient. Evelyn s'était recroquevillée de terreur, elle n'avait jamais vu pareil monstre, tandis que Lucía cherchait fiévreusement son portable pour prendre une photo. Le renne, peut-être, se fût installé dans la chambre sans la prompte intervention de Marcelo, qui se chargea de la question avec sa grosse voix rauque de chien de garde sur le sentier de la guerre. Le renne recula soudain, fit trembler les fondations de l'édifice en cognant l'entrée de ses cornes, et s'éloigna en trottant, salué par un chœur de rires nerveux et d'aboiements furibonds.

Richard était en nage, sous la décharge d'adrénaline : il annonça qu'il allait chercher le café pendant que les femmes s'habillaient, mais il n'alla pas bien loin. À deux pas de la porte, le renne avait laissé un tas d'excréments, deux ou trois kilos de petites balles molles où il enfonça une botte jusqu'à la cheville. Il poussa un juron et s'en fut à cloche-pied jusqu'à la réception, dont une fenêtre, par bonheur, donnait sur le parking, pour demander un tuyau d'arrosage. Il avait l'air fin : avoir dépensé tant de soins pour passer inaperçu tout au long de cette pérégrination téméraire, tomber sur cette grosse bête, avec son sans-gêne, qui avait flanqué son luxe de précautions par terre. « S'il est chose mémorable, c'est un idiot chu dans le caca », conclut Richard. Mauvais présage pour le reste du voyage, ou était-ce de bon augure ? « Rien de mal ne peut arriver, décida-t-il, cette petite m'a protégé en me rendant amoureux. » Et il se mit à rire. N'eût été la découverte de l'amour, qui peignait le monde de ses chaudes couleurs, il aurait pu croire à un maléfice. Pensez donc : comme si l'affaire de la malheureuse Kathryn Brown ne suffisait pas, il se retrouvait avec un temps calamiteux, de la bouffe empoisonnée, des puces et un ulcère, sans oublier une bonne diarrhée – la sienne et celle du renne (ou de l'orignal).

Evelyn

Frontière du Mexique et des États-Unis

Les journées devenaient interminables pour Evelyn Ortega, dans l'ennui et la chaleur suffocante du campement de Nuevo Laredo. Dès que se faisait sentir la fraîcheur de la nuit, le lieu se transformait en souricière d'activité clandestine et de débordements divers. Cabrera les avait mis en garde : il ne fallait frayer avec personne, et surtout pas laisser voir de l'argent. Mais c'était impossible : Evelyn et les autres passagers étaient entourés de migrants encore plus démunis qu'eux. Beaucoup avaient connu la faim et la pénurie. Certains avaient tenté de traverser le fleuve, sans y parvenir ; d'autres avaient été arrêtés de l'autre côté, puis expulsés au Mexique, car il coûtait plus cher de les renvoyer dans leur pays d'origine. La majorité d'entre eux ne pouvaient payer leur passeur. Les plus pathétiques étaient les enfants qui voyageaient seuls : même le plus grippe-sou ne pouvait leur refuser son aide. Le groupe d'Evelyn partageait l'eau potable et les provisions avec deux frères qui allaient toujours main dans la main : un gamin de huit ans, et une fillette de six. Un an plus tôt, ils s'étaient échappés de la maison de leurs oncles, au Salvador, qui les maltraitaient. Ils avaient erré au Guatemala, en demandant l'aumône, et passaient à présent d'un coin à l'autre du Mexique, en se mêlant à d'autres migrants qui les adoptaient temporairement. Ils espéraient retrouver leur mère aux États-Unis, mais ignoraient dans quelle ville.

La nuit, les clients de Cabrera dormaient en assurant un tour de garde : ils pouvaient se faire dépouiller de tout, jusqu'à leur âme. Le deuxième jour fut ponctué d'averses, les cartons prirent l'eau et les migrants se retrouvèrent sans abri, comme le reste de cette lamentable population itinérante. Et puis ce fut le samedi soir, et le campement sembla s'éveiller de sa léthargie, comme si tout le monde guettait l'arrivée du ciel sans lune. Beaucoup de nos voyageurs s'apprêtaient à affronter le fleuve, quand les bandits et la police municipale se mirent en action.

Cabrera, toutefois, avait déjà négocié un sauf-conduit pour son groupe avec les bandes de malfrats comme avec les policiers. Et le lendemain soir, alors que le ciel était couvert au point de cacher les étoiles, son homme de confiance était là : court sur pattes, rien que les os sous une peau jaunâtre, avec le regard vague du drogué endurci. Il se présenta sous le nom de l'Expert. Cabrera leur certifia que, malgré son aspect fort douteux, on ne pouvait trouver mieux qualifié que lui. Sur la terre ferme, c'était un pauvre diable, mais sur l'eau on pouvait s'y fier les yeux fermés, il connaissait courants et tourbillons comme personne. Dans ses moments de sobriété, il étudiait les mouvements des patrouilles et des puissants projecteurs sur les rives. Il savait choisir le moment de se jeter à l'eau, de traverser entre deux passages du faisceau lumineux et parvenir à bon port, derrière les broussailles, pour n'être pas repérés. Il touchait une somme en dollars par personne, un budget incompressible pour le passeur, car sans l'audace et l'habileté de l'Expert le passage en terre nord-américaine était fort compromis. « Vous savez nager ? » leur demanda-t-il. Nul ne put apporter de réponse affirmative. Il leur expliqua qu'ils ne pouvaient rien emporter hormis l'argent et les pièces d'identité. Ils durent se dévêtir, mettre leurs effets et leurs chaussures dans des sacs-poubelle en plastique noir, qu'il attacha au pneu de camion qui leur servirait de radeau. Après quoi il leur montra comment se tenir fermement d'un bras et nager de l'autre, sans faire de bruit. « Le premier qui lâche prise est foutu », conclut-il.

Berto Cabrera prit congé des membres de son groupe avec force accolades et d'ultimes recommandations. Deux premiers passagers, en caleçon, s'accrochèrent au pneumatique et quittèrent la rive guidés par l'Expert. On les perdit de vue dans la noirceur des eaux. Un quart d'heure plus tard, l'homme était de retour en traînant le radeau. Il avait laissé les deux premiers partants sur un îlot au milieu du fleuve, dissimulés parmi les roseaux, pour attendre le reste du groupe. Berto embrassa Evelyn une dernière fois, non sans pitié car il doutait fort que cette malheureuse arrive à franchir les obstacles de son destin.

« Toi, ma petite, je ne te vois pas marcher cent trente-cinq kilomètres dans le désert les doigts dans le nez. Alors, écoute bien mon associé, il te dira exactement ce que tu dois faire. »

Le fleuve était beaucoup plus dangereux qu'il n'y paraissait depuis la rive, mais nul n'hésita, car ils avaient seulement quelques secondes pour esquiver les faisceaux des projecteurs. Evelyn se lança dans le courant, en slip et soutien-gorge, avec ses compagnons de part et d'autre, prêts à la secourir si les forces lui manquaient. Elle avait peur de se noyer, mais plus encore de mettre les autres à découvert par sa faute. Elle étouffa une exclamation au contact de l'eau froide et sentit bientôt, dans le lit blanchâtre du fleuve, qu'elle effleurait des branches, des ordures, des couleuvres peut-être. Le gros cercle de caoutchouc mouillé glissait sous la main, son bras parvenait à peine à l'entourer. Quelques secondes plus tard, elle perdait pied, ballottée par le courant. Elle s'enfonçait puis réapparaissait, en buvant la tasse et en tâchant de tenir, coûte que coûte. Un des hommes réussit à la retenir par la taille, avant que le courant ne la charrie. Il lui montrait comment se servir des deux bras pour s'agripper, mais Evelyn sentait une douleur insupportable dans l'épaule déboîtée qui n'avait pas eu le temps de se remettre, et ni sa main ni son bras ne lui répondaient. Ses compagnons parvinrent à l'étendre sur le pneu, elle ferma les yeux et se laissa emporter, aux mains de sa destinée.

En fait, la traversée durait seulement quelques minutes. Ils retrouvèrent les deux autres sur l'îlot et se tapirent dans la végétation, sur le sol sablonneux.

Immobiles, ils observaient la rive des États-Unis, si proche qu'ils entendaient la conversation de deux patrouilleurs à bord d'un véhicule dont le puissant projecteur pointait dans leur direction. Plus d'une heure passa de la sorte, sans que l'Expert manifestât la moindre impatience. En vérité, il semblait s'être assoupi, tandis que les autres tremblaient de froid, claquaient des dents et sentaient sur leur peau les insectes et le frôlement des reptiles. Sur le coup de minuit, l'Expert secoua son corps ensommeillé, comme s'il avait une alarme intérieure, et à cet instant précis le véhicule des garde-frontières éteignit son faisceau. Puis ils l'entendirent s'éloigner.

« Nous avons moins de cinq minutes avant l'arrivée de la relève. De ce côté, il y a moins de courant, nous pouvons y aller tous ensemble en barbotant, mais attention, pas le moindre bruit une fois parvenus sur la terre ferme », ordonna-t-il.

Ils entrèrent à nouveau dans le fleuve, cramponnés au pneumatique. Sous le poids des six personnes, il s'enfonçait au ras de l'eau, mais ils le guidèrent en ligne droite. Peu après, ils touchaient le fond et gravissaient le versant marécageux de l'autre bord. Ils étaient arrivés aux États-Unis.

Ils entendirent alors le moteur d'un autre véhicule, mais ils étaient à l'abri de la végétation, hors de portée des projecteurs. Et l'Expert les conduisit de l'avant. Ils progressaient en file indienne, se tenant par la main pour ne pas s'égarer dans l'obscurité. Ils atteignirent une petite clairière. Le guide alluma une lampe de poche, leur tendit les sacs de vêtements et leur fit signe de se rhabiller. À ce moment, Evelyn se rendit compte qu'elle n'avait plus l'enveloppe de plastique contenant les papiers que lui avait donnés le père Benito. Elle chercha par terre, à la faible clarté de la lampe, mais comprit que le courant avait emporté les documents quand son compagnon l'avait sauvée en l'attrapant par la taille. La ceinture s'était probablement détachée, et l'enveloppe avait disparu. Elle avait perdu l'image bénite par le pape, mais elle avait encore au cou l'amulette de la déesse-jaguar qui devait la protéger du mal.

Ils finissaient de se vêtir quand surgit du néant, tel un spectre du fond des nuits, l'associé de Cabrera, un Mexicain installé depuis tant d'années aux États-Unis qu'il parlait espagnol avec un accent tarabiscoté. Il leur apportait des Thermos avec un mélange d'alcool et de café chaud, qu'ils avalèrent dans un silence reconnaissant, cependant que l'Expert s'éloignait discrètement, sans un mot d'adieu.

À voix basse, l'associé ordonna aux hommes de le suivre en file, et à Evelyn de poursuivre seule dans le sens contraire. La jeune fille voulait protester, mais pas un son ne sortait de sa gorge. Elle était horrifiée à l'idée d'être arrivée jusque-là pour se retrouver trahie.

« Berto m'a confié que ta mère est ici. Il faut te livrer au premier garde-frontière ou à la première patrouille que tu croiseras. Ils ne peuvent te déporter car tu es mineure », lui dit l'associé, persuadé que nul ne donnerait plus de douze ans à cette petite. Evelyn n'y croyait pas, mais ses compagnons de voyage avaient entendu dire que la loi aux États-Unis était ainsi faite. Ils prirent congé rapidement pour suivre l'associé, et se fondirent aussitôt dans le noir.

À peine revenue de son émotion, Evelyn se blottit en tremblant dans les broussailles. Elle tenta de prier dans un murmure, mais aucune des nombreuses oraisons de sa grand-mère ne lui revenait en mémoire. Ainsi passèrent deux heures, peut-être trois : elle perdait le sens du temps, et la capacité de se mouvoir ; elle avait le corps engourdi, et une douleur sourde à l'épaule. À un certain moment, elle perçut un battement d'ailes au-dessus de sa tête. Elle comprit que c'étaient des chauves-souris en quête de nourriture, comme au Guatemala. Elle s'enfonça plus encore dans la végétation, atterrée, car tout le monde savait que ces bêtes suçaient le sang humain. Pour ne plus penser aux vampires, aux serpents ni aux scorpions, elle chercha comment elle pourrait sortir de ce mauvais pas. Il allait sûrement passer d'autres groupes de migrants : elle pourrait se joindre à eux, à condition de se tenir aux aguets. Elle invoqua la déesse-jaguar et la mère de Jésus, comme le lui avait appris Felicitas, mais aucune des deux ne vint la secourir ; ces divines mères perdaient leur pouvoir aux États-Unis. Elle se trouvait complètement abandonnée.

Il ne restait que quelques heures d'obscurité, mais elles s'allongeaient tellement qu'elles semblaient durer une éternité. Peu à peu ses yeux s'étaient habitués à la nuit sans lune, qui lui avait d'abord semblé impénétrable, et elle pouvait désormais distinguer la végétation alentour, de hauts fourrages desséchés. La nuit fut une longue épreuve pour Evelyn, jusqu'au lever du jour, qui fut instantané. Pendant toutes ces heures, elle n'avait pas senti âme qui vive, ni migrants ni gardes-frontières. Elle avait peine à se tenir debout, elle avait très soif, mais le bras ne la faisait plus souffrir. Elle anticipa la chaleur du jour en voyant la vapeur se lever du sol comme un voile de fiancée. Alors que la nuit, tout silence, n'avait été troublée que par le bruit, amorti, des haut-parleurs dans le lointain, la terre s'éveillait avec le vrombissement des insectes, le craquement des branches sous les pattes des rongeurs, le gémissement des roseaux dans la brise, et l'incessant va-et-vient des moineaux dans les airs. Elle perçut çà et là des taches de couleurs dans les arbustes, un oiseau sorcier à la gorge rouge, une fauvette jaune, un geai vert à la tête bleue : de modestes espèces comparées à la riche volière de son village. Elle avait grandi dans le charivari des volatiles de sept cents variétés, aux plumes de mille couleurs et nuances ; le paradis des ornithologues, disait le père Benito. Elle entendit plus distinctement les sévères mises en garde diffusées en espagnol par les haut-parleurs des postes frontaliers, mais elle ne parvenait pas à évaluer la distance des tours de contrôle. Elle n'avait pas la moindre idée de sa position sur une carte. Il lui revenait par vagues des histoires qui circulaient de bouche à oreille parmi les migrants sur les innombrables dangers du Nord, sur le désert féroce, les rancheros qui tiraient sans sommation sur ceux qui foulaient leurs terres à la recherche d'un point d'eau, les gardes armés de la tête aux pieds comme pour livrer bataille, les dogues qui détectaient la sueur de la peur, les prisons où l'on pouvait passer des années sans que personne en fût avisé. Si elles ressemblaient à celles du Guatemala, Evelyn préférait mourir plutôt que de croupir dans une de leurs cellules.

Le jour se traînait d'heure en heure, de minute en minute, avec une lenteur atroce. Le soleil se déplaçait, incendiant la terre d'une chaleur sèche de brasier –, très différente de celle que connaissait la jeune fille. Elle avait tellement soif qu'elle ne sentait même plus la faim. À défaut d'un arbre pour y trouver de l'ombre, elle gratta la terre avec un bâton, parmi les broussailles, pour chasser les vipères et se pelotonner dans un abri de fortune, en clouant le bout de bois dans le sol, pour que le déplacement de l'ombre lui indique le passage des heures, comme elle avait vu faire par sa grand-mère. Elle entendait à intervalles réguliers le passage des véhicules et des hélicoptères, qui volaient à basse altitude, mais elle comprit bientôt qu'ils suivaient toujours le même parcours et cessa d'y prêter attention. Elle se trouvait dans un état de confusion, sa tête lui semblait remplie de coton, ses pensées se bousculaient. Grâce au cadran solaire improvisé, elle put déduire qu'il était autour de midi, et ce fut l'heure des premières hallucinations, comme avec les décoctions hallucinogènes à base de lianes, les formes et couleurs démesurées, les tatous et les rats, les petits jaguars sans leur mère, le chien noir de son frère Andrés, mort depuis quatre ans, qui lui rendait visite en pleine santé… Elle dormit par à-coups, accablée par la canicule incandescente, étourdie d'épuisement et de soif.

Le soir finit par descendre, avec parcimonie, sans faire baisser la température. Une grosse vipère noire lui passa sur la jambe comme une terrible caresse. Pétrifiée, la jeune fille attendait sans respirer, sentant le poids du reptile, le frôlement de sa peau satinée, l'ondulation de chaque muscle de ce corps en tuyau d'arrosage qui glissait lentement. À nouveau, elle ne ressemblait pas aux couleuvres de son village. Quand elle se fut éloignée, Evelyn se redressa d'un bond et aspira l'air à grandes gorgées, prise de vertiges sous un coup de terreur, avec le cœur au galop. Il lui fallut des heures pour se remettre et baisser la garde. Mais elle n'avait plus la force de rester debout, à scruter le sol. Elle avait les lèvres fendues, sanglantes, la langue gonflée comme un mollusque, la peau brûlante.

Et puis la nuit tomba derechef, dans un début de fraîcheur. Exténuée, Evelyn ne se souciait plus de rien : ni des serpents, ni des chauves-souris, ni des gardes armés jusqu'aux dents, ni des monstres de cauchemar. Une seule chose comptait, dont elle avait l'impérieux besoin : boire, et boire encore de l'eau, et puis se reposer. Enroulée par terre, elle s'abandonna au malheur et à la solitude : elle voulait mourir au plus vite, mourir endormie et ne plus jamais s'éveiller.

Contrairement à son attente, la jeune fille ne mourut pas au cours de cette deuxième nuit en territoire nord-américain. Elle s'éveilla au point du jour dans la position où elle s'était couchée, sans rien se rappeler depuis qu'elle avait quitté le campement de Nuevo Laredo. Elle était déshydratée : elle dut s'y reprendre à plusieurs fois pour étirer les jambes, se redresser, remettre son bras en écharpe et faire quelques pas comme ceux d'une vieille. Chaque fibre de son corps la faisait souffrir, mais son obsession était la soif. Il lui fallait absolument trouver de l'eau. Elle ne pouvait ni fixer son regard ni réfléchir, mais elle connaissait bien la nature et son expérience lui fit pressentir la proximité de l'eau. Elle était entourée de joncs et de broussailles. Commandée par la soif et poussée par son angoisse, elle se mit à marcher en s'appuyant sur le bâton qui lui avait servi de cadran solaire.

Elle avait avancé d'une cinquantaine de mètres en zigzaguant, quand le bruit d'un moteur à proximité la jeta d'instinct au sol, aplatie dans les hautes herbes. Le véhicule faillit la frôler, elle perçut la voix d'un homme en anglais et une autre, éraillée, comme sortie d'une radio ou d'un téléphone, qui répondait. Elle resta immobile un long moment, jusqu'à ce que le moteur se fût éloigné, et la soif, à nouveau, la força à crapahuter, à la recherche d'un filet d'eau. Les épines lui griffaient le visage et le cou, une branche déchira sa chemisette et les pierres entaillaient ses mains et ses genoux. Elle se remit sur ses jambes et continua, pliée en deux, à tâtons, sans se risquer à sortir la tête pour s'orienter. Le matin se levait à peine, et déjà la réverbération aveuglait.

Soudain lui parvint le bruit du fleuve avec la clarté d'une autre hallucination, l'incitant à presser le pas, en oubliant toute précaution. Elle sentit d'abord la boue à ses pieds et aussitôt, en écartant les jonchaies, elle se retrouva face au Río Grande. Dans un cri, elle se jeta à l'eau jusqu'à la taille, en buvant à deux mains, désespérément. L'eau froide la parcourait au-dedans comme une bénédiction, elle avalait et buvait encore à longs traits, goulûment, sans penser à la crasse ni aux animaux morts qui flottaient sur les eaux. À cet endroit, le fleuve n'est pas profond : elle pouvait s'accroupir et se cacher complètement aux regards, sentir le plaisir infini de l'eau sur sa peau meurtrie, fendillée, son bras déboîté, sa figure griffée, tandis que ses longs cheveux noirs flottaient comme des algues tout autour.

Elle venait de sortir du fleuve et de s'étendre sur la rive, tout juste revenue à la vie, quand la patrouille tomba sur elle.

La fonctionnaire de l'immigration qui eut à traiter le cas d'Evelyn Ortega après son arrestation à la frontière se retrouva devant une fille tête baissée, tremblante et choquée, qui n'avait touché ni au jus de fruits ni aux biscuits que l'on avait mis sur la table pour lui donner confiance. Elle tenta de l'apaiser en la touchant d'une légère caresse sur la tête, mais elle ne réussit qu'à l'effrayer davantage. On l'avait prévenue : cette jeune fille avait des problèmes mentaux, elle aurait besoin d'un peu de temps avant de commencer l'entretien. Beaucoup d'enfants mineurs qui passaient par ces bureaux étaient traumatisés, mais sans un ordre officiel il était impossible d'obtenir une expertise psychologique. Elle devait donc se fier à son intuition et à son expérience.

Devant le silence obstiné de la fille, l'employée américaine crut qu'elle ne comprenait pas l'espagnol. Peut-être parlait-elle seulement le maya. Elle perdit ainsi de précieuses minutes, avant de se rendre compte que l'autre entendait sans difficulté, mais ne pouvait s'exprimer en retour. Elle lui tendit donc du papier et un crayon, pour noter les réponses, en priant le ciel qu'elle sache écrire. En effet, la majorité des enfants qui arrivaient au centre de détention n'avaient jamais été scolarisés.

« Comment t'appelles-tu ? D'où viens-tu ? Tu as de la famille ici ? »

Evelyn nota en bonne calligraphie son nom, celui de son pays et de son village, ainsi que le nom de sa mère et un numéro de téléphone. L'autre soupira, soulagée.

« Ouf, voilà qui va faciliter les choses. Nous allons appeler ta mère, pour qu'elle vienne te chercher. Tu pourras partir avec elle temporairement, jusqu'à ce que le juge statue sur ton cas. »

Evelyn passa trois jours au centre de détention sans dire mot à personne, alors même qu'elle était entourée de femmes et d'enfants en provenance du Mexique et d'Amérique centrale. Beaucoup venaient du Guatemala. On servait deux repas par jour, on apportait du lait et des langes pour les enfants en bas âge, il y avait des lits de camp et des couvertures militaires, indispensables car l'air conditionné maintenait une température hivernale ainsi qu'une épidémie constante de toux et de refroidissement. Ce n'était qu'un lieu de passage : personne ne s'y attardait, les détenus étaient transférés dès que possible dans d'autres installations. Les mineurs qui avaient des parents aux États-Unis étaient remis en liberté sans vérifications plus poussées, car on manquait de temps et de personnel pour s'occuper vraiment de chaque cas.

Ce ne fut pas Miriam qui accourut pour chercher Evelyn, mais un homme du nom de Galileo León. Il se présenta comme son beau-père, mais Evelyn ne savait rien de son existence et campa ferme sur sa décision de ne pas l'accompagner. En effet, elle avait entendu parler de trafiquants et de souteneurs qui guettaient les mineurs d'âge. Parfois, les enfants étaient réclamés par des inconnus, qui les emmenaient après avoir signé un bout de papier. Un employé du centre dut téléphoner à Miriam, afin d'éclaircir la situation. Evelyn apprit ainsi que sa mère avait un mari. Elle allait bientôt se découvrir également deux demi-frères, âgés respectivement de quatre et trois ans.

« Pourquoi la mère de la petite n'est-elle pas venue la chercher ? demanda le fonctionnaire de service à Galileo León.

— Parce qu'elle perdrait son boulot. Ne croyez pas que ce soit plus facile pour moi. Je paume quatre jours de salaire à cause de cette nana. Je suis peintre en bâtiment et mes clients n'attendent pas, répliqua l'homme sur un ton empreint d'humilité, fort différent de son langage.

— Nous allons relâcher la fille sous présomption de crainte crédible. Comprenez-vous de quoi il s'agit ?

— Plus ou moins.

— Le juge doit se prononcer sur la validité des raisons qui ont poussé la gamine à quitter son pays. Evelyn devra démontrer que sa peur était tangible et concrète, par exemple qu'elle craignait d'être agressée, ou qu'elle était menacée. Vous allez donc l'emmener en liberté sur parole.

— Faut-il payer une caution ? demanda l'autre, alarmé.

— Non. C'est un montant théorique, qui est consigné, mais qui n'est pas réclamé au migrant. La date de comparution devant un tribunal d'immigration sera notifiée par courrier adressé au domicile de sa mère.

Avant l'audience, Evelyn s'entretiendra avec un spécialiste de la demande d'asile.

— Un avocat ? Nous n'avons pas de quoi le payer…, déclara León.

— Le système est un peu dépassé, car beaucoup d'enfants introduisent la demande. En réalité, ils ne sont même pas la moitié à bénéficier de l'aide d'un conseil, mais le cas échéant, c'est gratuit.

— Dehors, on m'a dit que pour 3 000 dollars, on m'en trouve un.

— Ce sont des trafiquants et des escrocs, ne les croyez pas. Attendez la notification du tribunal, ce sera tout pour l'instant », dit le fonctionnaire en mettant fin à l'entretien.

Il fit une copie du permis de conduire de Galileo León pour l'ajouter au dossier d'Evelyn – une mesure pour ainsi dire inutile puisque le centre n'avait pas les moyens de suivre la piste de chaque enfant – et s'empressa de prendre congé d'Evelyn ; il avait encore de nombreux cas à traiter.

Né au Nicaragua, Galileo León avait immigré clandestinement aux États-Unis à l'âge de dix-huit ans, et avait obtenu le permis de séjour en faisant valoir la loi d'Amnistie de 1995. Il avait négligé d'entreprendre les formalités pour devenir citoyen à part entière. Il était de petite taille, économe de paroles et plutôt mal fichu. Au premier abord, il n'inspirait guère la confiance ni la sympathie.

Ils firent un premier arrêt chez Walmart pour acheter du linge et des articles de toilette. La jeune fille croyait rêver en découvrant les dimensions du grand magasin et la variété infinie d'articles, de modèles et de couleurs : un labyrinthe de rayons pleins à craquer. Craignant de se perdre, elle s'agrippait au bras de son beau-père, qui s'orientait comme un explorateur aguerri et la conduisit tout droit où il fallait. Elle choisit du linge de maison, des T-shirts, trois blouses, deux jeans, une jupe, une robe et des chaussures pour sortir. Alors qu'elle allait déjà sur ses dix-huit ans, sa taille correspondait à celle d'une enfant nord-américaine de dix ou douze ans. Confuse, Evelyn voulait toujours choisir l'article le moins cher, mais elle ne connaissait pas la monnaie et s'arrêtait partout trop longtemps.

« Ne fais pas attention aux prix, ici tout est bon marché et ta mère m'a donné de quoi t'habiller », lui expliquait Galileo.

De là, il la conduisit au McDonald's, pour manger des hamburgers avec des frites, plus une énorme coupe de glace couronnée d'une grosse cerise. Au Guatemala, le dessert aurait suffi pour toute une famille.

« Personne ne t'a donc appris à dire merci ? » lui demanda le beau-père, avec plus de curiosité que sur le ton du reproche.

Evelyn acquiesça, sans oser le regarder, en léchant la dernière cuillerée de crème glacée.

« Aurais-tu peur de moi ? Je ne suis pas un ogre.

— Mer… je… je…, balbutia-t-elle.

— Es-tu bête ou bègue ?

— Bè… bè…

— Je vois, pardonne-moi, dit Galileo, l'interrompant. Si tu ne peux pas parler comme les chrétiens, j'ignore comment tu vas t'en sortir en anglais. Quelle panade ! Qu'allons-nous faire de toi ? »

Ils passèrent la nuit dans un motel de routiers. La chambre était sale, mais la douche était chaude. Galileo ordonna à Evelyn de prendre son bain, de dire ses prières et de se coucher dans le lit de gauche. Lui avait l'habitude de dormir près de la porte ; une de ses manies. « Je vais fumer dehors, quand je reviendrai je veux te voir dormir », lui dit-il. Evelyn ne se le fit pas répéter. Elle se doucha en vitesse et se coucha tout habillée, avec ses chaussons, le nez sous la couverture, feignant de dormir et prête à filer dès que cet homme la toucherait. Elle se sentait harassée, l'épaule lui faisait mal, la peur lui comprimait la poitrine, mais elle invoqua sa grand-mère et cela lui rendit courage. Elle savait que la vieille dame avait allumé des cierges à l'église pour elle.

Galileo tarda plus d'une heure. Il retira ses chaussures, entra dans la salle de bains et ferma la porte. Evelyn entendit la chasse d'eau et, du coin de l'œil, le vit revenir dans la chambre en caleçon, maillot et chaussettes. Elle se préparait à bondir hors du lit. Le beau-père plia son pantalon sur l'unique chaise disponible, verrouilla la porte, puis éteignit la lumière. À travers les vieux rideaux, on voyait le reflet bleu de l'enseigne éclairée au néon avec le nom du motel. Puis elle vit Galileo s'agenouiller au pied du lit de gauche. Dans un murmure, il pria longuement. Quand enfin il se coucha, Evelyn dormait à poings fermés.

Richard

Rio de Janeiro

Ils quittèrent le motel à neuf heures, avec juste un café et la faim au creux de l'estomac. Lucía exigeait de prendre un petit déjeuner quelque part : elle avait besoin d'un plat chaud dans une assiette normale, pas de baguettes ni de cartons chinois, dit-elle. Ils échouèrent dans un Denny's, les femmes devant un banquet de crêpes au miel, tandis que Richard pêchait à la cuiller des flocons d'avoine insipides. En sortant de Brooklyn vingt-quatre heures plus tôt, ils s'étaient mis d'accord pour aller séparément en public, mais les précautions, au fil des heures, s'étaient relâchées, et ils commençaient à se sentir si bien ensemble que Kathryn Brown elle-même s'était intégrée naturellement au groupe.

Sur la route, les choses se présentaient mieux que la veille. Il avait peu neigé durant la nuit, et la température était restée bien au-dessous de zéro. Le vent était tombé, les voies étaient dégagées. Ils pouvaient rouler plus vite. Richard avait calculé qu'ils arriveraient à la cabane autour de midi, avec une bonne luminosité pour utiliser la Lexus. Et pourtant, une heure et demie plus tard, au sortir d'un virage, il aperçut à une centaine de mètres les feux clignotants, bleus et rouges, de plusieurs voitures de police qui barraient le chemin. Aucune issue et, s'ils faisaient demi-tour, ils allaient attirer l'attention.

L'estomac lui remonta dans la gorge avec le petit déjeuner, la bouche pleine de bile. La nausée, accompagnée d'un fantôme de sa récente diarrhée, tira la sonnette d'alarme. Il tâta la poche supérieure de son veston, où se trouvaient normalement ses cachets roses, mais ne trouva rien. Dans le rétroviseur, il aperçut Lucía qui lui faisait un signe optimiste avec les doigts croisés. Devant lui, il y avait plusieurs véhicules à l'arrêt, une ambulance et une autopompe. Un policier lui fit signe de se placer dans la file d'attente. Richard fit tomber sa cagoule de skieur et demanda ce qui se passait du ton le plus tranquille qu'il fut capable d'adopter.

« Collision multiple.

— Des blessés, monsieur l'agent ?

— Je ne suis pas en mesure de vous répondre. »

Les traits décomposés, Richard appuya son front sur le volant et attendit avec les autres conducteurs, en comptant les secondes. Un incendie ravageait son estomac et son œsophage.

Il ne se souvenait pas d'une remontée acide aussi féroce, il craignait que l'ulcère n'eût éclaté : l'hémorragie interne. Putain de mauvais sort qui lui valait un embouteillage à ce moment-là, justement, quand ils avaient un macchabée sur les bras et qu'il devait s'isoler au plus vite : il avait les tripes en tire-bouchon. Et si c'était l'appendicite, misère ! Les flocons d'avoine étaient une mauvaise initiative, il avait oublié que cela relâchait les intestins. « Si ces enfoirés de flics ne dégagent pas la route, c'est moi qui vais le faire. Il ne me manquait plus que ça. Que va donc penser Lucía, que je suis une loque humaine ? Une triple buse à la diarrhée chronique », dit-il à voix haute.

Les minutes se traînaient à une allure d'escargot sur le cadran de la voiture. Sur quoi sonna son portable.

« Tu vas bien ? Tu as l'air patraque. » La voix de Lucía semblait tomber du ciel.

« Je ne sais pas, répondit-il en levant la tête du volant.

— C'est psychosomatique, Richard. Tu es tendu. Prends tes comprimés.

— Ils sont dans mon sac, qui est dans l'autre voiture !

— Je te les apporte.

— Non ! »

Il vit alors Lucía descendre de la Subaru par une portière, et Evelyn par l'autre, avec Marcelo dans les bras. Lucía s'approcha de la Lexus le plus naturellement du monde. Elle tapota sur sa vitre. Il l'ouvrit en vitesse, prêt à l'enguirlander copieusement, et elle fit passer la tablette de médicaments. À l'instant même, un autre policier s'approchait à grands pas.

« Miss ! Remontez sur-le-champ dans votre véhicule ! ordonna-t-il.

— Pardonnez-moi, monsieur l'agent. Vous n'auriez pas une allumette ? dit-elle en ébauchant le geste universel d'allumer une cigarette.

— Montez dans votre voiture ! Et vous aussi ! » cria l'homme à Evelyn.

Et ils attendirent trente-cinq minutes, la Subaru en laissant tourner le moteur pour maintenir le chauffage, et la Lexus convertie en frigo à roulettes. Une fois dégagé le lieu du sinistre, les ambulances et l'autopompe s'éloignèrent, et la police autorisa le départ des véhicules dans les deux sens. En passant à la hauteur de l'accident, ils virent une camionnette retournée, les quatre fers en l'air, une voiture méconnaissable, l'avant complètement enfoncé, écrasée à l'arrière, avec un troisième véhicule par-dessus. La journée était claire, la tempête était passée et aucun conducteur n'avait songé au verglas.

Richard s'était avalé quatre comprimés d'un coup. Il sentait encore le reflux de bile et les brûlures d'estomac. Il était plié en deux sur le volant, baigné de sueur froide, le regard voilé par la douleur, à chaque minute plus convaincu qu'il se vidait de son sang… par-dedans. Il appela Lucía : il n'en pouvait plus. Il s'arrêta sur le premier bas-côté qu'il trouva. Elle se rangea derrière lui, juste quand il ouvrait la portière et vomissait à gros bouillons.

« Nous allons chercher de l'aide. Il doit bien y avoir un hôpital dans le coin, dit Lucía en lui passant une serviette en papier et une bouteille d'eau.

— Surtout pas d'hôpital. Cela va passer. Il me faut des toilettes… »

Sans laisser à Richard le temps de la contredire, Lucía ordonna à Evelyn de conduire la Subaru, tandis qu'elle prenait le volant de la Lexus. « Vas-y doucement, Lucía. Tu as vu ce qui arrive si les bagnoles patinent », lui glissa Richard avant de se coucher, en position fœtale, sur la banquette arrière. Et il pensait à Kathryn Brown, séparée de lui par un simple dossier de siège et par une cloison de plastique, qui était couchée dans la même position.

Quand Richard vivait à Rio de Janeiro, on buvait méthodiquement : c'était une obligation sociale, une composante de la culture, une règle indispensable à chaque réunion, y compris dans le travail, un palliatif dans les après-midi pluvieux ou quand midi se faisait brûlant, un stimulant dans les discussions politiques, un remède contre le froid, la tristesse, les amours contrariées ou la déception après un match de foot. Richard n'était pas retourné dans cette ville depuis des années, mais il supposait que c'était toujours ainsi. Certaines habitudes mettent de longues générations à mourir. À cette époque, donc, il ingérait autant d'alcool que ses amis et connaissances. Rien d'exceptionnel, croyait-il. Il s'était rarement enivré jusqu'à l'inconscience, un état qui n'a rien d'agréable ; non, il préférait l'impression de flotter, de voir le monde sans arêtes, aimable et d'une douceur tiède. Il n'accordait guère d'importance à la question, jusqu'au jour où Anita avait soulevé le problème et s'était mise à faire le compte des verres qu'il ingurgitait, d'abord discrètement, puis en l'humiliant avec des commentaires en public. Il tenait bien la boisson, il pouvait vider coup sur coup quatre bières et trois cocktails sans conséquences fatales ; au contraire, sa timidité s'évaporait et il croyait charmer son entourage. S'il se restreignait quelque peu, c'était pour tranquilliser sa femme et à cause d'un ulcère qui lui donnait parfois des surprises désagréables. Il n'en avait jamais touché mot à son père, auquel il écrivait souvent, car Joseph, en bon abstème, ne buvait jamais et ne l'aurait pas compris.

Après avoir donné naissance à Bibi, Anita était à nouveau tombée enceinte à trois reprises, et avait perdu l'enfant à chaque fois. Elle rêvait d'une grande famille, comme celle dont elle était issue. Elle figurait parmi les cadettes d'une fratrie qui comptait onze frères et avait d'innombrables cousins et neveux. Chaque nouvel échec augmentait son désespoir. Elle avait fini par se mettre en tête que c'était une épreuve divine, ou un châtiment pour quelque faute oubliée, et elle perdit peu à peu sa force et sa joie de vivre.

Sans ces vertus essentielles, la danse n'avait plus de sens ; elle avait mis en vente sa célèbre académie. Toutes les femmes de la famille Farinha – mère et grand-mère, sœurs, tantes et cousines – serraient les rangs autour d'elle pour l'accompagner dans cette mauvaise passe. Et comme Anita ne lâchait pas Bibi une seconde, veillant sur elle avec anxiété, terrorisée à l'idée de la perdre, elles tentaient de la distraire et la poussaient à écrire un livre sur les recettes de cuisine de leur longue et nombreuse famille, persuadées que nul mal ne résiste au remède du travail ni aux consolations de la gastronomie. Ainsi l'avaient-elles amenée à ordonner quatre-vingts albums chronologiques de photographies de famille, et elles inventaient encore d'autres prétextes pour la maintenir occupée. Richard, à contrecœur, avait accepté de les voir emmener Anita et Bibi dans l'hacienda des grands-parents pendant deux mois. Le soleil et le vent avaient agi favorablement sur l'état d'esprit d'Anita. Elle était revenue de la campagne en ayant pris quatre kilos et en regrettant vivement d'avoir vendu l'académie, car elle désirait se remettre à la danse.

Anita et Richard faisaient à nouveau l'amour comme au temps où il n'y avait rien d'autre dans leur vie. Ils sortaient pour écouter de la musique et danser. Pour vaincre sa gaucherie atavique, Richard ébauchait quelques pas sur la piste avec elle. Mais dès qu'il comprenait que tous les yeux masculins étaient fixés sur sa femme, soit parce qu'ils avaient reconnu la reine de l'Académie Anita Farinha, soit par simple admiration ou mus par le désir, il cédait galamment sa place à d'autres hommes plus lestes, tandis qu'il buvait à sa table et l'observait avec tendresse, en songeant vaguement à leur couple.

Trop âgé pour les grands projets d'avenir, il trouvait plus commode de négliger son inquiétude un verre à la main. Il avait soutenu son doctorat depuis plus de deux ans, sans en retirer aucun profit, hormis deux articles qu'il avait placés dans des publications universitaires nord-américaines, l'un sur le droit des indigènes à la terre dans la Constitution de 1988, l'autre sur les violences sexuelles au Brésil. Il gagnait sa vie en donnant des cours d'anglais. Moins par ambition que par curiosité, il posait de temps à autre sa candidature à des postes dans l'*American Political Review*. Il considérait son passage par Rio de Janeiro comme une agréable pause dans sa destinée, des vacances dilatées en somme. Mais bientôt, il devrait commencer à se tailler une carrière professionnelle… enfin, cela pouvait encore attendre un peu. Cette ville invitait au plaisir et au loisir. Anita possédait une petite maison près de la plage, et la cession de son académie, ajoutée aux classes d'anglais, leur donnait de quoi vivre.

Bibi allait bientôt avoir trois ans quand les déesses, enfin, prêtèrent l'oreille aux prières d'Anita et des autres femmes de la famille. «Je le dois à Yemaya», déclara Anita en annonçant à son mari qu'elle était enceinte. «Et moi qui croyais que tu me devais un peu ça à moi», plaisanta-t-il en la soulevant dans une étreinte d'ogre. La grossesse fut sans problèmes et parvint naturellement à son terme, mais l'accouchement entraîna des complications et, finalement, on dut faire une césarienne. Le médecin mit en garde Anita : elle ne devait plus avoir d'enfant, du moins pendant quelques années. Mais elle n'en fut pas trop affectée : ne tenait-elle pas dans ses bras le petit Pablo, un bébé sain et d'un appétit vorace, le petit frère de Bibi que toute la famille attendait.

Un mois plus tard, à l'aube, Richard se penchait sur le berceau pour en sortir l'enfant et le donner à sa femme, surpris de ne pas l'entendre crier famine, comme il le faisait toutes les trois ou quatre heures. Il dormait si paisiblement que Richard hésitait à le déranger. Une vague de tendresse le submergeait, lui piquant les yeux et lui serrant la gorge avec cette gratitude renversante qui l'envahissait déjà avec Bibi. Anita prit dans ses bras le nouveau-né : elle s'apprêtait à lui donner le sein quand elle se rendit compte qu'il ne respirait plus. Un hurlement viscéral d'animal torturé secoua la maison, le quartier, le monde entier.

Il fallait pratiquer une autopsie. Richard tenta de le cacher à sa femme : l'idée seule de découper méthodiquement cet enfant était atroce, mais il fallait déterminer la cause du décès. Le rapport du pathologiste l'attribuait à un syndrome de mort subite ; mort au berceau, disait-il en lettres majuscules, un accident impossible à prévoir. Anita sombra dans une sourde douleur, une douleur sans fond, insondable caverne dont son mari fut exclu. Richard se vit rejeté par sa femme, relégué au dernier rang de son foyer par le reste des Farinha, qui envahirent sa vie privée pour prendre soin d'Anita et se charger de Bibi. Ils prenaient des décisions sans consulter le mari. La parentèle s'emparait de sa petite famille, le supposant incapable de saisir l'ampleur de la tragédie, car sa sensibilité apparaissait trop différente de la leur. Et, dans le fond, Richard se sentait soulagé : il était comme un étranger sur le territoire de leur deuil. Aussi multiplia-t-il ses heures de cours ; il s'en allait fort tôt et rentrait tard sous différents prétextes. Il buvait plus encore que de coutume : l'alcool était devenu pour lui une distraction nécessaire.

Les voyageurs n'étaient plus qu'à quelques kilomètres de l'embranchement quand ils entendirent une sirène et que surgit une voiture de patrouille dissimulée derrière des arbustes. Lucía vit les feux giratoires entre elle et la Subaru qui la suivait. Elle envisagea sérieusement d'écraser la pédale de l'accélérateur et de risquer sa vie, mais un cri de Richard vint contrecarrer son plan. Elle fit encore quelques mètres, puis se gara sur l'accotement. « Maintenant, vraiment nous sommes cuits », bredouilla Richard en se redressant péniblement. Lucía baissa sa vitre et attendit, le souffle coupé, pendant que la patrouille se garait derrière. Elle vit passer à sa hauteur la Subaru qui ralentit et fit signe à Evelyn de continuer sans s'arrêter. Deux secondes plus tard, un policier s'approchait.

« Vos papiers, dit-il d'un ton impérieux.

— J'ai commis une infraction, monsieur l'agent ?

— Vos papiers. »

Lucía chercha dans la boîte à gants et tendit les documents de la Lexus et son permis de conduire international. Elle pensa qu'il était peut-être périmé, elle ne savait plus quand elle l'avait obtenu au Chili. L'homme examina le tout attentivement. Il observait aussi Richard, qui s'était assis et remettait de l'ordre dans ses vêtements, sur le siège arrière.

« Descendez de la voiture », ordonna l'homme à Lucía.

Elle obéit aussitôt. Ses jambes tremblaient, la soutenant à peine. Elle eut le temps de songer qu'elle se sentait comme un Afro-Américain arrêté par la police et que, si Richard était resté au volant, la séquence eût été différente. C'est alors qu'elle vit celui-ci ouvrir la portière et se baisser, jusqu'à se plier en deux.

« Vous, attendez dans le véhicule, monsieur ! » lui cria le policier en portant la main droite à son ceinturon.

Richard s'accroupit. Il était pris de nausées et vomit le reste de ses flocons d'avoine aux pieds du fonctionnaire de police, qui recula, écœuré.

« Il est malade, il a un ulcère, monsieur l'agent, lui dit Lucía.

— Quel est votre lien avec lui ?

— Je suis… je suis…, bredouillait Lucía.

— C'est ma gouvernante. Elle travaille pour moi », parvint à inventer Richard, entre deux nausées.

L'homme, automatiquement, remettait les stéréotypes à leur place : cette employée latina conduit la voiture de son patron, sans doute à l'hôpital. Ce type a l'air vraiment malade. Curieusement, la femme possède un permis étranger, international. Le Chili ? Où est-ce encore, ça ?

Le policier attendit que Richard se redresse et lui fit à nouveau signe de s'asseoir dans la voiture, mais il était plus conciliant. Puis il se dirigea vers l'arrière de la Lexus, appela Lucía et lui montra le coffre.

« Oui, monsieur l'agent. Cela vient de se passer. Une collision multiple sur la route, sans doute le savez-vous déjà. Une voiture qui n'arrivait pas à freiner m'a emboutie, mais c'était peu de chose : juste une petite bosse et la garniture du feu. Alors, j'ai peint la petite ampoule avec du vernis à ongles… jusqu'à ce que nous trouvions la pièce de rechange.

— Dans ce cas, je dois vous remettre une notification.

— C'est qu'il faut que je conduise M. Bowmaster chez le médecin.

— C'est bon pour cette fois, mais vous devez remplacer le feu arrière d'ici vingt-quatre heures. C'est compris ?

— Oui, monsieur l'agent.

— Avez-vous besoin d'aide pour le malade ? Je peux vous escorter jusqu'à l'hôpital.

— Merci beaucoup, monsieur, mais ce n'est pas nécessaire. »

Lucía reprit le volant en comptant ses battements de cœur. Elle luttait pour reprendre sa respiration, pendant que la voiture de patrouille s'éloignait lentement. « Celui-là va me coller un infarctus », pensa-t-elle, mais trente secondes plus tard elle était secouée d'un rire nerveux. Si jamais elle avait reçu un PV, son identité et toutes les données du véhicule auraient été enregistrées par la police ; dans ce cas, les plus sombres anticipations de Richard se seraient accomplies dans leur plus magnifique abomination.

« On s'en est sortis avec un savon ! » commenta-t-elle en pleurant de rire. Mais Richard ne trouvait pas ça drôle.

La Subaru les attendait un kilomètre plus avant et, dans la foulée, Richard reconnut la voie d'accès à la cabane d'Horacio : un sentier quasi invisible qui serpentait entre les sapins, couvert par quelques centimètres de neige. Ils avancèrent lentement, craignant le dérapage. Pas trace de vie humaine. Mais, dix minutes plus tard, ils aperçurent soudain le toit incliné d'une cabane de conte de fées, d'où pendaient des stalactites, comme dans un décor de Noël.

Richard, affaibli par les nausées, mais qui souffrait beaucoup moins, ouvrit le cadenas du portail. Ils rangèrent les voitures et descendirent. Il tourna la clé dans la serrure, et dut appuyer de tout son poids contre la porte, car le bois avait gonflé sous l'effet de l'humidité. Une bouffée nauséabonde les accueillit à l'entrée. Richard courut aux toilettes, puis expliqua que la maison était restée fermée pendant plus de deux ans ; sans doute les chauves-souris et d'autres petites bêtes s'étaient-elles approprié les lieux.

« Quand pourrons-nous utiliser la Lexus ? demanda Lucía.

— Aujourd'hui même, mais laisse-moi me poser une demi-heure, répondit-il en se jetant de tout son long dans le sofa défoncé du salon, et sans oser lui demander de se serrer contre lui pour le réchauffer.

— Repose-toi. Mais si nous demeurons longtemps ici, nous allons nous cailler, dit Lucía.

— Écoute : il faut mettre en marche le générateur et remplir les poêles de combustible. Il y a des bidons de kérosène à la cuisine. Les canalisations sont gelées, certaines, je suppose, hors d'usage, on verra ça au printemps. Nous ferons fondre de la neige pour cuisiner. Mais si nous nous servons de la cheminée, la fumée sera vite repérée.

— Tu n'es pas en état de faire quoi que ce soit. Allons, Evelyn ! » répliqua Lucía en jetant sur Richard une couverture mitée, presque raide comme du carton, qu'elle avait trouvée sur une chaise.

Un peu plus tard, les deux femmes avaient allumé deux poêles. Mais impossible de réanimer le générateur agonisant ; Richard lui-même n'y réussit pas lorsqu'il fut sur pied. Toutefois, il y avait un réchaud à kérosène, utilisé quand on pêchait sous la glace, et Richard avait ajouté aux bagages trois lampes de poche, des sacs de couchage et d'autres ustensiles indispensables pour une expédition amazonienne, outre quelques réserves de nourriture végétarienne lyophilisée, qu'il emmenait toujours dans ses longues excursions à bicyclette. « Du foin pour âne bâté », commenta Lucía de bonne humeur, tout en se risquant à faire bouillir de l'eau dans le minuscule réchaud, assez peu coopératif lui aussi. Mais une fois plongée dans l'eau brûlante, la ration du baudet se transforma en dîner décent. Hélas, Richard ne put y goûter ; il se contenta d'un bouillon et d'une demi-tasse de thé pour se maintenir hydraté ; son estomac ne supportait rien d'autre. Et il reprit position, tout habillé, sous la couverture.

Evelyn

Chicago

Miriam, la mère d'Evelyn Ortega, était restée plus de dix ans sans voir les trois enfants qu'elle avait confiés à la garde de la grand-mère, au Guatemala. Elle reconnut cependant Evelyn dès son arrivée à Chicago, grâce aux photographies et parce que la jeune fille était le portrait tout craché de son aïeule. « Elle ne tient pas de moi, heureusement », pensa Miriam en voyant sa fille descendre de la fourgonnette de Galileo León. La grand-mère, Concepción Montoya, était de sang mêlé : elle avait tiré le meilleur de la race maya comme de la race blanche et, adolescente, c'était une vraie beauté, avant de tomber aux mains des soudards. Evelyn, sautant une génération, avait hérité de la finesse de sa figure. Miriam, en revanche, avait les traits grossiers, le tronc épais et les jambes courtes : sans doute l'héritage de son père, ce « violeur indien descendu de sa montagne », comme elle avait coutume de qualifier son géniteur. Sa fille, par contre, était encore une enfant, avec sa longue tresse noire pendant jusqu'à la taille, et son visage délicat. Miriam courut vers elle et l'étreignit avec effusion. Elle répétait son nom et pleurait à la fois de joie en la voyant et de douleur en songeant aux deux garçons assassinés. Evelyn se laissait embrasser sans partager l'émotion de sa mère : cette grosse femme aux cheveux teints en jaune était pour elle une inconnue.

Ces retrouvailles donnèrent le ton à la relation entre mère et fille. Evelyn parlait le moins possible, honteuse des mots qui s'embrouillaient dans sa bouche, et Miriam interprétait ce silence comme un reproche. Alors que sa fille n'abordait jamais le sujet, Miriam profitait de la moindre occasion pour préciser qu'elle n'avait jamais abandonné ses enfants par envie de partir, mais par nécessité. Ils seraient morts de faim si elle était restée à Monja Blanca del Valle, à vendre quelques pâtés avec la grand-mère. Quand elle aurait des enfants à son tour, Evelyn comprendrait l'énorme sacrifice que sa mère avait consenti pour la famille.

Un autre sujet qui flottait dans l'atmosphère était le destin tragique de Gregorio et d'Andrés. Miriam croyait que, si elle n'avait pas quitté le Guatemala, elle aurait élevé ses fils d'une main ferme. Ainsi, Gregorio n'aurait pas dévié du droit chemin, égaré dans la délinquance, et Andrés ne serait pas mort des suites de ce mauvais choix. Alors, Evelyn parvenait à trouver les mots pour défendre sa « pauvre mémé », qui leur avait donné à tous de bonnes habitudes ; son frère avait mal tourné par faiblesse de caractère, non par manque de corrections administrées par la grand-mère.

La famille León vivait dans un quartier de modestes maisons-caravanes installées à la queue leu leu. Chacune disposait d'une courette ; les León partageaient la leur avec un perroquet et une grande chienne, aux manières douces. Evelyn reçut un petit matelas de mousse, qu'elle installait la nuit dans la cuisine. Il y avait une salle de bains avec le strict nécessaire et une buanderie dans la cour. En dépit de l'étroitesse des lieux, les membres de la famille s'entendaient bien, notamment parce que leurs horaires de travail différaient. Miriam nettoyait des bureaux la nuit et faisait des ménages le matin : elle était absente de minuit à midi. Galileo n'avait pas d'horaire fixe ; à la maison, il se montrait d'une grande discrétion, pour éviter la constante mauvaise humeur de sa femme. Une voisine s'occupait des petits pour une somme raisonnable, mais Evelyn fut bientôt chargée de cette responsabilité. La présence de Miriam l'après-midi lui permit de suivre des cours d'anglais durant la première année, un des services que la paroisse locale offrait aux immigrants ; puis elle se mit à travailler aux côtés de sa mère. Miriam et Galileo étaient des fidèles de l'Église de la Pentecôte et leurs vies étaient centrées sur les activités sociales du voisinage.

Galileo expliquait à Evelyn qu'il avait trouvé son salut dans le Seigneur, et une famille parmi ses frères et sœurs dans la foi : « J'étais un homme de mauvaise vie jusqu'au jour où j'ai découvert cette Église, et l'Esprit saint est descendu sur moi, il y a de cela neuf ans. » La jeune fille ne comprenait guère comment cet homme pouvait mener « une mauvaise vie ». Galileo relatait qu'un rayon divin l'avait jeté au sol pendant un office divin et avait expulsé Satan dans les soubresauts de la transe, tandis que la congrégation, soulevée d'enthousiasme, chantait et priait pour lui à pleins poumons. Sa vie avait alors changé de cap, disait-il, il avait connu Miriam, qui était très autoritaire, certes, mais d'une grande bonté, et qui l'aidait à se maintenir dans le droit chemin. Et Dieu lui avait donné les deux enfants. Sa relation avec Dieu était familière : ils conversaient ensemble comme un fils avec son père et, s'il demandait quelque chose de tout son cœur, son vœu se réalisait. Il avait témoigné publiquement de sa foi, avait été baptisé par immersion dans une piscine locale et il espérait voir Evelyn faire de même, mais celle-ci différait ce moment par loyauté envers sa grand-mère et le père Benito, pour lesquels ce changement d'Église représenterait un affront.

L'harmonie entre les habitants de la maison-caravane était menacée lors des rares visites de Doreen, une fille de Galileo, fruit d'amours passagères de sa vie de garçon avec une migrante de République dominicaine, qui vivait de la contrebande et de la cartomancie... Aux dires de Miriam, Doreen avait hérité de sa mère le grand art de gruger les imbéciles. Elle était toxicomane et traînait de par le monde une disposition fatidique : tout ce qu'elle touchait se transformait en crotte de chien. Elle avait vingt-six ans et en paraissait cinquante, elle n'avait pas travaillé honorablement un seul jour de son existence, mais se vantait de brasser l'argent par paquets. Nul ne se risquait à lui demander comment elle l'avait trouvé, car on soupçonnait des méthodes inavouables. De toute façon, elle semblait le perdre aussi facilement qu'elle l'avait gagné. Elle déboulait alors chez son père, pour exiger un prêt qu'elle n'avait aucune intention de rembourser. Miriam la détestait ; Galileo en avait peur. En sa présence, il se traînait comme un ver et lui donnait ce qu'il pouvait – toujours moins que ce qu'elle voulait.

Miriam disait qu'elle avait le sang mauvais, sans préciser ce qu'elle entendait par là, et la méprisait du fait de sa peau noire, mais n'osait pas lui faire face. Rien, dans le physique de Doreen, ne pouvait inspirer la crainte : elle était maigre, décatie, avec des petits yeux de rongeur, les dents et les ongles jaunis, et voûtée par une maladie des os. Mais elle dégageait une terrible rage contenue, comme une marmite à pression sur le point d'éclater. Miriam ordonna à sa fille de se maintenir à bonne distance du radar de cette femme ; on n'en tirait jamais rien de bon.

La recommandation était superflue : Evelyn avait la respiration coupée sitôt que Doreen approchait. De son côté, la chienne se mettait à hurler dans la cour plusieurs minutes avant son arrivée. Pour Evelyn, c'était le signal : elle devait s'éclipser, mais il était parfois trop tard. « Où vas-tu donc si vite, sourde-muette attardée ? » lui lançait Doreen, menaçante. Elle était la seule à l'insulter ; les autres s'étaient habitués à déchiffrer le sens de ses phrases entrecoupées avant qu'elle ne les achève. Galileo León s'empressait de filer de l'argent à sa fille pour qu'elle s'en aille. Il la priait aussi de l'accompagner à l'église, ne fût-ce qu'une seule fois. Il gardait l'espoir que l'Esprit saint daignerait descendre pour la sauver d'elle-même, comme il l'avait fait pour lui.

Deux ans s'écoulèrent ainsi. Evelyn n'avait toujours pas reçu la notification des tribunaux que lui avait annoncée le centre de détention. Miriam guettait le courrier chaque jour, même si le dossier de sa fille, sans doute, s'était égaré dans les méandres du Service d'immigration et alors qu'elle pouvait fort bien se passer de ces documents. Elle venait de finir le cycle de l'école secondaire : elle était diplômée, avec toge et le reste, et personne ne lui avait jamais réclamé de papiers pour prouver son existence.

Mais la crise économique de ces dernières années avait aggravé le vieux ressentiment contre les Latinos. Des millions de gens, aux États-Unis, truandés par la haute finance et par les banques, avaient perdu leur maison ou leur emploi, et avaient trouvé un bouc émissaire parmi les migrants. « Je serais curieuse de voir si un seul Américain, quelle qu'en soit la couleur, accepterait de travailler pour la misère que l'on nous donne », alléguait Miriam. Elle gagnait moins que le minimum légal et faisait des heures supplémentaires pour nouer les deux bouts, car les prix continuaient de grimper alors que les salaires stagnaient. Evelyn l'accompagnait, avec deux autres femmes, pour nettoyer les bureaux pendant la nuit. Elles formaient une équipe formidable : elles arrivaient à bord de leur Honda Accord avec le matériel hygiénique et une radio portative pour écouter prédicateurs évangéliques et chansons mexicaines. Elles avaient pour principe de travailler ensemble, pour se prémunir des dangers nocturnes, depuis les agressions dans la rue jusqu'au harcèlement sexuel dans les bâtiments fermés au public. Du reste, elles se taillèrent une réputation d'Amazones au lendemain d'une bagarre à coups de balais, de seaux et de serpillières qui les opposa à un employé attardé (dans tous les sens du terme). Celui-ci avait voulu abuser d'Evelyn dans les toilettes. Le vigile de faction, un autre Latino, avait fait la sourde oreille pendant un bon moment et, finalement, quand il avait décidé d'intervenir, le galant avait l'air d'être passé sous un camion. L'affaire fut tenue secrète : l'humiliation aurait été trop forte pour certains.

Miriam et Evelyn travaillaient au coude à coude : elles se partageaient les tâches domestiques, l'éducation des enfants, la santé du perroquet et de la chienne, les achats et toutes les besognes indispensables, mais il leur manquait l'intimité spontanée d'une mère avec sa fille, elles semblaient toujours en visite. Miriam ne savait comment traiter cette enfant taciturne. Elle oscillait entre les extrêmes : éviter de s'en occuper, ou la couvrir de cadeaux. Car Evelyn était une âme solitaire : elle ne s'était liée d'amitié avec personne, ni à l'école ni à l'église. Miriam pensait que les garçons ne s'intéressaient pas à sa fille à cause de ses allures de morveuse mal nourrie. Les immigrés, souvent, n'avaient que la peau sur les os en arrivant, mais ils prenaient bientôt le chemin de l'obésité en abusant d'une nourriture toute prête et bon marché. Evelyn, en revanche, avait peu d'appétit ; elle détestait la graisse et le sucre, et regrettait la cuisine familiale de sa grand-mère. Miriam ne pouvait pas deviner que toute personne qui s'approchait d'Evelyn à moins d'un mètre la mettait sur des charbons ardents. Le traumatisme du viol était gravé au fer rouge dans sa mémoire comme dans sa chair, elle associait le contact physique aux scènes violentes, sanglantes et, plus que tout, à la vue de son frère Andrés décapité. Certes, sa mère avait été informée des événements, mais nul n'avait osé lui relater les détails. Quant à Evelyn, elle demeurait incapable d'en parler. Elle préférait s'isoler, pour s'épargner l'effort interminable de s'exprimer.

Miriam n'avait pas à se plaindre : sa fille accomplissait toujours ses devoirs et ne restait jamais les bras croisés, respectant ainsi le premier précepte de Concepción, pour qui l'oisiveté était mère de tous les vices. Evelyn se détendait seulement avec ses deux demi-frères, qui lui apprirent à manier l'ordinateur, ou avec les gamins qu'elle rencontrait à l'église et qui ne la jugeaient pas. Tandis que les parents assistaient à l'office, elle veillait sur une vingtaine d'enfants dans une pièce adjacente. Ainsi pouvaient-ils sauter le long sermon du pasteur, un Mexicain exalté qui galvanisait la congrégation jusqu'au point de fusion de l'hystérie. Evelyn inventait des jeux pour distraire les petits, leur apprenait des chants, les faisait danser au rythme d'un tambourin et parvenait même à leur conter des historiettes sans trop d'hésitations, dès lors qu'il n'y avait pas d'adultes pour témoins. Le pasteur lui conseilla d'étudier pour devenir institutrice : le Seigneur, assurément, lui avait donné un talent, et le gaspiller revenait à cracher au ciel. Il lui avait également promis de l'aider à obtenir son permis de séjour, mais son influence, si puissante fût-elle dans les sphères célestes, était sans effet sur l'aridité des bureaux du Service d'immigration.

Sans l'intervention de Doreen, le rendez-vous avec le juge aurait été renvoyé aux calendes grecques. La santé de la fille de Galileo s'était détériorée ces derniers temps ; il ne restait presque rien de son arrogance, mais sa rage demeurait intacte. Elle se montrait souvent couverte d'ecchymoses, pour attester son caractère belliqueux ; la moindre provocation lui servait de prétexte à la castagne. Elle avait une cicatrice de flibustier sur l'épaule, conséquence d'un coup de poignard, qu'elle montrait aux enfants comme une décoration honorifique, en proclamant fièrement qu'on l'avait laissée pour morte, vidée de son sang, dans une impasse au milieu des ordures. Evelyn l'avait rarement affrontée ; sa stratégie de fuite s'était révélée généralement payante. Si elle se trouvait seule à la maison pour garder les enfants, elle s'échappait en douce avec eux dès que la chienne commençait à hurler. Mais, ce jour-là, le plan avait échoué parce que les petits avaient attrapé la scarlatine. La fièvre durait déjà depuis trois jours, accompagnée de maux de gorge, et ils étaient couverts de boutons : impossible de les tirer du lit par un froid matin d'automne. Doreen était entrée à coups de pied dans la porte, en jurant d'empoisonner cette maudite chienne. Evelyn se préparait au chapelet d'insultes qui allaient lui pleuvoir sur la tête dès que la femme comprendrait que son père était absent et qu'il n'y avait pas d'argent à glaner.

Depuis la chambrette des enfants, Evelyn ne pouvait apercevoir Doreen, mais elle l'entendait aller et venir en fulminant. Craignant sa réaction si elle ne trouvait pas ce qu'elle cherchait, Evelyn prit son courage à deux mains et se dirigea vers la cuisine pour la circonvenir à l'écart des petits. Elle fit mine de se préparer un sandwich, mais Doreen ne lui en laissa pas le temps. Elle fit irruption comme un taureau de combat, la saisit par le cou avec les deux mains en tenaille et la secoua avec toute la force du drogué en mal de camelote. « Où est le fric ? Parle, espèce de tarée, ou je te crève ! » Evelyn essayait en vain de desserrer l'étau de ses griffes. Les cris de Doreen avaient attiré ses deux petits frères, effrayés. Ils se mirent à pleurer juste au moment où la chienne, qui ne rentrait presque jamais dans la maison, attrapa la furie par sa veste et commença de la tirer en grognant. Doreen repoussa Evelyn et se retourna pour envoyer un coup de pied à l'animal. Evelyn trébucha, tomba en arrière et se cogna la nuque sur le seuil de la cuisine. Doreen partageait les coups entre la chienne et la jeune fille, mais, au milieu de sa démence, elle eut soudain une étincelle de lucidité. Comprenant enfin ce qu'elle faisait, elle sortit en trombe en balançant un chapelet de gros mots. Une voisine, alertée par le vacarme, trouva Evelyn par terre et les deux petits inconsolables. Elle appela Miriam, Galileo et la police – dans cet ordre.

Quand Galileo arriva sur les lieux, quelques minutes après la police, Evelyn s'efforçait de se relever, soutenue par une femme en uniforme. Le monde tourbillonnait autour d'elle, une pluie de taches noires lui brouillait la vue, une douleur aiguë lui martelait le crâne, de sorte qu'elle avait toutes les difficultés du monde à expliquer la suite des événements. Mais ses petits frères, passant des chaudes larmes aux reniflements, répétaient sans arrêt le nom de Doreen. Galileo ne put empêcher l'ambulance de conduire Evelyn à l'hôpital, ni la police de faire son rapport sur l'incident.

Au service des urgences, Evelyn dut subir divers points de suture au cuir chevelu. Puis elle fut placée quelques heures en observation, avant d'être ramenée chez elle avec un flacon d'analgésiques et des recommandations de mise au repos. Mais l'affaire n'allait pas cesser de l'affecter, dès lors qu'il existait un rapport. Le lendemain, en effet, des policiers revinrent la chercher et l'interrogèrent, deux heures durant, sur sa relation avec Doreen, avant de la relâcher. Ils repassèrent deux jours plus tard, pour l'emmener à nouveau : cette fois, les questions portaient sur son entrée aux États-Unis et les raisons qui l'avaient poussée à quitter son pays. Hésitante, atterrée, Evelyn essaya de raconter l'histoire tragique de sa famille, mais on ne la comprenait guère et les agents perdaient patience. De surcroît, il y avait au commissariat un homme sans uniforme, qui prenait des notes et n'ouvrait jamais la bouche, pas même pour donner son nom.

Comme Doreen était poursuivie pour trafic de drogues et autres délits, trois agents se présentèrent à leur tour, avec un chien entraîné, et fouillèrent la maison jusqu'au dernier recoin sans rien trouver. Galileo se débrouilla pour prendre la tangente et c'est à Miriam que revint l'honneur de découvrir comment on avait arraché le linoléum et étripé jusqu'aux matelas pour dénicher des stupéfiants. Plusieurs voisins vinrent mettre leur nez partout et attendirent en rôdant le deuxième acte du drame. Et comme de bien entendu, dès que Galileo fut enfin de retour, sa femme lui tomba sur le dos avec une fureur redoublée. Tout était sa faute, à lui et à sa putain de fille, combien de fois lui avait-elle répété qu'elle ne voulait plus voir cette garce à la maison, et lui n'était qu'un pauvre diable, sans aucun caractère, c'était bien normal si personne ne le respectait, et vas-y que je t'insulte et encore un coup, ce fut une cantilène qui commença dans la maison, se poursuivit dans le patio et dans la rue, jusqu'à se terminer à l'église où le couple, escorté de nombreux témoins, alla consulter le pasteur. Au bout de quelques heures, la colère de Miriam avait épuisé son combustible et tomba d'un coup après que Galileo eut promis, timidement, de maintenir sa fille une bonne fois pour toutes à l'écart.

Le jour même, à huit heures du soir, alors que Miriam était encore rouge de colère après sa crise de nerfs, on frappa de nouveau à la porte. C'était l'homme qui prenait des notes au bureau de police. Il venait du Service d'immigration, dit-il en guise de présentation. L'air se congela tout à coup, mais on ne put l'empêcher d'entrer. L'agent était accoutumé à l'effet produit : il entreprit de détendre l'atmosphère en parlant espagnol, il expliqua qu'il avait été élevé par ses grands-parents mexicains, qu'il était fier de ses origines et conciliait naturellement les deux cultures. Mais les autres l'écoutaient sans y croire, car c'était un Blanc pur, avec des yeux clairs de poisson, qui baragouinait leur langue sans pitié. Voyant que nul n'appréciait sa tentative de s'attirer les bonnes grâces, le visiteur aborda sans transition le fond de la question. Il savait que Miriam et Galileo avaient leur permis de séjour et que leurs enfants étaient nés aux États-Unis ; en revanche, la situation d'Evelyn Ortega n'était pas réglée. Il était en possession de la fiche du centre de détention, portant la date de son arrestation à la frontière et, faute d'un extrait de naissance, on pouvait supposer qu'elle avait dix-huit ans accomplis, auquel cas elle était en situation irrégulière et susceptible d'être expulsée.

Un silence de mausolée succéda à ces paroles, assez long pour permettre à Miriam de se demander si cet homme se présentait avec la loi sous le bras ou pour se faire graisser la patte. Et voilà que Galileo León, généralement pétri d'hésitations, prononçait d'une voix ferme, que nul ne lui avait entendue jusque-là :

« Cette fille est une réfugiée. Rien n'est illégal dans notre vie, nous avons tous le droit de vivre en ce monde. Mais l'argent et le crime ne respectent pas les frontières. Alors, je vous le demande, monsieur : pourquoi nous, les hommes, devrions-nous le faire ?

— Ce n'est pas moi qui fais les lois. Mon travail est de veiller à ce qu'elles soient observées, répliqua l'autre, déconcerté.

— Regardez-la bien, dit Galileo en désignant Evelyn. Quel âge lui donnez-vous ?

— Elle paraît très jeune, mais j'ai besoin d'un acte de naissance pour l'établir. Sa fiche stipule que son extrait est tombé à l'eau quand elle a traversé le fleuve. C'était il y a trois ans ; depuis lors, vous auriez pu obtenir une copie.

— Et qui donc allait s'en occuper ? Ma mère est une personne âgée, illettrée. De plus, au Guatemala, ces démarches sont toujours longues et coûteuses, fit valoir subitement Miriam, à peine revenue de sa surprise en voyant son mari argumenter comme un avocaillon.

— Ce que raconte cette jeune fille sur la guerre des clans et sur ses frères assassinés est assez fréquent. Il circule beaucoup d'histoires analogues parmi les migrants. Les juges les ont entendues. Certains y croient, d'autres non. Le droit d'asile et l'expulsion relèvent de l'arbitrage du juge qui est saisi de l'affaire», déclara l'agent avant de se retirer.

Toujours docile, Galileo León estimait qu'il fallait laisser la justice suivre son cours, car elle finit toujours par arriver, disait-il. Miriam pensait qu'elle avait beau arriver, elle ne favorisait jamais le plus faible. Bref, elle prit aussitôt des dispositions pour que sa fille disparaisse des radars de la loi. Du reste, elle ne lui demanda pas son avis quand elle activa ses contacts avec un réseau clandestin d'immigrants sans papiers, ni quand elle accepta d'envoyer Evelyn comme employée de maison chez des particuliers à Brooklyn. Elle avait obtenu le tuyau par une autre femme, affiliée à la même Église, dont la sœur avait travaillé dans cette famille et assurait que les patrons, là-bas, n'avaient que faire des papiers et de ce genre de formalités. Tant que la jeune fille accomplirait sa tâche, nul ne lui poserait de questions sur son statut légal. Evelyn voulut savoir de quelle tâche il s'agissait: on lui répondit qu'il fallait s'occuper d'un enfant malade, rien de plus.

Miriam montra New York sur une carte à sa fille, elle l'aida à empaqueter ses affaires dans une petite valise, lui donna une adresse à Manhattan et la poussa dans un autobus Greyhound. Dix-neuf heures plus tard, Evelyn se présentait à l'Église pentecôtiste latino-américaine, un bâtiment de deux étages qui, vu de l'extérieur, n'avait rien de la dignité d'un temple, mais où elle fut reçue par une fidèle de bonne volonté. Celle-ci lut la lettre de recommandation du pasteur de Chicago, offrit l'hospitalité à Evelyn dans son propre appartement et, le lendemain, lui expliqua comment arriver en métro à l'église du Tabernacle de la Nouvelle Vie à Brooklyn. Là-bas, une autre femme, quasi identique à la première, lui offrit un soda, une brochure sur les services religieux et les activités sociales du Tabernacle, ainsi que des renseignements pour trouver l'adresse de ses nouveaux employeurs.

Par un après-midi de l'automne 2011, alors que les arbres commençaient à se dénuder et que la rue se couvrait d'un tapis crissant et éphémère, Evelyn Ortega sonna à la porte d'une maison de trois étages, située au coin d'une rue, avec des statues mutilées de la mythologie grecque dans le jardin. C'était là qu'elle devait vivre et travailler les années suivantes, en paix et munie de faux papiers.

Lucía et Richard

Nord de New York

Une fois parvenu à la cabane sur le lac, Richard Bowmaster s'endormit aussitôt, les tripes en meilleur état, mais épuisé par la fatigue de ce long dimanche et préoccupé par le mélange de sentiment amoureux qu'il venait de découvrir et d'incertitude qui le consumait. Entre-temps, Lucía et Evelyn avaient découpé une serviette en chiffons et effacé les empreintes digitales sur la Lexus. Suivant les instructions d'Internet relayées par le portable, il suffisait de les nettoyer avec un bout de tissu, mais Lucía, pour plus de sécurité, avait insisté pour frotter avec de l'alcool, car les marques pouvaient rester identifiables après une immersion du véhicule dans le lac. « Comment le sais-tu ? » avait demandé Richard avant de plonger dans le sommeil, mais elle avait répondu, comme toujours : « Ne pose pas de questions. » Dans la lumière bleutée de la neige, les deux femmes nettoyèrent l'extérieur et l'intérieur de la voiture, systématiquement, hormis l'intérieur du coffre. Elles retournèrent à la cabane pour se réchauffer autour d'une tasse de thé, pendant que

Richard récupérait. Elles avaient trois heures devant elles avant la tombée du crépuscule.

Evelyn observait le silence depuis la veille au soir, se prêtant à ce qu'on lui demandait avec l'air absent d'une somnambule. Lucía devinait qu'elle était submergée par son passé, repassant les événements tragiques de sa courte vie. Elle avait abandonné ses efforts pour la distraire ou lui redonner courage, car elle comprenait que la situation était bien plus angoissante pour la jeune fille que pour elle et Richard. Evelyn était toujours terrorisée, elle se sentait sous la menace de Frank Leroy, un danger bien plus grave que l'arrestation ou l'expulsion. Mais il y avait encore une autre raison, que Lucía pressentait depuis leur départ de Brooklyn.

« Tu nous as raconté comment sont morts tes frères au Guatemala. Kathryn aussi a connu une mort violente. J'imagine que cela te vaut de mauvais souvenirs. »

La jeune fille acquiesçait sans lever la tête de sa tasse fumante.

« Mon frère également a été tué, ajouta Lucía. Il s'appelait Enrique, je l'aimais beaucoup. On suppose qu'il a été arrêté, mais nous n'avons jamais rien su. Et nous n'avons pas pu l'enterrer, on ne nous a pas rendu sa dépouille.

— Et c'est sss… sûr qu'il est mm… mort ? demanda Evelyn, plus bégayante que jamais.

— Oui, Evelyn. J'ai passé des années à mener des recherches sur les prisonniers disparus, comme Enrique. J'ai consacré deux livres à ces gens qui sont morts torturés ou exécutés et dont les corps étaient dynamités, oui, ou jetés à la mer. On a également retrouvé des fosses communes, mais en petit nombre. »

En butant sur chaque syllabe, Evelyn parvint à expliquer que ses frères Gregorio et Andrés avaient au moins été enterrés avec un minimum de respect, même si peu de voisins avaient assisté à la veillée, par crainte de représailles mafieuses. On avait allumé des cierges et brûlé des herbes parfumées. On les avait célébrés par des chants, on avait porté des toasts à leur mémoire, on les avait pleurés, inhumés avec l'un ou l'autre de leurs effets, afin que rien ne leur manque dans l'autre vie. Et l'on avait dit la messe pour eux neuf jours durant, comme le veut la coutume, car l'enfant passe d'abord neuf mois dans le ventre de sa mère, et le défunt doit attendre neuf jours avant de renaître au ciel. Les frères d'Evelyn reposaient en terre consacrée, la grand-mère leur déposait des fleurs le dimanche, et de la nourriture le jour des Morts.

« Je crains que Kathryn, tout comme mon frère Enrique, n'ait jamais rien de tout ça…, murmura Lucía d'une voix émue.

— Les âmes qui ne peuvent reposer reviennent faire peur aux vivants, dit Evelyn dans une tirade exaltée, sans aucune hésitation.

— Je sais. Ils nous rendent visite en rêve. Kathryn t'est déjà apparue, n'est-ce pas ?

— Oui… la nuit dernière.

— Je regrette vraiment que nous ne puissions lui dire adieu en observant les rites de ton village, Evelyn, mais je ferai dire des messes pour elle pendant neuf jours. Je te le promets.

— Et votre ma… maman prie pour vo… votre frère ?

— Elle a prié pour lui jusqu'à son dernier jour, Evelyn. »

Lena Maraz commença à prendre congé de ce monde en 2008, moins par infirmité ou par vieillesse que par lassitude, après avoir recherché son fils Enrique trente-cinq années durant. Lucía ne devait jamais se pardonner de n'avoir pas compris l'état dépressif de sa mère ; elle aurait pu l'aider, croyait-elle, en intervenant beaucoup plus tôt. Mais elle n'en prit conscience que dans les derniers temps, quand sa mère, déjà, ne pouvait plus feindre de s'intéresser à la vie, et qu'elle refusait toute nourriture, hormis les bouillons et quelques cuillerées de soupe de légumes. Prostrée dans une éternelle fatigue, la peau diaphane, elle se montrait indifférente à tout, sauf à Lucía et à sa petite-fille Daniela. Elle se préparait à mourir d'inanition, de la façon la plus naturelle, fidèle à sa loi comme à sa foi. Elle priait Dieu de ne pas trop tarder à la rappeler et de lui permettre de garder sa dignité jusqu'à la fin. Pendant que ses artères se fermaient lentement, son esprit n'avait jamais été aussi vif : alerte, sensible et présent. Elle accepta la faiblesse progressive de son corps, jusqu'à perdre le contrôle de certaines fonctions résolument privées ; alors, elle pleura pour la première fois sur elle-même. Ce fut Daniela qui parvint à la convaincre que les couches-culottes et les soins les plus intimes qu'elle lui administrait avec Lucía et un infirmier, qui passait une fois par semaine, n'étaient pas le châtiment de péchés commis autrefois, mais une occasion de mériter le ciel. « Tu ne peux pas gagner le paradis avec ton orgueil intact, grand-mère, tu dois pratiquer un peu l'humilité », lui disait-elle sur un ton de reproche affectueux. L'argument parut raisonnable à Lena, aussi se résigna-t-elle à ne pas déclarer la guerre. Néanmoins, il devint impossible de lui faire avaler davantage qu'un soupçon de yogourt et quelques gorgées de tisane de camomille. L'infirmier évoqua la possibilité d'une alimentation par sonde, mais la fille comme la petite-fille refusèrent de faire subir un tel outrage à la vieille dame : il fallait respecter sa décision irrévocable.

Depuis son lit, Lena appréciait le coin de ciel dans sa fenêtre, ou d'être baignée avec une éponge, et parfois elle demandait de lui lire des poèmes ou de lui faire écouter les chansons romantiques sur lesquelles on dansait dans sa jeunesse. Elle était prisonnière de son corps dévasté, mais libérée de la douleur abyssale causée par son fils car, petit à petit, jour après jour, ce qui, au début, n'était que pressentiment, une ombre fugace, se transformait vraiment en l'effleurement d'un baiser sur le front, et prenait des contours de plus en plus précis. Enrique était auprès d'elle : il attendait en lui tenant la main.

Rien ne pouvait contenir les assauts de la mort, mais Lucía, anéantie de voir sa mère se consumer, se transforma en geôlière, la privant de ses cigarettes, son dernier plaisir, car elle croyait que le tabac lui coupait l'appétit et allait la tuer… Daniela, qui avait le don de deviner les besoins d'autrui et la bonté de tâcher d'y répondre, comprit que l'abstinence était le pire tourment de sa grand-mère. La jeune fille venait de terminer ses études secondaires, elle caressait le projet de s'inscrire à Miami en septembre et suivait des cours intensifs d'anglais. Chaque après-midi, elle passait voir Lena, libérant ainsi Lucía pendant quelques heures pour son propre travail. De taille élancée, la belle Daniela, avec ses dix-huit ans, avait hérité les traits slaves de ses ancêtres. Elle jouait au solitaire ou s'installait sur le lit de sa grand-mère pour potasser les cours, pendant que Lena somnolait au rythme de ce ronflement liquide qui accompagne les derniers instants. Lucía ne soupçonnait pas que Daniela refilait en douce à sa grand-mère les cigarettes interdites, introduites en contrebande à l'hôpital, dissimulées dans son soutien-gorge. C'est bien des années plus tard que Daniela devait confesser à sa mère ces péchés marqués au coin de la miséricorde.

Le lent cheminement vers la mort désarma peu à peu la rancœur tenace de Lena envers le mari qui l'avait trahie. Elle put enfin parler de lui avec sa fille et sa petite-fille dans le mince filet de voix qui lui restait.

« Tu sais, Lucía, Enrique a pardonné à son père, maintenant c'est ton tour de le faire.

— Je ne lui en veux pas, maman. Je ne l'ai presque pas connu.

— Justement, ma fille. Son absence est ce que tu dois lui pardonner.

— En vérité, il ne m'a jamais manqué, maman. Enrique, en revanche, voulait avoir un père ; il avait beaucoup de peine et se sentait abandonné.

— Oui, quand il était jeune. À présent, il sait que son père n'avait pas agi par malveillance, qu'il était amoureux de cette femme. Il n'a jamais su le mal qu'il nous avait fait, à nous tous comme à elle et à son fils. Maintenant, Enrique le comprend.

— Quel genre d'homme serait mon frère aujourd'hui, à cinquante-sept ans ?

— Il en a toujours vingt-deux, Lucía, il est toujours idéaliste et passionné. Ne me regarde pas ainsi : je suis en train de perdre la vie, mais je n'ai pas perdu la tête.

— Tu parles comme si Enrique était ici.

— Mais il y est.

— Maman, je t'en prie...

— Oui, je sais qu'on l'a tué, Lucía. Enrique ne veut pas me dire comment, il essaie de me convaincre que ce fut rapide et qu'il n'a pas beaucoup souffert, mais quand ils l'ont arrêté, il était blessé, il se vidait de son sang. C'est cela qui l'a sauvé de la torture. On peut dire qu'il est mort au combat.

— Il te parle ?

— Oui, ma fille. Il me parle, il est près de moi.

— Et tu peux le voir ?

— Je peux sentir sa présence. Il m'aide quand j'étouffe, il arrange mes oreillers, il m'éponge le front, me rafraîchit avec des cubes de glace...

— Non, là c'est moi qui le fais, maman.

— Oui, avec Daniela, mais Enrique vous accompagne.

— Tu disais qu'il est toujours jeune.

— Nul ne vieillit après sa mort, ma fille. »

Pendant les derniers jours, Lucía comprit que la mort n'était pas une fin, ni l'absence de vie, mais une puissante vague océanique, d'eau fraîche et lumineuse, qui conduisait à une autre dimension. Lena se détachait de la terre ferme et se laissait emporter par la vague, sans ancre ni force de gravité, légère, comme un poisson translucide entraîné par le courant. Et Lucía cessa de lutter contre l'Imminent ; elle se reposa à son tour. Assise au chevet de sa mère, elle respirait consciencieusement, lentement, et se laissait envahir par une immense quiétude, le désir de partir avec elle, de se laisser attirer, dissoudre dans l'océan. Pour la première fois, au fond d'elle-même, son âme lui semblait une lumière incandescente, qui la soutenait, une lumière éternelle, étrangère à toutes nos vicissitudes. Elle avait trouvé un coin de paix absolue au centre d'elle-même. Il n'y avait rien à faire, il suffisait d'attendre. De faire taire le bruit du monde. Elle sut que sa mère était aux confins de la mort et sa propre terreur disparut, celle qui l'avait dominée en la voyant se consumer et s'éteindre comme la flamme d'une chandelle.

Lena Maraz mourut par un de ces matins de février où la suffocation de l'été chilien s'annonce longtemps avant l'heure. Elle était demeurée assoupie durant des jours, respirant à peine, juste un halètement intermittent, sans lâcher la main d'Enrique, tandis que sa petite-fille priait pour que son cœur cède enfin et l'arrache d'un coup au marécage de l'agonie. Lucía, en revanche, comprenait que sa mère devait franchir ce dernier passage à son propre rythme, sans rien hâter. Elle avait passé la nuit étendue à ses côtés, attendant le dénouement, et Daniela s'était allongée dans le sofa du salon. La nuit ne fut pas longue. Au point du jour, Lucía se lava le visage à l'eau froide, but une tasse de café, réveilla Daniela. Ensemble, elles s'installèrent de part et d'autre du lit. Pendant un court instant,

Lena sembla revenir à la vie. Elle ouvrit les yeux et les fixa sur sa fille et sa petite-fille. « Je vous aime beaucoup, mes petites. Allons, Enrique, il faut partir », murmura-t-elle. Elle ferma les paupières et Lena sentit faiblir la main de sa mère entre les siennes.

Le froid se coulait à l'intérieur de la cabane, malgré le chauffage à plein régime, et ils durent se couvrir avec tous les vêtements disponibles. Il fallut envelopper Marcelo dans un gilet, car le chien avait le pelage fort court, et il était frileux. Le seul à avoir chaud était Richard, qui s'éveilla de la sieste tout requinqué. Il commençait à tomber de petits flocons de neige telles de minuscules plumes et il annonça qu'il était temps de se mettre à l'œuvre.

« Où exactement allons-nous nous débarrasser de l'auto ? demanda Lucía.

— On trouve une falaise à moins d'un kilomètre d'ici. Le lac est profond de ce côté, une quinzaine de mètres au moins. Pourvu que le sentier soit carrossable, car c'est l'unique chemin.

— Je suppose que le coffre est bien fermé...

— Jusqu'ici, le fil de fer a résisté, mais comment savoir si cela tiendra au fond de l'eau ?

— Si jamais le hayon s'ouvre, sais-tu comment éviter que le corps ne flotte ?

— Ne commençons pas à imaginer tous les scénarios, répondit Richard, ébranlé devant cette possibilité qu'il n'avait pas envisagée.

— Il faudrait lui ouvrir le ventre, pour faire entrer l'eau.

— Mais qu'est-ce que tu racontes, Lucía ?!

— C'est ce que l'on faisait aux détenus qu'ils jetaient à la mer», dit-elle d'une voix brisée.

Et ils restèrent tous les trois dans un lourd silence, absorbant l'horreur de ce qui venait de sortir à la lumière, sachant bien que nul ne serait capable de le faire.

«Pauvre, ô pauvre mademoiselle Kathryn…», murmura finalement Evelyn.

«Excuse-moi, Richard, mais nous ne pouvons continuer dans cette voie», déclara Lucía, au bord des larmes, à son tour. Je sais que c'était mon idée, et que je t'ai entraîné jusqu'ici. Mais j'y ai mûrement réfléchi: tout cela était de l'improvisation, notre plan n'était pas bon, pas suffisamment étudié. Bien sûr, nous n'avions pas le temps de…

«Mais que veux-tu me dire? s'exclama Richard, alarmé.

— Depuis hier soir, Evelyn ne cesse de penser à l'esprit de Kathryn, qui erre comme une âme en peine, et moi je ne cesse de penser à la famille de cette malheureuse. Pour sûr, elle aussi a une mère… Et la mienne a passé la moitié de sa vie à chercher mon frère Enrique.

— Nous le savons, Lucía, mais c'est une autre histoire.

— Comment cela? Si nous continuons ainsi, Kathryn sera bientôt une personne disparue, comme mon frère. Et des gens qui l'aiment, sans doute, la rechercheront. Et la souffrance causée par cette incertitude est pire que la certitude de la mort.

— Mais qu'allons-nous faire alors? demanda Richard après une longue pause.

— Nous pourrions la laisser où nous l'avons trouvée…

— Et si personne ne découvre le cadavre ? Ou si le corps est tellement décomposé qu'il n'est plus possible de l'identifier ?

— Cela peut toujours se faire. Il suffit maintenant d'un fragment d'os pour identifier une dépouille. »

Richard arpentait la pièce à grandes enjambées, les mains sur le ventre, le teint pâle, en songeant à une solution. Il comprenait les raisons de Lucía et partageait ses scrupules. Lui aussi répugnait à soumettre les familiers de cette femme à une recherche sans fin. Il aurait fallu en discuter avant de se retrouver au point où ils se trouvaient, mais il était encore temps de redresser la situation. La responsabilité de la mort de Kathryn incombait à l'assassin, bien entendu, mais la disparition du corps était son problème à lui, et il ne pouvait assumer cette nouvelle faute. Il en avait bien assez avec les anciennes… Il fallait déposer le corps loin du lac et de la cabane, dans un lieu où il serait à l'abri des animaux prédateurs et où il serait possible de le découvrir après le dégel, d'ici deux ou trois mois. Cela donnerait à Evelyn le temps de se mettre en lieu sûr. Mais enterrer Kathryn serait fort malaisé. Creuser une fosse dans la terre congelée était déjà difficile pour un homme robuste ; sans ajouter le tourment de l'ulcère. Il soumit le problème à Lucía qui, évidemment, l'avait déjà pris en compte.

« Nous pourrions laisser Kathryn à Rhinebeck, avança-t-elle.

— Et pourquoi là-bas ?

— Je ne pensais pas au village, mais à l'Institut Oméga.

— De quoi s'agit-il ?

— Pour résumer, disons que c'est un centre spirituel. Mais en réalité c'est beaucoup plus que cela. J'y suis allée pour des retraites et des conférences. L'Institut possède plusieurs hectares d'une nature prodigieuse dans un site isolé, près de Rhinebeck. Le site est fermé pendant les mois d'hiver.

— Mais il doit y avoir du personnel de maintenance.

— Oui, pour les installations, mais les forêts sont couvertes de neige et ne réclament pas de soins particuliers. La route de Rhinebeck et des environs est bonne, il y a pas mal de trafic, nous ne risquerions donc pas d'attirer l'attention et, une fois dans la réserve, personne ne nous verrait.

— Cette affaire ne me plaît pas, c'est très risqué.

— Mais non, c'est un lieu de méditation, qui diffuse une bonne énergie, au milieu de forêts splendides. J'aimerais que mes cendres y reposent. Kathryn apprécierait aussi…

— On ne sait jamais quand tu parles sérieusement, Lucía.

— Je suis tout à fait sérieuse. Mais si tu as une meilleure idée… »

Pour lors, il neigeait à nouveau et c'était le moment ou jamais d'utiliser la voiture, avant que l'accès ne soit impraticable. On ne pouvait plus discuter davantage : ils s'accordaient sur le point que le corps de Kathryn devait être découvert ; il fallait donc la transporter à bord de la Subaru.

Richard distribua des gants jetables, indispensables pour manipuler la Lexus. Il plaça le véhicule à côté de la Subaru et coupa le fil de fer du coffre avec une pince. Kathryn y était restée, pour le moins, deux ou trois jours avec toutes leurs nuits ; elle n'avait guère changé, dissimulée sous le tapis. Le corps, au toucher, était gelé, mais paraissait moins dur qu'à Brooklyn, quand Lucía essayait de le changer de place. En voyant la dépouille, Richard ne put réprimer un sanglot ; dans la lumière diaphane de la neige, cette jeune femme pelotonnée comme une enfant avait le même air tragique de vulnérabilité que Bibi au Brésil. Il ferma les yeux, aspirant par bouffées l'air glacé pour parer cet impitoyable coup de feu de la mémoire et se forcer à revenir au présent. Cette femme n'était pas Bibi, son enfant adorée ; c'était Kathryn Brown, une inconnue. Tandis qu'Evelyn observait la scène en récitant des prières à haute voix, paralysée, Richard et Lucía s'efforçaient d'extraire le corps du véhicule, un cadavre alourdi par l'angoisse de la mort soudaine. Finalement, ils purent le retourner et voir son visage pour la première fois. Kathryn avait les yeux ouverts : ils étaient ronds et bleus comme des yeux de poupée.

« Rentre à la maison, Evelyn. Il vaut mieux que tu ne regardes pas ça », ordonna Lucía, mais la jeune fille, clouée sur place, n'obéissait pas.

Kathryn était une jeune femme, mince et de petite taille, aux cheveux courts, couleur chocolat. Elle avait l'air d'une adolescente et portait une tenue de yoga. Il y avait un petit trou noir au milieu de son front, aussi clair et net que si on l'avait dessiné, et un peu de sang coagulé sur une joue et sur le cou. Ils l'observèrent quelques minutes avec une peine infinie, en essayant de l'imaginer en pleine vie. Même dans la position tordue où elle se trouvait, elle gardait une certaine élégance de ballerine au repos.

Lucía la saisit par les chevilles et Richard par les aisselles. Ils la soulevèrent et la portèrent péniblement jusqu'à la Subaru. En forçant tous les deux, ils parvinrent à la pousser dans le coffre et la recouvrirent du même tapis, ainsi que d'une bâche. Dès que l'on ajouterait les bagages, elle passerait inaperçue.

« Elle est morte d'un coup de pistolet de petit calibre, déclara Lucía. La balle est restée dans le crâne, il n'y a pas d'orifice de sortie. Elle est morte instantanément. L'assassin est un bon tireur. »

Toujours bouleversé par le souvenir vivace du moment où il avait perdu sa petite Bibi, plus de vingt années en arrière, Richard pleurait sans même sentir les larmes qui gelaient sur ses joues.

« Kathryn devait sûrement le connaître, poursuivit Lucía. Ils étaient face à face, peut-être en conversation. Cette femme ne s'attendait pas au coup de feu, elle garde un air de défi, on voit qu'elle n'a pas eu peur. »

Evelyn, qui s'était remise de son émotion et nettoyait les empreintes sur le coffre, les appela soudain.

« Regardez, dit-elle en montrant un pistolet tout au fond.

— Est-ce qu'il appartient à Leroy ? demanda Richard en le soulevant avec précaution par le canon.

— Il en a tout l'air. »

En tenant l'arme entre le pouce et l'index, Richard entra dans la cabane et posa le pistolet sur la table.

Si la balle provenait bien de cette arme appartenant à Frank Leroy, ils se retrouvaient avec une responsabilité supplémentaire, un autre cas de conscience : la remettre ou non à la police, couvrir un coupable ou, peut-être, faire incriminer un innocent.

« Que ferons-nous du pistolet ? demanda Lucía quand ils furent réunis à l'intérieur.

— Autant le laisser dans la Lexus. Pourquoi compliquer les choses ? Nous avons bien assez de problèmes, fit valoir Evelyn.

— Oui, mais c'est la preuve la plus importante pour confondre l'assassin, nous ne pouvons jeter l'arme du crime dans le lac, objecta Richard.

— Soit, nous verrons, conclut Lucía. Pour l'heure, le plus urgent est de nous débarrasser de la voiture. Te sens-tu d'attaque, Richard ?

— Je me sens beaucoup mieux. Dépêchons-nous, la nuit va tomber. »

Le sentier qui seul conduisait à la falaise était pour ainsi dire invisible, couvert d'une blanche écume qui nivelait tous les environs. Le plan de Richard était simple : se rendre jusqu'au lac avec les deux véhicules, y précipiter la Lexus et revenir avec l'autre voiture. En temps normal, on pouvait parcourir la distance, à pied, en vingt minutes. La neige, bien sûr, était un obstacle de taille, mais elle aurait l'avantage de recouvrir les traces en quelques heures. Il décida de conduire en tête la Lexus, munie d'une pelle à neige ; Lucía le suivrait jusqu'au lac. La Chilienne allégua que la Subaru, avec ses quatre roues motrices, était plus indiquée pour ouvrir le chemin. « Fais-moi confiance, je sais ce que je fais », lui répondit Richard en déposant un baiser improvisé au bout de son nez. Interloquée, Lucía lâcha une exclamation.

Ils laissèrent Evelyn avec le chien. La jeune fille avait pour instructions de garder les rideaux fermés et d'allumer une seule lampe s'il le fallait vraiment. Surtout, d'éclairer le moins possible. Richard estimait qu'ils pouvaient être de retour en moins d'une heure, si tout se passait bien.

En se fiant à la disposition des arbres, dont les branches surchargées de neige s'inclinaient vers le sol, il s'engagea lentement dans le sentier qu'il était le seul à deviner, car il l'avait parcouru bien des fois, serpentant dans la forêt. Comme prévu, Lucía le suivait, mais il y eut un moment où ils durent reculer de quelques mètres, car Richard avait perdu la piste et, un peu plus loin, la Lexus s'enlisa dans la neige. Richard descendit pour dégager les roues avec la pelle, puis il guida Lucía pour qu'elle le pousse avec l'autre véhicule. Mais il patinait. Alors elle comprit pourquoi la Subaru devait rouler derrière : certes, pousser la Lexus n'avait rien d'enfantin, mais la tracter eût été sans doute impossible. Ils y perdirent une demi-heure : l'obscurité grandissait et la température baissait.

Ils arrivèrent enfin en vue du lac, immense miroir argenté qui reflétait le ciel gris-bleu dans la stricte quiétude d'un paysage hivernal de la peinture hollandaise. Le sentier s'arrêtait brusquement. Richard sortit de voiture pour explorer les environs. Il observa la falaise et finit par tomber sur ce qu'il cherchait, à quelque trente mètres du lieu où ils stationnaient. Il expliqua à Lucía où se trouvait le point précis du lac qui offrait la profondeur nécessaire. Il faudrait pousser la Lexus à la main jusqu'au bord, car la conduite était trop périlleuse. Et Lucía comprit à nouveau les raisons de Richard dans sa façon d'organiser les choses, car l'autre voiture ne serait pas arrivée jusque-là. Pousser la Lexus, déjà, n'était pas une mince affaire : les bottes s'enfonçaient dans l'épaisseur molle, les roues tantôt se bloquaient dans la neige, qu'il fallait dégager à la pelle, tantôt patinaient sur des couches de glace.

Vue d'en haut, la falaise ne semblait guère élevée, mais selon Richard c'était une impression trompeuse. En tombant de cette hauteur, le poids du véhicule briserait la surface gelée. À grand-peine, ils positionnèrent la voiture de façon perpendiculaire, Richard mit le levier au point mort, et ils la poussèrent de toutes leurs forces. L'auto progressait lentement et, quand les roues avant surplombèrent l'abîme, le reste demeura coincé au bord de la falaise. Puis il y eut un coup sourd et le véhicule se mit à se balancer sur la panse, sans se décrocher. Ils recommencèrent donc à s'arc-bouter pour le faire bouger, en s'époumonant, mais en vain.

« Il ne manquait plus que ça ! Avance, maudite bête ! lança Lucía en donnant un coup de pied, avant de se laisser tomber, à bout de souffle.

— Nous aurions dû lui faire prendre de la vitesse beaucoup plus haut, fit remarquer Richard.

— Oui, mais c'est trop tard. Que faire maintenant ? »

Pendant de longues minutes, ils demeurèrent silencieux, à reprendre le rythme de leur respiration, en mesurant le désastre de leur entreprise. C'est alors que la voiture, tout à coup, inclina sa proue de quelques degrés et avança de quelques pouces, en se traînant péniblement. Richard en déduisit que la chaleur du moteur faisait fondre la neige par-dessous. Ils se précipitèrent pour lui prêter main-forte et, trente secondes plus tard, la Lexus tombait de tout son long, avec la pesanteur d'un pachyderme blessé à mort. Du sommet de la falaise, ils la virent enfoncer sa pointe dans le lac. Elle sembla d'abord vouloir y rester en position verticale, telle une bizarre sculpture métallique, puis un terrible craquement se fit entendre, la surface éclata comme une immense vitre en mille morceaux, et l'auto s'abîma lentement dans un soupir d'adieu, en soulevant une vague d'eau gelée et de fragments de glace bleutée. Muets de stupeur, fascinés, Lucía et Richard la regardèrent s'enfoncer, avalée par l'eau noire, jusqu'à disparaître au fond du lac.

« D'ici deux jours, la surface sera à nouveau gelée, il ne restera aucune trace, dit finalement Richard en regardant se dissoudre la dernière ondulation de l'eau.

— Tu veux dire jusqu'au dégel du printemps.

— Le lac est profond dans ces parages, je ne crois pas qu'on la trouvera. Il ne vient personne par ici, ajouta Richard.

— Puisse Dieu t'entendre.

— Je doute que Dieu approuve quoi que ce soit dans cette affaire, dit-il en souriant.

— Et pourquoi donc ? Aider Evelyn est un acte de compassion, Richard. Comptons sur l'approbation divine. Si tu ne me crois pas, demande à ton père. »

Richard

Rio de Janeiro

Après la mort du petit Pablo, les semaines et les mois furent comme un mauvais rêve dont on ne peut s'extirper. Ni Anita ni Richard ne pouvaient s'en échapper. Bibi eut bientôt quatre ans et la famille Farinha célébra l'événement chez les grands-parents, en exagérant la portée de l'anniversaire pour compenser la tristesse régnante. La petite passait de main en main, entre sa grand-mère et ses nombreuses tantes, trop sage, trop sereine et prudente pour son âge, comme elle l'avait toujours été.

Mais la nuit, elle mouillait ses draps. Elle s'éveillait dans le lit trempé, ôtait discrètement son pyjama et se glissait, sur la pointe des pieds, dans la chambre de ses parents. Elle dormait entre les deux et, parfois, le matin découvrait l'oreiller humide des larmes de sa mère.

Le fragile équilibre maintenu par Anita depuis le temps de ses fausses couches fut rompu par la mort du nourrisson. Ni Richard ni l'affection redoublée des Farinha ne purent lui venir en aide. Mais tout son entourage réussit à la pousser à consulter un psychiatre, qui lui prescrivit un cocktail de médicaments. Les séances thérapeutiques s'écoulaient en silence, ou presque ; Anita ne parlait pas, et les efforts du psychiatre se heurtaient à l'opacité de son deuil.

En désespoir de cause, les sœurs d'Anita l'emmenèrent consulter María Batista, une *iyalorixá* fort respectée, mère de saints du candomblé. Toutes les femmes de la famille, à quelque moment crucial de leurs vies, avaient fait le voyage à Bahia pour se rendre au *terreiro*, lieu de culte de María Batista. C'était une femme d'âge mûr, volumineuse, au sourire intangible sur un visage couleur mélasse, vêtue de blanc depuis les chaussures jusqu'au turban et enveloppée d'une cascade de colliers symboliques. L'expérience l'avait rendue sage. Elle parlait à voix basse, regardait droit dans les yeux et caressait les mains de ceux qui accouraient chez elle pour trouver un guide sur les chemins de l'incertitude.

Aidée de ses *búzios*, les coquillages de caurí, elle examina le destin d'Anita avec son intuition. Elle ne disait jamais ce qu'elle voyait, car son rôle était de rendre l'espoir, de proposer des solutions et de donner conseil. Elle expliquait que la souffrance ne poursuit aucun but, qu'elle est inutile à moins de servir à purifier l'âme. Anita devait prier et demander secours à Yemayá, *orixá* de la vie, pour échapper à la prison des souvenirs. « Ton fils est au ciel et toi tu es en enfer. Reviens sur terre », lui dit-elle. Et elle conseilla aux sœurs Farinha de donner à la patiente le temps qu'il faudrait ; sa réserve de larmes s'épuiserait, et son esprit guérirait. La vie résiste et persiste. « Les larmes sont utiles, elles lavent à l'intérieur », ajouta-t-elle.

Anita rentra de Bahia aussi inconsolable qu'à son départ. Elle se referma sur elle-même, indifférente aux sollicitudes de sa famille ou de son mari, éloignée de tous, sauf de Bibi. Elle retira sa fille de la garderie pour l'avoir toujours sous les yeux, protégée par une tendresse à la fois tremblante et envahissante. Asphyxiée par ce tragique attachement, Bibi se retrouvait seule à pouvoir empêcher sa mère de glisser définitivement vers la folie. Elle seule pouvait sécher ses larmes et soulager sa peine par des caresses. Elle apprit à ne pas mentionner son petit frère, comme si elle avait oublié sa courte vie, et à faire semblant d'être joyeuse pour distraire sa mère. La fille et son père vivaient avec un fantôme. Anita passait une bonne partie de ses journées à dormir, ou dans un fauteuil, immobile, surveillée par quelque femme de la famille, que le psychiatre avait mise en garde contre le suicide. Les heures s'écoulaient indifféremment pour Anita, les jours se succédaient avec une terrible lenteur et elle n'avait que trop de temps pour pleurer le petit Pablo et les enfants morts avant leur naissance. Peut-être les larmes auraient-elles fini par se tarir, comme l'avait prédit María Batista, mais le temps manqua à cet effet.

Richard fut plus encore affecté par le désespoir insondable de sa femme que par la mort de l'enfant. Il avait désiré, aimé ce fils, mais moins que sa mère, et n'était pas arrivé à se familiariser entièrement avec lui. Anita l'élevait pendu à son sein, berçante et roucoulante dans sa litanie amoureuse, mais Richard commençait tout juste à le connaître quand ils le perdirent. Il avait disposé de quatre années pour s'énamourer de la petite Bibi et apprendre à être son père, mais il n'avait passé qu'un seul mois avec Pablo. Son décès inattendu le bouleversa, mais la réaction d'Anita l'affecta plus en profondeur. Ils avaient partagé de longues années et il s'était accoutumé aux sautes d'humeur de sa femme, qui passait en quelques minutes du rire et de la passion à la colère ou à la tristesse. Il avait trouvé des parades pour gérer les états d'âme imprévisibles d'Anita, qu'il attribuait à son « tempérament tropical », comme il le disait quand elle ne pouvait l'entendre, car elle l'aurait qualifié de raciste. Et pourtant, dans le deuil de Pablo, il ne pouvait rien, car elle le rejetait. C'est à peine si elle tolérait sa famille. Bibi était son unique consolation.

Pendant ce temps, la vie bouillonnait dans les rues et sur les plages de cette ville sensuelle. En février, le mois le plus chaud, beaucoup de gens allaient presque nus, les hommes en short et en manches de chemise, les femmes en tenues légères, faisant valoir leurs jambes et leurs décolletés. Des corps jeunes, beaux, bronzés, en sueur ; toujours plus de corps exhibés comme autant de défis : Richard en voyait partout. Son bar favori, où ses pas le portaient automatiquement en fin de journée pour se rafraîchir d'une bière ou s'étourdir d'un cocktail, était une des oasis, un des passages obligés de cette jeunesse. Le café se remplissait vers huit heures et, à dix heures, il faisait un boucan de train en marche, dans une odeur de sexe, de sueur, d'alcool et de parfum aussi palpable que du coton. Dans un coin discret circulait la cocaïne, entre autres stupéfiants. Richard était un habitué : il n'avait pas besoin de commander sa boisson, le barman le servait dès qu'il s'approchait du comptoir. Il s'était lié d'amitié avec plusieurs clients fidèles comme lui, qui lui en avaient présenté d'autres. Les hommes buvaient, conversaient à hauts cris pour couvrir le vacarme, regardaient le football à la télévision, commentaient les buts ou discutaient de politique. Parfois, ils forçaient la note et finissaient par se fâcher. C'est alors que le barman intervenait pour les mettre à la porte. Les filles se divisaient en deux catégories : les intouchables, car elles venaient au bras d'un homme, et celles qui arrivaient en groupes pour exercer l'art de séduire. Si une femme seule entrait en ligne de mire, elle avait en principe l'âge suffisant pour ignorer les mauvaises langues et trouvait toujours quelqu'un pour lui faire aimablement la cour, avec cette galanterie des Brésiliens que Richard était incapable d'imiter, car il la confondait avec du harcèlement sexuel… De son côté, il était une cible facile pour les filles qui cherchaient l'aventure. Elles acceptaient ses tournées, plaisantaient avec lui et, dans la foule qui se pressait au bar, se faisaient caressantes au point de le forcer à répondre. Richard, dans ces instants, oubliait Anita ; ces jeux pour lui étaient inoffensifs, ils ne représentaient pas le moindre danger pour son couple, contrairement à ce qui serait arrivé si Anita s'était permis de prendre les mêmes libertés.

La jeune fille qui allait devenir inoubliable pour Richard n'était pas du nombre des plus belles dans ces nuits arrosées de *caïpirinha*, mais elle avait de l'audace, un rire clair et une furieuse envie d'essayer tout ce qui se présentait. Elle devint bientôt la meilleure camarade pour faire la noce, mais Richard la maintenait en marge de sa vie, comme un mannequin dont l'existence se serait limitée à l'accompagner au bar, avec alcool et cocaïne. Elle avait si peu d'importance dans sa vie que, pour simplifier, il l'appelait Garota, le nom générique des belles filles de la plage branchée d'Ipanema depuis la vieille chanson de Vinícius de Moraes. C'est elle qui l'avait initié dans le coin réservé de la drogue et à la table de poker de l'arrière-salle, où l'on misait peu et où les pertes ne prêtaient guère à conséquence. Elle se montrait infatigable : elle pouvait boire et danser des nuits entières, et se rendre directement à son travail de secrétaire d'un cabinet dentaire le lendemain. Elle racontait la vie qu'elle s'inventait à Richard, dans un portugais frénétique et embrouillé, qui l'envoûtait comme une musique. Au deuxième verre, il se lamentait sur sa triste vie domestique et, au troisième, il sanglotait sur son épaule. La Garota s'asseyait sur ses genoux, l'embrassait jusqu'à l'étouffer et se frottait avec de telles moues d'excitation que Richard rentrait chez lui avec le pantalon taché et une inquiétude qui n'arrivait pas à se convertir en remords. Richard planifiait ses occupations en fonction des rencontres avec cette jeune fille qui donnait couleur et saveur à son existence. Invariablement joyeuse et toujours bien disposée, la Garota lui rappelait l'Anita de jadis, celle dont il était tombé amoureux à l'Académie de danse et qui s'estompait maintenant dans le brouillard de son infortune. Avec la Garota, il redevenait un jeune insouciant ; avec Anita, il se sentait lourd, vieilli et jugé.

Il n'y avait qu'un pas à franchir pour aller du bar à l'appartement de la Garota et, les premières fois, Richard le fit en groupe. À trois heures du matin, quand on poussait vers la sortie les derniers clients, certains allaient cuver leur cuite sur la plage, d'autres continuaient la fiesta chez un membre du groupe. L'appartement de la Garota s'y prêtait à merveille, car il se trouvait à quelques pâtés de maisons. À diverses reprises, Richard s'était éveillé avec les premières lueurs de l'aube dans un endroit qui, l'espace de quelques secondes, lui avait semblé inconnu. Il se levait nauséeux et confus, sans reconnaître les hommes et les femmes agglutinés par terre ou sur les canapés.

Un samedi le trouva étendu, à sept heures du matin, sur le lit de la Garota, vêtu et chaussé. En revanche, elle était nue, les jambes et les bras écartés, la tête pendante, bouche ouverte, avec un filet de sang séché sur le menton et les paupières mi-closes. Richard n'avait aucune idée de ce qui s'était passé, moins encore de ce qu'il faisait là. Les heures précédentes baignaient dans le noir absolu, la seule bouée à laquelle il se rattrapait était la table de poker dans l'épaisseur des fumées de cigarette. Son arrivée dans ce lit était un mystère. Et l'alcool l'avait déjà trahi en plus d'une occasion, son esprit s'égarait alors que son corps agissait automatiquement ; il devait exister, pensait-il, un nom et une explication scientifiques à ce phénomène. Après quelques minutes, il avait reconnu la femme, sans pouvoir s'expliquer le sang répandu. Qu'avait-il fait là ? Craignant le pire, il la secouait, en criant sans se rappeler son nom. Finalement, elle avait donné quelques signes de vie. Alors, soulagé, il avait plongé sa tête dans le lavabo, sous un flot d'eau froide, jusqu'à perdre son souffle en retrouvant un peu ses esprits. Il était sorti comme un dératé, avait regagné son domicile avec des coups de couteau dans les tempes, les os moulus et une impitoyable acidité gastrique. En vitesse, il avait improvisé une excuse pour Anita : la police l'avait arrêté avec quelques autres pour une stupide altercation de rue, il avait passé la nuit en taule, sans autorisation de téléphoner.

Le mensonge était inutile car il avait trouvé Anita profondément endormie par ses cachets et Bibi qui jouait en silence avec ses poupées. « J'ai faim, papa », avait-elle dit en s'accrochant à ses jambes. Tout en lui préparant un chocolat et une assiette de céréales, Richard se sentait indigne de l'amour de cette fillette. Il se trouvait sale et immonde, et n'osa pas la toucher avant de s'être longuement baigné. Puis il prit la petite sur ses genoux et enfonça le nez dans ses cheveux d'ange, aspirant cette odeur de lait caillé et d'innocente sueur, en jurant à part lui que, désormais, la famille serait la première de ses priorités. Il allait se consacrer corps et âme à sa femme, qu'il fallait sortir du puits où elle était tombée, et à sa fille, pour laquelle il fallait rattraper des mois de négligence.

Ses fermes résolutions durèrent dix-sept heures, et ses escapades nocturnes devinrent plus fréquentes, plus longues et intenses. « Tu es tombé amoureux de moi », lui fit remarquer la Garota et, pour ne pas la décevoir, il finit par l'admettre, alors que l'amour n'avait rien à voir dans son comportement. En fait, cette femme était interchangeable, elle pouvait céder la place à des dizaines d'autres aussi frivoles, toujours soucieuses d'attirer l'attention, redoutant par-dessus tout la solitude.

Le samedi suivant, autour de neuf heures, Richard se réveilla dans le lit de la Garota. Il perdit quelques minutes à chercher ses vêtements dans le désordre de l'appartement, mais sans précipitation, car il supposait que sa femme serait encore à demi inconsciente sous l'effet des somnifères. Elle ne se levait pas avant midi. Quant à Bibi, il n'avait pas à s'en préoccuper : à cette heure, l'aide ménagère devait être arrivée. Et ainsi, son vague sentiment de culpabilité se faisait imperceptible. La Garota avait raison : la seule victime de cette situation, c'était lui, avec cette épouse qui souffrait d'une maladie mentale. Du reste, aimait-elle à lui répéter : loin des yeux, loin du cœur. D'ailleurs, Anita ne savait rien, ou feignait de ne rien savoir de ses fredaines, et il avait le droit de prendre du bon temps. La Garota n'était rien d'autre qu'une passade, se disait-il, juste une empreinte dans le sable. Il n'imaginait pas qu'elle laisserait une cicatrice définitive dans sa mémoire. Toutefois, l'infidélité le dérangeait moins que les conséquences de l'abus d'alcool. Après une nuit de beuverie, il peinait à récupérer, il pouvait rester toute la journée avec l'estomac en feu, le corps épuisé, incapable de penser clairement, et avec des réflexes amortis, évoluant avec une lenteur d'hippopotame.

Il mit quelque temps à retrouver sa voiture, garée dans une rue latérale, et la clé de contact lui échappait, il avait du mal à démarrer, comme si une mystérieuse conspiration affaiblissait ses facultés et qu'il tournait au ralenti. Il y avait peu de trafic à cette heure et, malgré cette espèce de coup de bâton pris sur la tête, il retrouva son chemin jusqu'à la maison. Il s'était passé vingt-cinq minutes depuis son réveil aux côtés de la Garota, et il ressentait le besoin impérieux d'une tasse de café et d'une longue douche chaude. Il savourait déjà l'une et l'autre en s'approchant de l'entrée du garage.

Ensuite, il devrait chercher mille et une explications de l'accident qui suivit, et aucune ne suffirait à chasser l'image nette et précise qui devait, ce matin-là, se fixer sur sa rétine pour toujours.

Sa fille l'attendait à la porte et, en apercevant la voiture au coin, elle courut pour l'accueillir, comme elle le faisait toujours quand il arrivait dans la maison. Mais Richard ne la vit pas. Il sentit le choc sans savoir qu'il venait de la renverser. Il freina instantanément et perçut alors les cris stridents de la nounou. Il crut avoir heurté un chien car la vérité qui se profilait dans les méandres de son cerveau était insupportable. Il bondit de son siège, emporté par une indicible terreur qui effaça d'un trait de plume sa gueule de bois et, ne découvrant pas l'origine du choc, il eut une seconde de soulagement. C'est alors qu'il se baissa.

Tout seul, il dut extraire sa fille qui gisait sous le véhicule. Le choc n'avait rien dérangé : ni le pyjama, toujours propre, avec les oursons dessinés, ni la poupée de chiffon dans la main de la petite, qui gardait les yeux ouverts avec cette expression de joie irrésistible qu'elle prenait pour le recevoir. Il la releva avec des soins infinis, dans une folle espérance. Il la pressait contre lui, l'embrassant et l'appelant, tandis que de très loin, depuis l'extrémité d'un autre univers, lui arrivaient les cris de l'employée de maison et des voisins, les klaxons furieux du trafic interrompu, puis les sirènes de la police et de l'ambulance. En saisissant l'ampleur de la catastrophe, il se demanda où se trouvait Anita, car il ne voyait ni n'entendait sa femme dans cette foule confuse agglutinée autour de lui. Il devait apprendre, beaucoup plus tard, qu'au moment du coup de frein et de l'accident Anita s'était penchée à la fenêtre du second étage et avait assisté, paralysée, à toute la scène, depuis le premier geste de son mari à genoux à côté de la voiture jusqu'à l'ambulance qui se perdait en remontant la rue avec son hurlement de loup et sa lumière rouge de mauvais augure. Depuis sa fenêtre, sans aucun doute, Anita Farinha avait compris que Bibi ne respirait plus et assumé le coup de grâce du destin, qui sonnait sa propre exécution.

Elle était anéantie, marmottait des incohérences, dans un monologue sans fin, puis, quand elle cessa de se nourrir, elle échoua dans une clinique psychiatrique tenue par des Allemands. Ils l'encadrèrent d'une infirmière de jour et d'une infirmière de nuit, aussi identiques dans leur physique éclatant que dans leur écrasante autorité, telles des jumelles descendant d'un colonel prussien. Ces redoutables matrones se chargèrent de l'alimenter, deux semaines durant, par un tube déversant dans l'estomac un épais liquide à l'odeur de vanille, et de l'habiller contre sa volonté pour l'emmener, pratiquement en apesanteur, se promener dans la cour des fous. Ces prétendues balades et autres activités obligatoires, comme de visionner des documentaires sur les dauphins et les pandas, destinées à combattre les pensées négatives, n'eurent aucun effet appréciable sur elle. Alors le directeur de la clinique suggéra la thérapie «électroconvulsive», une méthode efficace et sans risque majeur, afin de l'arracher à l'indifférence, comme il disait. Il s'agissait d'un traitement sous anesthésie, le patient ne s'en rendait même pas compte, et le seul inconvénient, mineur, était une perte temporaire de mémoire qui, dans le cas d'Anita, serait plutôt une bénédiction.

Richard écouta les explications et préféra attendre un peu, car il n'avait pas la force de soumettre sa femme à des séances répétées d'électrochocs, et pour une fois, les membres du clan Farinha marquèrent leur accord avec lui. Tout comme ils s'accordèrent à ne pas prolonger le séjour d'Anita dans cette institution teutonne. Dès qu'il fut possible de retirer le tube et de lui donner une vraie bouillie à la petite cuiller, ils emmenèrent la patiente chez sa mère. Les sœurs qui, naguère, se relayaient déjà pour l'entourer de leurs soins décidèrent, après l'accident de Bibi, de ne plus la laisser seule une minute. Jour et nuit, il y avait quelqu'un auprès d'elle, pour veiller et prier.

Richard, à nouveau, était exclu de l'univers féminin où languissait sa femme. Il ne pouvait pas même l'approcher pour tenter d'expliquer ce qui s'était passé, et implorer son pardon, même si le pardon n'était plus possible. Sans que nul, jamais, prononçât le mot devant lui, on le traitait comme un assassin. Et c'était bien ainsi qu'il se voyait lui-même. Il vivait seul à la maison, tandis que les Farinha retenaient son épouse. «Ils la séquestrent», disait-il au téléphone lorsque son ami Horacio l'appelait de New York. Quant à son père, qui lui téléphonait régulièrement, il ne lui avouait pas le désastre de son existence : il tentait de le tranquilliser avec une version optimiste des faits, dans laquelle Anita, avec un soutien psychologique et l'aide de la famille, était en train de surmonter le deuil… Joseph savait très bien que Bibi était morte renversée par une voiture, mais il ne soupçonnait pas que Richard était au volant.

La garde d'enfants, qui s'occupait de Bibi et faisait le ménage, partit le jour de l'accident et ne revint jamais réclamer son dû. La Garota, elle aussi, se volatilisa, non seulement parce que Richard ne payait plus les tournées, mais aussi par crainte superstitieuse : elle voyait dans les malheurs de cet homme une malédiction contagieuse. Autour de Richard le désordre grandissait : les files de bouteilles s'allongeaient par terre, et au frigo fermentaient des produits aux poils verts, qui avaient oublié leur nature originelle. Le linge sale se multipliait comme dans un tour d'illusionniste. Son air décavé finit par effrayer ses élèves, qui abandonnèrent les cours, et, pour la première fois, il se retrouva sans revenus. Les dernières épargnes d'Anita servirent à payer la clinique. Il se mit à boire du rhum de supermarché, seul chez lui, car il avait une longue ardoise au bar. Il passait son temps avachi devant la télévision, allumée à toute heure pour fuir le silence et l'obscurité où flottait la présence transparente de ses enfants. À trente-cinq ans, il s'estimait à moitié mort, car il avait déjà vécu une mi-temps de sa vie. L'autre moitié ne l'intéressait pas.

En ces heures d'infortune pour Richard, son ami Horacio Amado-Castro, nommé directeur du

Centre d'études d'Amérique latine et des Caraïbes de l'université de New York, décida de s'intéresser davantage au Brésil et pensa que cette orientation des recherches pourrait lui offrir une bonne occasion. Ils étaient camarades depuis leurs années de célibat, alors qu'il entamait sa carrière académique et que Richard préparait sa thèse de doctorat. Il lui avait rendu visite à Rio de Janeiro et son ami l'avait reçu avec une magnifique hospitalité, à telle enseigne que, malgré son maigre budget d'étudiant, il avait pu séjourner deux mois au Brésil. Ensemble, sac au dos, ils étaient partis explorer la forêt amazonienne dans le Mato Grosso. Ils avaient ainsi consolidé une de ces amitiés masculines étrangères à tout sentimentalisme, immunisées contre la distance et le temps. Horacio, du reste, était retourné au Brésil comme témoin du mariage de Richard et d'Anita. Ils ne s'étaient guère vus les années suivantes, mais leur affection veillait dans un coin sûr de la mémoire; ils savaient tous deux pouvoir compter sur l'autre.

Dès qu'il apprit les nouvelles concernant les enfants de Richard, Horacio appela son ami, deux ou trois fois par semaine, pour lui soutenir le moral. Cependant, au téléphone, la voix de Richard était méconnaissable: il traînait sur les syllabes et se répétait sans cesse, avec l'obtuse incohérence des ivrognes. Horacio comprit que Richard avait besoin d'aide autant que sa femme.

C'est lui qui apprit à Richard, avant l'annonce dans les revues spécialisées, qu'il y avait un poste vacant à l'université, en le pressant de poser sa candidature. La compétition promettait d'être serrée et il ne pouvait pas intervenir, mais si Richard passait les épreuves nécessaires, avec un peu de chance il l'emporterait. En effet, sa thèse de doctorat était encore une référence, et ses articles en étaient une autre. Mais trop de temps avait passé : Richard avait perdu des années de carrière en lambinant sur les plages et en sirotant des cocktails. Toutefois, pour faire plaisir à son ami, il envoya sa demande, sans grands espoirs. Quelle ne fut pas sa surprise, deux semaines plus tard, en recevant une réponse l'invitant pour un entretien. Horacio dut lui faire parvenir la somme nécessaire pour le billet d'avion. Et Richard se prépara, sans donner d'explications à sa femme, qui se trouvait encore à la clinique allemande. Il s'était convaincu lui-même qu'il n'agissait pas par égoïsme : si on lui donnait le poste, Anita serait beaucoup mieux soignée aux États-Unis, où elle pourrait compter sur l'assurance universitaire pour couvrir les frais. Et, de surcroît, c'était la seule manière de la retrouver comme épouse en l'arrachant aux ventouses des Farinha.

Au terme de nombreux entretiens approfondis, Richard fut engagé pour le mois d'août suivant. On était en avril. Il estima que ce laps de temps suffirait à préparer le déménagement en laissant Anita prendre du repos. Entre-temps, il dut faire un nouvel emprunt à son ami pour couvrir les frais indispensables. Il pensait le rembourser grâce à la vente de la maison, à supposer que sa femme donnât son consentement, car la propriété lui appartenait.

La fortune familiale avait permis à Horacio Amado-Castro de ne jamais manquer d'argent. Âgé de soixante-seize ans, son père continuait d'exercer sa tyrannie patriarcale depuis l'Argentine avec une volonté de fer. Il s'était résigné à l'idée que l'un de ses fils épouse une Yankee protestante et à ce que deux de ses petits-fils ne parlent même pas l'espagnol. Il leur rendait visite plusieurs fois par an, pour enrichir sa vaste culture en musées, en concerts et en pièces de théâtre, et pour superviser ses investissements dans des banques de New York. Sa bru le détestait, mais le traitait avec la même courtoisie hypocrite dont il usait avec elle. Depuis des années, le vieux prétendait acheter une maison familiale plus convenable à son fils. L'appartement un peu étriqué où vivait Horacio avec les siens à Manhattan, au dixième étage d'un ensemble d'édifices identiques en brique rouge, était à ses yeux un trou à rats indigne de l'un de ses fils. Horacio devait hériter d'une part substantielle de sa fortune dès qu'il aurait les deux pieds dans la tombe, mais tout le monde faisait de vieux os dans la famille, et lui-même s'imaginait bien centenaire. Il trouvait stupide que son fils attende jusque-là pour mener une vie plus aisée, disait-il d'une voix enrouée en mordillant son cigare cubain. « Et moi, je ne veux rien devoir à personne et moins encore à ton père, un despote qui me déteste », tranchait la Yankee protestante, et Horacio ne se risquait pas à la contredire. En fin de compte, le vieil homme trouva le moyen de convaincre cette belle-fille entêtée. Un jour, il arriva avec une adorable petite chienne pour les enfants, une boule de poils qui faisait les yeux doux. Ils l'appelèrent Fifi sans imaginer que l'animal se trouverait bientôt à l'étroit dans ce diminutif. Car c'était une chienne esquimau canadienne, une husky pour tirer les traîneaux qui devait bientôt peser ses quarante-huit kilos. Devant l'impossibilité de la retirer aux enfants, la bru céda, et l'aïeul signa un gros chèque. Horacio se mit à chercher une maison avec une grande cour pour Fifi aux environs de Manhattan et finit par acquérir un *brownstone* à Brooklyn. C'était peu avant l'arrivée de son ami Richard Bowmaster, qui allait prendre ses fonctions à l'université.

Richard accepta le poste à New York sans rien demander à sa femme, car il pensait que son état de santé ne lui permettait pas de comprendre la situation. Il fallait choisir la meilleure solution pour elle. Il se défit discrètement de presque tout ce qu'ils possédaient et empaqueta le reste. Ne pouvant se résoudre à sacrifier ce qui avait appartenu à Bibi et à Pablo, il emballa leurs effets dans trois caisses qu'il confia, avant de partir, à sa belle-mère. Il prépara les valises d'Anita dans la foulée, sans la consulter, sachant que tout cela lui serait égal : depuis longtemps, déjà, elle ne portait plus qu'une tenue de gymnastique et s'était coupé les cheveux ras avec des ciseaux de cuisine.

Le plan de Richard – arracher sa femme aux griffes de la famille et quitter la ville en évitant tout mélodrame – échoua, car la mère et les sœurs d'Anita devinèrent ses intentions dès qu'il débarqua avec les trois caisses et subodorèrent le reste avec un flair de fins limiers. Elles s'employèrent aussitôt à empêcher ce départ. Elles firent valoir la fragilité d'Anita : comment allait-elle survivre dans cette ville sauvage, en bredouillant une langue emberlificotée, loin de sa famille et de ses proches ? Déjà déprimée parmi les siens, que deviendrait-elle au milieu de Nord-Américains totalement inconnus ? Mais Richard faisait la sourde oreille à leurs arguments : sa décision était irrévocable. Certes, il s'abstenait de le dire clairement, pour éviter toute offense, mais il considérait que l'heure était venue de songer à son propre avenir et d'en finir avec ces atermoiements causés par une épouse hystérique. De son côté, Anita manifestait une totale indifférence : que son sort fût ici ou là lui était parfaitement égal.

Avec un sac rempli de fioles et de flacons de comprimés, Richard conduisit sa femme à l'aéroport. Anita marchait doucement, sans jeter un regard en arrière, sans un geste d'adieu pour sa famille, qui pleurait massée derrière une vitre du terminal. Pendant les dix heures que dura le voyage, elle resta éveillée, sans rien manger ni demander où ils allaient. Horacio et sa femme les attendaient à la sortie de l'avion à New York.

Horacio ne reconnaissait pas la compagne de son ami : il avait connu une belle femme, sensuelle, bien en chair et tout sourires, et celle qui apparaissait à présent avait vieilli d'un seul coup, traînait ses chaussons et jetait un œil furtif d'un côté et de l'autre, craignant une agression. Elle ne répondit pas aux saluts et ne permit pas à l'épouse d'Horacio de l'accompagner aux toilettes. « Que Dieu nous protège, c'est bien pire que je ne l'imaginais », murmura Horacio. Son ami non plus n'avait pas bonne mine. Il avait bu pendant une bonne partie du vol – profitant des boissons gratuites –, portait une barbe de trois jours, il était débraillé et sentait la soûlographie. Sans l'aide d'Horacio, il se serait perdu avec Anita dans l'aéroport.

Les Bowmaster s'installèrent dans un appartement de l'université destiné aux membres de la faculté que

Horacio avait pu obtenir. C'était une bonne affaire : il était situé en plein centre, le loyer était modique et la liste d'attente fort longue. Après avoir déposé les valises dans l'entrée et remis les clés à son ami, Horacio s'enferma avec lui dans une pièce pour lui faire la leçon. On comptait des centaines, voire des milliers de postulants pour chaque poste vacant dans les universités nord-américaines, et l'occasion d'enseigner à l'université de New York ne se présenterait pas deux fois, lui dit-il. Il devait donc surveiller la boisson, et, pour faire bonne impression dès le début, éviter de se présenter sous son plus mauvais jour.

« Je t'ai recommandé, Richard. Ne me mets pas en mauvaise posture.

— Comment peux-tu penser ça ? Je suis à moitié mort après ce voyage et le départ de Rio, ou plutôt la fuite. Attends que je t'aie raconté la tragédie des Farinha, tu comprendras. Et sois tranquille, d'ici quarante-huit heures tu me verras rentrer bon pied bon œil à l'université.

— Et Anita ?

— Qu'y a-t-il avec elle ?

— Elle est très fragile, je ne sais pas si elle pourra rester seule, Richard.

— Il faudra qu'elle s'habitue, comme tout le monde. En tout cas, sa famille ne pourra plus la chouchouter. Elle ne pourra compter que sur moi.

— Alors, ne lui fais pas faux bond », conclut Horacio en s'éloignant.

Evelyn

Brooklyn

Evelyn Ortega commença à travailler chez les Leroy en 2011. La «maison des statues», comme elle appellerait toujours le domicile de cette famille, avait appartenu à un mafieux des années 1950 et à sa nombreuse parentèle, dont deux tantes vieilles filles et une arrière-grand-mère sicilienne qui ne quitta plus sa chambre quand on installa dans le jardin les sculptures de Grecs à poil. Le gangster mourut comme il avait vécu et la demeure changea de mains avant son acquisition par Frank Leroy, qui appréciait le passé trouble de la propriété comme les statues détériorées par les intempéries et le caca de pigeon. De plus, elle était bien située, dans une rue discrète et un quartier devenu respectable. Cheryl, sa femme, aurait préféré un appartement moderne à cette baraque prétentieuse, mais les décisions de tous ordres, grandes ou petites, étaient de son ressort à lui et ne se discutaient pas. La maison des statues offrit bientôt de nombreux avantages grâce aux aménagements réalisés par le mari pour les commodités de sa famille: garage pour deux véhicules, accès pour fauteuil roulant et ascenseur adapté.

Cheryl Leroy n'eut besoin que de cinq minutes pour engager Evelyn Ortega : il lui fallait une nourrice de toute urgence, elle ne pouvait entrer dans les détails. L'employée précédente était partie depuis cinq jours et n'était jamais revenue. Sans doute avait-elle été expulsée : c'était le risque avec des gens sans papiers, disait-elle. En principe, son mari se chargeait d'engager, de payer et de licencier le personnel. Son bureau lui fournissait des contacts pour trouver des immigrants latinos ou asiatiques toujours prêts à travailler pour rien, mais il avait érigé en principe de ne pas mélanger le travail et la famille. Ces filières étaient inutiles pour dénicher une nurse de confiance, ils avaient connu des expériences lamentables. Comme c'était un des rares sujets sur lesquels le couple s'accordait, Cheryl s'était tournée vers les services sociaux de l'Église de la Pentecôte, qui disposaient toujours d'une liste de femmes « de confiance » en quête de travail. Certes, dans ce cas précis, cette gamine du Guatemala n'avait sûrement pas de documents en règle, mais Cheryl préférait l'oublier pour l'instant ; on verrait ça plus tard. Elle aimait son visage honnête et ses manières respectueuses, elle pressentait qu'elle avait trouvé une perle, fort différente des jeunes femmes qui avaient défilé à la maison. Néanmoins, elle se posait des questions sur l'âge exact de la fille, qui semblait à peine sortie de la puberté, et sur sa taille. Elle avait lu quelque part que les personnes les plus petites de la planète étaient les femmes indigènes du Guatemala, et elle en avait la preuve sous les yeux. Elle se demandait si cette enfant de rien du tout, avec ses petits os de caille, bégayante par-dessus le marché, pourrait se débrouiller avec son fils Frankie, qui pesait déjà plus lourd qu'elle et devenait incontrôlable durant ses crises de nerfs.

De son côté, Evelyn se disait que Mme Leroy, si grande et si blonde, devait être actrice à Hollywood. Elle devait lever les yeux pour la regarder, comme avec les arbres. La patronne avait les bras et les mollets musclés, des yeux bleus comme le ciel de son village et une queue-de-cheval jaune qui semblait douée d'une vie propre. Elle était bronzée, d'une couleur orangée que la jeune fille n'avait jamais vue, et parlait d'une voix entrecoupée, un peu comme sa grand-mère Concepción, mais sans être assez vieille pour manquer d'air. Elle paraissait aussi fort nerveuse, comme une pouliche prête à s'élancer.

Sa nouvelle patronne présenta Evelyn aux autres membres du personnel, une cuisinière et sa fille chargée de la propreté des lieux, qui travaillaient de neuf à dix-sept heures les lundis, mercredis et vendredis. Elle lui mentionna encore Iván Danescu, qui n'était pas employé à proprement parler mais rendait service à l'occasion, et lui indiqua que M. Leroy limitait ses contacts avec les domestiques au strict nécessaire.

Elles prirent ensuite l'ascenseur pour le troisième étage, ce qui finit de convaincre Evelyn qu'elle avait atterri chez des millionnaires. La cabine était comme une cage d'oiseau, en fer forgé, avec un motif floral, et assez large pour accueillir un fauteuil à roulettes. La chambre de Frankie n'avait pas changé depuis un demi-siècle, quand elle abritait la bisaïeule sicilienne. C'était une pièce spacieuse, avec un toit incliné pourvu d'une lucarne, outre la fenêtre ombragée par la cime d'un érable dans le jardin. Frankie devait avoir huit ou neuf ans ; il était blond comme sa mère, mais avec une pâleur de phtisique. Attaché dans un fauteuil à roulettes, il était posté devant la télévision. Sa mère expliqua à Evelyn que les courroies l'empêchaient de tomber ou de se blesser quand il était pris de convulsions. Il avait besoin d'une surveillance constante, car il risquait de s'étouffer, auquel cas il fallait le secouer et lui taper dans le dos pour qu'il reprenne son souffle. Par ailleurs, il portait des couches-culottes et il fallait lui donner à manger. Cela dit, il ne causait pas de problèmes, un vrai chérubin, il se faisait aimer tout de suite. Il souffrait du diabète, mais il était bien contrôlé, elle-même se chargeait de mesurer le niveau et d'administrer l'insuline. Elle parvint à dire tout cela en vitesse et deux ou trois autres choses encore avant de faire demi-tour et de disparaître, « direction gymnase », conclut-elle.

Confuse et fatiguée, Evelyn s'assit à côté du fauteuil, prit la main du garçon, essaya d'étirer ses doigts engourdis et lui dit en *spanglish*, sans bégayer, qu'ils allaient devenir de bons amis. Frankie répondit par des grognements et des halètements spasmodiques, que la fille interpréta comme un mot de bienvenue. Ainsi commença une relation d'amour et de guerre qui devait prendre une importance capitale pour tous les deux.

Au bout de quinze ans de vie commune, Cheryl Leroy s'était résignée à l'autorité brutale de son mari, mais n'avait pas suffisamment appris à esquiver ou à prévenir ses attaques. Elle restait avec lui par accoutumance au malheur, par dépendance économique et à cause de leur fils malade. Auprès de son analyste, elle avait admis qu'elle le supportait encore par addiction à la facilité : comment renoncer, en effet, à ses ateliers de croissance spirituelle, au club de lecture, aux cours de Pilates qui la maintenaient en forme (bien qu'en deçà de ce qu'elle aurait souhaité) ? Il fallait du temps et des moyens pour tous ces loisirs. Elle souffrait de se comparer à tant de femmes épanouies et indépendantes, qui se montraient au gymnase en tenue décontractée. De son côté, elle ne retirait jamais tout son linge au vestiaire, et maniait fort habilement la serviette pour sortir de la douche ou du sauna sans montrer les traces de coups sur son corps. Quel que fût l'angle choisi pour examiner sa vie, ce n'était jamais à son avantage. L'inventaire de ses lacunes et défauts était douloureux : elle avait échoué dans les ambitions de sa jeunesse, et maintenant, en voyant s'additionner les signes de l'âge, il ne lui restait plus que l'usage des larmes.

Elle était très seule : à vrai dire, elle n'avait que son Frankie. Sa mère était morte depuis onze ans et son père, avec lequel elle ne s'était jamais entendue, s'était remarié. La nouvelle épouse venait de Chine : son père l'avait connue par Internet et l'avait fait venir sans se préoccuper davantage du fait qu'ils ne partageaient rien, même pas leur langue. « C'est beaucoup mieux, ta mère était trop bavarde », fut son seul commentaire quand il annonça la nouvelle à Cheryl. Elle n'avait jamais été invitée par le nouveau ménage, qui vivait au Texas, pas plus que son père ne s'était engagé à lui rendre visite à Brooklyn ni ne s'informait de l'état de santé de son petit-fils, atteint de paralysie cérébrale.

Cheryl n'avait jamais vu la nouvelle compagne de son père que sur les photographies envoyées à Noël, sur lesquelles ils portaient tous deux des bonnets de saint Nicolas, lui avec un sourire fier, elle avec une expression confuse.

En dépit de ses efforts, tout se délitait pour Cheryl, non seulement dans son corps, mais aussi dans son destin. Avant la quarantaine, la vieillesse lui apparaissait comme un ennemi lointain ; à quarante-cinq ans, elle la sentait à l'affût, tenace et implacable. À l'occasion, elle avait rêvé d'une carrière professionnelle ; elle avait nourri l'illusion de sauver son couple ; elle s'était flattée de sa condition physique et de sa beauté, mais tout cela appartenait au passé. Désormais, elle se sentait brisée, vaincue. Depuis de longues années, elle prenait des drogues contre la dépression, l'anxiété, la boulimie ou l'insomnie... Les tiroirs de la salle de bains et de sa table de nuit regorgeaient de dizaines de boîtes de pilules aux mille couleurs ; beaucoup d'entre elles étaient périmées, d'autres avaient un usage que l'on avait oublié, aucune ne pouvait rien contre le temps passé. Son psychanalyste – le seul homme qui ne l'avait pas fait souffrir et qui l'écoutait – lui avait prescrit divers palliatifs, et elle avait obéi comme une bonne élève, comme elle avait obéi en bonne fille à son père, aux fiancés de sa jeunesse et, aujourd'hui encore, à son mari. Mais les longues randonnées, le bouddhisme zen, les régimes divers, l'hypnose, les manuels d'autoanalyse ou les thérapies de groupe... rien n'apportait de résultat satisfaisant. À peine entamait-elle quelque chose, qui ressemblait d'abord au remède tant convoité, que l'illusion fondait comme peau de chagrin.

L'analyste s'accordait avec elle sur la cause principale de ses peines et tracas : ce n'était pas tant le fils infirme que la relation conjugale. Il lui avait expliqué que la violence est toujours progressive, comme elle avait pu le constater avec cet homme au cours des années. À chaque instant, des femmes étaient tuées, qui n'avaient pu s'échapper à temps, disait-il, mais lui n'avait pas le droit d'intervenir comme il l'aurait souhaité, quand il la voyait arriver avec une croûte de maquillage et des lunettes de soleil. Son rôle consistait à lui ménager du temps pour prendre ses propres décisions. Il ne pouvait lui offrir qu'une oreille attentive et un lieu sûr pour démêler les secrets. Mais Cheryl avait une telle peur de son mari qu'elle se crispait au seul bruit de sa voiture dans le garage ou de ses pas dans la maison. L'état d'esprit de Frank Leroy était imprévisible : il changeait en un clin d'œil, sans cause apparente. Cheryl priait pour qu'il arrive distrait, très occupé ou en coup de vent, pour se changer et ressortir ; elle comptait les jours pour le voir partir en voyage. Elle n'avait pas caché à l'analyste son désir, au fond, d'être veuve, et il avait acquiescé sans montrer la moindre surprise : il avait entendu tant de patientes exprimer un souhait identique, sans avoir autant de raisons que Cheryl, qu'il en avait conclu à un sentiment féminin assez répandu. Sa salle d'attente était peuplée de femmes soumises et furieuses, il n'en connaissait guère d'autres.

Cheryl s'estimait incapable de supporter seule la charge de son fils. Elle n'avait plus travaillé depuis des lustres, et son diplôme de conseillère familiale avait un goût d'ironie cinglante : il n'avait même pas servi à débrouiller la relation avec son mari. Avant leur mariage, Frank Leroy lui avait signifié qu'il désirait une épouse à temps plein. Elle avait regimbé au début, mais les lourdeurs et les fatigues de la grossesse l'avaient contrainte à céder. À la naissance de Frankie, elle avait renoncé à l'idée de travailler : l'enfant avait besoin d'une attention de chaque instant. Deux années durant, elle l'avait veillé seule, nuit et jour, jusqu'à la crise de nerfs qui l'avait conduite à consulter un analyste. Celui-ci lui avait conseillé d'engager une aide à domicile, puisqu'elle en avait les moyens. Ainsi, grâce à une longue procession de nurses, Cheryl avait trouvé un peu de liberté pour ses activités, à vrai dire limitées. Frank Leroy généralement les ignorait, non que sa femme lui eût dissimulé en quoi elles consistaient, mais parce qu'elles ne l'intéressaient pas : il avait d'autres choses en tête. Comme les employées à domicile se succédaient à un rythme soutenu et qu'il n'avait pas grand-chose à leur dire, Frank Leroy estimait inutile de retenir leurs noms. Il remplissait largement ses obligations, pensait-il, en payant l'entretien de la famille, les salaires, les charges et les dépenses astronomiques pour leur fils.

Dès la naissance de Frankie Junior, on pressentit qu'il y avait un problème, mais de longs mois devaient passer avant que les parents ne prennent la mesure de la situation. Avec beaucoup de tact, les spécialistes leur expliquèrent que l'enfant, sans doute, ne pourrait ni marcher, ni parler, ni contrôler sa musculature ou ses sphincters. Cependant, avec un traitement adéquat, des interventions chirurgicales et des séances de rééducation pour corriger la déformation des extrémités, Frankie pourrait accomplir des progrès. Cheryl n'accepta pas ce funeste diagnostic. Elle fit appel à tous les recours de la médecine traditionnelle, puis se lança à la chasse des cures alternatives et des thérapeutes mâtinés de sorciers, sans oublier celui qui soignait par téléphone, depuis Portland, en utilisant les ondes mentales.

Cheryl ne désarmait pas : elle apprit à interpréter les gestes et les bruits produits par son fils. Elle était la seule à partager une forme de langage avec lui. Ainsi prenait-elle connaissance, entre autres choses, du comportement des employées en son absence, à la suite de quoi il lui arrivait de les congédier.

De son côté, Frank Leroy considérait ce fils comme un affront personnel. Nul ne méritait pareille calamité. Quand ce petit machin tout bleu était né, pourquoi donc les médecins l'avaient-ils ressuscité ? Il eût mieux valu le laisser partir, au lieu de le condamner à une vie de souffrance et d'enchaîner ses parents à des obligations de soins interminables. Il se désintéressa de lui. Après tout, c'était à sa mère de s'en charger : personne ne put le convaincre que la paralysie cérébrale et le diabète étaient accidentels ; à ses yeux, Cheryl en portait la responsabilité. Elle avait négligé les mises en garde contre l'alcool, le tabac et les somnifères pendant sa grossesse. Ainsi, non seulement elle lui avait donné un enfant raté, mais elle ne pouvait en concevoir d'autres : après l'accouchement qui avait failli lui coûter la vie, elle avait subi une hystérectomie. Pour Frank Leroy, Cheryl était une épouse désastreuse : obsédée par la santé de son fils, elle était une pelote de nerfs, frigide et figée dans une fastidieuse posture de victime. La femme qui l'avait séduit quinze ans plus tôt était une Valkyrie, championne de natation, forte et décidée ; comment aurait-il pu soupçonner que, sous le sein d'une Amazone, battait un cœur pusillanime ?... Elle faisait presque sa taille, elle était aussi robuste que lui et aurait pu lui tenir tête, comme au début, quand ils rivalisaient dans leurs ébats passionnés, qui commençaient par des coups et se terminaient en étreintes violentes : un jeu dangereux et excitant. Mais après l'opération, le feu de la passion s'était éteint pour Cheryl. Son attitude faisait sortir Frank de ses gonds. Il ressentait sa passivité comme une provocation. Elle ne réagissait à rien, supportait tout en suppliant, autre provocation, qui redoublait la colère de son mari. Il en perdait la tête, puis se perdait en conjectures, car les bleus et autres traces de coups pouvaient attirer les soupçons, et il ne voulait surtout pas de problèmes... Il restait accroché à Cheryl pour Frankie, dont les espérances de vie étaient celles d'un enfant chétif, mais qui pouvait survivre bien des années.

En réalité, Leroy ne restait pas empêtré dans ce mariage de malheur, comme il disait, uniquement à cause de l'enfant. Sa raison principale d'éviter le divorce était que l'affaire lui coûterait fort cher. Sa femme en savait trop. Sous des airs de soumission et de frivolité, elle avait mené son enquête et percé le secret des agissements de son mari. Elle pouvait le faire chanter, le ruiner, le réduire à néant. Elle ignorait le détail de ses activités et le montant exact de ses comptes secrets aux Bahamas, mais elle soupçonnait de nombreuses malversations et savait lire entre les lignes. Oui, elle pouvait faire le poids face à lui. Et, s'il s'agissait de protéger Frankie ou ses droits élémentaires en tant qu'épouse, elle était prête à se défendre bec et ongles.

Peut-être s'étaient-ils aimés un jour, mais l'arrivée de Frankie avait dissipé toute illusion. En apprenant qu'il serait bientôt père d'un fils, Frank Leroy avait offert une réception aussi riche que pour une noce. Lui-même était le seul descendant mâle au milieu de plusieurs sœurs, le seul à pouvoir transmettre le nom à sa descendance ; cet enfant prolongerait donc la « lignée », comme le précisa le grand-père Leroy en portant un toast. Mais « lignée » était un terme peu adéquat pour désigner trois générations de voyous, expliquait Cheryl à Evelyn quand elle lui racontait sa vie dans une de ses nombreuses phases de mélange d'alcool et de barbituriques. Le premier Leroy de cette branche était français : c'était un fugitif de la prison de Calais, qui s'était fait la belle en 1903, alors qu'il purgeait une condamnation pour vol. Il était arrivé aux États-Unis avec pour seul capital un culot phénoménal et s'était enrichi promptement, avec beaucoup d'imagination et sans aucun scrupule. Il avait profité de sa bonne fortune pendant des années, jusqu'au jour où il était retourné derrière les barreaux, cette fois pour une gigantesque escroquerie qui avait mis sur la paille des milliers de vieux retraités. Son fils – le père de Frank Leroy – vivait depuis cinq ans dans la ville mexicaine de Puerto Vallarta, où il avait échappé à la justice nord-américaine qui le poursuivait pour fraude fiscale et divers délits. Le fait que ses beaux-parents se tenaient bien loin et sans possibilité de revenir constituait une bénédiction pour Cheryl.

La philosophie de Frank Leroy – petit-fils de cette canaille de Calais et fils de cet autre énergumène – était simple, claire et nette : la fin justifie les moyens si l'on en tire profit. Toute affaire qui vous convient est un bon tuyau, même s'il est fatal à d'autres. Et comme on dit : les uns gagnent, les autres perdent, c'est la loi de la jungle ; mais lui ne perdait jamais. Il savait faire de l'argent et le planquer. Il se débrouillait pour apparaître comme un nécessiteux, ou presque, aux yeux des fonctionnaires du fisc, grâce à une comptabilité fort inventive, tout en jouant les millionnaires quand cela pouvait le servir. Ainsi attirait-il la confiance de ses clients, aussi peu scrupuleux que lui. Il inspirait l'envie comme l'admiration. C'était une fripouille comme son père et son aïeul, mais il avait de la classe, et du sang-froid ; il évitait les risques et ne gaspillait pas son temps à mégoter dans les petites combines. Sécurité avant tout : sa stratégie consistait à opérer secrètement par l'entremise d'autres escrocs qui avançaient à découvert : s'ils finissaient sous les verrous, lui tirait son épingle du jeu.

Dès le premier jour, Evelyn traita le petit Frankie comme une personne raisonnable. En dépit des apparences, il était très intelligent. Elle apprit à le déplacer sans jamais lui faire de mal, à le baigner, à le vêtir et à le nourrir à son rythme, pour éviter qu'il ne s'étrangle. Bientôt la sollicitude et l'efficacité de la jeune fille décidèrent Cheryl à lui confier également le contrôle du diabète de son fils. Evelyn mesurait le taux de sucre avant chaque repas et régulait l'administration d'insuline, qu'elle injectait elle-même selon la dose qu'il fallait. L'anglais qu'elle avait appris à Chicago lui avait suffi jusque-là, car elle vivait surtout parmi des Latinos. Chez les Leroy, elle manqua au départ de bagage pour mieux communiquer avec Cheryl, mais les deux femmes développèrent rapidement une relation affectueuse qui n'avait guère besoin de mots. Cheryl dépendait d'Evelyn en toute chose, et la jeune fille semblait deviner ses pensées. « Je ne sais comment j'ai pu vivre sans toi, Evelyn. Jure-moi de ne jamais t'en aller », lui confiait sa patronne quand elle était submergée par l'angoisse ou effrayée par la violence du mari.

Evelyn contait des histoires à Frankie en *spanglish*, et il écoutait de ses deux oreilles. « Il te faut apprendre, ainsi nous pourrons partager nos secrets sans que nul ne comprenne », lui disait-elle. Au début, le garçon captait seulement une idée par-ci, une autre par-là, mais le son et le rythme de cette langue mélodieuse, dans la bouche d'Evelyn, lui plaisaient, et en peu de temps il en maîtrisa la compréhension. Certes, il ne pouvait articuler des paroles, mais il répondait à Evelyn par le biais de l'ordinateur. Au commencement de leur relation, elle avait dû batailler ferme, devant les fréquents mouvements de colère du garçon, qu'elle attribuait à l'ennui, à l'accablement et à la frustration liés au sentiment d'isolement. Alors, la jeune fille s'était souvenue de l'ordinateur avec lequel jouaient ses petits frères à Chicago. S'ils pouvaient s'en servir aussi jeunes, Frankie, le gars le plus malin qu'elle avait vu de sa vie, devait y arriver sans délai.

Les connaissances informatiques d'Evelyn étaient rudimentaires, et l'idée même d'avoir une machine aussi fabuleuse à sa disposition lui paraissait impensable, mais Cheryl n'avait pas encore fini d'entendre la proposition qu'elle courut acheter un appareil. Un jeune immigrant natif de Bombay, engagé à cette fin, assura la formation de base d'Evelyn qui, à son tour, initia Frankie à l'informatique.

La vie quotidienne et l'état d'esprit du garçon s'améliorèrent avec une rapidité surprenante, au fur et à mesure qu'il relevait ce défi intellectuel. Evelyn et lui devinrent des « accros » de l'ordinateur et des jeux de toutes sortes. Frankie maniait le clavier avec une immense difficulté, mais il passait des heures enthousiasmé devant l'écran. Il dépassa rapidement les opérations élémentaires que lui avait inculquées le jeune Indien, et apprit bientôt à Evelyn ce qu'il découvrait tout seul. Il pouvait enfin se faire comprendre, lire, échanger des idées, se plonger dans l'étude de ce qui piquait sa curiosité. Grâce à cette machine aux possibilités infinies, il put se prouver qu'il était doué d'une intelligence supérieure. L'univers entier était désormais à sa disposition, sur la Toile. Une chose conduisait à une autre, et ainsi de suite ; il commençait avec *La Guerre des mondes* et finissait avec un lémurien de Madagascar, en passant par l'*Australopithecus afarensis*, le grand aïeul de la famille humaine. Peu après, il créa son compte sur Facebook, où il menait aussi une existence virtuelle avec des amis invisibles.

Pour Evelyn, cette vie recluse dans une douce intimité avec Frankie était comme un baume pour soigner les plaies de son passé. Ses cauchemars récurrents s'estompèrent et disparurent ; elle pouvait se souvenir de ses frères vivants, comme dans sa dernière vision avec la femme chamane du Petén. Frankie devint ainsi la personne la plus importante de son entourage, avec sa lointaine grand-mère. Chaque manifestation des progrès de cet enfant était un triomphe personnel. L'affection jalouse qu'il lui témoignait et la confiance dont faisait preuve Cheryl la remplissaient de bien-être. Il ne lui en fallait pas davantage. Elle échangeait avec Miriam par téléphone, elle la voyait parfois sur FaceTime et pouvait constater combien grandissaient ses frères cadets, mais elle ne trouvait pas le temps de se rendre à Chicago. « Je ne peux pas laisser Frankie tout seul, maman, il a besoin de moi », expliquait-elle. Et Miriam non plus n'était guère curieuse de rendre visite à cette fille qui, en vérité, était une étrangère. Elles s'envoyaient des cadeaux de Noël et des cartes d'anniversaire, mais aucune des deux n'aspirait à approfondir leur relation. Au début, Miriam n'était pas très rassurée : elle craignait que sa fille, isolée dans une ville froide, au milieu de gens inconnus, ne soit mise à rude épreuve. De surcroît, elle avait l'impression que tout son travail était peu rétribué, même si Evelyn, jamais, ne s'en plaignait. Au bout du compte, Miriam finit par se convaincre que sa fille était beaucoup mieux à Brooklyn, chez les Leroy, que dans sa propre famille à Chicago. Evelyn avait grandi, et elle, sa mère, l'avait perdue.

Evelyn mit longtemps à prendre le pouls de l'étrange dynamique à l'œuvre dans cette demeure de Brooklyn. M. Leroy, comme tout le monde l'appelait – y compris sa femme, quand elle parlait de lui –, était un homme imprévisible et qui s'imposait sans élever la voix. En fait, plus il parlait à voix lente et basse, plus il fallait redouter ses colères. Il dormait au premier étage, dans une chambre qu'il avait fait aménager avec un accès direct depuis le jardin, afin de pouvoir aller et venir en toute discrétion. Cela lui permettait aussi de maintenir sa femme et le personnel sous pression, car il surgissait de nulle part à l'improviste, comme dans un tour d'illusionniste, et disparaissait de la même façon. Le plus gros meuble de sa chambre était une armoire où il rangeait ses armes sous clé, bien graissées et lustrées. Evelyn n'y connaissait rien : dans son village, les bagarres se réglaient au couteau ou à la machette, et les bandes rivales utilisaient des pistolets de contrebande, parfois si vieux qu'ils leur éclataient dans les mains. Mais la jeune fille avait vu assez de films d'action pour reconnaître l'arsenal de guerre de son patron. Par deux fois, elle avait entrevu les armes, quand Frank Leroy et Iván Danescu, son homme de confiance, les nettoyaient sur la table de la salle à manger. Leroy gardait aussi un revolver chargé dans la boîte à gants de la Lexus, mais non dans la Fiat de sa femme ou dans la fourgonnette aménagée pour le fauteuil roulant, dont Evelyn se servait pour transporter Frankie. D'après Leroy, il fallait toujours être prêt : « Si nous étions tous armés, il y aurait moins de fous et de terroristes sur la place publique ; dès qu'ils se pointeraient, quelqu'un les expédierait » ; beaucoup d'innocents mouraient d'avoir attendu la police.

La cuisinière et sa fille mirent Evelyn en garde : il ne fallait pas fourrer son nez dans les affaires des

Leroy. Les personnes un peu fouineuses avaient été renvoyées. De leur côté, ces deux femmes servaient dans la maison depuis trois ans et ne savaient rien des occupations du patron. D'ailleurs, en avait-il ? Il vivait peut-être de ses rentes, un point c'est tout. Mais elles savaient qu'il rapportait parfois des marchandises du Mexique et les trimbalait d'un coin à l'autre du pays. Quel genre de marchandises ? Mystère. Iván Danescu était muet comme une carpe, sec et dur comme du pain de l'an dernier, mais c'était l'homme à tout faire de M. Leroy, il valait mieux garder ses distances avec lui. Le patron était un lève-tôt, il prenait une tasse de café debout dans la cuisine et s'en allait jouer au tennis pendant une heure. À son retour, il se douchait et disparaissait jusqu'au soir, ou pendant plusieurs jours. Si d'aventure il y pensait, il passait jeter un œil sur Frankie, depuis le seuil de sa chambre, avant de partir. Evelyn apprit bientôt à l'éviter et à s'abstenir de mentionner l'enfant devant lui.

Cheryl Leroy, pour sa part, se levait tard, car elle dormait mal, passait la journée à ses cours et dînait d'un plateau servi dans la chambre de Frankie, sauf quand son mari était en voyage. Alors, elle en profitait pour sortir. Elle n'avait qu'un seul ami, et pratiquement aucune famille. En dehors de la maison, ses activités se résumaient à ses cours, ses médecins et son analyste. Elle commençait à boire tôt dans l'après-midi et, le soir, l'alcool la transformait en la fillette pleurnicheuse qu'elle avait dû être dans l'enfance. Et elle réclamait la compagnie d'Evelyn. Elle ne pouvait compter sur personne d'autre : cette humble fille était son seul appui, sa confidente. Ainsi Evelyn fut-elle mise au courant, jusque dans les moindres détails, de la relation délétère de ses patrons et des mauvais traitements infligés à Cheryl. Par-dessus le marché, Frank Leroy s'était opposé aux anciennes amitiés de sa femme ; il lui interdisait de recevoir à la maison, non par jalousie, disait-il, mais pour protéger sa vie privée. Ses affaires étaient très délicates, voire confidentielles ; aucune précaution n'était superflue. « La naissance de Frankie l'a rendu plus rigide encore. Il ne veut voir personne ici, car il aurait honte de montrer l'enfant », confiait la mère à Evelyn. Ses sorties nocturnes en l'absence du mari la conduisaient toujours au même endroit : un modeste restaurant italien de Brooklyn, avec des nappes à carreaux et des serviettes en papier, où le personnel la connaissait depuis de longues années. Evelyn, pourtant, savait qu'elle n'y mangeait pas seule, car avant de sortir Cheryl fixait un rendez-vous au téléphone. « À part toi, il est mon unique ami, Evelyn », lui avoua sa patronne. C'était un peintre de quarante ans plus âgé qu'elle, pauvre, alcoolique et débonnaire, avec lequel Cheryl partageait les pâtes préparées par la *mamma* en cuisine, avec des côtelettes de veau et du vin de table. Ils se connaissaient depuis longtemps. Avant de se marier, elle avait inspiré plusieurs de ses tableaux ; elle était même devenue, tout un temps, sa muse. « Il m'a d'abord vue dans un championnat de natation et m'a demandé de poser comme Junon pour une peinture murale allégorique… Sais-tu de quoi il s'agit, Evelyn ? Junon était la déesse romaine de l'énergie vitale, de la force et de l'éternelle jeunesse. Une déesse à la fois guerrière et protectrice. Et figure-toi qu'il me voit toujours ainsi, il ne soupçonne pas combien j'ai changé. » Il n'aurait servi à rien de vouloir expliquer à son mari ce que l'affection platonique de ce vieil artiste représentait pour elle et que ces rencontres au restaurant étaient les seuls moments où elle se sentait admirée, comprise et aimée.

Iván Danescu, en revanche, avait la mine patibulaire et des manières pires encore. Il était aussi énigmatique que son employeur et son rôle dans la hiérarchie domestique était nébuleux. Evelyn subodorait que son patron en avait peur, tout comme les employés de la maison, car elle avait vu cet homme hausser la voix sur un ton de défi devant Frank Leroy, qui n'avait pas eu la moindre réaction. Sans doute étaient-ils associés ou complices. Comme nul ne prêtait attention à cette petite employée guatémaltèque, bègue et insignifiante, elle circulait librement comme la fée du logis, traversant les murs et perçant les secrets les mieux gardés. On supposait qu'elle parlait à peine anglais et qu'elle ne comprenait guère ce qu'elle entendait et voyait. Danescu n'échangeait qu'avec M. Leroy, il entrait et sortait sans explications et, s'il tombait sur la patronne, il l'examinait avec insolence, sans dire un mot, mais en saluant parfois Evelyn d'un geste diffus. Cheryl se gardait bien de le provoquer car, les deux fois où elle avait osé se plaindre de lui, son mari l'avait giflée. Bref, Danescu occupait une position beaucoup plus importante que la sienne.

Evelyn était rarement dans le voisinage de cet homme. Quand Cheryl constata, au bout d'un an, que la nouvelle nurse ne partirait pas et que Frankie l'aimait tant qu'elle-même en devenait jalouse, elle proposa à la jeune fille d'apprendre à conduire la fourgonnette. Et, dans un geste inattendu de soudaine amabilité, Iván proposa de l'initier à la conduite. Une fois seule avec lui dans le véhicule, Evelyn découvrit que l'ogre – comme l'appelaient les autres employées – était un instructeur patient et qu'il pouvait arriver à sourire, quand il ajustait le siège pour qu'elle atteigne les pédales, même si sa moue était plutôt le rictus de quelqu'un qui n'avait plus toutes ses dents. Mais elle était bonne élève, elle apprit par cœur le code de la route et, au bout d'une semaine, elle maîtrisait déjà le véhicule. Iván la prit en photo contre le mur blanc de la cuisine et, quelques jours plus tard, lui tendit son permis de conduire au nom d'une certaine Hazel Chigliak. « Désormais, avec ce document, tu fais partie d'une tribu d'Indiens américains », dit-il en guise de commentaire laconique.

Au début, Evelyn sortait la fourgonnette uniquement pour conduire Frankie chez le coiffeur, dans une piscine adaptée ou au centre de rééducation, mais bientôt ils sortirent pour manger des glaces, improviser un pique-nique ou aller au cinéma. À la télévision, le garçon ne voyait que des films d'action, d'assassinats et de tortures, de coups de pétoire et d'explosions, mais dans les salles obscures, assis derrière le dernier rang dans son fauteuil roulant, il dévorait les mêmes histoires sentimentales d'amour et de déception que sa jeune nounou. En fin de séance, parfois, ils se tenaient la main en pleurant. La musique classique l'apaisait et les rythmes latins l'électrisaient de joie. Evelyn lui mettait dans les mains un tambourin ou des maracas, et lui, aussitôt, secouait les instruments tandis qu'elle dansait comme une marionnette désarticulée, en déclenchant des paroxysmes de fous rires.

Ils devinrent inséparables. Evelyn renonçait chaque semaine à ses jours de sortie et ne demandait jamais de congés, car elle savait que Frankie se languirait en son absence. Pour la première fois depuis la naissance de son fils, Cheryl pouvait être tranquille. Dans le langage particulier des caresses, des gestes et des sons qu'ils partageaient, ou moyennant l'ordinateur, Frankie fit sa demande en mariage à Evelyn. «Grandissons d'abord, petit caneton, et puis nous verrons», répondit-elle, émue.

Si la cuisinière et sa fille savaient ce qui se passait exactement entre M. Leroy et sa femme, elles ne le commentèrent jamais. Evelyn ne pouvait en parler davantage, mais elle ne pouvait feindre non plus de tout ignorer, car elle était très proche de Cheryl, et intégrée à la famille. Les raclées s'administraient toujours à huis clos, mais les parois de cette vieille maison étaient fines. Evelyn augmentait le son de la télévision pour distraire Frankie, qui faisait des crises d'angoisse en entendant ses parents et finissait souvent par s'arracher des mèches de cheveux. Les disputes épelaient fréquemment le nom de Frankie. Son père inventait tout ce qu'il pouvait pour l'éviter, mais son fils était omniprésent, à tel point que le souhait paternel de le voir disparaître une fois pour toutes lui fit jeter à la figure de sa femme: «Qu'ils crèvent donc tous les deux ! », elle et son monstre de rejeton, ce bâtard sans un gène des Leroy, car dans cette famille il n'y avait pas de tarés, aucun de ces deux-là ne méritait de vivre, ils étaient de trop. Evelyn entendait alors les claquements terribles des coups de ceinture. Et Cheryl, atterrée à l'idée que son fils avait entendu, s'efforçait de compenser la haine paternelle par son amour obsessionnel de mère.

Après ces terribles « corrections », Cheryl passait plusieurs jours sans sortir, en se cachant. Elle acceptait silencieusement les soins que lui prodiguait Evelyn, qui la consolait avec une affection filiale, soignait les contusions avec de l'arnica, l'aidait à se laver et à s'épiler, lui tenait compagnie devant les séries télévisées et entendait ses confessions sans émettre de jugement. Cheryl profitait de ces temps de claustration pour se consacrer plus encore à Frankie, en lui faisant la lecture ou en lui tenant un pinceau entre les doigts. L'intensité de l'attention maternelle pouvait devenir étouffante pour le garçon, qui s'énervait à l'occasion et demandait à Evelyn, par le biais de l'ordinateur, qu'on le laisse tranquille. Il le faisait en espagnol, pour ne pas blesser sa mère. Et la semaine se terminait entre l'enfant inconsolable, la mère droguée aux comprimés contre la dépression et l'anxiété, et un surplus de travail pour Evelyn, qui ne se plaignait de rien car, comparée à l'existence de sa patronne, la sienne était facile.

Elle compatissait de tout son cœur avec Cheryl, elle aurait voulu la protéger, mais nul ne pouvait intervenir. Sa patronne avait eu le malheur de tomber sur ce mari brutal, et il ne changerait pas, jusqu'au jour où elle n'en pourrait plus, alors Evelyn serait auprès d'elle pour fuir, avec Frankie, l'emprise de M. Leroy. La jeune fille avait connu des cas semblables dans son village. L'homme s'enivrait et se bagarrait, on l'avait humilié au travail, il avait perdu la face et tout prétexte était bon pour cogner sur la femme et les enfants, ce n'était pas sa faute, les hommes sont ainsi faits et c'est la loi de la vie : voilà dans quels termes pensait la jeune Evelyn. Sans doute les raisons de M. Leroy de se comporter aussi durement devaient-elles se chercher ailleurs, mais les conséquences ne changeaient pas : les coups, soudain, se mettaient à pleuvoir, le mari claquait la porte et Cheryl s'enfermait dans sa chambre pour pleurer jusqu'à tomber d'épuisement. Evelyn calculait le bon moment pour lui rendre visite, sur la pointe des pieds, lui proposer quelque chose à manger, lui donner ses cachets pour les nerfs, ses somnifères, ou des compresses de glace. « Apporte-moi le whisky, Evelyn, et reste un moment avec moi », lui répondait Cheryl, défigurée par les pleurs, agrippée à sa main.

Chez les Leroy, la discrétion était indispensable à la vie en commun : Evelyn avait été prévenue par les autres employées. Du reste, malgré la peur que lui inspirait le patron, elle voulait garder sa place. Dans la « maison des statues », elle se sentait à l'abri comme avec sa grand-mère autrefois, et elle jouissait d'un confort dont elle n'avait jamais rêvé : des crèmes glacées tant qu'elle en voulait, la télévision, un lit douillet dans la chambre de Frankie. Ses gages étaient peu de chose, mais elle ne dépensait rien et pouvait envoyer de l'argent à sa grand-mère. Celle-ci, peu à peu, remplaçait les murs d'argile et de jonc de sa chaumière par de la brique et du ciment.

Le vendredi de janvier où le trafic à New York fut paralysé, la cuisinière et sa fille ne vinrent pas travailler. Cheryl, Evelyn et Frankie restèrent confinés à la maison. Les médias avaient annoncé la tempête depuis la veille, mais la réalité fut pire que les pronostics. Il se mit à tomber des grêlons comme des pois chiches, que le vent balançait contre les fenêtres, au risque de faire éclater les vitres. Evelyn ferma les persiennes et les rideaux pour protéger Frankie du bruit, autant que possible. Elle tenta de le distraire avec la télévision, mais ces mesures furent inutiles, car la mitraille de la grêle et le rugissement du tonnerre le terrifiaient. Quand elle parvint enfin à le calmer, elle le coucha en espérant qu'il s'endormirait. Mais elle ne pouvait plus le divertir avec la télévision : l'image était très mauvaise. Pour parer à une éventuelle panne d'électricité, elle s'était pourvue de chandelles et d'une lampe de poche, et gardait la soupe au chaud dans une Thermos. De son côté, Frank Leroy était parti en taxi de bon matin. Il se rendait à son club de golf en Floride, pour tromper la tempête qui s'annonçait. Et Cheryl passa la journée au lit, souffrante et en larmes.

Le samedi, elle se leva tard, très agitée, avec le regard dément des mauvais jours, mais, contrairement à son habitude, elle restait tellement silencieuse qu'Evelyn s'alarma. Sur le coup de midi, après l'arrivée du jardinier qui déblaya la neige à l'entrée, elle prit le volant de la Lexus, pour un rendez-vous avec l'analyste, dit-elle. Elle rentra deux heures plus tard, le visage altéré. Evelyn lui ouvrit les flacons de calmants, compta les pilules et lui servit une bonne dose de whisky, car Cheryl ne contrôlait plus le tremblement de ses mains. Elle avala le tout en trois gorgées bien tassées. Sa journée avait été affreuse, déclara-t-elle, elle se sentait fort déprimée, sa tête allait éclater, elle ne voulait voir personne et moins encore son mari, il valait mieux qu'un tel scélérat ne revienne jamais, qu'il disparaisse et plonge tête la première en enfer, c'est tout ce qu'il méritait, comme ce fils de chienne de Danescu, ce traître sous son propre toit. « Maudits soient-ils tous les deux, je les hais », bredouilla-t-elle en avalant, fébrile, une bolée d'air.

« Je les tiens dans mon poing, Evelyn. S'il me plaisait de le faire, je n'aurais qu'à parler, et ils n'auraient plus un trou pour se cacher. Ce sont des criminels, des assassins, tu entends ? Sais-tu ce qu'ils fabriquent ? Du trafic humain, ils transportent et vendent des gens ! Ils les trompent pour les attirer, puis ils en font des esclaves. Ne me dis pas que tu n'as jamais rien entendu…

— J'en ai un peu entendu parler, admit la jeune fille, effrayée par l'aspect de sa patronne.

— Ils les font travailler comme des bêtes, sans les payer. Ils les menacent et puis les tuent. Il y a tant de gens mêlés à ça, Evelyn, si tu savais : des fonctionnaires, des passeurs, des policiers, des gardes-frontières et jusqu'à des juges corrompus. Il ne manque jamais de clients dans les affaires. Avec beaucoup de fric en jeu, tu comprends ?

— Oui, madame.

— Tu as eu de la chance de ne pas te faire pincer. Tu aurais fini dans un bordel. Tu me crois folle, n'est-ce pas ?

— Non, madame.

— Kathryn Brown, la physiothérapeute de mon fils, est une putain. Elle vient ici pour nous espionner ; Frankie n'est qu'un prétexte. C'est mon mari qui la fait venir ici : elle couche avec lui, tu piges ? Non. Et comment le saurais-tu, petite ? La clé que j'ai trouvée dans sa poche ouvre la maison de cette garce. Pourquoi penses-tu qu'il aurait cette clé ?

— Madame, je vous en prie... Comment pouvez-vous savoir d'où provient cette clé ?

— Et d'où voudrais-tu qu'elle vienne ? Et tu ne sais pas tout, Evelyn : mon mari veut se débarrasser de moi et de Frankie... oui, de son propre fils ! Nous tuer ! Voilà ce qu'il prépare, et l'autre est sa complice, j'en jurerais, mais je suis là. Je ne baisse jamais la garde, crois-moi, je veille au grain. »

À bout de forces, étourdie par l'alcool et les médicaments, se tenant aux murs, la femme se laissa conduire à sa chambre. Evelyn l'aida à se déshabiller et à se coucher. La jeune fille ne pouvait imaginer que Cheryl soupçonnait la relation du patron avec Kathryn Brown. Elle portait le secret dans son cœur, depuis des mois, comme une tumeur maligne. Vouée comme elle était à passer inaperçue, elle écoutait, observait et tirait les conclusions. Et elle les avait surpris plus d'une fois, chuchotant dans le couloir, ou s'envoyant des textos d'un bout à l'autre de la maison. Elle les avait entendus qui planifiaient des vacances ensemble, et qui s'enfermaient dans une des pièces inoccupées. Leroy ne venait dans la chambre de Frankie qu'en présence de Kathryn, quand l'enfant faisait ses exercices. Alors ils faisaient sortir Evelyn sous un prétexte quelconque, et laissaient le garçon entendre bien des choses, comme s'ils voulaient que Cheryl découvre leur relation. Mais Evelyn avait exhorté Frankie à garder le secret pour eux deux. Elle croyait Leroy amoureux de Kathryn : en sa présence, le ton de sa voix et jusqu'à l'expression du visage changeaient. En revanche, elle ne comprenait guère comment Kathryn avait pu s'engager avec un homme aussi dévoyé, plus âgé qu'elle, père d'un enfant infirme, à moins qu'elle ne fût attirée par l'argent.

Et pourtant, de la bouche même de Cheryl, son mari pouvait avoir un charme irrésistible quand il le voulait ; c'est d'ailleurs ainsi qu'il l'avait conquise. Quand Frank Leroy avait une idée en tête, rien ne pouvait l'arrêter. Cheryl relatait à Evelyn comment, le premier jour, ils avaient à peine échangé deux regards, en se jaugeant à distance, et que cela avait suffi : Leroy s'était aussitôt approché avec deux martinis, et son air décidé. « À partir de cet instant, il ne m'a plus lâchée un seul jour. Il m'avait attrapée comme l'araignée dans sa toile. J'ai toujours su qu'il allait me maltraiter, cela avait commencé avant notre mariage, mais c'était comme un jeu. Je ne pensais pas que cela deviendrait toujours pire, et plus fréquent... » Malgré la terreur et la haine que Leroy lui inspirait, Cheryl admettait qu'il avait de l'allure, de l'élégance, une autorité naturelle et un air de mystère. Evelyn, en revanche, était imperméable à ces qualités.

C'était donc le samedi après-midi : Evelyn écoutait les lamentations incohérentes de Cheryl, quand une odeur lui parvint de la pièce contiguë : il était l'heure de changer les couches de Frankie… Car elle n'avait pas seulement l'ouïe fine : elle avait développé son intuition comme son flair. Dans son état pitoyable, Cheryl avait oublié d'acheter de nouvelles couches. Evelyn calcula que l'enfant, qui somnolait déjà, pouvait attendre qu'elle fasse un saut jusqu'à la pharmacie. Elle enfila donc un lainage, son anorak, des bottes de caoutchouc et des gants pour affronter la neige. Mais elle se retrouva devant la fourgonnette dont un pneu était dégonflé. La Fiat 500 de Cheryl était en réparation chez le garagiste. Inutile d'attendre un taxi : avec ce temps-là, ils étaient tous pris. Quant à réveiller la patronne, c'était une mauvaise idée, elle serait dans un état comateux. La jeune fille allait renoncer à sa course et régler le problème avec des serviettes, quand elle vit sur le meuble, à l'entrée, les clés de la Lexus, à leur place habituelle. C'était la voiture de Frank Leroy, elle ne l'avait jamais conduite, mais, ma foi, songea-t-elle, ce devait être plus facile qu'une camionnette ; le trajet prendrait moins d'une heure, aller-retour, Cheryl était dans les limbes, l'affaire passerait inaperçue et le problème serait résolu. Elle s'assura que Frankie sommeillait tranquillement, l'embrassa sur le front en murmurant qu'elle revenait tout de suite. Et elle sortit prudemment l'auto du garage.

Lucía

Chili

La mort de sa mère, en 2008, provoqua chez Lucía Maraz un sentiment d'insécurité qu'elle s'expliquait mal. Lucía, en effet, ne dépendait plus de Lena depuis qu'elle s'était exilée à l'âge de dix-neuf ans. C'était elle qui, ces dernières années, avait rempli le rôle de protectrice, d'autant plus que l'inflation avait grignoté la pension de Lena. Et pourtant, quand elle se retrouva privée de mère, la sensation de vulnérabilité fut aussi forte que le chagrin de l'avoir perdue. Il faut dire que son père avait disparu de sa vie très tôt, et que sa mère et son frère Enrique étaient toute sa famille. Désormais, comme ils étaient morts tous les deux, elle ne comptait plus que sur sa fille Daniela. Certes, Carlos vivait aussi dans la maison familiale, mais en matière de sentiments, il était aux abonnés absents. Pour la première fois, Lucía sentit le poids de son âge. Jusque-là, l'entrée dans la cinquantaine ne l'avait pas empêchée de se sentir comme à trente ans. Jusque-là, vieillir et mourir avaient représenté des idées abstraites, des choses qui n'arrivaient qu'aux autres.

Avec Daniela, Lucía dispersa les cendres de sa mère comme celle-ci l'avait demandé sans donner de raison précise. Sa fille en avait déduit que Lena voulait finir dans les mêmes eaux du Pacifique où son fils avait sans doute été précipité, comme tant d'autres. Lucía et Daniela embauchèrent un pêcheur pour les emmener au-delà des derniers rochers de la côte, où l'océan prend une couleur de pétrole, jusqu'où n'arrivent pas même les mouettes. Debout sur le bateau, baignées de larmes, elles improvisèrent un adieu à cette vieille dame et à son fils, dont elle n'avait jamais accepté la mort à voix haute, même si, dans un coin secret de son cœur, elle en avait fait son deuil depuis de longues années. Le premier livre de Lucía, publié en 1994, donnait des détails sur ces meurtres, que nul ne démentit jamais. Lena l'avait lu. Elle avait également accompagné Lucía quand celle-ci avait témoigné devant un juge à propos des recherches concernant les hélicoptères des Forces armées. Lena devait avoir une idée assez claire du sort réservé à son fils, mais le reconnaître eût signifié pour elle l'abandon de la mission qui l'avait obsédée pendant plus de trente ans. Enrique serait resté pour toujours dans la brume épaisse de l'incertitude, ni mort ni vif, sans ce prodige final où il avait accompagné sa mère dans l'autre vie…

Sur le bateau, tandis que Daniela soutenait l'urne de céramique, Lucía semait des poignées de cendres accompagnées d'une prière pour sa mère, pour son frère et ce jeune inconnu qui reposait encore dans le caveau de la famille Maraz au cimetière. Personne, dans les archives du Vicariat de Santiago, n'avait pu identifier sa photographie, et Lena avait fini par le considérer comme un membre de la famille. La brise maintenait les cendres en suspension dans l'air comme une poussière d'étoiles, qui finit par retomber en flottant lentement sur les vagues. Lucía venait de comprendre qu'il lui incombait de remplacer sa mère : elle était à présent l'aînée de cette minuscule famille, la *matriarche*. L'âge mûr lui tomba sur les épaules d'un seul coup, mais il ne devait rudement se faire sentir que deux ans plus tard, quand il fallut faire le compte de toutes les pertes et se confronter à sa propre mort.

En relatant cette période de sa vie à Richard, Lucía omettait les tonalités grises et se concentrait sur les faits les plus diaphanes ou les plus sombres. Le reste tenait peu de place dans sa mémoire, mais Richard voulait en savoir davantage. Il connaissait déjà les deux livres de Lucía, où l'histoire d'Enrique constituait le point de départ et donnait un ton personnel à ce reportage politique approfondi, mais il en savait peu sur sa vie personnelle. Lucía lui expliquait que son mariage avec Carlos Urzúa n'avait jamais été le fruit d'une véritable intimité, mais que sa vocation romantique à elle, ou la simple inertie, l'avait empêchée de prendre une décision. Ils étaient deux êtres en errance dans le même espace, si éloignés qu'ils s'entendaient bien, car pour se disputer il faut une certaine proximité. Le cancer devait mettre fin au couple, mais cette fin allait prendre des années de gestation.

À la mort de sa grand-mère, Daniela s'inscrivit à l'université de Miami (Coral Gables), et Lucía entama une correspondance frénétique avec elle, à l'image de celle qu'elle entretenait avec sa propre mère depuis le

Canada. Sa fille baignait dans l'euphorie de sa nouvelle existence, fascinée par les créatures aquatiques et avide d'explorer les inconstances de l'océan. Elle avait plusieurs amoureux des deux sexes et jouissait d'une liberté impossible au Chili, où elle aurait été scrutée par une société intransigeante. Un jour, au téléphone, elle annonça à ses parents qu'elle ne se définissait plus comme femme, ni comme un homme, mais qu'elle pratiquait des relations « polyamoureuses ». Carlos lui demanda s'il s'agissait d'une promiscuité bisexuelle et la prévint qu'il valait mieux s'abstenir de le claironner au Chili, où peu de gens la comprendraient. « Je vois que l'on a changé le nom de l'amour libre. Cela n'a jamais marché et n'ira pas mieux aujourd'hui », fut son diagnostic en bavardant avec Lucía, après avoir raccroché avec sa fille.

Daniela interrompit ses études et ses expériences sexuelles quand sa mère tomba malade. L'année 2010 fut un temps de deuil et de séparations pour Lucía, une longue année d'hôpitaux, d'appréhension et d'épuisement. Carlos l'abandonna car il n'avait pas le courage d'être le témoin de sa « dévastation », comme il disait, honteux mais décidé. Il refusa de voir les cicatrices qui lui barraient la poitrine : il éprouvait une répulsion atavique pour l'être ravagé qu'elle devenait et fit porter la responsabilité de la soigner sur sa fille. Indignée par la conduite de son père, Daniela lui manifesta son désaccord avec une âpreté insoupçonnée. Elle fut la première à évoquer le divorce comme l'unique sortie décente pour un couple qui ne s'aimait pas. De son côté, Carlos adorait sa fille, mais il ne pouvait supporter l'état physique de Lucía : son horreur était plus forte que sa crainte de la trahir. Il annonça qu'il s'installerait provisoirement à l'hôtel, le temps de s'apaiser, car la tension à la maison l'affectait beaucoup trop, l'empêchant de travailler. Il avait dépassé l'âge de la retraite, mais décidé qu'il passerait directement de son bureau au cimetière. Lucía et Carlos se séparèrent avec la même courtoisie un peu tiède qui avait caractérisé leurs années de vie commune, sans marques d'hostilité, mais sans rien clarifier. Moins d'une semaine plus tard, Carlos avait loué un appartement et Daniela l'aidait à s'installer.

Au début, Lucía éprouva la séparation comme un vide. Elle était accoutumée à l'absence émotionnelle de son mari, mais quand il fut parti, le temps lui sembla long et la maison lui parut énorme. La nuit, elle entendait les pas de Carlos rôdant dans son bureau, ou l'eau coulant dans son bain. La perte des habitudes et des petits rituels quotidiens la laissait profondément désemparée, outre l'angoisse des derniers mois causée par le traitement redoutable pour vaincre sa maladie. Elle se sentait blessée, fragile, dépouillée de tout. Daniela croyait que le traitement lui avait fait perdre son immunité de corps et d'esprit. « Ne dresse pas l'inventaire de ce qui te manque, maman, mais bien de ce que tu as », lui disait-elle. D'après sa fille, elle avait là une occasion unique de guérir son organisme comme son esprit, de se délester d'une charge inutile, de se purifier des rancœurs, des mauvais souvenirs, des désirs chimériques et autres déchets. « Et où as-tu pêché cette sagesse, ma fille ? » lui demandait Lucía. « Sur Internet », répondait l'autre.

Carlos disparut aussi radicalement que s'il avait changé de continent, alors qu'il vivait à quelques pâtés de maisons de Lucía. Il ne prit pas une seule fois des nouvelles de sa santé.

Lucía s'installa à Brooklyn en septembre 2015, dans l'espoir que le changement d'atmosphère serait un stimulant dans sa nouvelle existence. La mort de sa mère l'avait particulièrement éprouvée, plus encore que son cancer et que son divorce. Les premiers temps, elle avait ressenti l'abandon de son mari comme un coup de poignard dans le dos, puis elle l'avait envisagé comme un cadeau conjuguant la paix avec la liberté. Il y avait déjà des années de cela, elle avait eu tout le temps nécessaire pour se réconcilier avec son passé.

Autre chose fut de se relever d'une longue maladie qui, au bout du compte, avait entraîné la fuite de son mari. Une double mastectomie et des mois de chimiothérapie et de radiothérapie l'avaient laissée sans forces, le crâne rasé, sans cils ni sourcils, avec des cernes bleuâtres et des cicatrices, mais elle était sauve et le pronostic était bon. On lui avait refait la poitrine avec des implants qui gonflaient peu à peu, à mesure que les muscles et la peau leur cédaient de la place, un processus douloureux qu'elle supportait en silence, soutenue par sa vanité. N'importe quoi lui semblait préférable à ce torse tout plat et zébré de coups de bistouri.

L'expérience de cette longue année de souffrances lui avait infusé un ardent désir de vivre, comme si la contrepartie était la découverte de la pierre philosophale, cette substance volatile des alchimistes capable de transformer le plomb en or et en fontaine de jouvence. Elle avait déjà dépassé la peur de la mort, quand elle avait assisté à l'élégant passage de sa mère de vie à trépas. Elle ressentait à nouveau, avec une éclatante lucidité, la présence irréfutable de l'âme, cette essence primordiale que ni le cancer ni rien ne pouvait affecter. Quoi qu'il arrive, l'âme prévaudrait toujours. Elle imaginait sa mort comme un seuil, en éprouvant de la curiosité pour l'autre côté. Elle ne craignait pas de franchir cette borne, mais tant qu'elle serait au monde elle voulait vivre pleinement, sans se soucier de rien, comme invincible.

Les traitements médicaux prirent fin en 2010. Des mois durant, elle avait évité les miroirs. Elle porta une casquette de pêcheur vissée sur le front, jusqu'au jour où sa fille la jeta à la poubelle. Daniela venait d'avoir vingt ans quand elle apprit le diagnostic pour sa mère ; elle abandonna ses études du jour au lendemain et rentra au Chili l'accompagner dans cette épreuve. Lucía la priait de n'en rien faire, mais elle comprit par la suite que la présence de sa fille pour franchir ce mauvais pas était des plus précieuses. En la voyant arriver, elle fut sur le point de ne pas la reconnaître : Daniela était partie en hiver, c'était une jeune fille pâle et vêtue comme une Eskimaude ; et la voilà qui revenait couleur caramel, avec un demi-crâne rasé et l'autre garni de mèches vertes, portant des shorts, avec les jambes poilues et des bottes de soldat, fermement décidée à soigner sa mère et à distraire les autres patients de l'hôpital. Elle entrait dans la salle commune en envoyant des baisers aux malades enfoncés dans leurs fauteuils, raccordés au lent goutte-à-goutte de leurs drogues, et elle distribuait des couvertures, des barres chocolatées, des jus de fruits et des magazines.

Elle n'avait pas encore terminé sa première année à l'université que déjà elle s'exprimait comme si elle avait couru les mers avec le commandant Cousteau, entre les sirènes à la queue bleue et les épaves de brigantins. Elle initiait les patients à la terminologie LGBT, aux distinctions entre lesbiennes, gays, bisexuels et transsexuels, dont elle devait expliquer en détail les subtiles différences et nuances infinies. C'était une nouveauté parmi les jeunes aux États-Unis ; au Chili, personne n'en avait la moindre idée, moins encore dans une salle d'oncologie. Elle leur expliqua qu'elle était elle-même de genre neutre ou fluide, car on n'était pas tenu d'accepter la classification homme ou femme imposée par les géniteurs ; chacun pouvait se définir comme bon lui semblait et changer d'opinion par la suite. « Comme les indigènes de certaines tribus, qui changent de nom dans les étapes successives de leur vie, parce que celui qu'ils ont reçu à leur naissance ne les représente plus », ajoutait-elle en guise d'éclaircissement, mais en aiguisant encore la perplexité générale.

Daniela demeura auprès de sa mère pendant les suites de l'opération, ainsi que dans les heures lentes et épuisantes de chaque radiothérapie, comme dans la procédure de divorce. Elle dormait à côté d'elle, prête à sauter du lit pour lui venir en aide. Elle la soutenait avec sa tendresse un peu brusque, ses plaisanteries, ses potages pour convalescents et son efficacité à naviguer dans les méandres bureaucratiques de la maladie. Elle la traîna pour s'acheter de nouveaux vêtements et lui imposa une diète raisonnable. Et lorsque sa mère se tint ferme sur ses jambes et que son père fut à son aise dans sa nouvelle vie de célibataire, elle prit congé sans démonstrations inutiles et partit aussi joyeuse qu'elle était arrivée.

Avant sa maladie, Lucía menait une vie qu'elle qualifiait de bohème, et Daniela de malsaine : elle avait fumé durant des années, ne faisait jamais d'exercice, son dîner s'accompagnait chaque jour de deux verres de vin et de glaces au dessert. Elle comptait divers kilos superflus et avait mal aux genoux. Du temps où elle était mariée, elle se moquait du style de vie de son mari. Alors qu'elle débutait la journée pelotonnée dans son lit avec un café au lait et des croissants, en lisant le journal, lui, de son côté, avalait un épais liquide vert au pollen d'abeille et partait en courant comme un fugitif jusqu'à son bureau, où l'attendait Lola, sa fidèle secrétaire toute pimpante. À son âge, Carlos Urzúa se maintenait en forme et marchait droit comme un fer de lance. Lucía s'était mise à l'imiter de mauvais gré, grâce à l'autorité inflexible de Daniela, et le résultat ne se fit pas attendre sur la balance de la salle de bains comme dans une vitalité qu'elle n'avait plus éprouvée depuis l'adolescence.

Lucía et Carlos devaient se revoir un an et demi plus tard, pour signer les papiers du divorce qui venait d'être légalisé au Chili. Il était encore trop tôt pour se déclarer complètement guérie, mais Lucía avait repris des forces et s'était refait la poitrine. Elle avait désormais les cheveux blancs : elle décida de les garder courts, en désordre et couleur naturelle, hormis quelques mèches insolentes que lui peignit Daniela avant son départ à Miami. En la voyant le jour des formalités, avec ses dix kilos de moins, des seins de jeune fille sous l'échancrure de la chemise et des cheveux phosphorescents, Carlos eut un sursaut. Pour sa part, Lucía le trouva plus fringant que jamais : elle eut un serrement de cœur en songeant à l'amour perdu, mais celui-ci s'évanouit aussitôt. En vérité, elle ne ressentait plus rien pour lui, sauf de la reconnaissance pour avoir été le père de Daniela. Elle aurait pu le prendre en grippe, mais tout cela était trop loin : de l'amour brûlant qu'elle avait éprouvé si longtemps, il ne restait pas même une lueur de désillusion. Elle récupérait lentement, mais pleinement, et quelques années plus tard, à Brooklyn, elle évoquerait rarement cette étape de son passé.

Julián entra dans sa vie en 2015, quand Lucía s'était déjà résignée aux déserts de l'amour et croyait que son imagination romantique s'était tarie dans le fauteuil de la chimiothérapie. Julián lui démontra que désir et curiosité sont des ressources naturelles renouvelables. Si Lena, sa mère, avait encore été de ce monde, elle l'aurait mise en garde contre le ridicule de telles prétentions chez une femme de son âge, et elle aurait eu en partie raison, car chaque jour les occasions d'aimer diminuaient et celles de passer pour ridicule augmentaient. Mais ce n'était pas tout à fait vrai, puisque Julián était entré dans sa vie quand elle s'y attendait le moins. Et même si cette liaison s'était bientôt consumée comme un feu de paille, elle lui avait permis de découvrir qu'elle pouvait encore s'enflammer. Il n'y avait rien à regretter. Ce qui était fait était fait. Et bien fait.

La première chose qu'elle remarqua chez Julián était son allure – sans être vraiment laid, il n'était à ses yeux guère attrayant. Tous les hommes qu'elle avait aimés, à commencer par son mari, étaient beaux, non par un choix délibéré de sa part, mais par hasard. Julián était la meilleure preuve de son absence de préjugés à l'égard des hommes plutôt laids, devait commenter Daniela. À première vue, c'était un Chilien ordinaire, qui ne payait pas de mine, dégingandé, comme s'il portait des vêtements prêtés, des pantalons avachis de velours côtelé, et des gilets style grand-père. Il avait la peau olivâtre des Espagnols du Sud, comme ses ancêtres, le cheveu gris, une barbe de même couleur et les mains douces de ceux qui ne travaillent pas avec elles. Mais son air déconfit cachait une intelligence peu commune et un amant assidu.

Il suffit d'un premier baiser et de ce qui s'ensuivit pour que Lucía se soumît à ce coup de tête juvénile, pleinement partagé par Julián. Ne fût-ce que pour un temps. Au cours des premiers mois, elle reçut à pleines mains ce qui lui avait tant manqué dans son mariage : elle se sentait désirable et aimée, son amant la reconduisait à une jeunesse turbulente. Au début, Julián lui aussi appréciait la sensualité et le côté ludique de la relation, mais bientôt l'engagement affectif le fit reculer. Il oubliait les rendez-vous, arrivait en retard ou au dernier moment, en trouvant des excuses. Il buvait un verre de trop et s'endormait au milieu d'une phrase ou entre deux caresses… Il se plaignait du manque de temps pour lire ou de voir s'éroder sa vie sociale, bref, d'une trop grande attention que lui prêtait Lucía. Il était resté un amant prévenant, plus soucieux de donner du plaisir que d'en recevoir, mais elle le trouvait plus hésitant : il ne se livrait plus tout à fait, il sabotait leur relation. Lucía avait appris à reconnaître la désillusion amoureuse dès qu'elle pointait le nez de sa tête de gargouille et ne supportait plus d'attendre en vain un changement. Elle avait plus d'expérience et moins de temps à perdre. Elle comprit qu'elle devait s'éloigner avant que Julián ne s'y décide, tout en sachant qu'elle allait regretter infiniment son humour, ses jeux de mots, le plaisir de s'éveiller fatiguée à ses côtés, certaine qu'il suffisait d'une parole murmurée ou d'une caresse distraite pour s'enlacer à nouveau. Ce fut une rupture sans drame, et ils restèrent en bons termes.

«J'ai décidé de laisser respirer mon cœur brisé, dit-elle d'un ton qu'elle voulait humoristique, mais qui s'avérait plaintif.

— Qu'est-ce que tu es kitsch, maman ! Le cœur ne se casse pas comme un œuf. Et quand bien même, cela ne vaut-il pas mieux, pour que se répandent les sentiments ? C'est le prix d'une vie bien vécue», répliqua sa fille, incollable.

Quelques mois plus tard, à Brooklyn, Lucía ressentait encore, par moments, une certaine nostalgie de Julián, comme un léger picotement sur la peau, mais sans chagrin. Pourrait-elle vivre un autre amour ? Pas aux États-Unis, pensait-elle, elle n'était pas du nombre des femmes qui attirent les hommes de ce pays, la preuve: l'indifférence de Richard Bowmaster. Elle ne pouvait imaginer la séduction sans humour, mais l'ironie chilienne était intraduisible et, pour les gens du Nord, franchement offensive. De plus, en anglais elle avait le coefficient intellectuel d'un chimpanzé, comme elle le confiait à sa fille. Elle ne riait de bon cœur qu'avec son chien, Marcelo, avec ses courtes pattes et sa face de lémurien. Cet animal se payait le luxe d'être narcissique et ronchon. Comme un mari.

Mais la tristesse d'avoir rompu avec Julián se manifesta par une attaque de bursite dans les hanches. Une périarthrite qui dura des mois, à compter les analgésiques et à marcher comme un canard. Lucía se refusait pourtant à toute consultation médicale, persuadée que le mal disparaîtrait avec la fin du sevrage. Il en fut ainsi. Elle arriva en boitant à l'aéroport de New York. Richard Bowmaster attendait la collègue active et joyeuse qu'il avait connue ailleurs ; voilà qu'il devait accueillir une étrangère portant des godasses orthopédiques et un gros bâton, et qui émettait un bruit de charnière antique et rouillée en se levant de sa chaise. Et pourtant, deux ou trois semaines après, il la vit sans bâton et portant des bottes à la mode. Il ne pouvait deviner que ce prodige était dû à une brève réapparition de Julián…

Au mois d'octobre, en effet, un mois après l'installation de Lucía dans le sous-sol, Julián débarquait à New York, pour donner une conférence. Ils passèrent ensemble un délicieux dimanche. Ils déjeunèrent au Pain Quotidien, firent un tour à Central Park – lentement car elle traînait les pieds –, assistèrent main dans la main à une comédie musicale de Broadway en matinée, et finirent par dîner dans un petit restaurant italien, avec un chianti de derrière les fagots, en trinquant à l'amitié. La complicité restait aussi fraîche qu'au premier jour : ils retrouvèrent sans effort leur langage codé et les allusions à double sens qu'ils étaient seuls à comprendre. Julián la pria de lui pardonner ses manquements, à quoi elle répondit sincèrement qu'elle s'en souvenait à peine. Ce matin-là, lorsqu'ils s'étaient retrouvés devant leur bol de café au lait avec le pain sorti du four, Julián avait éveillé en elle une sympathie de jour de fête, un désir de respirer ses cheveux, d'arranger le col de sa veste et de lui acheter des pantalons à sa taille. Rien de plus. Et là, dans le restaurant italien, sous la chaise, elle avait oublié son bâton.

Richard et Lucía

Nord de New York

À cinq heures de l'après-midi, quand Lucía et Richard retrouvèrent Evelyn dans la cabane après avoir précipité la voiture dans le lac, épuisés, couverts de neige et de boue, une précoce obscurité hivernale régnait, sur laquelle contrastait l'éclat de la lune. Le retour avait été plus long que prévu : la Subaru avait longuement dérapé avant de buter dans une congère. Il avait fallu à nouveau sortir la pelle pour dégager la neige autour des roues, avant d'arracher des branches de sapin pour tapisser le sol. Richard avait passé la marche arrière et, à la deuxième tentative, le moteur avait émis un râle, les pneus avaient adhéré aux branches et ils étaient sortis de l'impasse.

Puis la nuit leur était tombée sur le paletot, les traces avaient disparu du sentier, ils avaient dû avancer en devinant la bonne direction. Ils s'étaient trompés deux fois, mais, par chance, Evelyn avait désobéi aux instructions et placé une lanterne à kérosène près de l'entrée : sa lumière vacillante les avait guidés dans le dernier tronçon.

La cabane leur apparut comme un nid douillet, après une telle aventure, même si les poêles arrivaient à peine à enrayer le froid qui s'infiltrait par les interstices des vieilles planches. Richard se savait responsable du mauvais état des lieux : depuis deux ans où elle était restée fermée, l'habitation avait vieilli d'un siècle. Il décida de revenir chaque saison pour aérer et procéder aux réparations indispensables. Il ne voulait pas être accusé de négligence quand Horacio reviendrait. Négligence. Le mot le faisait tressaillir.

La neige et l'obscurité les dissuadèrent de chercher un hôtel comme ils l'avaient d'abord prévu. Du reste, il leur semblait indécent de voyager plus qu'il ne le fallait avec Kathryn Brown dans le coffre de la Subaru. Il valait mieux passer cette nuit du lundi à l'abri, sans se préoccuper du corps, qui resterait congelé. Ils avaient connu de telles tensions ces derniers jours qu'ils cherchèrent à se distraire avec une partie de Monopoly, le jeu que les enfants d'Horacio avaient laissé dans la cabane. Richard leur expliqua les règles. Pour Evelyn, le principe même d'acquérir et de vendre des biens, d'accaparer les ressources, de dominer le marché et d'acculer les concurrents à la banqueroute était incompréhensible. Lucía joua plus mal encore que la jeune fille, et toutes deux furent battues à plate couture. Richard, quant à lui, se retrouva millionnaire, mais à vaincre sans péril… il eut la sensation d'avoir commis une escroquerie.

Ils improvisèrent un dîner avec leurs dernières réserves de victuailles, remplirent les poêles de combustible et disposèrent à proximité les sacs de couchage sur les trois lits de la chambre des enfants.

Ils n'avaient pas de draps et les couvertures sentaient l'humidité. Richard nota qu'il devrait, la prochaine fois, remplacer les matelas, qui pouvaient contenir des punaises ou des nids de petits rongeurs. Ils retirèrent leurs bottes et se couchèrent tout habillés. La nuit promettait d'être longue et froide.

Evelyn et Marcelo s'endormirent aussitôt, mais Lucía et Richard continuèrent à bavarder jusqu'à minuit passé. Ils avaient tant à se dire dans ce passage délicat de l'intimité balbutiante. Ils partageaient des secrets, en devinant les traits de l'autre dans la pénombre, chacun prisonnier de son capuchon, dans les lits côte à côte, si proches qu'il aurait suffi d'esquisser un geste pour finir par s'embrasser.

Amour, amour : la veille encore, Richard, maladroit, échafaudait des dialogues avec Lucía, et voilà que, dans son esprit, se pressaient les vers sentimentaux qu'il ne se fût jamais risqué à écrire. Pour lui dire, par exemple, combien il la chérissait, combien il lui était reconnaissant d'être entrée dans sa vie. Elle était arrivée de si loin, portée par le vent de la bonne fortune, et il la tenait là, près de lui, dans la glace et la neige, avec une promesse qui brillait dans ses yeux de Mauresque. Lucía l'avait trouvé tout entier couvert d'invisibles blessures et, à son tour, il sentait les fines cicatrices que la vie avait laissées chez elle. « Avec moi, l'amour s'est toujours donné à moitié », lui avait-elle avoué à l'occasion. C'était fini, désormais : il l'aimerait sans réserve, absolument. Il voulait la protéger, la rendre heureuse pour qu'elle ne parte jamais, passer ensemble cet hiver et puis le printemps et l'été, afin de toujours cultiver la complicité, l'intimité la plus profonde, partager avec elle le plus secret de son être, l'intégrer à sa vie, à son âme… En vérité, il savait fort peu de chose de Lucía et moins encore de lui-même, mais cela importait peu si elle répondait à son amour. Ils auraient tout le reste de la vie pour se découvrir, pour grandir encore et vieillir ensemble.

Il n'avait jamais imaginé qu'un amour aussi puissant, comme celui qu'il avait éprouvé pour Anita dans sa jeunesse, pût encore l'envahir tout entier. Mais il n'était plus l'homme qui avait aimé Anita, il avait enfin perdu ses écailles de crocodile, lourdes comme une armure. Il avait honte, à présent, d'avoir voulu vivre à l'abri des désillusions, de l'abandon et de la trahison, dans la crainte de souffrir ce que l'autre avait souffert par lui, dans la peur de l'existence même, fermé à l'aventure formidable de l'amour. « Je ne veux pas continuer dans cette vie au rabais, je ne veux plus de cette lâcheté, je veux que tu m'aimes, Lucía », lui confia-t-il dans cette nuit sans pareille.

Quand Richard Bowmaster se présenta, en 1992, pour entrer dans ses nouvelles fonctions à l'université de New York, son ami Horacio Amado-Castro fut abasourdi de le voir aussi changé. Quelques jours plus tôt, il avait accueilli, à l'aéroport, un ivrogne débraillé, incohérent, et s'était mordu les doigts d'avoir insisté pour l'inviter dans sa faculté. Il l'admirait tant quand ils étudiaient tous deux, mais le temps avait passé, et Richard était tombé bien bas. La mort de ses deux enfants l'avait blessé au plus profond de l'âme, comme Anita. Il pressentait qu'ils finiraient par se séparer, la mort d'un enfant fait éclater le couple, fort peu survivent à cette épreuve. Que dire dans leur cas ? À cette tragédie s'ajoutait l'horreur, pour Richard, d'avoir causé l'accident de Bibi. Horacio ne pouvait même pas imaginer pareille faute : si des circonstances comparables s'étaient présentées avec l'un de ses enfants, il aurait préféré mourir. Il craignait donc que son ami s'avère incapable d'assumer cette charge académique, mais Richard arriva frais et dispos, les cheveux bien coupés, dans un beau complet gris de fin d'été. Son haleine était encore parfumée, mais rien ne détonnait dans sa conduite ni dans ses propos. Il se fit apprécier dès le premier jour.

Le couple s'installa dans un des appartements destinés aux membres de la faculté, près de Washington Square Park, au onzième étage. L'espace était restreint mais adéquat, le mobilier fonctionnel, et l'emplacement très avantageux, à dix minutes de marche du bureau de Richard. En arrivant, Anita franchit le seuil avec cet air d'automate qu'on lui voyait depuis des mois et s'assit devant la fenêtre, fixant un morceau insignifiant de ciel entre les hauts édifices alentour, tandis que son mari ouvrait les valises et préparait une liste de provisions pour faire des courses. Le ton de leur brève cohabitation à New York était donné.

« On m'avait averti, Lucía. La famille d'Anita et son psychiatre, au Brésil, m'avaient prévenu. Elle était trop fragile, comment ai-je pu ne rien voir ? La mort des enfants l'avait anéantie.

— C'était un accident, Richard.

— Non. J'avais passé la nuit à faire la bringue. J'étais encore sous l'effet de l'alcool, de la débauche et de la drogue. Ce ne fut pas un accident, mais un crime. Et Anita le savait. Elle me prit en haine. Je ne pouvais plus la toucher. En l'emmenant à New York, je la séparais de ses proches, de son pays. Ici, elle était à la dérive, ne connaissant personne, ne comprenant pas la langue. Et complètement éloignée de moi, la seule personne qui aurait pu l'aider. Je l'ai lâchée, dans tous les sens du terme. Je ne pensais pas à elle. Je voulais quitter le Brésil, échapper à la famille Farinha, commencer une carrière professionnelle que j'avais beaucoup trop négligée. À mon âge, j'aurais déjà pu devenir professeur associé. Donc, je m'y suis mis fort tard, je voulais me rattraper, étudier, enseigner, publier surtout. J'ai compris tout de suite que j'étais tombé exactement où il fallait, mais tandis que je plastronnais dans les salles de cours et les couloirs de l'université, Anita passait ses journées en silence devant une fenêtre.

— Elle était suivie par un psychiatre ? demanda Lucía.

— Elle aurait pu : l'épouse d'Horacio était prête à l'accompagner aux consultations et à la seconder dans les démarches administratives. Mais elle n'a pas voulu.

— Qu'as-tu fait ?

— Rien. J'ai poursuivi ma route de mon côté, je jouais même au squash pour garder la forme… J'ignore ce qu'elle faisait de ses journées : dormir, je suppose. Elle ne répondait pas au téléphone. Mon père lui rendait visite, lui apportait des douceurs, essayait de l'emmener faire un tour. Elle ne le regardait même pas : je crois qu'elle le détestait parce qu'il était mon père. Lors d'un week-end, je suis venu ici avec Horacio, dans cette cabane, en la laissant seule à New York.

— Tu buvais beaucoup à cette époque, conclut Lucía.

— Beaucoup trop. Je passais les soirées dans les bars. J'avais une bouteille dans le tiroir de mon bureau, personne ne soupçonnait que mon verre à eau contenait du gin ou de la vodka. Et je suçais des pastilles à la menthe pour déguiser mon haleine. Je croyais que l'on ne remarquait rien, que je tenais la boisson mieux que toute la Pologne : tous les alcooliques se racontent la même chose, Lucía. C'était l'automne, le square, face à l'immeuble, était couvert de feuilles jaunes..., dit Richard dans un murmure, la voix entrecoupée.

— Que s'est-il passé ?

— Il n'y avait pas de téléphone dans la cabane. Un policier est venu nous avertir. »

Lucía laissa passer un long moment sans interrompre le sanglot étouffé de Richard, sans sortir la main de son sac de couchage pour le toucher, ou essayer de le consoler. Elle comprenait qu'il n'y avait pas de consolation possible pour un tel souvenir. Elle était déjà au courant, dans les grandes lignes, par la rumeur ou les commentaires de collègues à l'université. Pourtant, elle devina que Richard en parlait pour la première fois. Cette confidence déchirante la touchait profondément. Elle était le témoin de larmes purificatrices. En parlant et en écrivant sur le destin de son frère Enrique, elle avait fait l'expérience du pouvoir curatif des mots, du partage de la douleur, découvert combien les autres en supportaient aussi le poids. Car les vies ressemblent aux autres vies, et les sentiments sont identiques.

Elle s'était aventurée avec Richard au-delà du territoire connu : à découvert, avec la malheureuse Kathryn Brown, et ce faisant ils se révélaient l'un à l'autre. C'est dans l'incertitude que commençait leur véritable intimité. Lucía ferma les yeux pour tenter de rejoindre Richard par la pensée, pour abolir les quelques centimètres qui les séparaient, afin de l'envelopper de sa tendresse, comme elle l'avait fait tant de fois avec sa mère, les dernières semaines de l'agonie, atténuant par ce geste son angoisse et sa propre détresse.

La nuit précédente, au motel, elle s'était glissée dans le lit de Richard pour savoir comment il se tenait à ses côtés : elle avait besoin de le toucher, de le respirer, de sentir son énergie. En effet, selon sa fille Daniela, quand on dort avec quelqu'un, les énergies s'entremêlent : le résultat peut s'avérer enrichissant pour les deux… ou très négatif pour le plus faible. Ainsi, partager le lit de Richard, alors qu'il était malade, dans un lit colonisé par les puces, l'avait réconfortée au plus haut point. Elle était certaine que cet homme lui était destiné, elle le pressentait depuis pas mal de temps, peut-être même avant l'arrivée à New York. C'était sans doute pourquoi elle avait accepté son invitation, mais son apparente froideur l'avait bientôt paralysée. Car Richard était un nœud de contradictions : il était incapable de faire le premier pas. Il faudrait donc le prendre d'assaut. Peut-être la repousserait-il. Ce n'était pas bien grave, elle avait surmonté des choses plus graves ; cela valait la peine d'essayer. Il leur restait à tous deux une dernière tranche de vie… elle pourrait peut-être le convaincre d'en profiter ensemble. L'ombre d'un cancer récurrent l'encerclait ; elle ne comptait plus que sur un présent aussi précieux que fugace. Elle voulait cueillir chaque jour, car elle en avait fait le compte et peut-être y en aurait-il moins que prévu… Il n'y avait plus un instant à perdre.

« Elle est tombée juste à côté de la sculpture de Picasso, dit Richard. En plein midi. On l'a vue debout à la fenêtre, puis on l'a vue sauter, et s'écraser parmi les feuilles. J'ai tué Anita comme j'avais tué Bibi. Je suis coupable parce que j'étais soûl, et négligent, coupable de les avoir aimées beaucoup trop peu : bien moins qu'elles ne le méritaient.

— Et l'heure est venue de te pardonner, Richard, cela fait très longtemps que tu expies.

— Plus de vingt ans, vois-tu. Et je sens encore le dernier baiser que j'ai donné à Anita avant de la laisser seule avec tout son chagrin, ce baiser qui l'a à peine effleurée car j'y ai perdu mon visage.

— Tant d'années avec l'âme en hiver et le cœur fermé, Richard. Ce n'est pas une vie. Cet homme si précautionneux pendant si longtemps, ce n'est pas toi. Les derniers jours, en sortant de cette facilité où tu t'étais installé, tu as pu redécouvrir qui tu es vraiment. Cela peut être douloureux parfois, mais tout vaut mieux que l'anesthésie quotidienne. »

Dans la pratique de la méditation, qui l'avait aidé à rester sobre pendant des lustres, Richard avait étudié les fondements du bouddhisme zen : l'attention à l'instant présent, en recommençant à chaque respiration, mais l'habileté à mettre la pensée en blanc, ou en sourdine, lui échappait. Sa vie n'était pas une suite de moments séparés, mais une histoire embrouillée, une tapisserie mouvante, imparfaite, chaotique, qu'il allait tissant jour après jour. Son présent n'était pas un écran vierge, il était plein à craquer d'images, de rêves, de souvenirs, de fautes et de honte, de douleur et de solitude, toute cette foutue réalité, la sienne, comme il le murmurait à Lucía cette nuit-là.

« Mais c'est alors que toi tu surviens, et tu m'autorises à me plaindre de mes deuils, à rire de mes faiblesses et à pleurer comme un morveux…

— Il était temps, Richard. Il ne faut pas se vautrer dans les épines du passé. L'unique remède à un si grand malheur est l'amour. Ce n'est pas la loi de la pesanteur qui maintient l'équilibre de l'univers, mais le pouvoir d'adhésion de l'amour.

— Comment ai-je pu vivre tant d'années seul et… séparé ? Je me le demande depuis plusieurs jours.

— Parce que tu es un vrai sot ! Tu te rends compte d'une façon de perdre son temps et sa vie ! Tu auras tout de même remarqué que je t'aime, non ? s'exclama-t-elle en riant.

— Je ne comprends pas comment tu fais pour m'aimer, Lucía. Je suis un type ordinaire, tu vas t'ennuyer ferme avec moi. Et en plus je trimbale le poids étouffant de mes fautes et omissions : un sac de pierres, je l'ai déjà dit.

— Pas de problème. J'ai les muscles qu'il faut pour prendre ton sac sur le dos, pour le lancer dans le lac gelé et le faire disparaître pour toujours, avec la Lexus.

— Pourquoi donc ai-je vécu, Lucía ? Avant de mourir, je dois vérifier le pourquoi des choses. Ce que tu dis est vrai : j'ai été anesthésié si longtemps que je ne saurais par où recommencer à vivre.

— Si tu me laisses faire, je peux t'aider.

— Et comment ?

— On commence avec le corps. Dormons dans les bras l'un de l'autre. J'en ai autant besoin que toi, Richard. Je veux que tu m'enlaces, pour me sentir sûre et à l'abri. Jusqu'à quand allons-nous continuer en tremblant, à tâtons, en espérant que l'autre fasse le premier pas ? Nous sommes un peu vieux pour ça, mais encore assez jeunes pour nous aimer.

— En es-tu certaine, Lucía ? Je ne pourrais supporter de...

— Certaine ? Je ne suis sûre de rien, Richard ! fit-elle en l'interrompant. Mais on peut essayer. Au pire, que peut-il nous arriver ? De souffrir ? Ou que cela ne se passe pas bien ?

— Je t'en prie, évitons de telles suppositions.

— Je t'ai fait peur... pardonne-moi.

— Non ! Au contraire, c'est à toi de me pardonner, de ne pas t'avoir dit plus tôt ce que j'éprouvais. C'est si nouveau, tellement inattendu, je ne sais que faire, mais tu es beaucoup plus forte et lucide que moi. Viens près de moi, faisons l'amour.

— Evelyn est à moins d'un mètre et je suis un peu bruyante. Il nous faudra patienter encore, mais nous pouvons déjà nous blottir l'un contre l'autre.

— Savais-tu que c'est ce que je me répète en secret, comme un lunatique ? Que je t'imagine à chaque instant dans mes bras ? Cela fait si longtemps que je te désire...

— Je n'en crois rien du tout. Tu as fait attention à moi, pour la première fois, la nuit dernière, quand je suis entrée de force dans ton lit. Avant, tu me snobais, dit-elle en riant.

— Et je me réjouis beaucoup de ton initiative, entreprenante Chilienne», ajouta-t-il en franchissant les derniers centimètres qui les séparaient pour l'embrasser.

Ils rapprochèrent les sacs de couchage sur un lit, en laissant ouvertes les fermetures Éclair, et s'enlacèrent tout habillés, comme ils étaient: désespérance inespérée! C'est tout ce dont Richard devait clairement se souvenir plus tard. Le reste de cette nuit magique serait préservé pour toujours dans une parfaite nébuleuse. Lucía, en revanche, l'assura qu'elle se rappelait tout dans les moindres détails. Dans les journées et les années suivantes, elle le raconterait peu à peu, toujours dans une version différente, chaque fois plus audacieuse, jusqu'à l'invraisemblance, car ils ne pouvaient s'être livrés à de telles acrobaties sans réveiller Evelyn. «C'est pourtant ainsi, que tu le veuilles ou non; peut-être Evelyn faisait-elle semblant de dormir, en nous espionnant», finit-elle par soutenir. Richard supposait, quant à lui, qu'ils s'étaient beaucoup, longuement embrassés. Qu'ils s'étaient dévêtus en s'emmêlant dans la camisole de force des sacs de couchage. Qu'ils avaient exploré leurs corps mutuellement, comme ils pouvaient, sans faire de bruit, excités comme des jeunets faisant l'amour en cachette dans un coin retiré. Il se rappelait très bien, cela oui, qu'elle avait pris le dessus dans l'étreinte, qu'il avait parcouru son corps des deux mains, surpris par cette peau lisse et chaude, par ce corps qu'il devinait à peine à la lueur tremblante d'une chandelle, plus mince, jeune et docile qu'elle ne pouvait paraître tout habillée. «Ces seins de chanteuse de charme sont à moi, Richard;

ils m'ont coûté un os», lui dit-elle à l'oreille, en étouffant son rire. C'était le meilleur d'elle-même: ce rire comme une eau claire qui le purifiait à l'intérieur et rejetait ses doutes chaque fois plus loin de l'hiver.

Ce mardi-là, Lucía et Richard se réveillèrent à la lumière timide du matin dans la tiédeur de leurs sacs de couchage, où ils s'étaient enfouis toute la nuit dans un nœud serré de bras et de jambes, où l'on n'aurait su dire où commençait l'un et où finissait l'autre, respirant en cadence, parfaitement à l'aise dans cet amour qu'ils commençaient à découvrir. Les défenses comme les certitudes qui les soutenaient jusque-là s'étaient effritées devant la merveille de leur véritable intimité. Le froid de la cabane leur fouetta bientôt le visage. Les poêles étaient éteints. Richard fut le premier à rassembler ses forces pour se détacher du corps de Lucía et affronter le nouveau jour. À leurs côtés, Evelyn et le chien continuaient à dormir. Richard s'habilla, remplit les poêles de combustible, mit de l'eau à bouillir sur le réchaud, prépara le thé et le servit au lit de ces dames tandis qu'il sortait Marcelo pour prendre l'air. Il marchait en sifflant.

Le jour s'annonçait radieux. La tempête était un mauvais souvenir, la neige avait couvert le décor de meringue, et la brise gelée soufflait une haleine impossible de gardénias. Quand le soleil apparut, le ciel enfin dégagé prit la couleur bleuâtre des myosotis. «Belle journée pour ton enterrement, Kathryn», murmura Richard. Il était joyeux, et débordant d'énergie comme un jeune chien. Ce bonheur était si nouveau qu'il n'avait pas de nom. Il le sondait avec le plus

grand soin, le touchant à peine et reculant aussitôt, en tâtant ce territoire vierge de son cœur. Avait-il donc forgé dans son imagination les confidences de minuit ? Les yeux noirs de Lucía étaient-ils vraiment si près des siens ? Peut-être avait-il inventé ce corps entre ses mains, et les lèvres jointes, la joie partagée, la passion et la fatigue sur la couche nuptiale d'une paire de sacs de couchage, mais ils étaient enlacés, à n'en pas douter, sinon il n'aurait pu recueillir cette haleine endormie, cette chaleur enivrante et toutes les images surgies dans ses rêves. Il se demanda de nouveau si c'était de l'amour, car c'était différent de la passion dévorante pour Anita, ce sentiment comme le sable brûlant d'une plage au soleil. Ce plaisir plus subtil, plus assuré, était-il l'essence même de l'amour dans l'âge mûr ? Il allait le vérifier, il aurait tout le temps pour ça. Il rentra dans la cabane avec Marcelo dans les bras, en sifflant à nouveau, et en sifflant encore.

Les provisions s'étaient réduites à quelques reliefs pathétiques. Richard proposa de se rendre au village le plus proche pour y déjeuner, avant de reprendre la route pour Rhinebeck. Il ne songeait même plus à son ulcère. Lucía leur avait expliqué que l'Institut Oméga disposait d'équipes d'entretien, mais, avec un peu de chance, il n'y aurait encore personne ce mardi-là à la suite des intempéries. Le trafic serait fluide, le trajet prendrait trois ou quatre heures. Ils n'étaient pas pressés d'arriver. En pestant contre le froid, Evelyn et Lucía sortirent en rampant de leurs sacs de couchage. On rangea l'intérieur et on ferma la cabane.

Evelyn, Richard, Lucía

Rhinebeck

Dans la Subaru, avec deux vitres à moitié baissées alors qu'ils étaient vêtus comme des explorateurs de l'Arctique, Richard Bowmaster racontait aux deux passagères que, quelques mois plus tôt, il avait invité des enquêteurs sur le trafic des travailleurs sans papiers à donner une conférence dans sa faculté – ce à quoi se vouaient précisément Frank Leroy et Iván Danescu, selon les explications données par Evelyn. Rien de neuf sous le soleil, commentait Richard : l'offre et la demande existaient depuis l'abolition officielle de l'esclavage, mais jamais ce négoce n'avait été aussi rentable que de nos jours ; une mine d'or aussi juteuse que le trafic de drogues ou le commerce des armes. Plus les lois devenaient sévères, plus on multipliait les contrôles aux frontières, plus l'organisation du trafic se renforçait, avec des méthodes impitoyables, et plus s'enrichissaient les « agents », comme s'appelaient entre eux les trafiquants. Richard supposait que Frank Leroy les mettait en rapport avec des clients aux États-Unis. Les malfaiteurs comme lui ne se salissaient pas les mains, ils ne connaissaient pas le visage des migrants ni l'histoire de tous ceux qui finissaient comme esclaves d'un nouveau genre dans l'agriculture, la manufacture, l'industrie et les maisons closes. Pour lui, ce n'étaient que des chiffres, un chargement anonyme à transporter, moins rentable que certains animaux.

Frank Leroy gardait une façade de respectable homme d'affaires. Son bureau à Manhattan était en pleine avenue Lexington, comme leur avait raconté Evelyn, c'était là qu'il gérait ses transactions avec des clients tout disposés à employer des esclaves, qu'il cultivait l'amitié de politiciens et d'autorités complaisantes, qu'il blanchissait de l'argent et résolvait les problèmes légaux qui pouvaient se présenter… Tout comme il avait obtenu une carte d'identité de tribu amérindienne pour Evelyn Ortega, il pouvait procurer de faux papiers au juste prix, mais les victimes du trafic humain n'en avaient pas besoin : elles passaient sous le radar, invisibles, en silence, dans les marges d'un monde sans lois. La commission qu'il touchait devait être élevée, mais les commanditaires à grande échelle payaient pour des opérations sans aucun risque.

« Tu crois que Frank Leroy cherche vraiment à tuer sa femme et son fils, comme te l'a dit Cheryl ? Ou s'agit-il en fait de menaces ? demanda Richard à Evelyn.

— Je sais que Mme Leroy en a peur. Elle le croit capable d'injecter une surdose d'insuline à Frankie, ou de l'étouffer.

— Mais cet homme doit être un monstre, pour que sa femme s'imagine de telles choses ! s'exclama Lucía.

— Et elle croit aussi que Kathryn envisageait de l'aider.

— Cela te semble possible, Evelyn ?

— Non.

— Quelle raison pouvait avoir Frank Leroy de supprimer Kathryn ? demanda Richard.

— Elle pouvait avoir découvert quelque chose à son sujet, par exemple, et le faire chanter…, conjectura Lucía.

— Mlle Kathryn était enceinte de trois mois, dit Evelyn pour couper court.

— Alors là ! Pour une surprise, Evelyn ! Tu ne pouvais pas nous le dire plus tôt ?

— J'essaie d'éviter les ragots.

— Elle était enceinte de Leroy ?

— Oui. Elle me l'a confié elle-même. Mais Mme Leroy n'en sait rien.

— Donc, Frank Leroy pourrait l'avoir tuée parce qu'elle faisait pression sur lui, mais c'est un peu faible comme raison. C'était peut-être accidentel…, suggéra Lucía.

— En tout cas, cela devrait avoir eu lieu le jeudi soir ou le vendredi matin, avant le départ de Leroy en Floride, déduisit Richard. Ce qui signifierait que Kathryn est morte il y a quatre jours. Si le thermomètre n'était pas tombé au-dessous de zéro… »

Ils arrivèrent à l'Institut Oméga vers quatorze heures. Lucía leur avait décrit une nature exubérante, avec un bois de conifères et d'arbres vénérables, mais beaucoup avaient perdu leur feuillage et la végétation était moins dense qu'ils ne l'espéraient. S'il y avait des vigiles ou du personnel de maintenance, ils seraient facilement repérés, mais ils décidèrent de passer outre.

« Cette propriété est immense. Je suis persuadée que nous allons trouver l'emplacement idéal pour laisser Kathryn, dit Lucía.

— Y a-t-il des caméras de surveillance ? demanda Richard.

— Non. Pourquoi installer des caméras dans un endroit pareil ? Il n'y a rien à voler.

— J'en suis ravi. Et après, qu'allons-nous faire de toi, Evelyn ? lui demanda Richard sur le ton paternel qu'il avait adopté depuis deux jours. Nous devons te mettre à l'abri de Leroy et de la police.

— J'ai juré à ma grand-mère que, telle que j'étais partie, telle je reviendrais, répondit la jeune fille.

— Oui, mais tu as fui pour échapper au cartel de Salvatrucha. Comment vas-tu rentrer au Guatemala ? dit Lucía.

— C'était il y a huit ans. Une promesse est une promesse.

— Les hommes qui ont assassiné tes frères sont morts ou en prison, sans doute. On ne survit pas longtemps dans ces bandes, mais il règne encore beaucoup de violence dans ton pays, Evelyn. Même si tout le monde a oublié cette affaire de vengeance contre ta famille, une fille jeune et jolie comme toi est dans une position très vulnérable, tu ne crois pas ?

— Evelyn est en danger dans ce pays aussi, objecta Richard.

— Mais je ne crois pas qu'on l'arrêterait parce qu'elle est sans papiers. Onze millions de migrants sont dans la même situation, dit Lucía.

— Tôt ou tard, on va trouver le corps de Kathryn. Cela déclenchera une enquête approfondie, impliquant les Leroy. L'autopsie révélera qu'elle était enceinte, et le test ADN pourra établir que Frank Leroy était mêlé à toute cette affaire. Et le reste suivra : la disparition de la voiture comme celle d'Evelyn…

— C'est pourquoi elle doit partir le plus loin possible, Richard, poursuivit Lucía. S'ils la trouvent, on l'accusera d'avoir volé l'auto, voire d'être impliquée dans la mort de Kathryn.

— Alors nous serions tous les trois dans le même bain. Nous sommes complices de dissimulation de preuves, et d'avoir fait disparaître un cadavre, tout simplement.

— Il va nous falloir un bon avocat, glissa Lucía.

— Aucun avocat, si génial soit-il, ne pourrait nous tirer de ce pétrin. Allons, Lucía, vide ton sac. Je suis sûr que tu as déjà un plan.

— Juste une petite idée, Richard… La priorité est de trouver une planque pour Evelyn : ni Leroy ni la police ne doivent la trouver. Hier soir, j'ai appelé ma fille, et je me disais que notre amie Evelyn pourrait bien disparaître à Miami, où on trouve des millions de Latinos et du travail à tour de bras. Elle pourrait y rester le temps de voir passer l'orage et, une fois les recherches interrompues, rentrer chez sa mère à Chicago. Entre-temps, Daniela se propose de l'héberger dans son appartement.

— Tu ne penses tout de même pas compromettre ta fille dans cette aventure! s'exclama Richard, scandalisé.

— Pourquoi pas? Daniela raffole des aventures. Elle regrettait de ne pas être avec nous pour donner un coup de main. Et je parie que ton père ferait pareil.

— Tu as raconté tout ça au téléphone? À ta fille? À Miami?

— Par WhatsApp, calme-toi, mon vieux, personne ne se doute de rien, on n'a aucune raison de localiser nos portables. D'ailleurs, avec WhatsApp, c'est sans risque. Dès que nous aurons trouvé une solution pour Kathryn, nous mettrons Evelyn dans un avion pour Miami. Daniela sera là pour l'attendre.

— Dans un avion, dis-tu?

— Elle peut prendre un vol intérieur avec le document dont elle dispose. Mais, si c'est risqué, elle peut y aller en bus. Bien sûr, le voyage est long: un jour et demi, je crois.»

Ils entrèrent à l'Institut Oméga par Lake Drive et passèrent devant les bâtiments de l'administration dans un panorama tout blanc de solitude et de silence absolu. Personne n'était venu depuis le début de la tempête, l'accès n'avait pas été déblayé, mais le soleil avait transformé une bonne partie de la neige en ruisseaux brunâtres. Aucune trace. Lucía les guida jusqu'au terrain de sport: elle se souvenait d'une caisse pour ranger les ballons, assez grande pour y déposer un corps, qui serait à l'abri des animaux. Mais Evelyn y voyait un sacrilège.

Ils arrivèrent ensuite au bord d'un lac, tout en longueur. Evelyn l'avait parcouru en kayak, à l'occasion de ses visites à l'Institut. Il était gelé, mais Richard savait combien il est difficile d'évaluer l'épaisseur de la glace d'un simple coup d'œil. Sur la grève, il y avait un hangar, des canots et un embarcadère. Richard proposa d'attacher un canoë très léger à la calandre de la Subaru et de suivre l'étroit chemin qui bordait le lac jusqu'à un coin retiré. Ils pourraient laisser Kathryn dans le canoë, recouvert d'une bâche, sur la rive opposée. Avec le dégel, dans un délai de quelques semaines, l'embarcation flotterait et on ne tarderait pas à la découvrir. « Les funérailles sur les eaux sont poétiques, comme une cérémonie viking », conclut-il.

Richard et Lucía allaient désamarrer un canoë quand Evelyn les arrêta en poussant un cri. Elle montrait, tout à côté, un petit bosquet.

« Qu'y a-t-il ? demanda Richard, pensant qu'il s'agissait d'un gardien.

— Un jaguar ! s'exclama Evelyn, le visage altéré.

— C'est impossible, Evelyn. Ces animaux ne vivent pas dans les parages.

— Moi, je ne vois rien, déclara Lucía.

— Un jaguar ! » répéta la jeune fille.

Alors ils crurent apercevoir, dans la blancheur du petit bouquet d'arbres, un animal de bonne taille, de couleur jaune, qui fit demi-tour et disparut d'un bond en direction des jardins. Richard n'en démordait pas : il ne pouvait s'agir que d'un chevreuil ou d'un coyote. Dans la région, il n'y avait jamais eu de jaguar. Peut-être d'autres félins comme des pumas ou des lynx, mais on les avait exterminés depuis plus d'un siècle. La vision avait été si fugitive qu'ils en venaient à douter de sa réalité, mais pas Evelyn : transfigurée, elle se lança sur les pas du prétendu jaguar comme si elle ne touchait plus le sol. Aussi légère que l'air, éthérée, minuscule. Les deux autres n'osaient crier pour l'appeler, craignant d'attirer les regards, et la suivaient à petits pas rythmés comme des pingouins, pour éviter une glissade sur la fine couche de neige.

Avec ses ailes d'ange, Evelyn flottait sur le chemin devant les bureaux administratifs, la boutique de l'Institut, la librairie et la cafétéria. Elle dépassa les grandes salles de restaurant. Lucía, de son côté, songeait à l'Institut en pleine saison, si vert et rempli de fleurs, aux rouges-gorges et aux écureuils dorés, aux visiteurs se mouvant d'un pas lent dans le jardin, au rythme contenu de la danse du tai-chi, comme une caméra au ralenti, en déambulant entre les salles de cours et de conférences, en jupes d'Indiennes et sandales de moines, aux employés tout juste sortis de l'adolescence, au parfum d'herbe à fumer, dans leurs voitures électriques chargées de caisses et de sacs. Par comparaison, le beau paysage d'hiver était désolé, et la blancheur fantasmagorique contribuait à l'impression d'immensité. Les bâtiments étaient fermés et les fenêtres obturées avec des panneaux de bois, sans un signe de vie, comme si personne ne les avait occupés depuis cinquante ans. La neige absorbait les sons de la nature et le crissement des chaussures. Ils suivaient Evelyn comme on marche dans les rêves, sans bruit. Le jour était clair, il était encore tôt, mais ils se sentaient comme enveloppés d'une brume théâtrale. La jeune fille prit sur sa gauche un sentier couronné par un raide escalier de pierre. Elle montait les marches sans hésiter, sans prêter attention aux surfaces glacées, comme sachant exactement où elle allait, tandis que les autres la suivaient péniblement, vaille que vaille. Ils dépassèrent une fontaine gelée, avec un bouddha de pierre, et se retrouvèrent tout en haut de la colline, où se dresse le sanctuaire: un temple de bois dans le style japonais, de forme carrée, entouré de terrasses couvertes. Le cœur spirituel de la communauté.

Ils comprirent que c'était le lieu choisi par Kathryn. Evelyn Ortega ne pouvait savoir que le sanctuaire se trouvait justement là. Et la neige ne portait aucune trace de l'animal qu'elle voyait pourtant. Il était vain de chercher une explication et, comme en d'autres occasions, Lucía se rendit face au mystère. Pendant quelques secondes, Richard parvint à douter de sa propre raison, avant de hausser les épaules et de s'en remettre à ce qui les dépassait. Ces dernières quarante-huit heures, il avait perdu confiance dans ce qu'il croyait savoir et dans son illusion de tout contrôler; il avait reconnu qu'il en savait très peu, et contrôlait moins encore, mais cette incertitude ne l'effrayait plus. Au cours de leur nuit de confidences, Lucía lui avait dit que la vie finissait toujours par se manifester, d'autant mieux si nous la recevions sans résistance. Evelyn, guidée par une intuition ineffable ou par le spectre d'un jaguar échappé d'une jungle secrète, les avait conduits directement au lieu sacré où Kathryn pourrait reposer, sous la protection d'esprits bienveillants, pour préparer la dernière étape du dernier voyage.

Assises sur un banc près de deux étangs gelés, qui hébergeaient l'été des poissons tropicaux et des fleurs de lotus, Evelyn et Lucía attendaient maintenant sous le toit de la terrasse. Richard était descendu chercher la voiture. Par bonheur, il y avait une voie d'accès pour les véhicules de maintenance et de jardinage, et la Subaru, avec ses quatre roues motrices, pouvait gravir le raidillon.

Ensemble, ils sortirent prudemment Kathryn de la voiture, l'étendirent sur un brancard et la portèrent jusqu'au sanctuaire. Comme la salle de prière et de méditation était fermée à clé, ils choisirent le petit pont entre les étangs pour la préparation du corps, qui était resté rigide, en position fœtale, avec ses grands yeux ouverts tout étonnés. Evelyn retira son collier avec la pierre d'Ixchel que lui avait donnée la chamane du Petén huit ans plus tôt, son amulette de protection ancestrale, pour l'attacher au cou de Kathryn. Richard voulut s'interposer, car il craignait de laisser une telle preuve sur les lieux, mais il renonça en comprenant qu'il serait impossible d'établir un rapport avec le propriétaire de l'objet. Quand on retrouverait le corps, Evelyn serait loin depuis longtemps. Il se borna donc à nettoyer la pierre avec un mouchoir en papier imbibé de tequila.

Sur les instructions de la jeune fille, qui assumait spontanément son rôle de prêtresse, ils improvisèrent un rite funéraire élémentaire. Le cercle se refermait pour Evelyn, qui n'avait pu dire un mot à l'enterrement de son frère Gregorio et qui était absente pour celui d'Andrés. Mais elle sentit qu'en prenant ainsi congé de Kathryn, elle honorait également ses frères. Dans son village, l'agonie et le décès d'un malade s'envisageaient sans manières ni simagrées, car la mort est un seuil à l'instar de la naissance. On soutenait le défunt pour qu'il passe de l'autre côté sans peur, afin de remettre son âme à Dieu. En cas de mort violente, de crime ou d'accident, il fallait recourir à d'autres rites, pour réconforter la victime, la prier de s'en aller en paix et de ne pas revenir pour harceler les vivants. Kathryn et la créature qu'elle portait n'avaient même pas eu droit à la veillée funèbre élémentaire, peut-être ignoraient-elles encore qu'elles étaient mortes. Personne n'avait lavé et parfumé la dépouille de Kathryn, avant de la revêtir de ses plus beaux habits, nul n'avait entonné de chant pour elle, ni pris le deuil, nul n'avait allumé de cierges ni apporté des fleurs, ou servi de boisson, il n'y avait pas même une croix de papier noir pour indiquer la violence de son départ. « Mlle Kathryn me fait beaucoup de peine, sans un simple cercueil, ni une place au cimetière. Et l'autre, pauvre chaton qui n'a pas vu le jour, et sans un jouet pour aller au ciel », murmura Evelyn.

Lucía humecta une serviette et effaça le sang séché du visage de Kathryn, tandis qu'Evelyn priait à voix basse. À défaut de fleurs, Richard coupa quelques fines branches et les glissa entre les mains de la morte. Evelyn insista pour lui laisser la bouteille d'eau-de-vie d'agave, car les veillées s'accompagnaient toujours de liqueur. Ils effacèrent aussi les empreintes digitales du pistolet et le rangèrent auprès de Kathryn. Peut-être un jour permettrait-il de confondre Frank Leroy comme une preuve définitive. Le corps de Kathryn serait identifié comme étant celui de sa maîtresse. Le pistolet qui avait tiré la balle mortelle était enregistré à son nom, et l'on pourrait prouver qu'il était le père du fœtus. Tous les indices convergeaient vers lui, mais ne suffisaient pas, car l'homme avait un alibi de poids : il était en Floride.

Ils couvrirent le corps de Kathryn avec le tapis, replièrent les quatre coins de la bâche pour l'envelopper soigneusement, et attachèrent l'ensemble avec les cordes que Richard gardait dans la voiture. Comme tous les bâtiments de l'Institut, le sanctuaire était bâti sans fondations : il reposait sur des pilotis, ce qui laissait un espace disponible pour y glisser la dépouille de Kathryn. Ils passèrent un bon moment à récolter des pierres pour obturer l'entrée. Quand viendrait l'heure du dégel au printemps, le corps, infailliblement, commencerait à se décomposer et l'odeur ne tarderait pas à révéler sa présence.

« Prions, Richard, pour accompagner Evelyn et faire nos adieux à Kathryn, demanda Lucía.

— C'est que, vois-tu, je ne sais pas prier.

— Chacun le fait à sa manière. Pour moi, prier, c'est relâcher sa tension, et se fier au mystère de l'existence.

— Est-ce là Dieu pour toi ?

— Appelle-le comme tu voudras, mais donnons la main à Evelyn et formons un cercle. Nous allons aider Kathryn et son petit à prendre leur envol. »

Ensuite, Richard apprit aux deux femmes à fabriquer de robustes boules de neige et à les entasser pour former une pyramide au centre de laquelle brûlait une chandelle, comme le faisaient pour la Noël les enfants de son ami Horacio. Cette lampe si fragile, faite d'eau et d'une flamme vacillante, projetait une délicate lumière dorée entre des cercles de couleur bleue. Il n'en resterait aucune trace dans quelques heures, lorsque la chandelle serait consumée et que la neige aurait fondu.

Épilogue

Brooklyn

Richard Bowmaster et Lucía Maraz avaient archivé avec soin les coupures de presse sur «l'affaire Kathryn Brown», depuis la découverte du corps, en mars, jusqu'au classement du dossier qui signifiait, pour eux, la fin d'une aventure qui avait bouleversé leur vie. Le cadavre trouvé à Rhinebeck avait suscité une foule de spéculations sur un possible sacrifice humain commis par les sectateurs d'un culte parmi les immigrants de l'État de New York. On sentait déjà monter la xénophobie contre les Latinos à la suite de l'odieuse campagne présidentielle de Donald Trump. Même si peu de gens le prenaient au sérieux, ses bravades pour dresser une muraille comme en Chine, pour fermer la frontière avec le Mexique et déporter onze millions de migrants sans papiers commençaient à prendre racine dans l'imagination populaire. Il ne fut donc pas difficile de donner une explication macabre à ce crime. Plusieurs détails de la mise en scène plaidaient pour la thèse d'un rituel secret: la victime avait été ensevelie en position fœtale, à l'instar des momies précolombiennes, dans un tapis mexicain ensanglanté, avec une image du diable taillée dans une pierre suspendue à son cou, et une bouteille portant une tête de mort peinturlurée sur l'étiquette. Le tir à bout portant dans le front faisait songer à une exécution. Et l'emplacement du cadavre, dans le sanctuaire de l'Institut Oméga, était comme une atteinte à la spiritualité, ainsi que le déclarèrent certains journaux friands de scandales.

Diverses Églises chrétiennes hispanophones opposèrent des démentis catégoriques à l'existence de cultes sataniques dans leurs communautés. Bientôt, pourtant, la « vierge sacrifiée », comme la surnommait un tabloïde, fut identifiée : elle s'appelait Kathryn Brown, âgée de vingt-huit ans, physiothérapeute à Brooklyn, célibataire et enceinte. Pas de virginité qui tienne. Comme on découvrit bien vite que la statuette en pierre ne représentait pas Satan, mais une déité féminine de la mythologie maya, et que la tête de mort garnissait les étiquettes d'une marque très répandue de tequila. Du coup, l'intérêt du public et de la presse retomba rapidement, jusqu'à disparition complète. Pour Richard et Lucía, il devint plus difficile de suivre l'affaire à la trace.

Au cours du mois de mai, la nouvelle publiée par le *New York Times*, que Richard put recouper avec d'autres sources, n'avait pas grand-chose à voir avec Kathryn Brown. Elle concernait un réseau de trafic humain qui englobait le Mexique, Haïti et plusieurs pays d'Amérique centrale. Le reportage mentionnait le nom de Frank Leroy, parmi d'autres comparses, mais sa mort ne faisait l'objet que d'un entrefilet. Le FBI s'était penché sur le cas de Kathryn Brown, même si l'affaire intéressait au premier chef le département de police. Frank Leroy, en effet, avait été détenu brièvement, comme principal suspect du crime, et remis en liberté sous caution. Mais le FBI l'avait aussi dans son collimateur : depuis des années, ses agents enquêtaient sur un trafic humain à grande échelle. Ils souhaitaient mettre le grappin sur Leroy, qui retenait davantage leur attention que le sort de son infortunée maîtresse. Ils savaient que Leroy était mouillé dans ce trafic, mais les preuves étaient insuffisantes pour l'appréhender. L'homme s'était solidement prémuni contre cette éventualité. Seule son implication dans l'assassinat de Kathryn avait permis de perquisitionner son bureau et son domicile et de confisquer un matériel suffisant pour le coincer.

Cependant Leroy s'était échappé au Mexique, où il avait des contacts et où son père avait vécu tranquillement pendant des années en qualité de fugitif. Frank Leroy aurait pu s'en tirer de la même façon si un agent spécial du FBI n'avait infiltré le réseau. Cet homme n'était autre qu'Iván Danescu. Grâce à son action, on avait pu démêler un écheveau criminel d'envergure aux États-Unis, avec des connexions au Mexique. Et son nom n'aurait jamais été connu du public s'il n'avait péri dans l'assaut d'une hacienda de l'État mexicain de Guerrero, un des centres de détention des victimes, où s'étaient réunis plusieurs chefs du réseau. Iván Danescu avait accompagné les militaires mexicains dans une opération héroïque, comme disait la presse, afin de libérer plus de cent prisonniers qui attendaient d'être transférés puis vendus.

Richard lut encore une autre version entre les lignes, car il avait étudié le mode opératoire des cartels et des autorités. Si quelque chef de file était arrêté, en général il s'échappait de prison avec une facilité confondante. La loi en sortait toujours bafouée, du fait que juges et policiers se pliaient aux menaces ou cédaient à la corruption ; ceux qui résistaient finissaient assassinés. On n'arrivait presque jamais à extrader les coupables qui opéraient impunément sur le territoire américain.

«Je te garantis que les militaires ont agi dans l'intention de tuer, avec l'appui du FBI. C'est leur habitude dans les opérations contre les narco-trafiquants et je ne vois pas pourquoi ils auraient changé en l'occurrence. En fait, un premier plan d'entrée par surprise devait avoir échoué, et tout s'est terminé en bain de sang. Ce qui expliquerait la mort d'Iván Danescu, d'un côté, et celle de Frank Leroy de l'autre», dit Richard à Lucía.

Ils appelèrent Evelyn à Miami, qui n'avait pas appris la nouvelle, et convinrent d'un séjour de la jeune fille à Brooklyn. En effet, elle était obsédée par l'idée de revoir Frankie, et n'avait jamais osé téléphoner à Cheryl. Lucía dut encore convaincre Richard qu'il n'y avait plus aucun danger pour personne, depuis le décès de Frank Leroy. Evelyn comme Cheryl avaient bien mérité de profiter ensemble d'un heureux dénouement, après toutes les épreuves traversées. Lucía se proposa de nouer le premier contact et, fidèle à son principe qu'il valait toujours mieux aller droit au but, elle appela aussitôt Cheryl pour lui demander rendez-vous, car elle avait une chose importante à lui communiquer. L'autre raccrocha aussitôt, effrayée. Alors Lucía lui laissa un mot dans la boîte aux lettres de la maison des statues, qui disait : « Je suis une amie d'Evelyn Ortega, elle a confiance en moi. S'il vous plaît, acceptez de me recevoir : j'ai de ses nouvelles pour vous. » Elle ajouta son numéro de portable et glissa dans l'enveloppe les clés de la Lexus et de la maison de Kathryn. Le soir même, Cheryl la rappelait.

Une heure plus tard, Lucía lui rendait visite, tandis que Richard l'attendait dans la voiture avec son ulcère récidiviste de grand nerveux. Ils avaient estimé qu'il valait mieux, pour lui, de ne pas se présenter, que les deux femmes seraient plus à l'aise seule à seule. Lucía put vérifier que Cheryl correspondait bien aux descriptions d'Evelyn ; elle était grande, blonde, d'un aspect presque masculin, mais plus vieillie qu'elle ne s'y attendait. Elle faisait beaucoup plus âgée, et elle était agitée, sur la défensive ; elle tremblait quand elle l'invita à passer au salon.

« Dites-moi tout de suite combien vous voulez et finissons-en », lui dit-elle d'une voix entrecoupée, en restant debout, les bras croisés.

Lucía mit plus de trente secondes à comprendre ce qu'elle avait entendu.

« Pour l'amour du ciel, Cheryl, je ne vois pas de quoi vous parlez. Je ne suis pas venue vous faire chanter. Je connais Evelyn Ortega, je sais ce qui est arrivé à votre voiture. Et j'en sais beaucoup plus que vous sur cette Lexus… Evelyn voudrait venir en personne, pour vous l'expliquer. Mais elle aimerait surtout voir Frankie, votre fils lui manque beaucoup, elle l'adore. »

Alors Lucía assista à une transformation stupéfiante de la femme qui se tenait devant elle. Comme si la cuirasse qui la protégeait venait de tomber en mille morceaux. En quelques secondes, elle s'était retrouvée exposée, sans rien pour la soutenir au-dedans, comme faite seulement de douleur et de peur accumulées, si faible et vulnérable que Lucía peinait à se retenir de l'embrasser. Un sanglot de soulagement déchira la gorge de Cheryl et elle tomba assise sur le canapé, le visage entre les mains, pleurant comme une enfant.

« Je vous en prie, Cheryl, calmez-vous, tout va bien. La seule chose qu'Evelyn a toujours souhaitée, c'est vous aider, ainsi que Frankie.

— Je le sais, je sais bien. Evelyn est ma seule amie, je ne lui cachais rien. Elle est partie quand j'avais le plus besoin de sa présence, elle a disparu avec la voiture sans me dire un seul mot.

— Je crois que vous ne savez pas le fin mot de l'histoire. Vous ignorez ce qu'il y avait dans le coffre de la voiture…

— Comment donc pourrais-je l'ignorer ? » répliqua Cheryl.

Le mercredi qui précéda la fameuse tempête de janvier, alors que Cheryl allait envoyer les chemises de son mari à la blanchisserie, elle aperçut une tache de graisse au revers de sa veste. En vidant les poches par routine, elle trouva une clé suspendue à un anneau doré. La guêpe de la jalousie lui bourdonna à l'oreille qu'il s'agissait d'une clé de la maison de Kathryn Brown, ce qui confirma ses doutes sur les relations de son mari avec cette femme.

Le lendemain matin, alors que Kathryn supervisait les exercices de Frankie, le garçon fit une crise d'hypoglycémie et s'évanouit. Cheryl lui fit aussitôt une piqûre et son état se stabilisa. Nul n'était responsable de l'incident, mais l'histoire de la clé produisit aussitôt son effet : Cheryl accusa Kathryn de maltraiter son fils et la congédia séance tenante. « Tu ne peux pas me chasser. C'est Frank qui m'a engagée. Lui seul peut me renvoyer, et je doute fort qu'il le fasse », répliqua la jeune femme d'un air hautain. Puis elle prit ses affaires et sortit.

Cheryl passa le reste du jeudi l'estomac noué, guettant le retour de son mari, mais à son arrivée il savait déjà tout. Kathryn lui avait téléphoné. Frank saisit sa femme par les cheveux, la traîna dans la chambre, claqua la porte en faisant vibrer les murs et porta un tel coup à la poitrine de Cheryl qu'elle en eut le souffle coupé. En la voyant lutter pour reprendre sa respiration, il craignit d'avoir eu la main trop lourde, lui envoya un coup de pied, furibond, et quitta la pièce. Dans le couloir, il heurta Evelyn, qui attendait en tremblant le moment de porter secours à sa patronne. Frank la bouscula et disparut. La jeune fille courut à la chambre, aida Cheryl à se recoucher, lui administra des calmants et, craignant une fracture des côtes, lui posa des compresses de glace sur la poitrine, comme on l'avait fait pour elle après son agression par les mafieux.

Frank Leroy appela un taxi le vendredi dès l'aube, avant le réveil de quiconque, et s'envola pour la Floride. L'aéroport devait être fermé deux heures plus tard, pour cause de tempête. Cheryl passa toute la journée au lit, assommée par les tranquillisants et soignée par Evelyn, dans un silence lourd d'arrière-pensées, sans une larme. C'est alors qu'elle décida de passer à l'action. Cheryl détestait son mari et considérait comme une bénédiction qu'il s'en fût avec la Brown, mais cela n'arriverait pas sans mal. Le gros des avoirs de Frank était sur des comptes à l'étranger, auxquels elle n'avait pas accès. En revanche, ce qu'il possédait aux États-Unis était enregistré à son nom. Ainsi en avait-il décidé pour se couvrir en cas de problèmes légaux. Pour Frank, la meilleure solution était donc d'éliminer sa femme, mais il devait également trouver une occasion pour se défaire de Frankie… D'autant plus qu'il s'était amouraché de Kathryn Brown et voulait s'affranchir au plus vite. Enfin, Cheryl ne soupçonnait pas une raison plus déterminante encore : la maîtresse de son mari était enceinte. Encore cela ne devait-il apparaître que dans les résultats de l'autopsie, au mois de mars…

Cheryl pensa qu'elle devait faire front. Avec son mari, c'était inutile, les relations les plus ordinaires tournaient au vinaigre. Mais la Brown serait sans doute plus raisonnable, quand elle comprendrait les avantages de son offre. Cheryl, en effet, comptait lui proposer de partir avec son mari, auquel elle accorderait le divorce et garantirait son silence en échange de la sécurité matérielle pour leur fils.

Elle partit le samedi sur le coup de midi. La douleur à la poitrine et la couronne d'épines qu'elle sentait à ses tempes depuis la raclée du jeudi avaient encore gagné en intensité, le tout accentué par une forte dose d'amphétamines et deux verres d'alcool sur l'estomac. Elle dit à Evelyn en sortant qu'elle se rendait à sa thérapie. « Ils sont en train de déblayer les rues, madame, il vaut mieux rester tranquillement ici», lui fit valoir celle-ci. «Je n'ai jamais été plus tranquille, Evelyn», répondit-elle en prenant le volant de la Lexus. Elle savait où vivait Kathryn Brown.

En arrivant, elle constata que la voiture de la femme était dans la rue. Ainsi donc, elle songeait l'utiliser bientôt ; autrement, elle l'aurait mise au garage pour la protéger de la neige. D'un geste brusque, Cheryl sortit de la boîte à gants le pistolet de Frank, un petit Beretta semi-automatique de calibre 32, et le glissa dans son sac. Tout comme elle l'avait présumé, la clé en sa possession était celle du domicile de Kathryn. Elle entra sans un bruit.

Kathryn Brown était sur le point de s'en aller, un sac de toile à l'épaule, en tenue de gymnastique. La surprise lui arracha un cri. «Je veux seulement te parler», lui déclara Cheryl, mais l'autre la repoussa vers la porte en l'insultant. Rien ne se passait comme prévu. Cheryl saisit le pistolet et le pointa vers Kathryn, pour la forcer à écouter. Pourtant, loin de reculer, la jeune femme la défiait, en riant aux éclats. Cheryl baissa le cran de sûreté et serra l'arme des deux mains.

«Espèce de stupide sorcière ! Tu crois me faire peur avec ton joujou ? Tu vas voir quand je l'aurai raconté à Frank !» lui cria Kathryn.

Le coup partit tout seul. Cheryl ne sut jamais quand elle avait appuyé sur la détente et, comme elle le jura à Lucía Maraz en lui relatant l'affaire, elle ne visait même pas sa rivale. «La balle l'atteignit au milieu du front par hasard, parce que c'était mon karma et celui de Kathryn Brown», lui dit-elle.

La séquence fut tellement instantanée, dans un acte si simple, que Cheryl n'enregistra ni le bruit de la détonation ni le recul de l'arme dans ses mains, et ne comprit pas pourquoi l'autre femme était tombée en arrière, avec ce trou noir dans la figure. Elle mit plus d'une minute à réagir et comprit seulement alors que Kathryn ne bougeait plus : elle l'avait tuée.

C'est dans un état second, ou de transe, qu'elle accomplit tous les gestes qui suivirent. Elle devait expliquer à Lucía qu'elle ne se rappelait plus en détail ce qu'elle avait pu fabriquer, alors qu'elle n'arrêtait pas de penser à ce maudit samedi. « Le plus urgent était de décider ce que j'allais faire avec la dépouille de Kathryn, parce que la réaction de Frank serait absolument terrible », lui confia-t-elle. La blessure saignait peu, et les taches étaient restées sur le tapis. Cheryl ouvrit la porte du garage et rangea la Lexus. Comme sa rivale était plutôt menue, alors qu'elle-même pratiquait l'athlétisme, elle put traîner le corps sur le tapis, l'envelopper de la sorte et le coucher dans le coffre, avec le pistolet. Puis elle jeta la clé de Kathryn dans la boîte à gants. Elle avait besoin de temps pour prendre le large et ne disposait que de quarante-huit heures avant le retour de son mari. Cela faisait plus d'un an qu'une idée lui trottait dans la tête : dénoncer Frank auprès du FBI, en échange d'une protection par les autorités. Si les séries télévisées contenaient une parcelle de vérité, on pourrait lui donner une nouvelle identité et l'aider à disparaître au loin avec son fils. Mais avant toute chose, elle devait se calmer, son cœur était sur le point de lâcher. Elle retourna chez elle.

Au cours de l'enquête sur la mort de Kathryn Brown, au mois de mars, la police interrogea Cheryl Leroy pour le principe. L'unique suspect dans l'affaire était le mari, mais son alibi des parties de golf en Floride s'avéra inutile, car l'état du cadavre ne permettait plus de déterminer exactement le moment du décès. Peut-être Cheryl, tourmentée par le crime, se serait-elle dénoncée elle-même dans les jours qui suivirent, en endossant toute la responsabilité, mais la vérité ne devait éclater que deux mois plus tard, quand le cadavre fut découvert à l'Institut Oméga, ainsi que la relation de Kathryn avec les Leroy. En attendant, Cheryl parvint peu à peu à faire la paix avec sa conscience. Elle s'était couchée un samedi, fin janvier, dans l'espoir de calmer une migraine qui l'aveuglait de douleur, et s'était réveillée, quelques heures plus tard, avec la certitude terrifiante d'avoir commis un meurtre. La maison était plongée dans l'obscurité, Frankie dormait et nulle part elle ne trouvait Evelyn, chose qui jamais n'était arrivée. Elle devenait quasi folle à force d'imaginer des explications plausibles à cette disparition invraisemblable d'Evelyn, de la voiture et du cadavre de Kathryn…

Frank Leroy fut de retour le lundi. Cheryl avait passé deux jours tenaillée par une telle peur panique que, n'eût été son devoir envers son fils, elle aurait avalé tous ses somnifères et mis fin à son existence misérable, comme elle devait l'avouer à Lucía. Mais le mari signala d'abord la disparition de la Lexus pour toucher l'assurance et accusa la jeune Evelyn de l'avoir volée. Comme il était sans nouvelles de sa maîtresse, il imagina diverses explications, sauf qu'elle pouvait avoir été assassinée. Il ne devait apprendre ce dernier point que beaucoup plus tard, en se retrouvant mis en accusation.

« Je crois qu'Evelyn a fait disparaître les preuves afin de nous protéger, Frankie et moi, dit Cheryl à Lucía.

— Non, Cheryl. Elle pensait que votre mari avait tué Kathryn le vendredi et s'était envolé en Floride pour se forger un alibi, sans imaginer que quelqu'un allait se servir de la Lexus. Le froid, en principe, devait conserver le corps jusqu'au lundi, jour du retour de Frank.

— Comment ?! Evelyn ignorait que c'était moi ? Mais alors, pourquoi...

— Evelyn a sorti la Lexus pour aller à la pharmacie pendant que vous dormiez. La voiture de mon compagnon, Richard Bowmaster, est entrée en collision avec la sienne sur le verglas. C'est ainsi que nous avons été embarqués dans cette affaire. Evelyn a pensé que votre mari saurait qu'elle avait utilisé la voiture, et vu le contenu du coffre. Elle était terrorisée par Frank.

— Autrement dit... vous ne saviez pas non plus ce qu'il s'était passé ? murmura Cheryl, la voix brisée.

— Non. Je n'avais que la version d'Evelyn. Elle croit que Frank Leroy voulait la supprimer, pour la faire taire. Elle se rongeait aussi les sangs pour vous, et pour votre fils.

— Et maintenant, que va-t-il m'arriver ? demanda Cheryl, atterrée par ses aveux.

— Rien du tout, Cheryl. La Lexus est au fond d'un lac, et personne ne soupçonne la vérité. Ce que nous avons dit reste entre nous. Je le confierai à Richard, car il a le droit de savoir, mais il n'est pas nécessaire d'en informer quelqu'un d'autre. Frank Leroy vous a déjà fait bien assez de mal. »

En ce dernier dimanche de mai, à neuf heures du matin, Richard et Lucía prenaient le café au lit, avec Marcelo et Dois, le seul chat avec lequel le chien s'était lié d'amitié. Pour Lucía, il était encore tôt, quel besoin avait-on de se lever à l'aube ? et pour Richard la grasse matinée faisait partie de l'aimable décadence dans une vie en couple. C'était un jour radieux de printemps : ils iraient bientôt chercher Joseph Bowmaster pour l'emmener déjeuner ; ensuite, tous ensemble, ils attendraient Evelyn à la gare routière, car le vieil homme insistait pour faire sa connaissance. Il ne pardonnait pas à son fils de l'avoir tenu à l'écart de leur odyssée de janvier au nord de New York. « Mais comment aurait-on fait pour se débrouiller avec toi en fauteuil roulant, franchement ? » répétait Richard. Pour Joseph, c'était une excuse, pas une raison : s'ils pouvaient se charger d'un chihuahua, ils auraient pu l'embarquer lui aussi.

Evelyn avait quitté Miami trente-deux heures plus tôt ; depuis ces quelques mois passés en Floride, elle commençait à mener une existence plus ou moins normale. Elle habitait toujours chez Daniela, mais souhaitait devenir indépendante. Elle s'occupait d'enfants dans une crèche le jour, et travaillait comme serveuse dans un restaurant le soir. Et Richard l'aidait financièrement : comme disait Lucía, il faut bien dépenser son argent à quelque chose avant de se payer le cimetière. Concepción Montoya, la grand-mère du Guatemala, avait utilisé judicieusement les virements réguliers effectués par Evelyn, d'abord depuis Brooklyn, ensuite depuis Miami. Elle avait remplacé sa chaumière par une maison en brique, avec une pièce supplémentaire où elle vendait les vêtements usagés que lui envoyait de Chicago sa fille Miriam. Elle ne vendait plus ses spécialités sur le marché ; à présent, elle y faisait des provisions et bavardait avec ses voisines. Evelyn estimait qu'elle devait avoir la soixantaine. Huit ans s'étaient écoulés depuis la mort tragique de ses petits-fils et le départ d'Evelyn : le chagrin l'avait beaucoup marquée, comme on le voyait sur des photos prises par le père Benito, où elle apparaissait dans sa tenue la plus élégante, et qu'elle porterait jusqu'à sa mort. C'était le vêtement traditionnel aux couleurs de son village : la jupe épaisse de toile bleu et noir, le *huipil* (la chemise brodée), une large ceinture aux tons rouges et orange et la coiffure, lourde et colorée, en équilibre sur la tête.

Aux dires du père Benito, la grand-mère demeurait très active. Mais elle s'était rapetissée, ridée, ratatinée ; elle avait l'air d'un petit singe et, comme elle marchait toujours en marmonnant des prières, on la croyait folle. Ce qui lui rendait service, car personne ne réclamait jamais ses cotisations. On la laissait tranquille. Deux fois par mois, elle s'entretenait avec sa petite-fille en utilisant le portable du père Benito, car elle refusait d'avoir le sien, en dépit des propositions d'Evelyn. Elle y voyait un appareil très dangereux, qui fonctionnait sans prise ni pile de rechange, et qui donnait le cancer. « Venez vivre avec moi, petite mère », la priait constamment Evelyn, mais pour Concepción c'était une mauvaise idée : qu'irait-elle faire dans le Nord ? et qui nourrirait ses poules et arroserait les plantes ? Allez savoir si certains n'en profiteraient pas pour occuper sa maison, il faut toujours veiller au grain. Rendre visite à la petite, oui, bien sûr, mais on verrait plus tard. Evelyn comprenait que ce jour ne viendrait jamais, aussi espérait-elle que sa propre situation lui permettrait de faire un tour à Monja Blanca del Valle, fût-ce pour un court moment.

« Il faudra que nous racontions à Evelyn ce qui s'est vraiment passé avec Kathryn, dit Richard à Lucía.

— Pourquoi irions-nous compliquer les choses ? Il suffit que nous le sachions, toi et moi. Le reste n'a pas d'importance.

— Comment cela ? Mais Cheryl Leroy a tué cette femme…

— Tu ne penses tout de même pas, j'en suis sûre, qu'elle devrait payer pour son crime. Elle ne se maîtrisait plus, tu le sais.

— Tu exerces une influence fatale sur ma vie, Lucía. Avant de te connaître, j'étais un homme honnête, sérieux, un académicien irréprochable…, soupira-t-il.

— Tu étais un bonnet de nuit, Richard, mais ça ne m'a pas empêché de tomber amoureuse.

— Jamais je n'avais pensé que je finirais par faire obstruction à la justice des hommes.

— Allons ! La loi est cruelle, et la justice aveugle. Tout ce que nous avons accompli avec Kathryn, c'est faire pencher un peu la balance vers la justice naturelle, parce que nous voulions protéger Evelyn, comme nous voulons maintenant épargner Cheryl.

Quant à Frank Leroy, c'était un malfrat, et il a payé pour ses fautes.

— Il est ironique de constater qu'il n'a pas été pincé pour les crimes commis, et qu'il a dû s'échapper pour un forfait qui lui est étranger, observa Richard.

— Tu vois ? Quand je te parlais de justice naturelle…, dit Lucía en déposant un baiser sur ses lèvres. Est-ce que tu m'aimes, Richard ?

— Et toi, qu'en penses-tu ?

— Que tu m'adores et ne parviens pas à t'expliquer comment tu as pu vivre si longtemps sans moi, à t'ennuyer ferme, avec le cœur en hibernation.

— Au milieu de l'hiver, j'ai finalement appris qu'il y avait en moi un invincible été.

— Cela t'est venu à l'instant ?

— Non. C'est d'Albert Camus. »

REMERCIEMENTS

L'idée de ce roman est née à l'occasion de la Noël 2015, dans une maison de briques brunâtres à Brooklyn. Notre petit groupe s'était réuni pour prendre le premier café du matin : il y avait mon fils Nicolás et ma belle-fille Nori, sa sœur Christine Barra, ainsi que Ward Schumaker et Viviane Fletcher. Quelqu'un m'a demandé ce que je comptais écrire le 8 janvier, puisque cette date allait nous tomber dessus et que, depuis trente-cinq ans, j'ai commencé tous mes livres ce jour-là. Je n'avais encore rien envisagé. Les idées ont bientôt fusé autour de moi et c'est ainsi que s'est formé le canevas, ou le squelette, de ce livre.

J'ai été secondée dans mes recherches par Sarah Kessler, comme toujours, par Chandra Ramírez, Susanne Cipolla, Juan Allende et Beatriz Manz.

Roger Cukras m'a inspiré la rencontre du couple mûr formé par Lucía et Richard.

Mes premiers lecteurs et critiques ont été mon fils Nicolás, mes éditrices Johanna Castillo et Nuria Tey, mes agents littéraires Lluís Miguel Palomares et Gloria Gutiérrez, le féroce lecteur de l'agence Balcells à Barcelone, Jorge Manzanilla, mon frère Juan et mes formidables amies Elizabeth Subercaseaux et Delia Vergara. Sans oublier, bien entendu, ma mère Panchita Llona qui, à quatre-vingt-seize ans, n'a jamais lâché le crayon rouge avec lequel elle a corrigé tous mes livres.

Ces pages sont redevables à toutes ces personnes, et à quelques autres qui m'ont aidée, dans la vie comme dans l'écriture, au long de ces deux dernières années, qui n'ont pas toujours été commodes.

De la même autrice :

LE PLAN INFINI, Fayard, 1994.
LA MAISON AUX ESPRITS, Fayard, 1994.
EVA LUNA, Fayard, 1995.
PAULA, Fayard, 1997.
LES CONTES D'EVA LUNA, LGF, 1998.
D'AMOUR ET D'OMBRE, LGF, 1998.
FILLE DU DESTIN, Grasset, 2000.
PORTRAIT SÉPIA, Grasset, 2001.
APHRODITE, *Contes, recettes et autres aphrodisiaques*, Grasset, 2001.
LA CITÉ DES DIEUX SAUVAGES, Grasset, 2002.
MON PAYS RÉINVENTÉ, Grasset, 2003.
LE ROYAUME DU DRAGON D'OR, Grasset, 2004.
ZORRO, Grasset, 2005.
LA FORÊT DES PYGMÉES, Grasset, 2006.
INÈS DE MON ÂME, Grasset, 2008.
L'ÎLE SOUS LA MER, Grasset, 2011.
LA SOMME DES JOURS, Grasset, 2012.
LE CAHIER DE MAYA, Grasset, 2013.
LE JEU DE RIPPER, Grasset, 2015.
L'AMANT JAPONAIS, Grasset, 2016.

Le Livre de Poche s'engage pour l'environnement en réduisant l'empreinte carbone de ses livres. Celle de cet exemplaire est de :
600 g éq. CO_2
Rendez-vous sur
www.livredepoche-durable.fr

PAPIER À BASE DE FIBRES CERTIFIÉES

Composition réalisée par Belle Page

Achevé d'imprimer en juin 2022 en France par
La Nouvelle Imprimerie Laballery
58500 Clamecy (Nièvre)
N° d'impression : 205138
Dépôt légal 1re publication : février 2022
Édition 02 - juin 2022

LIBRAIRIE GÉNÉRALE FRANÇAISE
21, rue du Montparnasse – 75283 Paris Cedex 06

65/8566/8